grafit

Chemnitzer Str. 31, D-44139 Dortmund
Internet: http://www.grafit.de
E-Mail: info@grafit.de

Umschlaggestaltung: Carsten Hardt unter der Verwendung von Map of Sicily by nicoolay, Norman battle sword by PaulFleet und Swirling flourishes by enjoynz (alle drei: www.istockphoto.com) sowie Maria der Verkündigung von Antonello da Messina
Druck und Bindearbeiten: GGP Media GmbH, Pößneck
ISBN 978-3-89425-613-5
1. 2. 3. 4. 5. / 2012 2011 2010

Beate Sauer

Die Schwertkämpferin

Historischer Roman

grafit

Beate Sauer wurde 1966 in Aschaffenburg geboren. Sie studierte Philosophie und katholische Theologie in Würzburg und Frankfurt/Main. Sie lebt und arbeitet als Autorin in Bonn.

Schon für ihr Krimidebüt *Der Heilige in deiner Mitte* (Grafit Verlag, 1999) wurde Beate Sauer mit dem ersten Preis in der Sparte Krimi beim 10. Nordrhein-Westfälischen Autorentreffen ausgezeichnet.

Die Buchmalerin (Grafit Verlag, 2005), ihr erster historischer Roman, konnte sich auf Anhieb auf der Bestsellerliste platzieren und war für den ›Friedrich-Glauser-Preis‹, den höchstdotierten deutschen Krimipreis, nominiert.

Über *Der Geschmack der Tollkirsche* (Grafit Verlag, 2007) urteilte die Presse: »Gibt es wirklich noch gute, lesbare historische Romane, die aus dem aktuellen Massenangebot herausragen? Gibt's da noch was Neues? Gibt es!« (Kölner Express)

Kapitel 1

So bannen und verfluchen wir Friedrich, den Fürsten der Finsternis. Kraft des Amtes, das Gott uns in Seiner Allmacht verliehen hat, stoßen wir den Antichrist von seinem Thron. Wir erklären ihn all seiner Ämter für verlustig. Niedriger als der Geringste unter den Menschen sei er. Ferner verbannen wir Friedrich aus der Gemeinschaft der Gläubigen. Der Empfang der Sakramente sei ihm für immer verwehrt und seine Seele dem Feuer der Hölle übergeben.«

Flüsternd wiederholte Kardinal Rainer von Viterbo den Bannspruch des Papstes, während er auf den Stufen des Altarraums niederkniete. Bis auf das schwache Licht der Kerze über dem Tabernakel war die Apsis dunkel. Doch die Luft war noch gesättigt von Weihrauchschwaden und dem Dunst unzähliger brennender Wachskerzen. Zeugnisse der Messe, die Papst Innozenz IV. am vergangenen Tag in der Kathedrale von Lyon abgehalten hatte.

Wie dumpfe Trommelschläge hatten die Absetzungsworte in der Kirche widergehallt. Die Fenster waren verdunkelt worden. Dann hatten die einhundertfünfzig Kardinäle und Bischöfe, die in der Apsis versammelt waren – darunter auch er, Rainer –, einer nach dem anderen ihre Kerzen zum Verlöschen gebracht. Sodass nur noch Nacht, die Schwärze des Todes und der ewigen Verdammnis, den Kirchenraum füllte.

Wie es dem Kaiser angemessen war. Dem Sohn Satans. Dem frechen Herausforderer Gottes, der es wagte, die Unsterblichkeit der Seele anzuzweifeln und sich über den Stellvertreter Gottes auf Erden zu erheben. Der sich als den wahren Herrscher über die Christenheit sah. Der mit Ungläubigen diskutierte und sich jeder Wollust und jedem Laster hingab.

Gewiss, auch der Staufer hatte einige Schläge in seinem Leben hinnehmen müssen. Doch wie ein vielköpfiges Untier, dem, sobald ihm ein Haupt abgetrennt worden war, mehrere andere nachwuchsen, war Friedrich aus jeder Krise gestärkt hervorgegangen. Nein, es durfte nicht sein, dass Satan wieder triumphierte!

Der Blick des Kardinals suchte das Kreuz, das über dem Altar hing. Dunkel hoben sich die Umrisse der Balken von den Wänden ab.

Oh, Herr, hilf mir, betete Rainer. Sag mir, was ich tun soll.

Als der Morgen anbrach, wusste Rainer, was er zu tun hatte. Innozenz hatte während der letzten Monate häufig mit dem Gedanken gespielt, unwiderruflich dafür zu sorgen, dass der Antichrist durch einen frommen, rechtgläubigen Kaiser ersetzt wurde. Einen Herrscher, der die Vorrangstellung des Papstes akzeptierte und nicht länger mit seinen ketzerischen Gedanken und seinem verworfenen Lebenswandel die Christenheit verseuchte. Doch letztlich war Innozenz immer wieder zurückgeschreckt. Ein solcher Schritt war ihm zu ungeheuerlich und die Ausführung darüber hinaus zu schwierig erschienen.

Nein, dachte Rainer, Friedrich zu beseitigen, ist keine Sünde, sondern eine gerechte Tat. Er musste Innozenz davon überzeugen, dass es im Sinne Gottes war, das Untier Friedrich endlich von der Erde zu tilgen. Dass er damit nur seine Pflicht als Papst erfüllte.

Gott, daran glaubte Rainer fest, würde Innozenz helfen. So war ihm während seines Gebetes eine Eingebung gekommen. Es gab einen Mann, dem es bestimmt gelingen würde, Friedrich zu töten.

Der Tag war sehr heiß gewesen. Doch gegen Abend frischte ein angenehmer Wind auf. Gemächlich schritt Bruder Placidus durch den Kräutergarten des Benediktinerklosters von Monreale. Der Mönch war ein Mann in den späten Fünfzigern. Auf den ersten Blick wirkte sein faltiges Gesicht mit den Tränensäcken unter den Augen hässlich. Aber die wache Intelligenz, die es ausstrahlte, wog stärker. Auch die Zerbrechlichkeit seines Körpers mit dem vom Alter gekrümmten Rücken und der leicht schief stehenden linken Schulter – die Folge eines Unfalls, den er als Kind erlitten hatte – täuschte. Denn tatsächlich verfügte er über eine erstaunliche Kraft, wenn es darum ging, Kranke herumzuheben, einen ausgekugelten Knochen wieder einzurenken oder einen Bruch zu richten.

Ein erfüllter Tag lag hinter Bruder Placidus. Dank Gottes Hilfe hatte er viele Beschwerden der Siechen lindern können.

Vor der Hütte am Rand des Gartens blieb er stehen. Während er behutsam einige welke Rosen von dem Stock, der an der sonnenbeschienenen Wand rankte, entfernte, ließ er seinen Blick umherschweifen. Weit unterhalb des Ortes Monreale konnte er die Dächer Palermos ausmachen. Dahinter, in der sanft geschwungenen Bucht, erstreckte sich das türkisblaue Meer.

Ein friedlicher Anblick, und auch auf der Insel Sizilien herrschte, nach Jahrzehnten voller Kämpfe, endlich Frieden. Placidus konnte sich noch sehr gut daran erinnern, wie in seiner Kindheit Staufer, süditalienische Barone und Sarazenen um die Macht über die Insel stritten. Aus diesen Kämpfen war Friedrich von Hohenstaufen als Sieger hervorgegangen.

Es war lange her, dass der Kaiser zuletzt auf der Insel gesehen worden war. Er hatte sich viele Jahre im Norden des Reichs und in Apulien aufgehalten. Doch gestern hatte ein Händler, der den heilkundigen Mönch wegen seiner Gicht aufgesucht hatte, behauptet, dass der Staufer derzeit auf Sizilien weilte.

Nun denn ..., Placidus unterdrückte ein Seufzen. Für die einfachen Menschen änderte sich nichts durch die Anwesenheit des Kaisers. Er selbst fürchtete den Staufer weder noch verehrte er ihn. Bei allem Respekt, den Friedrich Andersgläubigen entgegenbrachte, könnte er sich, so fand Placidus, den Angehörigen seines eigenen Glaubens gegenüber ruhig großzügiger verhalten. Doch jede kleinste Abweichung von der Lehre der Kirche ließ der Kaiser mit aller Strenge verfolgen, weil er sich als oberster Herrscher der Christenheit angegriffen sah.

Placidus sog noch einmal den Duft der Blumen ein, ehe er seine Kräuterstube betrat. In dem dämmrigen Raum – zu viel Tageslicht schadete den Kräutern, die in dichten Büscheln zum Trocknen von der Decke hingen – empfing ihn ein intensiver Geruch nach Kamille, Salbei, Minze und Thymian.

An einem Becken voller glimmender Kohlen entzündete der Mönch eine Öllampe. Anschließend nahm er Bienenwachs von einem Regal und erwärmte es vorsichtig über der Glut. Als das Wachs weich geworden war, arbeitete er tropfenweise einen Extrakt aus Eberraute, Efeu und Mistelblättern ein, den er am Morgen zubereitet hatte; die Salbe, die daraus entstand, sollte gegen Rückenschmerzen und Zerrungen helfen.

Placidus nahm die honiggelbe Masse von den Kohlen, da hörte er jemanden im Garten seinen Namen rufen. Hastig stellte er das Tongefäß auf einem Tisch ab und trat vor die Tür. In Begleitung des Pförtners kamen zwei bäuerlich gekleidete Männer den Gartenweg entlang. Die beiden trugen ein Holzgestell aus Zweigen zwischen sich, auf dem, eingehüllt in Decken, ein Mensch lag.

»Was ist geschehen?« Placidus eilte zu ihnen.

»Wir haben die Frau am Morgen in der Gegend von Bolognetta gefunden.« Der ältere der Männer, ein grobknochiger Bärtiger, hob die Schultern. »So wie es aussieht, ist sie die einzige Überlebende eines Überfalls.«

»Bringt sie nach drinnen.«

Wortlos kamen die Männer Placidus' Befehl nach.

Während er den Pförtner anwies, weitere Lampen anzuzünden, schlug er die Decken auseinander. Die Verletzte war nackt, nur einen kleinen Lederbeutel trug sie um den Hals, ihr Körper wies zahlreiche Wunden auf. Blutergüsse verunstalteten das schmale Gesicht. Die Augen lagen tief in den Höhlen. Als Placidus die Frau vorsichtig berührte, bewegte sie sich nicht. Der Mönch beugte sich vor und drückte sein Ohr gegen ihre Brust. So sehr er sich auch konzentrierte, er konnte keinen Herzschlag hören.

»Sie hat es nicht geschafft«, murmelte der jüngere der beiden Männer. Der Pförtner seufzte bedauernd.

Placidus empfand einen jähen Zorn. Obwohl das Gesicht der Frau zerkratzt und verschwollen war, war deutlich zu erkennen, dass sie kaum älter als zwanzig Jahre sein konnte. Sie war zu jung, um die Welt schon verlassen zu müssen!

»Ihr zwei, kniet euch neben sie und bringt sie zum Sitzen!« Er nickte den Männern zu. »Ja, gut so.«

Placidus nahm eine kleine Tonflasche von einem Regal, kauerte sich wieder auf den Boden und schlug der Frau mit aller Kraft einige Male ins Gesicht. Anschließend wies er einen der Bauern an, ihren Kopf in beide Hände zu nehmen, damit er ihren Kiefer auseinanderzwingen konnte. Aus dem Fläschchen ließ er fünf Tropfen einer klaren, geruchlosen Flüssigkeit tief in ihren Rachen fallen. Es handelte sich um ein nicht ungefährliches Mittel, das Digitalis enthielt und das Placidus einst von einem arabischen Arzt erhalten hatte.

Weiterhin lag die Frau wie tot in den Armen der Bauern. Komm schon, gib nicht auf!, betete Placidus. Noch einmal schlug er zu. Und endlich zitterten die Nasenflügel der Verletzten und ihre Brust hob und senkte sich schwach.

Als Placidus überzeugt war, dass die Atmung der Frau nicht erneut aussetzen würde, bat er den Pförtner, ihm einen Novizen als Hilfe zu schicken, und die Bauern, die Schwerverletzte in das Spital zu bringen.

In einem kleinen Raum abseits des Krankensaals untersuchte der Mönch die Frau rasch und gründlich. An ihrem Hinterkopf inmitten ihres dichten schwarzen Haares befand sich eine dicke, blutige Schwellung. Zu Placidus' Erleichterung war der Schädelknochen aber nicht gebrochen. Sorge bereitete ihm eine Wunde an der rechten Schulter der Frau, die von einem Pfeilschuss herrühren musste und die sich entzündet hatte. Ansonsten wiesen ihr Leib und ihre Glieder überall Prellungen und Abschürfungen auf, die ebenfalls zum Teil schon eiterten. Ihre Haut fühlte sich unter Placidus' tastenden Fingerspitzen heiß an. Mit dem Leben war auch das Fieber zurückgekehrt. Es würde sein schlimmster Gegner werden.

Während Placidus die Schulterwunde mit einer Kamillelösung säuberte, brachte ein schlaksiger Novize einen Bottich mit heißem Wasser und saubere Leinentücher. Bis endlich alle Verletzungen versorgt waren, war es Nacht geworden. Placidus befahl dem Jungen, am Bett der Kranken zu wachen, und suchte die Klosterherberge auf. Er hatte die beiden Bauern gebeten zu warten und fragte sie nach Einzelheiten zu dem Überfall. Doch mehr, als dass die Frau wahrscheinlich zu einer Gruppe von Kaufleuten gehört hatte und die einzige Überlebende war, wussten sie nicht zu berichten.

Placidus bedankte sich und schickte die beiden nach Hause. Müde blieb er noch einige Momente sitzen, während er über die Verletzte nachdachte. Trotz der Schwellungen in ihrem Gesicht war zu erahnen, dass sie auf eine stolze, strenge Weise schön war.

Wahrscheinlich ist die Frau die Gattin oder die Magd eines Kaufmanns, überlegte Placidus. Ihr sehniger und muskulöser Körper schien eher einer Magd als einer Herrin zu gehören. Auch ihre Hände waren schwielig, als ob sie viel mit ihnen arbeitete. Andererseits war die Haut an den Händen von Mägden meist rau und die Nägel waren eingerissen.

Dies war bei der Verletzten nicht der Fall. Vielleicht hatte sie ja als Gattin eines Kaufmanns ein Gewerbe ausgeübt. So etwas kam häufig vor. Jedenfalls wartete wahrscheinlich irgendwo ein Kind auf seine Mutter, denn in den Unterleib der Frau hatten sich die charakteristischen hellen Streifen der Schwangerschaft eingegraben.

Morgen werde ich den Abt bitten, einen Bruder zu dem Ort zu schicken, wo die Bauern die ermordeten Kaufleute und die Frau gefunden haben, beschloss Placidus. Möglicherweise ließe sich ja ein Hinweis entdecken, woher die Leute stammten, und die Angehörigen der Verletzten könnten benachrichtigt werden.

Bevor er sich schlafen legte, sah Placidus noch einmal nach der Frau. Ihr Körper glühte vom Fieber.

»Du hast einen jungen, gesunden Körper«, redete er leise auf sie ein, während er feuchte, kalte Tücher um ihre Schenkel und Unterarme schlang. »Mit Gottes Hilfe wirst du die Krankheit besiegen.«

Doch er wusste, dass der Kampf lang sein würde und sein Ausgang ungewiss war.

Der Mai zeigte an diesem Abend seine regnerische Seite. Die Gruppe Reiter hatte die lombardische Stadt Mantua hinter sich gelassen und trabte nun einen Feldweg entlang.

Zwei Männer ritten an der Spitze. Alessio war erst Mitte zwanzig, doch die tiefen Kerben, die sich neben seinem Mund eingegraben hatten, ließen ihn älter erscheinen. Seine Augen wirkten wachsam und ihr helles Blau bildete einen eigentümlichen Kontrast zu seiner olivfarbenen Haut und den schwarzen Haaren. Er trug einen roten, mit Pelz besetzten Samtmantel. Breite goldene Reifen schmückten seine Unterarme. Sein Begleiter war sogar noch etwas jünger. Karim hatte ein lebhaftes, scharf geschnittenes Gesicht. Seine Kleidung aus feiner Wolle wies ihn als den Diener eines hohen Herrn aus.

Hinter einem Wäldchen erreichten sie eine Anhöhe. Zwischen weitläufigen Getreidefeldern tauchten, verwischt von dem Nieselregen, die Mauern eines Benediktinerklosters auf. Endlich, ging es Alessio durch den Kopf. Gleichzeitig registrierte er die Anspannung, die sich seines Körpers bemächtigte. So viel würde davon abhängen, was sie an diesem Ort herausfanden.

»Ich habe mir noch nie so sehr gewünscht, einen Auftrag hinter mich zu bringen wie diesen«, wandte er sich an Karim.

»Oh, ich würde sehr gern mit dir tauschen.« Karim grinste. »Ich hätte nichts dagegen, heute Nacht zwischen seidenen Laken zu schlafen. Und ich würde es auch ganz und gar nicht verachten, an die Tafel des Abtes geladen zu werden. Schließlich soll der hohe Herr, nach allem, was ich gehört habe, eine feine Küche zu schätzen wissen. Ich finde es wirklich ungerecht, dass ich mich damit begnügen muss, dein Diener zu sein. Immerhin habe ich nur ein Jahr nach dir dem Kaiser die Treue geschworen.«

»Von den seidenen Laken werde ich nicht viel haben.« Alessio lachte. »Von mir aus hättest du sehr gern den Botschafter des Kaisers spielen können. Andererseits verstehe ich, warum Gaetano mich ausgewählt hat. Dir würde einfach niemand abnehmen, dass du ein respektabler, hochstehender Mann bist.«

»Wenn du dich da nur nicht täuschst.« Karim legte sein Gesicht in würdevolle Falten, die einem in Ehren ergrauten Zeremonienmeister gut angestanden hätten. »Na ja, das Essen für die einfachen Mönche und rangniedrigen Gäste soll auch nicht zu verachten sein.«

Während sie sich auf dem schlammigen Weg weiter ihrem Ziel näherten, vergegenwärtigte sich Alessio noch einmal die Rolle, die er zu spielen hatte. Schon einige Male war er in Tarnungen geschlüpft, um Gegner des Kaisers zu überlisten. Doch in dem Kloster erwartete ihn seine bisher schwerste Aufgabe. Spitzel hatten behauptet, dass Abt Constanzius zu einer Gruppe von Verschwörern gehörte. Den Abt einfach unter Arrest zu stellen und das Kloster zu durchsuchen, hätte seine Verbündeten nur gewarnt. Deshalb hatte Gaetano Alessio ein anderes Vorgehen befohlen.

Kurz darauf erreichten sie das Tor des Anwesens. Ein rundlicher, etwas verschlafen wirkender Mönch eilte aus der Pförtnerstube. Als er die kostbare Kleidung der Reisenden sah, straffte er seinen Körper und verneigte sich tief.

Karim trieb sein Pferd einige Schritte auf ihn zu und sagte hoheitsvoll: »Mein Herr Alessio ist ein Botschafter unseres allerehrwürdigsten Kaisers. Er wünscht, die Nacht hier zu verbringen.«

»Es ist uns eine Ehre und eine Freude, Euch in unserem Kloster zu beherbergen.« Der Mönch verbeugte sich erneut. »Abt Constanzius nimmt gerade an der Vesper teil. Anschließend werde ich ihn sofort von Eurem Kommen verständigen.«

Die Gasträume im oberen Stockwerk wären einem Fürsten angemessen gewesen. Die verglasten Fenster wurden durch kunstvoll behauene Kapitelle unterteilt. Auf dem breiten Bett lagen tatsächlich seidene Decken. Die beiden mächtigen Truhen waren mit Goldblech beschlagen und den runden Tisch zierte eine Einlegearbeit aus Gold und Silber.

Der Pförtner versicherte Alessio, dass ihm sofort heißes Wasser gebracht würde. Wenig später erschienen zwei junge Benediktiner, von denen der eine Alessios Gepäck und der andere einen großen dampfenden Tonkrug trug. Sie boten ihm ihre Hilfe beim Waschen und Ankleiden an, doch er lehnte ab. Vor der ersten Begegnung mit dem Abt wollte er allein sein.

Das heiße Wasser auf seinem von dem langen Ritt steifen Körper zu spüren, tat Alessio wohl. Nachdem er ein blaues Seidengewand übergestreift und seinen Schmuck um eine goldene Halskette ergänzt hatte, trat er zu einem der Fenster und öffnete es. Karim hatte einige Tage als Bettler in dem Kloster zugebracht und ihm die Lage der Gebäude genau beschrieben, doch er wollte sie sich selbst noch einmal einprägen.

Unterhalb von ihm befand sich der Garten des Abtes. Auf der linken Seite wurde der Rasen von dem Kirchenschiff begrenzt, hinter dessen Fenstern Kerzenlicht flackerte. Auf den anderen beiden Seiten stand eine hohe Mauer. Daran schloss sich ein Hof an, an den das Gästehaus grenzte, wo Karim und die als Bedienstete getarnten Soldaten untergekommen waren. Dahinter ragten die Dächer der Stallungen und der Wirtschaftsgebäude vor dem dämmrigen Himmel auf.

Alessio wollte sich wieder von dem Fenster abwenden, als er den Rosenstrauch wahrnahm. Lichtschein aus dem Kirchenschiff fiel auf das Gewächs und brachte die nassen

Blätter zum Glänzen. Jäh und schmerzhaft überfiel Alessio die Erinnerung an Giulia.

Sie hatte Rosen geliebt. Wenn sie über das kleine Landgut geredet hatten, das sie irgendwann einmal besitzen wollten, hatte sie die Augen geschlossen und sich ihren Garten mit den Blumenbeeten herbeigeträumt. Und an dem Tag, an dem er sie zum letzten Mal lebend gesehen hatte, hatte sie eine Rose am Ausschnitt ihres Wollkleides getragen. Gelb war die Blume gewesen und gerade voll erblüht und sie hatte sehr süß geduftet. Als Alessio Giulia zum Abschied umarmt hatte, hatte sie ihn lachend abgewehrt und gesagt, er solle achtgeben und die Blume nicht zerdrücken.

»Herr, verzeiht …«

Als Alessio sich umdrehte, stand der junge Mönch, der vorhin das Gepäck hochgetragen hatte, im Zimmer und sah ihn unsicher an.

»Herr, ich habe einige Male geklopft, aber Ihr habt nicht reagiert. Es geht Euch doch gut?«

Erst jetzt bemerkte Alessio, dass sein Gesicht feucht vom Regen war. »Ich war nur in Gedanken versunken«, sagte er rasch.

»Wenn Ihr bereit wäret, mit mir zu kommen?« Der junge Mann verneigte sich. »Abt Constanzius würde Euch nun gern an seiner Tafel begrüßen.«

Constanzius war ein schöner alter Mann mit immer noch dichtem weißem Haar und überragte Alessio um eine Handbreit.

Mit weit ausgestreckten Armen schritt er ihm entgegen. »Ein Botschafter unseres Kaisers! Was für eine angenehme Überraschung! Kommt herein.«

Ein großes Feuer brannte in dem Raum, dessen Wände Malereien schmückten und dessen Deckenbalken ebenfalls reich verziert waren. Auf dem dunklen, glänzend polierten Tisch spiegelte sich der Kerzenschein eines vergoldeten sechsarmigen Leuchters. Auch die Schüsseln waren vergoldet und die Teller bestanden aus getriebenem Silber. Erleichtert stellte Alessio fest, dass nur für zwei Personen gedeckt war. Er wusste zwar, wie er sich während eines großen Mahles zu verhalten hatte, war darin jedoch nicht so geübt. Dass er der einzige Gast war, vereinfachte die Situation für ihn ungemein.

Constanzius ließ es sich nicht nehmen, Alessio selbst zu bedienen. Er legte ihm die Bruststücke einer Ente und eines Rebhuhns vor, reichte ihm Brot und goss Weißwein in einen Kelch. Nachdem er sich auch selbst von dem Geflügel genommen und einige Bissen davon gegessen hatte, lehnte er sich in seinem Stuhl zurück. »Ihr seid auf dem Weg in den Norden?«, fragte er höflich.

»Ja, genau gesagt auf dem Weg in die Herzogtümer Bayern und Limburg.« Alessio ließ in seiner Stimme mitschwingen, dass es dazu noch viel zu sagen gäbe, es ihm aber leider verboten sei, darüber zu sprechen.

Der Abt lächelte zum Zeichen, dass er verstanden hatte. »Ich hatte einige Male das Glück, am Hof des Kaisers weilen zu dürfen. Euch bin ich aber, glaube ich, dort nicht begegnet.«

»Nein, sehr wahrscheinlich nicht.« Alessio trank einen Schluck von dem Wein, der süß und würzig schmeckte. »Ich bin von einfacher Herkunft – mein Vater war ein Soldat im Heer des Kaisers – und erst vor Kurzem im Dienst meines Herrn zum Botschafter aufgestiegen.« Gaetano und er hatten überlegt, dass es am besten war, wenn er so weit wie möglich bei der Wahrheit blieb. So war die Gefahr, dass ihn der Abt bei einem Fehler ertappte, am geringsten.

»Es zeugt von der Großzügigkeit und Weitsicht unseres Herrn, dass er die Fähigkeiten eines Menschen über den Stand seiner Geburt stellt.« Constanzius nippte ebenfalls an dem Wein. »Meine Mönche und mich hat es zutiefst erschüttert, dass Papst Innozenz nicht davor zurückgeschreckt ist, den von Gott gesalbten Herrscher von seinem Thron zu stoßen. Und ich bin davon überzeugt, dass jeder wahrhaft Gläubige entsetzt und verstört ist. Der Papst verkehrt die Ordnung der Dinge.«

»Im Namen meines Herrn danke ich Euch für Eure Treue.« Alessio neigte den Kopf.

»In der letzten Zeit habe ich mehrfach von hochstehenden Reisenden gehört, dass sich Friedrich nach Sizilien zurückgezogen haben soll?«

»Ja, allerdings, das hat er.«

»Nach langen Jahren kehrt ein Mann an die Stätten seiner Kindheit zurück.« Der Abt wiegte nachdenklich den Kopf. »Verzeiht meine Frage – aber trifft es zu, dass sich der Kaiser in einem Zustand der Schwermut befindet?«

Alessio schnitt ein Stück von dem Entenfleisch ab und streute ein wenig Salz darüber. Vor einem halben Jahr hatte er Friedrich zum letzten Mal von Nahem gesehen. Bei einem Fest in der Burg von Lucca, als er zu der Leibwache eingeteilt worden war. Zwar hatte der Kaiser wie immer seine Umgebung dominiert, doch anders als früher hatte er keine rastlose Energie verströmt. Stattdessen hatte er müde und in sich gekehrt gewirkt.

»Lasst es mich so sagen«, meinte Alessio nun vorsichtig.

»Die Ereignisse der vergangenen Jahre sind nicht spurlos an Friedrich vorbeigegangen.«

»Die Schläge, die den Kaiser getroffen haben, sind aber auch mehr, als ein Mensch ertragen sollte.« Constanzius seufzte. »Sicher, jeder Herrscher muss sich gegen Feinde verteidigen. Aber es ist sehr bitter, wenn sich der eigene Sohn gegen den Vater erhebt. Und dann auch noch unter höchst merkwürdigen Umständen stirbt. Gebe Gott, dass Heinrich nicht die Todsünde begangen und sich selbst das Leben genommen hat.«

Alessio griff wieder nach seinem Weinkelch, um Zeit für eine Antwort zu gewinnen. Heinrich, Friedrichs ältester Sohn und früherer deutscher König, hatte vor elf Jahren versucht, sich mit den deutschen Fürsten und den norditalienischen Städten, den schlimmsten Feinden des Kaisers, zu verbünden. Friedrich war es gelungen, die Erhebung noch im Keim zu ersticken. Er hatte den Sohn abgesetzt und ihn in einer apulischen Festung einkerkern lassen. Doch im achten Jahr seiner Gefangenschaft, als Heinrich in eine andere Burg hatte verlegt werden sollen, war er mit seinem Pferd in eine Schlucht gestürzt. Gerüchte besagten, dass dies kein Unfall gewesen war, sondern Heinrich sich umgebracht hatte.

Den Kaiser hatte der Tod seines Sohnes tief erschüttert. Einige Monate zuvor hatte Alessio Giulia verloren. Bislang war Friedrich für ihn der Herrscher gewesen, dem er die Treue geschworen hatte und für den er notfalls sterben würde. Aber nun sah er auch den Menschen jenseits der Majestät. Weshalb er sich Friedrich noch mehr verpflichtet fühlte.

»Mein Herr hofft und glaubt, dass der Tod seines Sohnes ein Unglück war«, sagte Alessio schließlich.

»Vertrauen wir auf die Güte Gottes.« Constanzius seufzte erneut. »In diesem Kloster schließen wir den Kaiser täglich in unsere Gebete ein. Möge ihm der Aufenthalt auf Sizilien die Kraft schenken, seinen inneren und äußeren Feinden zu widerstehen und zu seinem eigentlichen Wesen zurückzufinden.«

»Ich bin überzeugt, dass dies früher oder später der Fall sein wird«, erklärte Alessio entschieden.

Zwei Mönche erschienen, die die Platten mit dem Geflügel und Gemüse abtrugen und dann den Nachtisch – kandierte Früchte und überzuckerte, geröstete Mandeln – brachten. Alessio lenkte das Gespräch auf die Jagd. Ein Gebiet, auf dem er sich gut auskannte und wo er nicht fürchten musste, bei irgendeiner Unstimmigkeit ertappt zu werden. Bereitwillig ging Constanzius auf den Themenwechsel ein.

Während Alessio über die Unterschiede von Falkenarten redete und dann und wann eine der süßen Früchte aß, fragte er sich, was er von dem Abt halten sollte. Sicher, Constanzius hatte es nicht an Loyalitätsbekundungen gegenüber Friedrich fehlen lassen. Aber bei allem war er doch eine Spur zu geschmeidig gewesen.

Nein, dachte Alessio, ich glaube nicht, dass man auf seine Treue zählen kann.

Er war erleichtert, als er endlich eine Glocke zur Vigil schlagen hörte. Seine Entschuldigung, er sei nach dem langen Ritt zu müde, um an dem Gebet teilzunehmen, akzeptierte Constanzius äußerst verständnisvoll. Alessio unterdrückte ein Lächeln. Karim hatte bei seinen Erkundungen als Bettler herausgefunden, dass es der Abt mit dem Befolgen der nächtlichen Gebetszeiten nicht sehr genau nahm. Was ihnen während der nächsten Stunden sehr dabei helfen würde, unentdeckt zu bleiben, denn die Mönche würden sich über Constanzius' Fehlen in der Kirche nicht wundern.

In seinem Zimmer legte sich Alessio auf das Bett. Karim und er hatten ihr weiteres Vorgehen genau abgesprochen. Der Freund würde die Soldaten in das Gebäude bringen, sobald sich die Mönche in ihrem Schlafsaal auf der anderen Seite des Klosters zur Ruhe gelegt hatten. Bis dahin würde es noch eine Weile dauern. Die vergangenen Tage waren anstrengend gewesen und wahrscheinlich würden die folgenden nicht weniger aufreibend werden.

Alessio hoffte, ein wenig Schlaf zu finden. Eine Weile lauschte er auf das leise Geräusch des Regens, das vom Garten zu hören war. Schließlich dämmerte er ein. Im Traum erschien ihm Giulia. Ihr herzförmiges Gesicht war von Angst und Schmerz verzerrt. Sie streckte die Arme nach ihm aus und flehte um Hilfe. Er wollte zu ihr stürzen, doch seine Beine steckten wie in Treibsand fest. So sehr er auch darum kämpfte, er konnte sich nicht vom Fleck bewegen.

»Alessio ...« Eine Männerstimme mischte sich in Giulias Schreie. Jemand rüttelte ihn. Als er die Augen öffnete, erkannte er Karim.

»Unsere Männer sind im Haus?« Alessio richtete sich auf. »Und ihr seid unbemerkt geblieben?«

»Ich kann beide Fragen mit Ja beantworten.« Karim nickte und grinste schwach.

»Dann lass uns Constanzius einen Besuch abstatten.«

Der Abt hatte schon geschlafen. Er war zuerst verblüfft, als er seinen Gast und Karim sah, dann, als Alessio ihn mit dem Vorwurf des Verrats konfrontierte, zornig und empört. Wie nicht anders zu erwarten, stritt er vehement ab, mit den Feinden Friedrichs zu paktieren. Alessio ließ zwei Soldaten als Wache zurück. Er selbst und drei seiner Männer nahmen sich Constanzius' Schreibzimmer vor, während Karim und die anderen Soldaten das restliche Haus durchsuchten.

Eine Glocke hatte bereits Beginn und Ende der Matutin geschlagen, als Alessio endlich verdächtiges Material fand. Ein Dutzend Briefe war in dem Geheimfach einer Truhe verborgen. Ein wirklich gutes Versteck, wie Alessio zugeben musste, war doch auch ihm, der nach geheimen Fächern suchte, der haarfeine Spalt unterhalb der mit Schnitzereien verzierten Gefache fast entgangen. Erleichtert trug Alessio die Schriftstücke zu dem breiten Holztisch in der Mitte des Raums und vertiefte sich darin. Sein Hochgefühl verflog jedoch rasch und wich immer mehr der Enttäuschung.

»Einer unserer Leute hat mir gesagt, du hättest etwas entdeckt.«

Alessio hob den Kopf, als sich Karim auf der Tischkante niederließ.

»Ja, allerdings.« Alessio seufzte.

»Und?« Der Freund musterte ihn mit hochgezogenen Augenbrauen und wies auf die Pergamentbögen, die vor Alessio lagen. »Du wirst doch nicht etwa behaupten wollen, dass es sich dabei um Liebesbriefe des Abtes handelt.«

»Nein, in ihnen wird eine Verschwörung entwickelt. Sehr detailliert sogar. So wird dargelegt, welche der staufischen Burgen in Apulien und Sizilien unbedingt eingenommen werden müssen und welche Besatzungen möglicherweise bestechlich sind. Außerdem sind die Namen der lombardischen Städte aufgeführt, die die Verschwörer für sich zu gewinnen hoffen. Auch ein möglicher Nachfolger für Friedrich wird genannt – der Landgraf Heinrich von Thüringen.«

»Aber das ist doch großartig!«

»Nein, ist es ganz und gar nicht.« Alessio schüttelte ungeduldig den Kopf. »Wir wissen jetzt zwar endgültig, dass eine Verschwörung geplant ist – mit dem Ziel, Friedrich zu töten. Aber außer Constanzius kennen wir keinen einzigen der Verräter. Die Verschwörer sind so klug, Decknamen zu benutzen.«

»Ich verstehe …«, begann Karim nach einer kurzen Pause. Doch Alessio unterbrach ihn mit einer raschen Handbewegung.

Er lauschte, lief dann rasch zu einem der Fenster. Er öffnete es und stieß die Läden auf. Ein Stockwerk unter ihm breitete sich der Garten aus. Der Regen hatte aufgehört, aber die Luft war von Feuchtigkeit gesättigt.

»Was hast du?« Karim war neben ihn getreten.

»Mir kam es vor, als hätte ich von draußen etwas gehört.« Alessio lauschte wieder und bedeutete Karim, ihm eine Lampe zu bringen. Aufmerksam musterte er in deren Lichtschein den Garten. Ein Stück Rasen. Büsche, die zu niedrig waren, als dass sich jemand dahinter verstecken konnte. Zwei kleine Bäume. Eine Steinbank.

»Da ist niemand.« Karim schüttelte den Kopf. »Du hast dir das Geräusch nur eingebildet.«

Noch einmal leuchtete Alessio den Garten ab. Doch schließlich schloss er die Läden und kehrte mit dem Freund zu dem Tisch zurück.

»Wie gehen wir jetzt weiter vor?« Fragend sah Karim ihn an. »Constanzius wird uns die Namen der Verschwörer sicher nicht freiwillig nennen. Und einen Abt können wir nicht foltern. Nicht dass ich den geringsten Wert darauf legen würde, so etwas zu tun.«

»Ich befürchte auch, dass Constanzius uns nichts gestehen wird. In diesem Fall müssen wir ihn so schnell wie möglich zu Friedrich nach Sizilien schaffen. Der Kaiser selbst muss entscheiden, wie mit ihm zu verfahren ist.« Alessio besann sich. »Sag unseren Leuten, dass wir nach Morgenanbruch losreiten werden. Und bring den Prior zu mir. Ich werde ihm einschärfen, dass nichts von dem, was heute Nacht hier geschehen ist, außerhalb des Klosters bekannt werden darf.«

Die sehnige Gestalt presste sich gegen den hölzernen Laden des Fensters direkt neben dem, aus dem Alessio sich gebeugt hatte. Seine Finger hatte der Lauscher zwischen die Ritzen der feuchten Steine gekrallt und seine Zehenspitzen balancierten auf dem schmalen Sims.

Wie hatte er nur so unachtsam sein können! Wo ihm doch beigebracht worden war, die schwierigsten Hindernisse mühelos zu überwinden. Nicht auszudenken, wenn er entdeckt worden wäre, weil er an dem Mauerwerk abgerutscht war. Einmal war der Lichtschein bis auf wenige Handbreit an ihn herangekommen, aber der Soldat des Staufers war zu sehr auf den Garten konzentriert gewesen, als dass er ihn bemerkt hätte.

Während all seine Sinne wach und angespannt waren, horchte der Mann auf die Stimmen in dem Zimmer. Nachdem er sich davon überzeugt hatte, dass der Abt weiter beharrlich leugnete, etwas von einer Verschwörung zu wissen, sprang er, dieses Mal ohne einen Laut zu verursachen, auf den Rasen.

Wie ein Schatten bewegte er sich durch den Garten und flink wie ein Tier kletterte er über die Begrenzung. Auch die hohe Außenmauer des Klosters zu überwinden, bereitete ihm keine Schwierigkeiten.

»Bruder Placidus, beeilt Euch! Die Kranke kommt zu Bewusstsein.« Der Novize, der dem Benediktiner bei der Pflege der Schwerverletzten assistierte, eilte in das Behandlungszimmer.

»Befestige den Verband.« Placidus drückte dem Jungen den Leinenstreifen, den er um den aufgerissenen Unterarm eines Holzfällers hatte schlingen wollen, in die Hand und eilte davon. Über eine Woche war die Frau ohne Besinnung gewesen. Während dieser Zeit hatte ein so heftiges Fieber in ihrem Körper gewütet, dass der Mönch einige Male befürchtet hatte, sie zu verlieren. Erst am Vortag war das Fieber endlich abgeklungen.

Als er die Kammer betrat, sah er überrascht, dass die Frau die Decken auf den Boden geworfen hatte und auf der Kante des schmalen Bettes saß.

»Was tut Ihr? Legt Euch wieder hin!«, rief Placidus erschrocken.

Ihr Kopf fuhr zu ihm herum. Hastig versuchte sie aufzustehen. Doch ihre Beine gaben nach. Sie taumelte und wäre gestürzt, wenn Placidus sie nicht aufgefangen hätte.

»Ich sagte doch – Ihr sollt Euch wieder hinlegen«, redete er auf sie ein. Er wollte sie behutsam auf das Lager drücken, aber sie wehrte sich gegen seinen Griff.

»Wo bin ich? Was ist mit mir geschehen?« Ihre dunklen Augen waren weit aufgerissen.

»Wenn Ihr Euch niederlegt, erzähle ich Euch alles, was Ihr wissen wollt.« Wieder versuchte die Verletzte, sich aus seinem Griff zu winden, aber schließlich verfehlte Placidus' ruhige Stimme ihre Wirkung nicht und sie ließ sich zurücksinken. Sorgfältig breitete er die Decken über sie. »Ihr befindet Euch in dem Benediktinerkloster von Monreale. Und was Eure andere Frage betrifft ... Ihr wurdet Opfer eines Überfalls. Erinnert Ihr Euch nicht mehr?«

»Ein Überfall?« Sie tastete über den Verband um ihren Kopf und ließ dann ihre Finger zu der Schulterwunde wandern.

»Zwei Bauern haben Euch gefunden und hierher gebracht. Aber ich schlage vor, Ihr schlaft jetzt eine Weile, und wenn Ihr aufgewacht seid, sprechen wir weiter.«

Nicht selten konnten sich Menschen, die aus einer langen Bewusstlosigkeit erwachten, kaum auf das besinnen, was direkt vor der Ohnmacht geschehen war. Placidus wandte sich ab, um zu der breiten Holztruhe zu gehen, auf der neben anderen Gefäßen ein Tonfläschchen stand, das Mohnsaft enthielt.

Doch mit einer überraschend schnellen Bewegung streckte die Frau die Hand aus und umklammerte den Ärmel seiner Kutte. »Ihr habt mir versprochen, dass Ihr mir alles sagen würdet.«

Placidus musterte sie. Bei manchen Kranken war es besser, offen zu sein. Er kam zu dem Schluss, dass dies bei dieser Patientin der Fall war. Er zog sich einen Schemel heran und setzte sich neben das Bett.

»Die Bauern entdeckten Euch etwa sechs Wegstunden von hier entfernt in der Gegend von Bolognetta. Unser Abt schickte zwei Mönche zum Ort des Überfalls. Sie stießen auf sieben Tote – drei Männer und vier Frauen. Alle erschlagen. Außerdem zwei umgestürzte Wagen.« Dass die beiden Benediktiner auch den Leichnam eines zwei Jahre alten Mädchens unter den Toten gefunden hatten, berichtete Placidus dann doch nicht, denn er fürchtete, die Mutter des Kindes vor sich zu haben.

Stumm und unverwandt blickte die Frau ihn an.

Placidus seufzte. »Etwas weiter entfernt von dem Ort des Überfalls, in einem Wäldchen, fanden meine Mitbrüder einen Fetzen kostbaren Stoff – er hatte sich in den Zweigen verfangen. Außerdem waren Gewürze auf dem Boden verstreut. Und schließlich sahen sie einen aufgeplatzten Weinschlauch, der das Siegel eines Händlers aus Padua trug. Wir vermuten also, dass Eure Begleiter Kaufleute aus dieser Stadt waren. Aber darüber könnt Ihr uns sicher Auskunft geben.«

»Kaufleute …«, murmelte die Frau. »Padua …« Sie ließ den Kopf sinken und presste die Hände gegen ihre Schläfen. »Nein, ich erinnere mich nicht.«

»Ihr wisst nichts über den Ort, an dem Ihr gelebt habt, oder über Eure Familie?«

»Nein …«

»Woran könnt Ihr Euch denn erinnern? Irgendetwas fällt Euch doch sicher ein. Ein Eindruck oder ein Geruch …«

Die Kranke starrte auf die graue Wolldecke.

»Kommt schon«, drängte der Mönch nach einer Weile behutsam. »Irgendetwas muss Euch in den Sinn kommen.«

Ihre Finger strichen langsam über die Fäden. »Ich erinnere mich an Schreie in Todesangst. Und an Blut ...« Ihre Stimme klang tonlos.

Also kamen der Frau doch Bruchstücke des Überfalls ins Gedächtnis. Placidus beugte sich vor. »Ihr wisst doch sicher noch, wie Ihr heißt?«, fragte er sanft.

Sie sah auf. Ihr Blick war wie der eines in eine Falle geratenen Tiers. »Nein«, flüsterte sie. »Ich kann mich nicht einmal mehr an meinen Namen erinnern.« Ein krampfartiges Zittern erfasste ihren Körper.

»Habt keine Angst. Euer Gedächtnis wird wieder zurückkehren.« Rasch erhob sich Placidus, füllte Wasser aus einem Krug in einen Holzbecher und gab einige Tropfen von dem Mohnsaft hinein.

Als er sich neben die Frau auf das Bett setzte, um ihr dabei zu helfen, sich aufzurichten, spürte er, wie sie sich anspannte. Doch schließlich ließ sie es zu, dass er den Becher an ihre Lippen setzte, und schluckte die Flüssigkeit.

Kurz darauf war sie eingeschlafen. Es war jedoch kein friedlicher Schlaf, ihre Hände verkrampften und ihr Gesicht zuckte, als ob sie Schmerzen litt. Diese Qualen hatten – davon war Placidus überzeugt – keine körperliche Ursache.

Guidos Ziel war das Steinkreuz auf der Hügelkuppe. Er war ein muskulöser Mann Ende zwanzig und seit Langem unterwegs. Den steilen Anstieg in der Mittagshitze bewältigte er mit gleichmäßigen, weit ausholenden Schritten und ohne nach Atem ringen zu müssen.

Als Guido das Steinkreuz erreicht hatte, zog er das Schwert aus der Scheide an seinem Gürtel. Er legte die Waffe wie auch seinen Bogen und den Köcher mit den Pfeilen in das sonnengewärmte Gras und kniete nieder.

»Oh, Herr, ich fühle mich zweifelnd und verzagt«, betete er. »Ich flehe dich an, gib mir Kraft. Hilf mir auszuführen, wozu ich mich verpflichtet habe. Lass nicht zu, dass ich von meinem Entschluss abkomme, den Kaiser zu töten.«

Aus den Augenwinkeln registrierte Guido eine Bewegung zwischen den hohen Halmen. Eine giftige Otter schlängelte sich auf ihn zu. Behutsam tastete er nach seinem Schwert. Als er die Waffe hochhob, richtete sich die Schlange zischend auf. Aber ehe sie auf ihn zuschnellen konnte, hatte er schon das Schwert geschwungen und ihren Kopf vom Körper getrennt.

Während Guido seine Finger in das Blut tauchte, das aus dem Leib des Reptils rann, erfasste ihn eine tiefe Ruhe. Gott hatte ihm ein Zeichen geschickt. So wie er die Schlange, das Sinnbild allen Bösen, erschlagen hatte, würde er auch den Staufer töten.

Der blutüberströmte Körper eines Mannes lag vor ihr. Sein Todesschrei gellte in ihren Ohren ... Als sie erwachte, hallte der Schrei in ihrem Kopf nach. Reglos verharrte sie auf dem schmalen Bett und wartete darauf, dass der schreckliche Laut verebbte. War es einer ihrer Begleiter gewesen, den sie in ihrem Albtraum gesehen und schreien gehört hatte – einer von den Menschen, an die sie sich nicht erinnern konnte?

Langsam ließ sie ihren Blick durch die Kammer wandern. Weiß gekalkte Wände. Eine breite Truhe. Ein lichtdurchflutetes, rundbogiges Fenster, durch das der Geruch von Gras und Erde zu ihr drang. Es konnte nicht sein, dass es keinen anderen Ort gab, der ihr vertraut war! Doch so sehr sie sich auch ihren Kopf zermarterte, reichte ihre Erinnerung nicht weiter als bis zu dem Moment, als sie die Augen aufgeschlagen und einen schlaksigen jungen Mönch neben ihrem Bett stehen gesehen hatte. Er war davongerannt und wenig später war der hässliche Bruder mit den gütigen Augen zu ihr gekommen.

Er hatte ihr Wasser mit Mohnsaft darin zu trinken gegeben. Mohnsaft, der einen tiefen Schlaf schenkte ... Unwillkürlich richtete sie sich ein wenig auf. Sie hatte doch alles andere vergessen – wie konnte sie wissen, welche Wirkung dieses Mittel hatte? Sie musste herausfinden, wer sie war! Vielleicht, wenn sie Menschen und Dinge außerhalb der Kammer sah, kehrte ihre Erinnerung zurück.

Sie raffte eine der Wolldecken um ihre Schultern und setzte ihre Füße auf den Steinboden. Als sie aufzustehen versuchte, drohten ihre Beine erneut, unter ihr nachzugeben. Indem sie sich mit den Händen an der Wand abstützte, gelang es ihr, das offen stehende Fenster zu erreichen. Ein Obstgarten breitete sich davor aus. Sie erkannte die struppigen Formen von Apfel- und die kelchförmigen Kronen von Birnbäumen. Es musste Frühsommer sein, denn zwischen den Blättern hingen kleine grüne Früchte. Den Garten umschloss eine graue Steinmauer. Dahinter erhob sich eine schroffe Hügelkette, über der eine orangerote Sonne stand. Nein, sie konnte sich nicht entsinnen, diese Berge jemals zuvor gesehen zu haben.

Entmutigt trat sie einen Schritt von dem Fenster zurück. Auf der Truhe lag – wie sie jetzt bemerkte – ein kleiner Lederbeutel. Sie öffnete ihn und schüttelte den Inhalt heraus. Einige Kräuterzweige fielen auf den Deckel der Truhe und ein ockerfarbener Stein. Als sie ihn genauer betrachtete, bemerkte sie, dass sich der Abdruck eines Fischchens in seine Oberfläche eingegraben hatte. Gehörten diese Dinge ihr? Sie wusste es nicht. Aber es fühlte sich gut an, den Stein in ihrer Hand zu halten.

Neben dem Lederbeutel stand eine Schüssel. Ihr Gesicht spiegelte sich in dem Wasser darin. Um den Kopf trug sie einen Verband. Schwarzes, kurz gestutztes Haar stand wirr darum ab. Das Antlitz, das ihr entgegenblickte, war schmal und von zahlreichen Blutergüssen entstellt. Ihre Augen waren mandelförmig, die Nase gebogen und der breite Mund wäre, wenn die Lippen nicht aufgesprungen und mit Schorf überzogen gewesen wären, üppig zu nennen gewesen. Dieses Gesicht war ihr völlig fremd. Sie konnte sich nicht erinnern, sich jemals zuvor gesehen zu haben.

Schwindel erfasste sie. Sie stolperte gegen die Wand und ließ sich zu Boden gleiten. Mit zwischen die Knie gesenktem Kopf blieb sie hocken. Was war nur mit ihr geschehen? Hatte ihr ein Dämon oder ein anderer böser Geist das Gedächtnis geraubt? Oder ihre Seele gar in den Körper eines anderen Menschen verpflanzt? Was, wenn sie auf immer dazu verdammt war, in diesem Zustand zu verharren? Ein Gefühl tiefer als Verzweiflung überfiel sie. Eine bleierne, lähmende Schwärze, die jeden Gedanken in ihr auslöschte außer dem Wunsch, sie hätte den Überfall nicht überlebt.

»Du da ... Frau!«

Eine schroffe Stimme ließ sie zusammenzucken und aufblicken. Ein großer Mönch stand vor ihr. Mit der Kutte, die sich um seinen knochigen Körper bauschte, der Hakennase und dem verkniffenen Mund wirkte er wie ein missgünstiger Vogel. Seine eisgrauen Augen musterten sie kühl und abschätzend. »Du da, steh auf, wenn ich mit dir rede.«

In ihre jähe, heftige Abneigung gegen den Benediktiner mischte sich auch Zorn. Doch etwas sagte ihr, dass es wichtig war, sich zu beherrschen. Es gelang ihr, auf die Beine zu kommen. Ihre Hand, die den Stein hielt, schob sie zwischen die Falten der Decke.

Trotzdem bemerkte der Mönch den Lederbeutel und die getrockneten Zweige. »Gehören diese Dinge etwa dir?«, fuhr er sie an.

»Ich weiß es nicht«, flüsterte sie.

»Wahrscheinlich handelt es sich dabei um Teufelszeug.« Er schwieg einen Moment. »Bruder Placidus sagt, dass du dein Gedächtnis verloren hast. Was nur eine Strafe Gottes sein kann.« Seine Stimme war trocken und emotionslos. »Ich hoffe, dass du noch nicht ganz verloren bist und einige unumstößliche Wahrheiten in deiner Seele verankert geblieben sind. Was kannst du mir über unseren Glauben sagen?«

»Ich verstehe nicht …«, stammelte sie.

»Was weißt du über unseren Herrn, den Sohn Gottes?«

»Ich …« Tief in ihrem Inneren wusste sie, dass es einen Gott gab. Aber Gottes Sohn? Was wollte der Mönch von ihr?

Der Benediktiner bedachte sie mit einem kalten Blick. »Wir nennen Christus unseren Herrn. Er wurde gekreuzigt, begraben und ist am dritten Tage auferstanden von den Toten. Nun, auf die wichtigsten Feste unseres Glaubens wirst du dich doch wohl hoffentlich besinnen können?«

Sie konnte den Mann nur anstarren. Ihr Kopf war völlig leer.

»Diese Feste sind Weihnachten, Ostern und Pfingsten.« Ein harter Zug trat um seinen schmallippigen Mund. »Da du mir nichts über die zentralen Dinge unseres Glaubens sagen kannst, muss ich fürchten, dass Gott dich verworfen hat. Oder dass du eine Heidin bist. Was letztlich auf das Gleiche hinausläuft.«

Wieder regte sich tiefer Zorn in ihr. Trotzdem flüsterte sie: »Verzeiht, aber mein Kopf schmerzt so sehr.«

»Kannst du mir wenigstens das Vaterunser aufsagen?«

Vater unser ... Vater unser ...

»Vater unser, der du bist im Himmel«, begann sie. »Geheiligt werde dein Name.«

Plötzlich griffen die Worte ineinander und es gelang ihr, das Gebet aufzusagen. Als sie mit: »Dein Wille geschehe, wie im Himmel so auf Erden«, geendet hatte, war der Gesichtsausdruck des Benediktiners ein wenig milder geworden. »Wenigstens kennst du dieses Gebet.« Er spielte mit dem Strick, der seine Kutte zusammenhielt. Nach einem kurzen Schweigen sagte er: »Placidus vermutet, dass du einmal ein Kind geboren hast.«

»Ein Kind ...« Die Kammer begann wieder, sich um sie zu drehen. Ehe sie stürzte, fingen Arme sie auf. Jemand führte sie zu dem Bett und half ihr, sich hinzulegen.

»Pater Prior«, benommen erkannte sie die Stimme des hässlichen Mönchs. Sie hatte einen scharfen Klang. »Was hat das zu bedeuten?«

»Es ist meine Pflicht, mich von der Rechtgläubigkeit der Kranken zu überzeugen.«

»Wie Ihr gerade sagtet, die Frau ist krank. Ich muss Euch bitten, sofort den Raum zu verlassen.«

»Placidus, Ihr vergesst, wen Ihr vor Euch habt!«

»Ihr seid der Prior dieses Klosters. Doch der Vater Abt hat mir die Sorge für die Kranken übertragen. Also geht!« Die beiden Männer starrten sich zornig an. Die Güte war aus dem Gesicht Bruder Placidus' gewichen. Sein Blick war streng und befehlend.

»Gut … Ich gehe. Aber verlasst Euch darauf – diese Sache wird ein Nachspiel für Euch haben. Ich werde mich bei unserem Abt über Euch beschweren.« Abrupt wandte sich der hagere Benediktiner um und stürmte davon.

Bruder Placidus schaute ihm mit gerunzelter Stirn nach und schüttelte den Kopf. Nun wieder in begütigendem Ton sagte er: »Verzeiht. Aber unser Prior, Pater Augustinus, ist manchmal … nun ja, ein wenig übereifrig. Ich hoffe, er hat Euch nicht erschreckt.«

»Er meinte, Ihr würdet vermuten, dass ich ein Kind geboren hätte«, flüsterte die Frau.

»Augustinus hätte Euch nicht darauf ansprechen dürfen.«

»Wie seid Ihr auf diese Vermutung gekommen?« Weil Placidus schwieg, sagte sie rasch: »Ich weiß, dass Ihr recht habt. Auch wenn ich mich nicht erinnern kann, ob ich ein Mädchen oder einen Jungen geboren habe.«

»Euer Körper trägt die Zeichen einer Schwangerschaft.« Der Mönch wollte sich der Truhe zukehren, doch die Kranke richtete sich erregt auf. »Das ist doch nicht alles. Ihr verschweigt mir etwas.«

Er zögerte, ehe er schließlich leise sagte: »Unter den Toten wurde der Leichnam eines kleinen Mädchens gefunden.«

Sie stöhnte.

»Es ist nicht sicher, dass Ihr die Mutter des Kindes seid.«

»Kann ich … Kann ich das Mädchen sehen?«

»Nein.« Placidus' Blick war voller Mitleid. »Meine Brüder haben es zusammen mit den anderen Toten begraben.« Nachdem er sie forschend betrachtet hatte, zog er ein kleines Spielzeug aus einer Tasche seines Kittels. Eine kleine Holzrassel, die mit roten Farbtupfen verziert war. »Das haben wir bei dem Mädchen gefunden.«

Sie ließ den Stein los. Hastig griff sie nach dem Spielzeug und drehte es in ihren Händen. Nein, sie erinnerte sich nicht daran. Wahrscheinlich war ihr Kind tot und sie konnte sich noch nicht einmal sein Gesicht ins Gedächtnis rufen. Wieder erfasste sie ein bleiernes Gefühl tiefer als Verzweiflung, das alles Leben in ihr auslöschen wollte.

»Mit Gottes Hilfe werdet Ihr Euer Gedächtnis wiedergewinnen.« Placidus' Stimme drang wie aus weiter Ferne zu ihr. »Ihr müsst darauf vertrauen.«

»Nein ...«, flüsterte sie.

»Doch, Ihr müsst und Ihr werdet.«

Stumm drehte sie sich zur Wand. Warum ging er nicht endlich und ließ sie in Ruhe?

»Ich würde Euch gern mit einem Namen anreden. Da Ihr Euch nicht auf Euren Namen besinnen könnt – gibt es einen, der Euch gefallen könnte?«

Sie antwortete nicht.

»Heute ist der Gedenktag der heiligen Olivia. Was haltet Ihr von diesem Namen?«

»Teresa«, hörte sie sich plötzlich sagen.

»Teresa also. Nun, ich finde, der Name passt zu Euch.«

Als sie ihm den Kopf zudrehte, lächelte der Mönch sie an.

Sie reichte ihm den kleinen Stein. »Ihn habe ich zusammen mit einigen Kräutern in dem Lederbeutel gefunden.« Sie blickte zu der Truhe. »Gehört er mir?«

»Ihr habt den Beutel um den Hals getragen, als die Bauern Euch entdeckten.« Placidus nickte.

»Der Prior meinte, die Kräuter seien Teufelszeug …«

»Nun, der Fisch ist immerhin das Symbol Christi«, erwiderte Placidus trocken, während er einen Trank mischte. Wieder hing der Geruch von Mohnsaft in der Luft. »Ihr dürft nicht zu viel grübeln. Im Moment ist es wichtig, dass Ihr viel schlaft und Euer Körper und Euer Geist wieder zu Kräften kommen.«

Sie zögerte zu trinken, tat es aber schließlich doch. Während sie wegdämmerte, packte sie die Angst, in einen dunklen Abgrund zu stürzen, aus dem sie nie wieder herausfinden würde. Als hätte Placidus ihre Furcht gespürt, begann er, einen leisen lateinischen Gesang anzustimmen. Die Melodie beruhigte sie und sie glitt in einen friedlichen Schlaf.

Nachdenklich durchquerte Bruder Placidus seinen Kräutergarten und ging in Richtung der Klostergebäude. Jetzt am Abend, da der Boden noch warm, die Luft aber schon kühler war, verströmten die Heilpflanzen einen besonders intensiven Geruch. Doch anders als sonst nahm er die Düfte nicht recht wahr. Eben hatte ihm ein Mitbruder die Nachricht überbracht, dass er Abt Hilarius aufsuchen solle. Wahrscheinlich hatte sich Augustinus über ihn beschwert. Was ihn selbst betraf, war Placidus gern bereit, jede Strafe in Demut zu tragen. Aber er fürchtete, dass der Prior bei dem Abt auch vorstellig geworden war, da er die Rechtgläubigkeit der Verletzten anzweifelte.

Placidus konnte Hilarius noch nicht richtig einschätzen, denn er leitete das Kloster erst seit wenigen Wochen. Auch welchen Standpunkt er gegenüber der Inquisition einnahm, war ihm noch nicht klar geworden. Normalerweise wählten die Benediktiner ihre Vorsteher selbst. Doch in diesem Fall hatte der Kaiser sich über die alte Regel hinweggesetzt und den Abt bestimmt. Friedrich hatte sicherstellen wollen, dass ein Mann das bedeutende Kloster von Monreale leitete, der ihn und nicht Papst Innozenz unterstützte.

Immerhin war Hilarius bereit gewesen, einen Mönch nach Padua zu schicken, um dort Erkundigungen über die Verletzte anzustellen. Was Placidus ihm hoch anrechnete.

Er schritt an einigen Rosensträuchern vorbei, dann lag das Haus des Abtes vor ihm. Die Fenster des Empfangszimmers im Erdgeschoss standen offen. Placidus konnte Prior Augustinus sehen, der mit gefalteten Händen und vorwurfsvoller Miene an dem breiten Eichentisch saß. Abt Hilarius stand vor einem Stehpult und schien in das Studium einer Schrift vertieft. Er war ein Mann in den Vierzigern, dessen breitschultrige, gedrungene Gestalt eher zu einem Ritter als zu einem Mönch passte. Die Augen unter seiner kantigen Stirn hatten einen durchdringenden Blick und spiegelten seinen scharfen Verstand. Hilarius' Gelehrsamkeit und sein Interesse für die Wissenschaften waren sicher Gründe gewesen, die aus Sicht des Staufers für ihn als Abt gesprochen hatten.

Als Placidus das Empfangszimmer betrat, nickte der Abt ihm zu. »Setzt Euch, Placidus. Der Pater Prior hat sich über Euch beschwert und ich möchte Euch Gelegenheit geben, Euch zu den Vorwürfen zu äußern.«

»Falls ich es Pater Augustinus gegenüber an dem nötigen Respekt habe vermissen lassen, möchte ich mich dafür aufrichtig entschuldigen.« Placidus bemühte sich, zerknirscht zu wirken, und hoffte, dass ihm Gott diese Verstellung verzeihen würde. »Ich versichere, dass ich mich nur durch die Sorge um meine Kranke zu einigen heftigen Worten habe hinreißen lassen.«

»Ich weiß, wie sehr Ihr um Eure Patienten besorgt seid.« Hilarius vollführte eine zustimmende Geste und wandte sich dem Prior zu. »Augustinus, nehmt Ihr die Entschuldigung an?«

»Nun, wir sollen verzeihen, wie auch der Herr uns verzeiht. Ich bin bereit, über das ungehörige Betragen meines Mitbruders hinwegzusehen.« Augustinus neigte steif den Kopf. »Aber ich bin immer noch der Ansicht, dass diese Frau der Inquisition übergeben werden sollte. Auf der Truhe in ihrer Kammer lag ein Lederbeutel, der getrocknete Kräuter enthielt. Ich bin sicher, dabei handelt es sich um Zauberwerk.«

Also traf seine schlimmste Befürchtung tatsächlich zu! Placidus versuchte, sein Erschrecken zu verbergen. Es war nicht auszudenken, was ein Inquisitor mit der verwirrten Leidenden anstellen würde. »In dem Beutel befand sich außerdem ein Stein mit dem Abdruck eines Fisches. Ihr werdet doch wohl nicht das Symbol unseres Herrn als Hexenzeug deuten?«

»Nun, natürlich nicht, aber …«

»Augustinus, vorhin habt Ihr mir gesagt, dass die Kranke – obwohl sie ihr Gedächtnis verlor – das Vaterunser aufsagen konnte.« Die Stimme des Abtes klang neutral.

»Was leider noch nicht ihre Rechtgläubigkeit beweist.« Der Prior verzog die schmalen Lippen. »Das Gebet kann sie auch irgendwo aufgeschnappt haben. Die Frau weiß nichts über Christus. Sie kann mir nichts über unsere Glaubensfeste sagen.«

»Das ist allerdings merkwürdig.« Hilarius nickte.

Placidus hatte sich wieder gefangen und beugte sich vor. »Verzeiht, aber dass sich die Kranke nicht daran erinnern kann, beweist gar nichts, sondern ist nur eine Folge ihres Gedächtnisverlustes.«

Augustinus bewegte wegwerfend die Hand. »Dieser sogenannte Gedächtnisverlust bedeutet doch nur, dass Gott die Frau gestraft hat. Oder dass sich ein Dämon in ihrem Geist eingenistet hat. In beiden Fällen sollte sich die Inquisition mit dem Weib befassen.«

»Ich muss Euch leider abermals widersprechen. Dass die Kranke sich an vieles nicht mehr erinnern kann, ist ganz allein die Folge des Überfalls und der Verletzungen, die sie dabei erlitt. Ich kenne dergleichen Phänomene aus den Schriften von arabischen und jüdischen Ärzten ...«

»Die ebenfalls Ungläubige sind!«

»... und auch ich habe dergleichen schon zuvor bei Kranken erlebt.« Placidus ignorierte den Einwurf des Priors und schaute Hilarius an. »Ein Erlebnis, das einen Menschen tief verstört, kann zeitweilig zum Verlust seines Gedächtnisses führen.«

»Wollt Ihr etwa behaupten, dass Gott nicht hinter allem steht?« Augustinus sog die Luft scharf ein und richtete sich drohend auf.

»Ich bin überzeugt, dass Er die Ursache all dessen ist, was lebt. Und dass – wie die Schrift sagt – ohne Seinen Willen nicht einmal ein Haar von unserem Kopf fallen könnte.« Placidus rang um Geduld. »Aber die Schrift sagt auch, dass wir nicht richten sollen. Wer sind wir, dass wir uns anmaßen zu wissen, was Gottes Wille ist? Er kann mit der Krankheit dieser Frau alles Mögliche bezwecken. Und da Gott gütig ist, glaube ich nicht, dass er sie strafen möchte.«

Die bleichen Wangen des Priors röteten sich und der Abt runzelte die Stirn. Besorgt fragte sich Placidus, ob er zu weit gegangen war.

»Von der Unterscheidung der Geister haltet Ihr nichts?« Hilarius blickte ihn aufmerksam an.

»Gewiss halte ich es für wichtig zu ergründen, ob ein Geschehen gut oder böse ist.« Placidus nickte. »Aber vor allem anderen glaube ich, dass Gott die Liebe ist. Und nicht, dass Er straft.«

»Ihr verdreht die Schrift. Schließlich hat Gott einst eine große Flut geschickt, um die sündigen Menschen von der Erde zu tilgen.« Augustinus blieb unnachgiebig. »Außerdem hat Er Sein Volk, als es in die Irre lief und anderen Göttern anhing, des Öfteren hart gezüchtigt.«

»Entschuldigt, falls ich die Schrift falsch auslegen sollte«, Placidus legte die Hände vor sich auf den Tisch, sein Tonfall blieb leise und bescheiden, »aber wenn ich mich recht entsinne, hat der Herr diese Züchtigung häufig nur angedroht und sie dann nicht ausgeführt, weil Er Sein abtrünniges Volk zu sehr liebte. Und vorhin habt Ihr Christus erwähnt … Ist nicht das zentrale Bekenntnis unseres Glaubens, dass Gott die Menschen so sehr liebte, dass Er Seinen einzigen Sohn opferte, um sie zu erlösen?«

Schweigend sah der Abt zwischen den beiden Männern hin und her.

Placidus bemühte sich, weiterhin demütig und respektvoll zu wirken. Die tief stehende Sonne schien durch das Laubwerk der Bäume und sandte einen breiten Strahl in das

Zimmer. Müde blinzelte der alte Mönch gegen das Licht an, während er ein Stoßgebet gen Himmel sandte.

Schließlich lehnte sich Hilarius in seinem Stuhl zurück. »Ich neige ebenfalls der Meinung zu, dass der Gedächtnisverlust der Kranken keine Strafe Gottes darstellt, sondern dass er von dem Überfall und den Verletzungen herrührt. Es kann nicht schaden, ein Auge auf die Frau zu haben. Aber noch ist es nicht nötig, die Inquisition zu behelligen.«

»Gewiss, Vater Abt, die Entscheidung liegt bei Euch«, stimmte Augustinus eine Spur zu hastig zu.

»Das tut sie allerdings«, erwiderte Hilarius trocken. »Vielleicht bringt ja unser Bruder in Padua etwas über die Kranke in Erfahrung. Und nun schlage ich vor, dass wir zur Kirche gehen. Die Vesper beginnt gleich.«

Olivier de Berry legte die Harke beiseite, mit der er zuletzt das Gurkenbeet bearbeitet hatte, und wischte Erdkrümel von seinen Händen. Ein wenig schwerfällig richtete er sich auf. Trotz seiner fast fünfzig Jahre war er immer noch eine beeindruckende Gestalt. Eisgraues Haar fiel ihm zu einem dicken Zopf gebunden auf den Rücken hinab. Narben überzogen sein hageres Gesicht und sein sehniger Körper war überdurchschnittlich groß. Ein riesiger, zotteliger Hund, der im Schatten einiger Brombeerbüsche gedöst hatte, merkte auf. Er erhob sich und trottete auf seinen Herrn zu.

»Na, Alter, Zeit für uns beide, etwas zu essen.« Olivier versenkte die drei verbliebenen Finger seiner rechten Hand in das braun gescheckte Fell und kraulte den Hund liebevoll.

Dabei ließ er seinen Blick über die Beete schweifen. Das Klima im Norden des französischen Königreichs konnte oft rau sein. Aber bisher war der Juni angenehm warm gewesen. Die Stangenbohnen standen in voller Blüte. An den Erbsen- und Linsensträuchern zeigten sich die ersten Ansätze von Schoten und Lauch und Kohl entwickelten sich prächtig.

Ein grimmiges Lächeln zuckte über Oliviers Gesicht. Es war ein Witz, dass ausgerechnet er, der nachgeborene Sohn eines Herzogs und früherer Tempelherr, der die meiste Zeit seines Lebens mit Kämpfen und Töten zugebracht hatte, beim Betrachten seines Gartens so tiefe Zufriedenheit empfand. Manchmal träumte er noch von weiten Wüstenlandschaften, die eine sengende Sonne beschien. Von den engen, steilen Gassen Jerusalems, in denen ein Gemisch fremder Sprachen widerhallte. Von farbenfrohen Basaren und den Düften exotischer Gewürze und Spezereien. Wenn er dann erwachte, sehnte er sich danach, die Städte und Landschaften des Königreichs Jerusalem und der arabischen angrenzenden Länder noch einmal zu sehen. Dennoch hätte er sein neues Leben nicht gegen sein altes eintauschen mögen.

Olivier hatte den Hühnern, die im Gras vor dem Haus herumpickten, einige Handvoll Körner hingeworfen und wollte das weiß gekalkte Haus, das im Schatten einer Linde stand, betreten, als sein Hund ein Knurren ausstieß. Von den Hügeln, die die Senke umschlossen, näherte sich ein Reiter. Olivier beobachtete ihn wachsam und seine Hand zuckte zu dem Messer, das er am Gürtel trug. Ein leichter Wind blähte nun den Mantel des Reiters auf. Darunter erschien ein rotes Kreuz auf weißem Grund. Der Mann war ein Templer.

»Schon gut, Alter.« Olivier berührte den Nacken des Hundes. »Die meisten meiner früheren Brüder mögen mich nicht besonders. Aber ich schätze, sie werden mir trotzdem nichts tun.«

Während er mit dem Hund auf das aus Weidenzweigen geflochtene Gartentor zuging, fragte er sich, was dieser Besuch zu bedeuten hatte. Seit er sich vor zehn Jahren im Unfrieden von dem Orden getrennt hatte, hatte Olivier gelegentlich Besuch von Freunden erhalten. Diesen Mann kannte er jedoch nicht.

Oder doch? Olivier blinzelte gegen die tief stehende Sonne. Blondes, schulterlanges Haar. Ein offenes, freundliches Gesicht und ein schlechter Sitz im Sattel. Richtig, bei dem Mann handelte es sich um Baptiste de Clamagnes. Ein junger französischer Adeliger, der während des letzten Jahres, das Olivier in Jerusalem zugebracht hatte, in den Orden eingetreten war. Sie hatten gemeinsam in einigen Schlachten gegen die Araber gefochten. Baptiste war alles andere als ein begnadeter Kämpfer gewesen und Olivier hatte ihm ein paarmal zu Hilfe kommen müssen. Aber der Junge war klug und bescheiden und hatte ein angenehmes Wesen. Weshalb um alles in der Welt hatte er sich auf den Weg hierher gemacht?

»Sieh an, Baptiste de Clamagnes«, rief Olivier dem Reiter zu, als der die Umfriedung erreicht hatte und sich aus dem Sattel gleiten ließ.

»Ihr erinnert Euch an mich?« Baptiste wirkte erleichtert.

»Ich habe Euch an Eurem schlechten Sitz erkannt. Ihr wart schon immer ein miserabler Reiter.«

»Die Ordensleitung hat mich zu unserem Haus bei Shipley geschickt. Ich wollte Euch um ein Nachtlager bitten und … Und außerdem benötige ich Eure Hilfe«, platzte der Templer heraus und errötete.

»Nur wegen eines Nachtlagers hättet Ihr auch einen sehr

großen Umweg in Kauf genommen«, entgegnete Olivier trocken. »Mein Hund und ich haben Hunger. Wenn Ihr wollt, könnt Ihr etwas mit uns essen. Hinter dem Haus befindet sich ein Stall, in dem Ihr Euer Pferd versorgen könnt.« Ohne sich darum zu kümmern, ob sein Besucher ihm folgte, ging der alte Kämpfer auf das Wohngebäude zu.

Olivier saß bereits an dem groben Holztisch, auf dem Brot, Käse und Schinken lagen, und löffelte Suppe aus einer Holzschale, als Baptiste den Raum betrat.

»Nehmt Euch von der Suppe, wenn Ihr wollt«, sagte der Hausherr und deutete auf die Feuerstelle, wo ein Bronzetopf auf einem Dreifuß über der Glut stand. »Eine Schale findet Ihr im Regal darüber. Keine Angst, Guy tut Euch nichts.«

Trotzdem bemühte sich Baptiste, dem kalbsgroßen Hund, der vor der Feuerstelle an einem Knochen nagte, nicht zu nahe zu kommen, während er die sämige Flüssigkeit in eine Holzschale füllte.

Er nahm Olivier gegenüber Platz. Schweigend löffelten die beiden die Gemüsesuppe. Dann ließ Baptiste den Löffel sinken. Olivier registrierte, dass der junge Templer nicht wusste, wie er mit seinem Anliegen beginnen sollte, aber er versuchte nicht, ihm zu helfen.

Baptistes Blick fiel auf ein aus Zweigen gefertigtes Kreuz, das über einer mit bunten arabischen Emaillearbeiten verzierten Truhe hing. »Ihr … Ihr betet noch?«, brachte er schließlich hervor.

»Junge, Ihr seid kaum hergekommen, um mich wegen meiner Frömmigkeit zu befragen.«

»Nein, natürlich nicht«, stammelte Baptiste. »Erinnert Ihr Euch noch an Gaston de Beauvais?«

Olivier nickte, ohne beim Essen innezuhalten. »Er trat kurz nach Euch bei den Templern ein und ist ein noch schlechterer Kämpfer als Ihr. Bei Gott, ich habe nie verstanden, warum er sich nicht für einen kontemplativen Orden entschieden hat. Aber immerhin hat er einen Kopf für Zahlen.«

»Kurz nachdem Ihr Euch …«, Baptiste stockte kurz, »… dafür entschiedet, den Orden zu verlassen, wurde Gaston ins französische Königreich gerufen, um sich um die Finanzen einiger unserer Häuser zu kümmern. Letztes Jahr bestellte man ihn dann in das Schatzamt des Pariser Tempels. Dort sind wir uns wieder begegnet.«

»Eine kluge Entscheidung seiner Oberen. Ich sagte ja, der Junge hat einen Kopf für Zahlen. Da Ihr so viel über Gaston redet, nehme ich an, Ihr seid wegen ihm zu mir gekommen?«

»Er wurde vor ungefähr zwei Wochen ermordet«, stieß Baptiste hervor. »Durch einen Stich von hinten ins Herz.«

»Das tut mir leid. Kein Mensch sollte so ums Leben kommen.« Olivier legte den Löffel neben seiner Schale ab. »Aber ich wüsste nicht, was ich damit zu tun hätte.«

»Wie ich Euch schon sagte, ich brauche Eure Hilfe. Bei diesem Mord geht es nicht mit rechten Dingen zu.«

»Das tut es wohl nie, wenn ein Mensch umgebracht wird.« Olivier lächelte freudlos.

»Gewiss, natürlich nicht … Ich meine …«, stotterte Baptiste. »Gaston und ich waren Freunde. Das letzte Mal, als ich ihn lebend sah, wirkte er völlig durcheinander. Er wäre im Gang vor der großen Halle an mir vorbeigelaufen, wenn ich ihn nicht angesprochen hätte. Er sagte, er habe es eilig. Er müsse dringend jemanden in einem Gasthaus in der Nähe der Kirche Saint Julien le Pauvre treffen. Ich nehme an, Ihr wisst, in welchem Viertel diese Kirche liegt?«

»Falls Ihr damit auf meinen schlechten Ruf anzuspielen beliebt«, Olivier grinste, was Baptiste noch mehr verunsicherte, »ja, ich weiß, dass diese Kirche im Hurenviertel liegt. Nun ja, vielleicht hatte Gaston Lust auf eine Prostituierte.«

»Er hätte nie … Nein …«, wehrte Baptiste entsetzt ab und errötete.

»Gut, so wie ich den Jungen kannte, bezweifle auch ich, dass er seine Unschuld verloren hat.« Olivier schnitt ein Stück Schinken ab und warf es dem Hund zu, der es geschickt mit seinem Maul auffing. »Aber vielleicht wollte er ja einer der Huren die Beichte abnehmen.«

Baptiste kam zu dem Schluss, dass diese Bemerkung nicht ernst gemeint war. »Sein Leichnam wurde zwei Meilen westlich der Ile de la Cité aus der Seine gezogen. Er war nackt«, berichtete er weiter. »Wenn nicht der Schwager von einem der Fischer, die ihn fanden, zufällig ein Pergamenthändler gewesen wäre, der den Tempel regelmäßig beliefert und Gaston gut kannte, wäre seine Leiche wahrscheinlich irgendwo verscharrt worden.«

»Ihr wollt darauf hinaus, dass jemand Gaston absichtlich sein Ordensgewand auszog, damit der Leichnam nicht erkannt wird?« Olivier trank einen Schluck Wasser. »Kleider sind teuer. Warum sollte der Mörder nicht beschlossen haben, sie zu Geld zu machen?«

»Wenn jemand versucht, eines unserer Ordensgewänder zu verkaufen oder auch nur für sich zu verwenden, macht er sich doch sofort verdächtig. Außerdem – warum hat der Mörder Gastons Leichnam nicht einfach dort liegen gelassen, wo er ihn tötete, sondern sich die Mühe gemacht, ihn in den Fluss zu werfen?«

Olivier zuckte unbeeindruckt die Schultern. »Nun ja, jemand könnte Gaston niedergestochen und ausgeraubt haben. Der Verletzte taumelt benommen weiter und fällt in die Seine.«

»Mit einem Stich ins Herz?«, fragte Baptiste empört.

Olivier winkte ab und grinste erneut. »Mein Junge, das ist durchaus möglich, wenn auch, zugegeben, unwahrscheinlich. Ich will großzügig sein. Ein Punkt für Euch. Aber mir ist immer noch nicht klar, weshalb Ihr mich mit diesem Mord behelligt.«

»Weil ich fürchte, dass unser Orden etwas damit zu tun hat.« Unbeabsichtigt hatte Baptiste das Wort ›unser‹ gebraucht. Weil sein Gegenüber unwillig die Brauen runzelte, redete er hastig weiter. »Bis der Pergamenthändler mit der Nachricht des Leichenfundes den Tempel aufsuchte, war niemandem aufgefallen, dass Gaston fehlte. Ich selbst hatte nach unserer Begegnung vor der Halle zwei Tage lang außerhalb der Stadt zu tun. Als ich zurückkehrte, hieß es, Gaston habe beschlossen, seine Familie bei Vézelay zu besuchen. So sehr ich später auch nachforschte, konnte ich nicht herausfinden, wer diese unwahre Behauptung in die Welt gesetzt hat.«

Verstört verfolgte Baptiste, wie sich Olivier ein Stück Käse abschnitt und in den Mund schob. War dieser Mann denn durch nichts zu erweichen? »Sicher, Ihr könnt vorbringen, dass dies Zufall gewesen sein mag. Manchmal entstehen einfach Gerüchte«, nahm er rasch einen möglichen Einwand des Alten vorweg. »Aber Ihr müsst bedenken … Gastons Leben war der Templerorden. All sein Denken und Handeln war darauf ausgerichtet. Deshalb bin ich überzeugt, dass seine Ermordung auf irgendeine Weise mit dem Orden zusammenhängt.« Als Olivier immer noch schwieg, fügte er hilflos hinzu: »Ich weiß es einfach.«

Olivier drehte den Becher in den Händen und sah zu dem Fenster neben der Feuerstelle. Vom gelben Abendlicht übergossen, tanzten davor die Äste der Linde auf und ab. Das Rascheln des Laubs war bis in das Haus zu hören, durchbrochen nur von dem knackenden Geräusch, wenn der Hund an seinem Knochen herumkaute.

Endlich sagte Olivier in die sich dehnende Stille: »Ihr habt wohl vergessen, dass der Orden und ich beschlossen haben, getrennte Wege zu gehen.«

»Wie könnte ich …«, erwiderte Baptiste unglücklich. Die Jerusalemer Versammlung vom Jahr 1236 war unter den Templern immer noch berüchtigt. Damals hatte Olivier dem Orden vorgeworfen, er habe sich schon lange von seinen ursprünglichen Zielen, die heiligen Stätten der Christenheit gegen die Araber zu verteidigen und die Pilger zu schützen, entfernt und sei stattdessen nur noch auf Macht und Reichtum aus. Monatelang hatte dies für erregten Gesprächsstoff in allen Ordenshäusern gesorgt. Und immer noch, nach zehn Jahren, rief der Name Olivier de Berry heftige Reaktionen hervor. Manche der Templer verabscheuten und hassten, andere verehrten und bewunderten ihn.

Wobei es Olivier, dachte Baptiste, während er dem Blick des Alten standhielt und sich wieder fühlte wie ein fünfzehnjähriger unbedarfter Jüngling, seinen Gegnern auch oft leicht gemacht hatte. So war es kein guter Einfall des Alten gewesen, Henry d'Esne, der damals noch Stellvertreter des Großmeisters gewesen war, nach der Generalversammlung niederzuschlagen, auch wenn dieser Olivier beschuldigt hatte, ein Feigling und Verräter zu sein.

Baptiste straffte sich. »Ich bin zu Euch gekommen, da Ihr mir mindestens einmal das Leben gerettet habt.«

»Ich schätze, damit habt Ihr recht.« Um Oliviers Mund zuckte es. »Ihr erwartet aber doch wohl nicht, dass ich mich Euch deswegen verpflichtet fühle?«

»Nein, natürlich nicht.« Wieder verhaspelte sich Baptiste und musste nach Worten suchen. »Es ist einfach so, dass ich weiß, ich kann mich unbedingt auf Euch verlassen.«

»Ihr erweist mir zu viel der Ehre.« Olivier deutete eine ironische Verbeugung an. »Ich wünsche Euch viel Erfolg bei Eurer Suche nach Gastons Mörder. Aber lasst mich aus dem Spiel.«

»Ihr macht Euch etwas vor. Ich glaube nicht, dass Euch der Templerorden völlig gleichgültig ist.«

»Das könnt Ihr halten, wie Ihr wollt.« Olivier erhob sich. »Wenn Ihr fertig mit Essen seid, nehmt Euch eine Decke aus der Truhe. Ihr könnt bei der Feuerstelle schlafen. Ich muss noch den Weidezaun der Pferdekoppel reparieren.«

»Gut, Ihr habt Euch im Streit von dem Orden getrennt. Ich stimme Euch zu, dass nicht alles im Orden zum Besten verläuft. Trotzdem finde ich, dass Ihr es Euch sehr einfach macht.« Baptiste war bemüht, sich von Oliviers immer finsterer werdenden Miene nicht einschüchtern zu lassen. »Ihr habt Euch in die Einsamkeit zurückgezogen und glaubt wohl, Ihr könnt so den Schmutz der Welt hinter Euch lassen. Aber da täuscht Ihr Euch.«

»Mein Junge, ich habe mehr von diesem Schmutz gesehen, als Ihr Euch vorstellen könnt.« Oliviers Stimme blieb ruhig, aber ein drohender Unterton schwang darin mit.

»Das mag sein. Trotzdem verhaltet Ihr Euch pflichtvergessen.« Baptiste fragte sich später oft, woher er den Mut genommen hatte, weiterzureden. »Denn bei dem Eintritt in den Orden habt Ihr geschworen, die Schwachen zu beschützen. Meint Ihr, vor Gott hat dieser Schwur keinen Bestand mehr?« Er deutete auf das aus Zweigen gefertigte Kreuz an der Wand.

Olivier ballte die Hände zu Fäusten. Selbst der Hund spürte die Spannung im Raum. Das Tier verließ seinen Platz vor der Feuerstelle und tappte zu seinem Herrn. Sein Nackenfell sträubte sich und er stieß ein leises Knurren aus.

Baptiste holte tief Atem. »Ich weiß, dass Ihr Euch nie als feige erwiesen habt. Aber wenn Ihr mir nicht helft, Gastons Tod zu sühnen, dann seid Ihr es.« Trotzig erwiderte er Oliviers funkelnden Blick. »Auch wenn Ihr mich zusammenschlagt, werde ich keines meiner Worte zurücknehmen.«

»Das könnt Ihr haben!« In einer einzigen geschmeidigen Bewegung glitt Olivier um den Tisch herum.

Baptiste fühlte sich am Ausschnitt seines Gewandes gepackt. Ehe er noch einmal Luft holen konnte, krachte er schon mit dem Rücken gegen die Truhe. Doch obwohl ein stechender Schmerz seine Schulter durchzuckte, starrte Baptiste den Alten nur stumm an. Nein, er würde sich nicht verteidigen! In Erwartung weiterer Schläge biss er die Zähne zusammen. Doch Olivier holte nicht aus, sondern betrachtete ihn. Seine Miene war unergründlich.

»Nun macht schon!«, presste Baptiste hervor.

Ein Grinsen erschien auf dem narbigen Gesicht des Alten und er schüttelte den Kopf. »Ihr seid wahrhaftig ein miserabler Kämpfer. Aber Ihr habt Mut. Gut, ich werde Euch helfen und mich in Paris ein bisschen umhören.«

»Oh ...« Benommen rappelte sich Baptiste auf und lehnte sich gegen die Truhe. »Wann reiten wir los?«

»Bei Tagesanbruch. Doch Ihr begebt Euch in die andere Richtung und reist wie geplant nach Shipley.« Olivier klopfte dem jungen Templer auf die Schulter, während sich sein Grinsen vertiefte. »Ich hätte viel zu viel damit zu tun, auf Euch aufzupassen. Ach, ich schätze, einige Leute werden sich sehr freuen, mich wiederzusehen.«

»Teresa ..., Teresa ...«, murmelte sie im Halbschlaf vor sich hin. »Teresa ...«

Häufig hatte sie den Namen während der vergangenen Tage laut und leise vor sich hin gesagt und ihn auch in Gedanken ausgesprochen. Allmählich hatte sie sich an ihn gewöhnt. So wie ein Körper im Laufe der Zeit ein anfangs unbequemes Gewand akzeptiert.

Der Mohnsaft tat wieder seine Wirkung. Die quälenden Fragen, die sich in ihrem Kopf formen wollten, verstummten. Schon auf der Grenze zwischen Wachen und Schlafen blinzelte Teresa in das Licht der kleinen Öllampe, die auf der Truhe stand. Im Schatten dahinter erschienen die Umrisse einer Gestalt.

»Du gehörst mir.« Eine Stimme hallte in ihrem Kopf. Sie erfüllte Teresa mit namenlosem Entsetzen. Sie wollte schreien. Aber ehe ihr Mund Töne formen konnte, senkte sich der Schlaf endgültig über sie und riss sie von der Stimme fort.

Als Teresa erneut erwachte, fiel Sonnenschein durch die Ritzen des Fensterladens. Immer noch klang das Entsetzen in ihr nach. Verstört verfolgte sie, wie schmale Lichtstreifen auf der weiß gekalkten Wand aufleuchteten und wieder verschwanden.

Wer bin ich?, fragte sie sich wieder einmal. Bruder Placidus hatte ihr erzählt, dass ein Mönch nach Padua geschickt worden war, um Erkundigungen über sie anzustellen. Ob er etwas über sie herausfinden würde? Und – war das Mädchen, das unter den Leichen gefunden worden war, tatsächlich ihre Tochter? Oder lebte ihr Kind und war sicher?

Tränen stiegen ihr in die Augen. Teresa hob die Hand, um sie wegzuwischen. Sie hatte das Gefühl, dass die Wände der Kammer sie erdrückten. Als sie vorsichtig aus dem Bett stieg, wurde ihr wieder schwindelig. Doch es gelang ihr, das Gleichgewicht zu halten.

Auf der Truhe lag Bruder Placidus' Umhang. Sie zog ihn über ihr Hemd, stolperte zur Tür und stieß sie auf. Kühle, frische Luft schlug ihr entgegen und ein breiter, mit Steinplatten ausgelegter Arkadengang erstreckte sich vor ihr. Hinter der hüfthohen Mauer mit einer Reihe fein behauener Säulen darauf breiteten sich weitflächige Wiesen aus, die noch feucht vom Tau waren. Vom anderen Ende des Gangs waren Männerstimmen zu hören.

Hastig blickte Teresa sich um. Niemand sollte sie sehen und wieder zurück in die Kammer bringen! In der Mauer befand sich ein Durchgang. Einige flache Stufen führten in den Garten hinunter. Teresas Beine wollten ihr immer noch nicht recht gehorchen, aber sie schaffte es trotzdem, die niedrige Treppe hinunterzusteigen und ein Stück um das Gebäude herumzugehen.

Als sie außer Sichtweite des Arkadenganges war, hockte sie sich in das Gras und lehnte ihren Rücken gegen den Mauersockel. Allmählich ließ der Schwindel nach.

Ohne recht zu wissen, warum sie dies tat, folgte Teresa einem sandigen Pfad, der sie tiefer in den Garten führte.

Langsam überquerte sie die Obstwiese, die sie von ihrer Kammer aus sehen konnte. Die unreifen Äpfel und Birnen waren größer geworden und am Ende der Grasfläche konnte sie Kirschbäume ausmachen. Ein leichter Wind frischte auf, der mit ihrem Umhang spielte und in das Laub fuhr. In den Kronen der Kirschbäume wurden hellrote Tupfer sichtbar.

Rot wie die Blutspritzer in ihren Albträumen und Rot wie die Punkte auf der Kinderrassel ... Wieder schossen Teresa Tränen in die Augen. Halb blind taumelte sie weiter und durch die Öffnung in einer dichten Hecke.

Intensiver Kräuterduft schlug ihr entgegen und Wasserrauschen drang an ihr Ohr. Nach einigen Schritten berührten ihre Beine eine Bank. Sie ließ sich darauf sinken und verbarg ihr Gesicht in den Händen.

Das gleichmäßige Murmeln des Wassers verdrängte das Grauen. Dies musste Bruder Placidus' Garten sein. Eine Buchsbaumhecke umschloss das Geviert. Beete voller Kräuter und Gewürze gruppierten sich um einen steinernen Brunnen, dessen Schale von zierlichen, mit einem Flechtmuster überzogenen Säulen getragen wurde.

Müde lief Teresa zu dem Brunnen, um ihr Gesicht zu kühlen. Sie hatte ihre Hand eben in das Wasser getaucht, als sie neben sich ein etwa zwei Fuß hohes Kraut sah. Seine Blätter waren lang und gefiedert und mit kleinen Haaren bedeckt. Dazwischen ragten lange ährenförmige Stängel auf, an denen gelbe sternförmige Blüten hingen. Ein leichter Aprikosenduft entströmte ihnen. Odermennig, dachte Teresa. Ein Tee aus seinen Blüten half gegen Entzündungen im Mund und bei Gallenleiden.

Sie ließ ihren Blick weiterschweifen. Die strauchförmige Pflanze mit den graugrünen Blättern und den kleinen violetten Blüten hieß Lavendel. Er diente als Mittel gegen Kopfschmerzen und Schwindel. An einer anderen, ebenfalls strauchförmigen Pflanze wuchsen hellgrüne Blättchen paarweise an den dünnen Zweigen. Die gelben Blüten waren strahlenförmig angeordnet. Johanniskraut: Es beruhigte und half, die schwarze Melancholie zu vertreiben. Eberraute mit den feinen gefiederten Blättern und dem Zitronenduft löste Krämpfe. Die niedrigen Büsche mit den flaumigen Stängeln und den ovalen grünen Blättern hießen Ysop. Wurden die zerdrückten Blätter auf Wunden gelegt, wirkten sie gegen Entzündungen.

Woher weiß ich das alles?, durchfuhr es Teresa. Der silbrig grüne Salbei war ein Hustenmittel. Der fünf Fuß hohe Baldrian mit seinen gezähnten Blättchen und blassrosa, doldenförmig angeordneten Blüten half bei Schlaflosigkeit. Das Öl des Bilsenkrauts, die Pflanze hatte schmutzig gelbe von roten Adern durchzogene Blüten und wuchs am Rand des Kräutergartens, war giftig und linderte, äußerlich angewendet, Rheumatismus. Welche Pflanze Teresa auch ansah, zu jeder fiel ihr der Name ein und wie sie als Heilmittel zu gebrauchen war.

Verstört machte Teresa einige Schritte zurück in Richtung der Buchsbaumhecke. Doch ehe sie den Durchgang erreicht hatte, bemerkte sie ein Beet voller lilafarbener Blumen, deren Blüten prall und zugleich fragil waren. Schlafmohn. Placidus hatte ihr häufig einen Trank aus dem Milchsaft dieser Pflanze gegeben. Milchsaft … Das Gesumm der Insekten dröhnte schrill in ihren Ohren und der Geruch der Kräuter verursachte ihr Übelkeit.

»Könnt Ihr Euch nicht einmal an das halten, was ich Euch rate? Ist Euch eigentlich klar, dass Ihr totenbleich seid? Ihr hättet noch ein paar Tage im Bett bleiben sollen.« Placidus' vorwurfsvoll-besorgte Stimme brachte Teresa wieder zu sich. »Kommt, ich bringe Euch wieder in Eure Kammer.«

»Nein ... ich ...« Teresa wehrte seine Hand ab und suchte nach Worten. »Ich weiß, wie jedes Kraut in Eurem Garten heißt. Und ich weiß außerdem, gegen welche Krankheiten die Pflanzen wirken und wie aus ihnen Arzneien zuzubereiten sind.«

»Was ja nichts Schlimmes ist.«

»Ja, aber ich kann mir nicht erklären, woher ich dieses Wissen habe und warum ich mich ausgerechnet daran erinnere.«

»Ihr müsst Euch keine Sorgen machen.« Placidus redete ruhig auf sie ein. »Das Gedächtnis unterscheidet nicht zwischen wichtig und unwichtig. Es kehrt nicht geordnet zurück. Anfangs kann es auch Nebensächliches preisgeben. Freut Euch doch, dass Ihr Euch überhaupt wieder an etwas erinnern könnt. Vielleicht seid Ihr ja eine heilkundige Frau.«

»Das glaube ich nicht.« Teresa schüttelte zweifelnd den Kopf.

Placidus betrachtete sie nachdenklich. Schließlich sagte er: »Kommt doch einmal mit mir. Ich möchte gern etwas versuchen.«

Verwundert folgte ihm Teresa zu seiner Kräuterstube. Nachdem der Mönch in dem dämmrigen Raum eine Öllampe angezündet hatte, öffnete er ein Tongefäß und schüttete ihr einige kleine braune Körner in die Hand. »Nun, was ist das?«

Teresa schnupperte. Die Körner verströmten einen bittersüßen, würzigen Geruch. »Das ist Anis«, sagte sie, ohne zu zögern.

»Gegen welche Beschwerden würdet Ihr es anwenden?«

Sie runzelte die Stirn. »Als Tee oder starken Sud gegen Husten und zur Magenstärkung. Und als Paste gegen Schlangen- und Skorpionbisse.«

»Das trifft zu.« Placidus nickte. Er besann sich kurz, ehe er nach einem anderen, größeren Tongefäß griff und ihm einige getrocknete Blätter entnahm.

»Das ist Basilikum.« Teresas Stimme klang tonlos.

»Wie würdet Ihr Basilikum anwenden, wenn Ihr ein Fieber lindern müsstet?«

»Ich würde es mit einigen Gewürzen mischen und daraus einen Tee zubereiten.«

»Welche Gewürze würdet Ihr nehmen?«

»Das Innere einer Kardamomschote«, sagte Teresa langsam. »Und Zimt.«

»In welchem Verhältnis?«

»Einen Viertel Löffel Basilikumblätter, den Samen einer großen Kardamomschote und drei Unzen Zimt. Ich würde alles zusammen in einem halben Scheffel Wasser kochen. Und zwar für die Dauer von sechs Vaterunsern. Dann würde ich das Kraut und die Gewürze abseien.« Verstört blickte Teresa Placidus an und flüsterte: »Ist diese Rezeptur richtig?«

»Ja, ich würde sie genauso zubereiten.« Placidus lächelte. »Allerdings würde ich noch ein wenig Honig hinzufügen. Aber nur, damit der Trank für den Kranken schmackhafter wird.« Wieder bedachte er sich kurz, ehe er sagte: »Würdet Ihr mir eine Salbe gegen Gicht herstellen?«

»Nein«, stieß Teresa hervor. »Ich will das nicht.«

»Warum nicht?«

»Das Wissen um die Pflanzen macht mir Angst.«

»Bitte, versucht es«, drängte Placidus sanft. »Bienenwachs findet Ihr hier«, er deutete auf einige in Leinentücher eingeschlagene Blöcke, die sich auf einem der unteren Regalbretter befanden, »und die Gerätschaften, die Ihr außerdem benötigt, da und da.« Er zeigte ihr Töpfe, Schüsseln und Siebe.

Schließlich gab Teresa seinem Drängen nach. Sie schnitt eine Handbreit Wachs von einem der Blöcke ab und legte es in einen Tiegel. Vorsichtig entfachte sie die Glut in dem Kohlebecken und setzte einen Dreifuß hinein, auf den sie dann den Tiegel stellte. Anschließend öffnete sie die Tongefäße und roch daran. Während das Wachs weich wurde, holte sie Petersilien- und Rautenblätter aus dem Garten und bereitete daraus eine Tinktur. Die Anwesenheit Placidus' nahm sie kaum wahr. Sie arbeitete in einem beinahe schlafwandlerischen Zustand und musste kein einziges Mal innehalten, um sich zu besinnen.

Nachdem Teresa die Tinktur in das Wachs gerührt hatte, nahm sie den Tiegel von der Glut und stellte ihn auf einem Tisch ab. Alle Energie war von ihr gewichen. Zu Tode erschöpft ließ sie sich auf einen Schemel sinken. Sie war sich plötzlich sicher, dass sie derartige Tätigkeiten schon oft ausgeführt hatte und dass sie glücklich dabei gewesen war. So wie eben auch.

»Ich könnte eine Hilfe bei der Versorgung der Kranken gebrauchen.« Sie fühlte Placidus' Hand auf ihrer Schulter. »Und ich würde mich freuen, wenn Ihr mich unterstützen würdet.«

Teresa atmete die Kräuter- und Gewürzdüfte, die in dem Raum hingen, tief ein. »Das tue ich gern«, sagte sie dann leise.

»Herr, Kardinal Rainer von Viterbo wünscht Euch zu sprechen.« Ein Sklave verbeugte sich vor Lorenzo del Matera. Der Templer, ein breitschultriger, dunkelhaariger Mann Anfang vierzig, der mit seinem sinnlichen, schönen Gesicht und der Ausstrahlung von unterschwelliger Aggressivität eher wie ein antiker heidnischer Feldherr als wie ein christlicher Priester wirkte, schob einen Pergamentbogen beiseite. Es überraschte ihn nicht, dass Rainer ihn aufsuchte.

»Bring Rainer zu mir«, befahl Lorenzo. »Und danach gehst du zu Achmed. Er soll einige unserer besten Kämpfer im inneren Hof antreten lassen.«

»Wie Ihr wünscht, Herr.« Nach einer erneuten Verbeugung verließ der Sklave den großen, lichtdurchfluteten Raum im Wohnturm der Burg.

Lorenzo lehnte sich in seinem mit Schnitzereien verzierten Stuhl zurück und rief sich seine erste Begegnung mit dem Kardinal ins Gedächtnis. Vor drei Monaten hatte ihn Rainer hier im Languedoc aufgesucht. Dessen widerstreitenden Gedanken hatten sich deutlich in dem nervös hin und her huschenden Blick gespiegelt.

Aus der Sicht des Kardinals war es naheliegend gewesen, ihn – Lorenzo – damit zu beauftragen, den Kaiser zu töten. Der Templer lächelte, während er sich an Rainers Argumentation erinnerte. Der Kardinal hatte vor allem vorgetragen, dass er von einem sicheren Zeugen erfahren habe, dass Lorenzo im Jahr 1229 zu einer Gruppe von Männern gehörte, die während Friedrichs Kreuzzug einen Anschlag auf den

Kaiser erwogen. Was Rainer nicht wusste, war, dass dieser ›sichere‹ Zeuge gekauft und gezielt auf ihn angesetzt worden war.

In jeder Hinsicht der Wahrheit entsprach dagegen, dass Lorenzo sehr erfolgreich mit der Inquisition zusammenarbeitete. Seine Leute waren wahre Meister darin, flüchtige Ketzer aufzuspüren. Gut, es gab Gerüchte, dass seine Männer unbotmäßige Bauern im Auftrag ihrer reichen Grundherren einschüchterten und folterten. Aber das würde das Gewissen des Kardinals nicht belasten, da war sich Lorenzo sicher.

Lorenzo erhob sich, als die Tür aufflog und der Kardinal in den Raum stürmte. Rainer war ein kahlköpfiger Mann, nur wenig älter als der Burgherr, von fleischigem Körperbau, und seine kleinen, stechenden Augen und der schmallippige Mund verrieten seinen engstirnigen Geist.

Lorenzo unterdrückte ein Seufzen. Er verabscheute Fanatiker. Sie waren unerträglich langweilig. Gut, er würde dafür sorgen, dass Friedrich getötet wurde. Trotzdem hätte er die Gegenwart des gebildeten, vielseitig interessierten Kaisers der Rainers ganz entschieden vorgezogen.

»Rainer, wie schön, Euch zu sehen.« Lorenzo bot dem Kardinal eine Umarmung an, was dieser erwartungsgemäß brüsk abwehrte.

»Ihr habt Euer Versprechen nicht gehalten. Es hat kein Anschlag auf den Kaiser stattgefunden«, empörte sich Rainer sogleich. »Unsere Abmachung ist nichtig.«

»Wollt Ihr Euch nicht erst einmal setzen und einen Wein mit mir trinken? Keinen Wein, nein? Ganz wie Ihr wünscht.« Lorenzo dirigierte den Kardinal in einen Erker, wo er ihm einen Stuhl zurechtrückte.

»Verzeiht, aber ich verstehe nicht ganz, warum Ihr an unserer Abmachung zweifelt«, sagte der Templer dann liebenswürdig.

»Das wagt Ihr zu fragen?« Der Kardinal starrte ihn ungläubig an. »Wir hatten vereinbart, dass Friedrich bis zum Fest des heiligen Hugo nicht mehr am Leben ist. Dieser Tag ist seit Wochen verstrichen. Gab es seitdem irgendwelche Nachrichten, dass der Kaiser getötet wurde? Ich zumindest habe nichts dergleichen vernommen.« Seine Stimme troff vor Sarkasmus.

»Nein, ich habe ebenfalls keine derartige Nachricht erhalten.«

»Also …«

Lorenzo hob seine kräftige, mit kostbaren Ringen geschmückte Hand. »Ich muss Euch nochmals um Verzeihung bitten. Aber Ihr lasst einen kleinen, jedoch nicht unwichtigen Teil unserer Absprache außer Acht. Ja, es stimmt, wir hatten vereinbart, dass Friedrich bis zu diesem Fest getötet werden sollte. Jedoch nur, sofern es die Umstände zuließen.«

»Worauf wollt Ihr hinaus?« Die Miene des Kardinals spiegelte Abwehr und Misstrauen.

»Meine Leute sind sehr gut. Aber sie gehen kein unnötiges Risiko ein.« Tatsächlich hatte Lorenzo den besten seiner Leute mit der Mission beauftragt, Friedrich zu beseitigen.

»Ihr habt mir geschworen, dass Euer Mann sein Leben riskiert«, fuhr Rainer auf.

»Zu diesem Schwur stehe ich ohne Wenn und Aber.« Lorenzo beugte sich vor. »Meine Leute fürchten nicht um ihr Leben. Aber sie wissen, dass sie unter allen Umständen ein Misslingen vermeiden müssen. Rainer, Ihr kennt die Gesetze der Jagd. Ist ein Wild vorschnell aufgeschreckt, ist es umso schwieriger, es zu erlegen.«

»Worauf wollt Ihr hinaus?«

»Vor Kurzem habe ich aus sicherer Quelle erfahren, dass einige Soldaten des Kaisers Abt Constanzius gefangen genommen haben.« Lorenzos Tonfall war sanft. »Bei ihm wurden Briefe gefunden, die Hinweise auf ein geplantes Attentat enthalten. Der Abt wird nun nach Sizilien gebracht. Wo sich, wie Ihr wohl wisst, Friedrich zurzeit aufhält.«

»Bei Gott ...«

Lorenzo verbarg sein Amüsement unter einer Maske von Besorgnis. Die Entrüstung des Kardinals war schlagartig verpufft und tiefem Entsetzen gewichen. Die Leute, die Friedrich beseitigt haben wollten, waren Stümper. Gut, dass er entsprechende Vorsichtsmaßnahmen ergriffen hatte.

»Constanzius wird unter der Folter sicher zu reden beginnen.« Schweißperlen waren auf die Stirn des Kardinals getreten.

»Auch ich halte den Abt nicht für den Standhaftesten.« Lorenzo wiegte bedächtig den Kopf. Einige Momente ließ er Rainer der Frage nachhängen, wie er sich am besten vor Friedrichs Rache schützen könnte. Dann fuhr der Templer fort: »Ihr müsst Euch keine Sorgen machen. Es sind Vorkehrungen getroffen worden, dass Constanzius nicht reden wird.«

»Ihr ...?« Hoffnung glomm in den Augen des Kardinals auf.

»Ja, allerdings, ich habe meine Beziehungen«, Lorenzo nickte. »Denn ich lege keinen Wert darauf, die Leute des Staufers am Hals zu haben.« Was nun wirklich der Wahrheit entsprach. Er erhob sich und ging zu einem der Fenster. »Da Ihr vorhin die Fähigkeiten meiner Kämpfer angezweifelt habt – vielleicht wollt Ihr ihnen einmal zusehen, wie sie ihre verschiedenen Fertigkeiten üben.«

Belustigt registrierte er, dass Rainer eilfertig aufstand.

Mein Adlernest, dachte Lorenzo ironisch, während er seinen Blick über die Burg schweifen ließ. Der Innenhof, wo er die Kämpfer hatte antreten lassen, war nur einer von insgesamt vier Höfen. Unterhalb der mächtigen, aus gelblichem Stein erbauten Mauern fielen die Felshänge fast senkrecht ab. Den einzigen Zugang zu der Anlage bildete ein steiler, gewundener Weg, der von den viereckigen Türmen beidseits des Tors leicht unter Beschuss zu nehmen war.

Lorenzo hatte die Burg das erste Mal während der Albigenserkriege zu Gesicht bekommen. Damals hatte er als Knappe im Heer Simons de Monfort gedient, der im Auftrag von Papst Innozenz III. einen Kreuzzug gegen die südfranzösischen Häretiker geführt hatte.

Der damalige Besitzer der Burg, ein Anhänger des albigensischen Glaubens, hätte nur ausharren müssen, bis das Heer unverrichteter Dinge wieder abgezogen wäre. Denn eigentlich war die Anlage uneinnehmbar. Aber zermürbt von der monatelangen Belagerung hatte der Graf schließlich Simon de Monfort geglaubt, der ihm und seinen Leuten den freien Abzug versprach. Kaum waren die Tore geöffnet gewesen, hatten Simons Soldaten alle Insassen, einschließlich des Grafen, niedergemacht. Was Lorenzo eine frühe und sehr einprägsame Lektion darüber erteilt hatte, dass Listen manchmal weitaus hilfreicher sein konnten als kriegerische Mittel.

Dann, als er Jahre später nach einem sicheren und abgelegenen Stützpunkt gesucht hatte, war ihm die Burg wieder in den Sinn gekommen. Sie im Namen des Templerordens in

Besitz zu nehmen, war kein Problem gewesen. Doch der wahre Herrscher über die Burg war er allein.

Zufrieden beobachtete Lorenzo, wie die vierzehn jungen Krieger unterhalb des Fensters gegeneinander fochten. Alle trugen eng anliegende schwarze Hosen und kurze Tuniken aus demselben dunklen Stoff, die durch breite Ledergürtel zusammengehalten wurden. Ihre Haare waren im Nacken zu Zöpfen geflochten. Obwohl sie sich in Größe und Aussehen unterschieden, verliehen ihnen die identische Kleidung und die gleichen Frisuren eine große Ähnlichkeit. Ihre Bewegungen waren leicht und anmutig, wirkten mehr wie die von Tänzern als die von Kämpfern.

Die Aufmerksamkeit Achmeds, eines muskelbepackten Hünen, der die schwarzen Haare am Hinterkopf zu einem Knoten zusammengebunden hatte und dessen nackte Oberarme schwere Bronzeringe schmückten, schien ganz auf die Fechtenden gerichtet zu sein. Doch Lorenzo wusste, dass sein Vertrauter nur auf ein Zeichen von ihm wartete, das er ihm nun auch unauffällig gab. Ein rasches Funkeln in Achmeds Augen zeigte Lorenzo, dass dieser verstanden hatte. Die Geschwindigkeit des Kampfs steigerte sich, bis die Waffen zu einem Wirbel aus Licht verschwammen.

Als Achmed seinen Arm hochriss, blieben die Krieger, die Schwerter in der erhobenen Faust, wie erstarrt und einander genau gegenüber, stehen. Nach dem Waffengeklirr wirkte die abrupte Stille umso stärker. Rainer von Viterbo ließ ein leises Keuchen hören. Lorenzo unterdrückte ein Lächeln.

Achmed rief etwas und die Krieger traten dicht vor die Mauer an der Längsseite des Burghofs. Ein weiterer scharfer Befehl. Nun sprangen sie an der Mauer hoch und kletterten dann so rasch hinauf, als würden sie sich über eine ebene

Fläche bewegen. Lorenzo kam es vor, als würde er selbst den warmen, rauen Stein an seinen Fingerspitzen und Zehen spüren, und er erlebte die Momente mit – nicht länger als einen Lidschlag durften sie dauern –, wenn der Körper aus dem Gleichgewicht war und mit schlafwandlerischer Sicherheit nach einem neuen Halt in einer Ritze oder einer Unebenheit suchte. Denn das, was so leicht und selbstverständlich aussah, war in Wahrheit das Ergebnis von absoluter Konzentration und Körperbeherrschung. Fähigkeiten, in denen er immer noch jedem der jungen Krieger überlegen war.

Die Krieger hatten sich jetzt auf der Mauerkrone aufgestellt. Wie ein dunkler Wall ragten ihre Körper vor dem tiefblauen Sommerhimmel auf.

Rainer von Viterbo wandte sich an Lorenzo. »Gehören diese Männer etwa alle dem Templerorden an?«, stammelte er.

»Nein, ich habe sie aufgrund ihrer besonderen Fähigkeiten erwählt und ausbilden lassen. Sie unterstehen nur mir.« Er lächelte. »Aber meine Kämpfer haben noch Besseres zu bieten.«

Sie waren inzwischen von der Mauer heruntergesprungen und traten ohne Waffen gegeneinander an. Erneut schien es, als ob sie einen Tanz aufführten. Einen Tanz, dem eine fremde, atemberaubende Schönheit innewohnte. Mit gleitenden Bewegungen umkreisten sie sich. Nur um plötzlich hoch und dann wieder zur Seite zu springen oder sich ganz um die eigene Achse zu drehen. Dabei führten ihre Beine schnelle Tritte und ihre Arme rasche Schlagfolgen aus. Nichts Hartes oder Abgehacktes war diesen Hieben und Tritten zu eigen. Sie wirkten elegant und fließend, als ob die Glieder der

Kämpfenden nicht aus Knochen und Muskeln, sondern aus einem weichen, unendlich dehnbaren Material beständen.

Unten im Hof der Burg warfen sich nun zwei der Kämpfer auf einen dritten und packten ihn an den Armen. Rainer hatte die Ellbogen auf das Fenstersims gestützt und den Oberkörper weit vorgebeugt. Sein Atem ging rasch und sein Gesicht spiegelte deutlich die Erwartung, dass die zwei Männer ihren unterlegenen Gegner ohne Schwierigkeiten niederringen würden. Dieser, ein dünner Junge, der kaum das Erwachsenenalter erreicht hatte, vollführte eine rasche Drehung. Dann, mit einer kaum merklichen Bewegung seiner Arme, hatte er seine Gegner abgeschüttelt. Blitzschnell trat er dem einen mit dem ausgestreckten Bein in den Unterleib, während er gleichzeitig den anderen mit der Faust am Kinn traf. Beide stürzten zu Boden.

»Das … das ist Zauberei«, keuchte Rainer.

»Oh, Ihr erweist mir zu viel Ehre.« Lorenzo winkte ab. »Meine Leute kämpfen nur auf eine Weise, wie sie da und dort in fernen Ländern bekannt ist. Diese zwei«, er deutete in Richtung der Unterlegenen, »haben ihre Lektion noch nicht gelernt. Aber Schläge, einige Tage bei Wasser und Brot und Schlafen auf dem harten Boden werden ihren Eifer anstacheln.«

»Könnt Ihr auch so kämpfen?« Der Kardinal starrte den Templer an.

»Ja, allerdings, das kann ich.« Lorenzo nickte leichthin. Dabei nahm er wahr, wie sich ein Funken von Misstrauen in Rainers Bewunderung mischte. Sanft fuhr der Burgherr fort: »Falls Ihr mir nicht traut, steht es Euch natürlich völlig frei, anderswo nach jemandem zu suchen, der Euch Euren Wunsch, Friedrich zu töten, erfüllt. Ich möchte auf keinen

Fall, dass Ihr Euch gegen Euren Willen an unsere Abmachung gebunden fühlt.«

»Nein, nein«, Rainer wehrte hastig ab. »Das beabsichtige ich ganz und gar nicht.«

Lorenzo neigte den Kopf. »Ihr ehrt mich.«

»Eure Leute machen tatsächlich einen sehr fähigen Eindruck. Ich vertraue darauf, dass Euer Mann seiner Aufgabe nachkommen und Friedrich töten wird.« Der Kardinal straffte sich. »Aber vergesst nicht, dass auch für Euch viel auf dem Spiel steht. Papst Innozenz wird Euch nur dann dabei unterstützen, die Herrschaft über das Königreich Jerusalem zu erringen, wenn das Attentat gelingt.«

Lorenzo blickte auf den Hof hinunter, wo mittlerweile einer der beiden Unterlegenen zu einer steinernen Säule geführt und daran festgebunden worden war. Von zwei Knechten bewacht, erwartete der andere seine Strafe. Achmed holte mit der Peitsche, die er am Gürtel getragen hatte, weit aus. Als die Schwänze den Rücken des Gefesselten trafen, ertönte ein lautes Klatschen, doch der Geschlagene stieß keinen Laut aus.

Ein leichtes Lächeln spielte um Lorenzos Mund, während er sich wieder Rainer zuwandte. »Seid unbesorgt. Euer Herr und Ihr könnt unbedingt darauf vertrauen, dass mein Mann seine Aufgabe zu Eurer vollsten Zufriedenheit erledigen wird.«

Eine nagende Ungeduld erfüllte Alessio, während er und seine zwölf Männer durch das felsige Tal ritten, in dem die

Nachmittagshitze brütete. Seit vier Wochen waren sie nun schon unterwegs. Abgesehen von der Überfahrt nach Sizilien hatten sie von Tagesanbruch bis zum Einsetzen der Dunkelheit im Sattel gesessen und sich und den Pferden nur die allernötigsten Pausen gegönnt. Nachts hatten sie unter freiem Himmel geschlafen. Ein Karren, auf dem ein Zelt hätte transportiert werden können, hätte sie nur behindert. Selbst die Kettenhemden hatten sie in dem Kloster bei Mantua zurückgelassen, denn ihr Gewicht wäre eine zu große zusätzliche Last für die Pferde gewesen.

Karim und er hatten gehofft, den Kaiser in Enna anzutreffen. Doch als sie dort angelangt waren, hatten sie erfahren, dass Friedrich und sein Hofstaat einige Tage zuvor nach Palermo aufgebrochen waren.

»Hoffentlich hält sich der Kaiser tatsächlich in der Hauptstadt auf«, sprach Karim, der neben Alessio ritt, dessen Sorge aus. »Lange halten die Pferde nicht mehr durch, und neue zu kaufen, kostet uns zu viel Zeit.«

»Ja«, erwiderte Alessio geistesabwesend. Es gab keinen ersichtlichen Grund, aber seit sie durch das Tal ritten, hatte ihn eine merkwürdige Unruhe gepackt. Als ob eine Gefahr in der Luft läge. Er blickte über die Schulter. Doch Abt Constanzius saß, die Hände an die Zügel gefesselt, sicher zwischen seinen Bewachern auf dem Pferd. Der Rücken des Geistlichen war gekrümmt und sein Kopf hing ihm tief auf die Brust.

»Der Pfaffe ist ein bisschen mitgenommen«, spottete Karim. »Aber es ist gut für uns, dass er so erschöpft ist. Auf diese Weise kann er uns keinen Ärger machen.«

Alessio nickte wieder zerstreut, während seine Augen die steilen, von Felsbrocken übersäten Hänge absuchten, auf denen hohe Zypressen zwischen Ginster- und Wacholderbüschen wuchsen.

Sie folgten einer Wegkrümmung. In einiger Entfernung tat sich das Ende des Tals auf, da nahm Alessio plötzlich auf dem Hang zu seiner Rechten eine Bewegung wahr. Mehrere Männer schlängelten sich durch das Strauchwerk.

»Vorsicht, ein Überfall!«, rief er, riss sein Schwert aus der Scheide und preschte los. Karim und die anderen taten es ihm gleich.

Aber noch ehe sie das Ende des Tals erreicht hatten, sprang ein weiteres Dutzend zerlumpter Männer von den Hängen herab und versperrte ihnen mit gezückten Waffen den Weg.

»Da sind noch mehr!«, hörte Alessio Karim schreien.

»Gebt auf den Abt acht!«

Alessio spornte seinen Hengst weiter an und lenkte ihn auf den ersten der Angreifer zu, einen breitschultrigen Kerl, dem ein schwarzer Bart bis zum Gürtel wuchs. Die Augen des Mannes weiteten sich entsetzt, als ihm klar wurde, dass er dem Pferd nicht mehr ausweichen konnte. Der Zusammenprall riss ihn um und Alessio spürte, wie die Pferdehufe den Leib zertrampelten. Hinter sich hörte er wildes Geschrei und das Klirren von Waffen.

Ein anderer Räuber tauchte neben Alessio auf und Metall blitzte. Im nächsten Moment durchfuhr ein heftiger Schmerz seinen rechten Arm. Das Schwert glitt aus seiner Hand. Alessio duckte sich und riss mit der Linken seinen Dolch aus dem Gürtel. Doch ehe sein Gegner noch einmal auf ihn eindringen konnte, hatte Karim dem Mann ein Messer in die Kehle gerammt. Blut spritzte aus seinem Hals und er brach zusammen.

Einer der Räuber schrie einen scharfen Befehl. Hastig schaute Alessio sich um. Doch die Angreifer gaben auf und flüchteten die Hänge hinauf.

»Feiges Gesindel.« Karim blickte ihnen mit zusammengekniffenen Augen nach. »Dieses Räuberpack hat wohl nicht mit einer so heftigen Gegenwehr gerechnet.«

Alessio registrierte, dass insgesamt sechs Angreifer ihr Leben gelassen hatten. Einer seiner Leute blutete an der Schulter, ein anderer aus einem Stich am Oberschenkel. Alessio stutzte erschrocken. »Wo ist der Abt?«, fuhr er auf.

»Verdammt!« Karim stieß einen Fluch aus.

»Federico«, Alessio wandte sich einem jungen Soldaten zu, »du hilfst den Verletzten. Ihr anderen folgt dem Tal in nördlicher Richtung und sucht dort. Karim und ich reiten nach Süden.«

»So viel Geistesgegenwart hätte ich dem Alten nicht zugetraut.« Karim schwang sich in den Sattel.

Während sie den Pferden einmal mehr das Letzte abverlangten, überschlugen sich Alessios Gedanken. Constanzius war der Einzige, von dem sie Informationen über die Verschwörer und den geplanten Anschlag auf Friedrich erwarten konnten. Der Abt durfte ihnen nicht entkommen!

Als das Tal in eine Senke überging, zügelte Alessio sein Pferd. Zwischen dem hohen, von der Sonne verbrannten Gras wucherten Ginsterbüsche und Wacholdersträucher. In einiger Entfernung befand sich ein Pinienwäldchen. Bis auf das Gesumm der Bienen und das Zirpen der Grillen war kein Laut zu hören.

»Komm schon«, drängte Karim.

»Warte.« Alessio schüttelte den Kopf. Die Stille vertiefte sich, wurde lastend. Das Schimpfen eines Vogels brach sie.

Gleich darauf flatterte ein Eichelhäher zwischen den Pinien hoch. Alessio spornte sein Pferd an. »Vielleicht hat sich Constanzius in dem Wäldchen versteckt. Ich suche dort nach ihm. Reite du drum herum und versuche, ihm den Weg abzuschneiden, falls er mir entwischt.«

Als Alessio die Bäume erreichte, benötigten seine Augen einige Momente, bis sie sich an das schattige Licht unter den hohen, schirmförmigen Kronen gewöhnt hatten. Angespannt lauschend, dirigierte er seinen Hengst langsam zwischen den Stämmen hindurch. Der dicke Teppich aus Piniennadeln dämpfte die Hufschläge. Ein Vogel zwitscherte. Ein Eichhörnchen huschte einen Stamm hinauf. Dann ertönte ein lautes Knacken und gleich darauf das Geräusch brechender Äste.

Alessio spähte nach vorn. Am Rand des Wäldchens, vom Sonnenlicht umrissen, konnte er ein Pferd und einen Reiter erkennen. Hastig drängte er seinen Hengst darauf zu.

Als Alessio den Saum der Bäume erreichte, galoppierte Constanzius schon über die Wiese. Doch Karim hielt in einem weiten Bogen auf ihn zu. Fast gleichzeitig erreichten sie den Abt. Noch einmal versuchte Constanzius auszuweichen, doch Karim gelang es, die Zügel zu packen und das Pferd zum Stehen zu bringen.

»Gott wird Euch strafen.« Der Abt sah die beiden hasserfüllt an.

»Oh, macht Euch um uns keine Sorgen. Andere haben weit mehr Strafe verdient als wir.« Karim grinste. Aber er wurde ernst, als sein Blick auf Alessio fiel. »Was ist mit deinem Arm?«

Erst jetzt registrierte Alessio den stechenden Schmerz, der seinen rechten Arm durchpulste. Dicht unterhalb der Schulter war sein Kittel blutdurchtränkt. »Das ist nichts

Schlimmes«, wehrte er ab. »Lass uns zu den anderen reiten. Der Überfall hat uns schon genug Zeit gekostet.«

In einem Winkel der Klosterkirche von Monreale lauschte Teresa dem Gesang der Benediktiner. Im Halbdunkel zu stehen, umgeben vom schwach schimmernden Gold der Mosaiken, und sich in das An- und Abschwellen der Musik zu versenken, tat ihr gut. Es half ihr, ihre Angst und ihre Unruhe für einen Moment zu vergessen. Als halte eine dunkle Macht sie in ihrem Bann, verspürte sie immer wieder den fast unwiderstehlichen Drang, das Kloster zu verlassen. Gleichzeitig löste der Gedanke, Bruder Placidus nicht mehr um sich zu haben und ihm nicht mehr bei der Pflege der Kranken zu helfen, eine tiefe Traurigkeit in ihr aus.

Die letzten Töne des lateinischen Gesangs verklangen und die Mönche verließen in Zweierreihen den Chor. Einer der Benediktiner begann, die Kerzen zu löschen.

Teresa wartete, bis sich die Dunkelheit auch über die beiden Engel senkte, die hoch oben in dem Bogen, der den Chor vom Schiff trennte, abgebildet waren. Mächtige, in Gold und Silber erstrahlende Geschöpfe mit ernsten, aber freundlichen Gesichtern. Was Glaubensdinge betraf, konnte sie sich, abgesehen von dem Vaterunser, immer noch an nichts erinnern. Das Bild Christi im blauen Mantel über dem Altar sagte ihr überhaupt nichts. Aber zu den Engeln fühlte sie sich – ohne dass sie sich hätte erklären können, warum – hingezogen.

Teresa hatte Placidus versprochen, nach einem Mittel gegen Husten zu sehen, das lange Stunden in der Glut des Kohlebeckens gewärmt werden musste. Immer noch erfüllt von dem Gesang der Mönche, betrat sie die Kräuterstube. Vorsichtig berührte sie das Tongefäß. Nein, die Wärme war zu schwach.

Nachdem sie einige Kohlen in die Glut geschoben hatte, rührte sie den rötlichen, dick flüssigen Saft mit einem Holzstab um. Der Geruch von Fenchel stieg auf und erinnerte sie daran, dass sie die Samen der Pflanze am nächsten Tag in Ziegenmilch kochen und das Getränk einem Kranken im Hospital verabreichen wollte, der unter schlimmen Magenkrämpfen litt. Der Kranke würde sicher bald zu seiner Familie zurückkehren können ... Vielleicht lebten ihre eigenen Verwandten ja tatsächlich in Padua und auch für sie würde eine Heimkehr möglich sein. Eine zaghafte Zuversicht erfüllte sie.

Im nächsten Moment überfiel ein namenloses Grauen Teresa und sie begann so heftig zu zittern, dass ihr der Holzstab aus der Hand glitt und zu Boden fiel. Sie musste das Kloster verlassen! Nein – sie wollte das nicht!

Ohne dass ihr dies bewusst gewesen wäre, begann Teresa ihren Oberkörper hin- und herzuwiegen und die Melodie zu summen, die die Mönche vorhin in der Kirche gesungen hatten. Die Töne beruhigten ihren verstörten Geist. Die beiden Engel erschienen vor ihren geschlossenen Augen. Sie breiteten ihre Flügel aus und umgaben sie damit wie mit einer glänzenden Schutzhülle ...

Als Teresa wieder zu sich kam und erschöpft in das Licht der Öllampe blinzelte, war ihr Leib schweißnass und sie fühlte sich zerschlagen, als hätte sie gerade einen langen und schweren Kampf überstanden.

Alessio irrte sich. Die Wunde an seinem Arm wollte nicht heilen. Zwei Tage nach dem Überfall erreichten sie die Zisa, das Jagdschloss der Staufer am Rande Palermos. Einen rechteckigen Bau, dessen strenge Form durch den warmen Ton des ockerfarbenen Steins und anmutige bogenförmige Verzierungen gemildert wurde. Während Alessio in einem Raum im Untergeschoss auf und ab ging und darauf wartete, dass er zu dem Kaiser gerufen wurde, verspürte er einen Schmerz, als ob ein Messer in seinen Oberarm schnitte.

Endlich trat ein älterer Diener ein, der einen Kittel aus gelbem feinem Leinen trug, und forderte ihn auf, ihm zu folgen. Der Diener geleitete Alessio in den Garten und an drei großen rechteckigen Marmorbecken entlang, an deren Rand Feigenbäume und Rosenstöcke wuchsen. Ein Brunnen im Inneren des Schlosses speiste die Bassins mit frischem Wasser. Es verströmte eine angenehme Kühle. Am anderen Ende des Gartens erhob sich eine Terrasse, über die ein großes, weiß-rot gestreiftes Sonnensegel gespannt war. Darunter saß ein Mann mit rotblonden Haaren. Der Kaiser. Nur vier Soldaten seiner Leibwache befanden sich bei ihm. Alessio war mit einem Mal sehr aufgeregt. Gewiss, er hatte schon öfter mit dem Staufer gesprochen. Doch er hatte ihm gegenüber noch nie zuvor über einen wichtigen Auftrag Rechenschaft ablegen müssen.

Der Diener wies Alessio an, am Fuße der Stufen, die zu der Terrasse hinaufführten, zu warten. Nachdem er einige leise Worte mit Friedrich gewechselt hatte, bedeutete er schließlich, dass Alessio vor den Kaiser treten durfte, und entfernte sich.

Während Alessio die niedrige Treppe emporstieg, wandte der Kaiser sich ihm zu. Er war von mittelgroßer Statur, unter dem hellen Seidengewand zeichnete sich der athletische Körper eines Kriegers und leidenschaftlichen Jägers ab. Der rotblonde Bart, der sein ebenmäßig geschnittenes Gesicht umrahmte, war ebenso ein Erbe seiner staufischen Ahnen wie es die blauen, weit auseinanderstehenden Augen waren. Friedrichs Blick war klar und zwingend. Trotzdem kam es Alessio wie bei ihrer letzten Begegnung in Lucca vor, als ob den Kaiser eine tiefe Melancholie umwehte.

Er beugte die Knie und berichtete mit wenigen Worten, was sich in dem Kloster bei Mantua zugetragen hatte. Er endete mit der Nachricht, dass sich Abt Constanzius, von einigen Soldaten bewacht, im Kellergeschoss der Zisa befand.

Nun überreichte er Friedrich die Briefe, die er in der Schreibstube Constanzius' sichergestellt hatte. Der Kaiser überflog die Schriftstücke und ließ sie dann achtlos auf einen kleinen Marmortisch fallen.

»Constanzius wird unter der Folter sicher zu reden beginnen«, sagte er mehr zu sich selbst. »Wobei ich ohnehin davon überzeugt bin, dass Papst Innozenz der Urheber der Verschwörung ist. Aufschlussreich wird nur sein, welche meiner Gefolgsleute sich entschlossen haben, dem Papst zu folgen und mich zu verraten.« Er nickte Alessio zu. »Du hast deine Sache gut gemacht und kannst gehen.«

»Herr, verzeiht«, sagte Alessio impulsiv. »Glaubt Ihr nicht, es wäre besser, wenn Ihr die Zisa verlassen und Euch an einen Ort begeben würdet, der schwerer zugänglich ist? Die

Mauern rings um den Garten sind nur zehn Fuß hoch und es dürfte ein Leichtes sein, in das Schloss einzudringen.«

»Was fällt dir ein? Ich pflege nicht mit einem Untergebenen zu erörtern, wo ich mich aufhalten soll!«, versetzte Friedrich scharf.

»Nein, natürlich nicht.« Alessio senkte den Kopf.

»Außerdem scheinst du eine sehr geringe Meinung von meinen Soldaten zu haben.«

»Ganz und gar nicht.« Alessio straffte seine Haltung und sah den Kaiser offen an. »Ich weiß, dass rings um das Jagdschloss Wachen postiert sind und dass sie Euch gut gegen jeden sichtbaren Feind verteidigen werden. Aber was, wenn Eure Gegner nur wenige Schergen gedungen haben, vielleicht auch nur einen einzigen, dem es gelingt, die Wachen zu täuschen und sich unbemerkt auf das Gelände der Zisa zu schleichen?«

»Dann würde mir immer noch meine Leibwache bleiben und auch ich selbst stehe nicht gerade in dem Ruf, ein schlechter Kämpfer zu sein.«

»Gewiss.« Alessio nickte. »Aber ich zum Beispiel, der ich vor Euch knie. Ich könnte meinen Dolch ziehen und auf Euch losstürzen und Euch eine tödliche Verletzung zufügen, ehe Ihr oder Eure Wache reagieren könntet.«

Mit einer raschen Handbewegung hielt Friedrich seine Soldaten, die ihn schützend umringen wollten, zurück. Nachdenklich musterte er Alessio. »Du oder ein anderer Mann müsstet wirklich sehr schnell sein. Wobei ich nicht ausschließen will, dass es möglich ist. Trotzdem würde mein Mörder sein eigenes Leben lassen. Vielleicht gelänge es mir ja sogar selbst – was ich hoffe –, ihn, während ich in meinen letzten Atemzügen liege, tödlich zu verwunden.« Er lächelte ein wenig. »Aber mit Sicherheit würden ihn meine Soldaten töten.«

»Und was, wenn Eurem Mörder dies gleichgültig wäre? Wenn er gern bereit wäre, sein eigenes Leben für Euren Tod zu geben?«

»Du denkst an einen Assassinen? Aber mein Verhältnis zu den Muslimen ist, anders als das zu Innozenz, unbelastet. Nein, warum sollte sich ein Assassine an einer solchen Verschwörung beteiligen?« Friedrich schüttelte den Kopf. »Und außerdem hasst Innozenz die Muslime viel zu sehr, als dass er mit ihnen paktieren würde.«

»Aber die Verschwörer könnten auch einen Christen als Mörder gedungen haben.« Alessio sprach eindringlich weiter. »Auf dem Weg nach Sizilien hatte ich viel Zeit, über einen Anschlag nachzudenken. Gift ist unzuverlässig. Außerdem beschäftigt Ihr einen Vorkoster. Von einem großen Trupp Feinde könntet Ihr kaum überrascht werden. Nein, wenn ich Euer Gegner wäre, würde ich mich für einen einzelnen, geschickten Mann entscheiden, dem nicht viel an seinem Leben liegt.«

»Und du glaubst wirklich, dass ein Christ bereit wäre, mit der Todsünde eines Mordes auf dem Gewissen zu sterben, ohne die Möglichkeit, einem Priester zu beichten und die Absolution zu erlangen? Die ewige Verdammnis ist ein hoher Preis.«

»Nun verzeiht, wenn ich dies so sage – der Mörder könnte überzeugt sein, mit der Tat ein gottgefälliges Werk zu begehen. Vielleicht haben ihm seine Auftraggeber ja im Voraus die Absolution erteilt.«

»Die Bestie Friedrich, der Antichrist, so haben meine Gegner mich genannt«, sagte der Kaiser leise. Seine Miene spiegelte Bitterkeit und Wehmut. Für einige Momente wirkte er völlig in sich versunken.

Alessio nahm wahr, wie ein leichter Wind das Sonnensegel blähte und Muster aus Licht und Schatten über den glänzenden Marmorboden der Terrasse huschten. Wahrscheinlich gedachte Friedrich seines toten erstgeborenen Sohns, der ihm ebenfalls ein Gegner gewesen war.

Schritte erklangen auf einem der Kieswege ganz in der Nähe und veranlassten sowohl Friedrich als auch Alessio aufzublicken. Ein großer, kräftiger Mann Ende dreißig, der ein breites, rotwangiges Gesicht und einen offenen Blick hatte, näherte sich der Terrasse. Erleichtert erkannte Alessio Gaetano, seinen Vorgesetzten und väterlichen Freund.

Nachdem auch er auf der Terrasse stand, verbeugte Gaetano sich vor dem Kaiser. »Majestät, Ihr habt mich rufen lassen ...«

»Oh, mein Lieber, wie erfreulich, dass du es bist und nicht ein gedungener Mörder.« Friedrich war wieder ganz bei sich. Seine Stimme klang trocken.

»Majestät, verzeiht, aber ich verstehe nicht ...«

»Dein Schützling hat mir eben detailliert unterbreitet, wie ich am besten umgebracht werden könnte.«

»Wie meint Ihr ...?« Erschrocken blickte Gaetano von Friedrich zu Alessio.

»Ein Scherz.« Der Kaiser winkte ab. »Wie du inzwischen auch wissen wirst, gehört Abt Constanzius zu den Verschwörern und befindet sich in der Zisa. Du wirst aus ihm herausbekommen, wer sich diesem Gesindel außerdem angeschlossen hat. Mach ihm Versprechungen. Sichere ihm eine milde Strafe zu. Oder drohe ihm, wenn es dir nützlich erscheint. So angespannt, wie mein Verhältnis zur Kirche momentan ist, würde ich gern darauf verzichten, einen Benediktinerabt foltern zu lassen. Aber wenn Constanzius nicht reden will, dann greifst du zu diesem Mittel. Ich erwarte, über jeden Fortschritt in der Befragung unterrichtet zu werden. Und nun lasst mich allein.«

Die beiden Männer verbeugten und entfernten sich. Sobald sie außer Hörweite waren, musterte Gaetano Alessio von der Seite. »Über was – bei Gott – hast du mit dem Kaiser gesprochen?«

Alessio berichtete ihm rasch von seiner Theorie. »Es tut mir leid, wenn Ihr wegen mir Schwierigkeiten haben werdet«, sagte er leise. »Aber ich konnte nicht anders, ich musste den Kaiser warnen.«

Gaetano blickte mit gerunzelter Stirn von den geweißten Gartenmauern zu dem Jagdschloss. Kleine Türmchen bekrönten das flache Dach und leichte, geschnitzte Holzgitter verschlossen die Fenster. Schließlich erwiderte er: »Ich fürchte, deine Warnung ist berechtigt. Wäre ich ein Gegner Friedrichs, würde ich mich ebenfalls für wenige oder gar nur einen einzelnen Mörder entscheiden. Aber wegen mir musst du dir keine Sorgen machen. Friedrich schätzt es, wenn Menschen ihm gegenüber offen sind.«

»Der Kaiser hat sich in den letzten Monaten sehr verändert, nicht wahr?« Mittlerweile hatten sie das Gebäude erreicht und blieben neben dem Wasserbecken stehen.

Gaetano seufzte. »Manchmal kommt es mir vor, als sei er bereit, mit seinem Leben abzuschließen.«

Alessio nahm wahr, dass das Wasser türkisfarben schimmerte. Verzerrt spiegelte sich das Jagdschloss darin. »Ich kann Friedrich verstehen«, hörte er sich sagen und dachte an Giulia.

Als er aufschaute, bemerkte er Mitleid in Gaetanos Augen. »Ich bin sicher, dass Ihr Constanzius nicht foltern müsst«, meinte Alessio hastig. »So wie ich den Abt einschätze, wird er sich schnell mit Versprechungen ködern lassen.«

»Das hoffe ich.« Der Ausdruck in Gaetanos breitknochigem Gesicht wurde hart. Nach einer kurzen Stille sagte er: »Sieh zu, dass du etwas zu essen und ein Bad bekommst. Du scheinst beides dringend nötig zu haben.«

»Da habt Ihr wohl recht.« Alessio lächelte. Im nächsten Moment durchzuckte ihn ein so heftiger Schmerz, dass er unwillkürlich den Verband an seinem rechten Oberarm berührte. Schweiß perlte auf seiner Stirn.

»Eine schlimme Verletzung?« Gaetano sah ihn fragend an.

»Nein, nur ein Stich«, wehrte Alessio ab. »Zwei Tagesritte vor Palermo haben uns Räuber überfallen.«

»Von wegen, nur ein Stich!«, ließ sich Karims Stimme hinter ihnen vernehmen. »Auf dem letzten Wegstück hat er sich kaum noch im Sattel halten können.«

»Du übertreibst maßlos.« Alessio warf dem Freund, der ihn angrinste, einen drohenden Blick zu. »Außerdem habe ich ja vor, einen Medicus aufzusuchen.«

»In dem Benediktinerkloster von Monreale gibt es einen Mönch, der für seine Heilkunst berühmt ist. Er heißt Placidus«, sagte Gaetano bestimmt. »Geh zu ihm und nicht zu irgendeinem Quacksalber.«

»Das ist nicht nötig ...« Eigensinnig schüttelte Alessio den Kopf.

»Oh, ich glaube doch.« Gaetano musterte ihn gelassen. »Morgen früh reitest du los. Karim wird dich begleiten. Nein, du kannst dir deinen Widerspruch sparen. Das ist ein

Befehl. Ich will dich hier nicht mehr sehen, bis deine Wunde auskuriert ist.«

Schon seit einer geraumen Weile lag Alessio wach auf seinem Bett in einem der Nebengebäude der Zisa. Der Schmerz in seinem Arm war mittlerweile so vorherrschend, dass er nicht mehr in den Schlaf finden konnte. Obwohl es weit nach Mitternacht sein musste, war es in der Kammer immer noch warm. Durch das Fenster konnte er den dunstiggrauen Nachthimmel sehen. Wieder einmal hatte er von Giulia geträumt. Ihre Schreie hallten in ihm nach. Es war furchtbar, ohnmächtig zusehen zu müssen, wie sie litt. Aber beinahe ebenso schlimm war es, aufzuwachen und mit unumstößlicher Klarheit zu wissen, dass sie für immer aus seinem Leben geschieden war.

Alessio schloss die Augen und für einen Moment glaubte er zu spüren, wie Giulias langes, kastanienfarbenes Haar über seine nackte Brust strich und ihre kleinen, festen Hände, deren Haut immer ein wenig rau gewesen war, ihn liebkosten.

Giulia war Magd im Gefolge von Friedrichs Gemahlin Isabella gewesen. Es war ein großes Glück gewesen, dass Alessio und Giulia sich kennengelernt hatten, denn der Kaiser hatte seiner Gattin nur selten erlaubt, ihn zu begleiten. Alessio hatte sich in ihre Fröhlichkeit verliebt. Giulias Fähigkeit, sich an den kleinsten Dingen zu freuen. Dies konnte ein Stein, eine Blume oder eine Muschel sein. Alessios Mutter war kurz nach seiner Geburt gestorben und sein Vater in einem Gefecht umgekommen, als er acht Jahre alt gewesen war. Seitdem hatte sein Streben darin bestanden, sich im Gefolge des Kaisers zu behaupten und voranzukommen.

Erst durch Giulia hatte er wieder gelernt, dass das Leben auch leicht und heiter sein konnte.

Schritte ertönten auf dem Gang vor der Kammer, Alessio richtete sich auf. Harte und doch auch federnde Tritte – so ging Karim. Gleich darauf wurde die Tür aufgestoßen.

In der Dunkelheit konnte Alessio das Gesicht des Freundes nicht sehen, aber er spürte dessen Anspannung. »Was ist geschehen?«, fragte er.

»Constanzius ist tot.«

»Das kann nicht sein!«

Karim seufzte. »Komm mit und sieh dir den Abt selbst an.«

Überall standen Wachen. Auch vor dem Keller, in dem Constanzius gefangen gehalten worden war, waren Soldaten postiert. Als Alessio und Karim den niedrigen, fensterlosen Raum betraten, schlug ihnen ein durchdringender Gestank von Erbrochenem und versengtem Fleisch entgegen. Im Licht der Fackel, die in einer Halterung an der Wand hing, wirkte Gaetanos Gesicht düster und grimmig. Vor einem Becken mit glühenden Kohlen lag der Leichnam des Abtes. Die Knie des Toten waren bis zur Brust hochgezogen, als hätte er sich unter Qualen am Boden gewälzt. Seine nackte Brust wies zahlreiche Brandwunden auf.

Alessio bückte sich. Constanzius' einst würdevoll-schönes Antlitz war zu einer hässlichen Grimasse erstarrt. Eine stinkender Brei aus Blut, Schleim und halb verdauten Brotstücken war aus seinem Mund geronnen und bildete eine Lache auf dem gestampften Lehmboden.

»Ich habe den Alten wirklich nicht gemocht«, murmelte Karim. »Aber so einen Tod hat niemand verdient.«

»Was ist geschehen?« Alessio sah Gaetano an.

»Da alles Zureden nicht half, musste ich schließlich doch zur Folter greifen.« Gaetano hob müde die Schultern. »Constanzius hielt erstaunlich lange durch. Vermutlich, da er hoffte, doch noch seine Unschuld beweisen zu können. Aber schließlich brach er zusammen.«

»Er hat also gestanden?«

»Ja, dass Innozenz hinter der Verschwörung steckt.«

»Und wer noch?«

Gaetanos Seufzer drückte tiefe Resignation aus. »Wir wissen es nicht.«

»Wie kann das sein?«, wunderte sich Alessio.

»Constanzius bettelte um Wasser. Da sein Herzschlag ohnehin nur noch ganz schwach war, banden wir ihn los, um ihm eine kurze Pause zu geben. Er hatte kaum eine Kelle von dem Wasser getrunken«, Gaetano wies auf einen Holzzuber, der in einer Ecke des Kellers stand, »als er sich zu krümmen begann und Schaum vor seinen Mund trat. Kurz darauf verlor er die Besinnung.«

»Constanzius wurde also vergiftet …« Alessio versuchte, diese Nachricht zu erfassen.

»Ja, leider gibt es keinen Zweifel daran.« Gaetano nickte. »Wir haben einem Hund von dem Wasser zu saufen gegeben. Er ist sofort verendet.«

»Vielleicht war ja schon der Überfall auf der Wegstrecke kein Zufall, sondern ein Versuch, den Abt zu befreien oder zu töten«, überlegte Karim.

»Wie auch immer … Letztlich haben wir mit Innozenz als Haupt der Verschwörung nur eine Bestätigung dessen, was wir ohnehin bereits vermuteten.« Alessios Stimme klang bitter. »Wie hat Friedrich die Nachricht aufgenommen?«

»Sehr gefasst. Vielleicht sogar zu gefasst.«

»Er wird aber doch gegen Innozenz vorgehen?« Karim schüttelte ungläubig den Kopf.

»Innozenz hält sich noch in Lyon auf. Wohl wissend, dass Friedrich ihn so nahe an der Grenze zum französischen Königreich nicht angreifen kann.« Gaetanos Miene war voller Verachtung. »Aber der Kaiser plant, ein Heer nach Rom zu schicken, das die Straßen sperren und den Papst von seinen Einnahmequellen abschneiden soll. Und heute Nachmittag sind Boten ins deutsche Reich aufgebrochen, um dort Friedrichs Sohn Konrad vor dem thüringischen Landgrafen Heinrich zu warnen.«

»Früher hätte Friedrich Innozenz in Lyon angegriffen und sich kein bisschen um den französischen König geschert«, meinte Karim. »Und dann wäre er an der Spitze seines Heers ins deutsche Reich geritten und hätte diesen Landgrafen das Fürchten gelehrt.«

Alessio wusste, dass der Freund recht hatte. Eine lastende Stille senkte sich über die Versammlung im Keller.

»Die Verschwörer sind sehr gut organisiert. Sie waren uns bisher immer einen Schritt voraus«, wandte sich Alessio schließlich an Gaetano. »Und es ist ihnen – auf welche Weise auch immer – gelungen, sich Zugang zu der Zisa zu verschaffen. Ihr müsst den Kaiser beschwören, dass er sich an einen sicheren Ort begibt.«

Gaetano schüttelte in hilflosem Zorn den Kopf. »Friedrich ist unglaublich stur. Er sagte, er würde sich vor seinen Verfolgern nicht verstecken. Aber wenigstens ist er bereit, seine Wachen zu verstärken.« Ein erbarmungsloser Zug erschien um Gaetanos Mund. »Jedenfalls werde ich herausfinden, wer an diesem Hof mit den Verschwörern paktiert.«

Alessio wusste, dass sein Mentor diese Untersuchung mit aller Härte durchführen würde. »Sollen wir nicht doch in Palermo bleiben und Euch unterstützen?«, fragte er. »Ich bin mir sicher, dass mir auch ein Medicus hier in der Stadt helfen kann.«

»So aschfahl und schweißig, wie dein Gesicht ist, brauchst du einen wirklich guten Arzt.« Gaetanos Stimme klang unnachgiebig. »Nachdem Karim dich morgen nach Monreale begleitet hat, mag er meinetwegen hierher zurückkehren. Aber was dich betrifft, bleibt es dabei: Du verlässt das Kloster nicht eher, als dass du völlig gesund bist.«

Kapitel 2

Verabreicht Eurer Tochter viermal am Tag je drei Löffel von diesem Spitzwegerichsaft.« Teresa übergab der jungen Mutter eine Tonflasche mit der Arznei. »Und danach reibt Ihr die Brust des Kindes mit einer Kampfersalbe ein. Ich bin sicher, der Husten Eurer Tochter wird bald nachlassen. Falls nicht, dann schickt wieder nach mir.«

Teresa warf noch einen Blick auf das kleine Mädchen, das, von Decken umhüllt, auf dem Bett in der niedrigen Stube saß. Sein rundes Gesicht war von dem heftigen Hustenanfall gerötet, aber es hatte die Untersuchung geduldig über sich ergehen lassen und jetzt lutschte es still an der Honigwabe, die Teresa ihm gegeben hatte. Als sie ihm zum Abschied zuwinkte, verzog es seinen Mund zu einem schüchternen Lächeln.

In der schattigen Gasse war noch ein Hauch von Morgenkühle spürbar. Während Teresa in Richtung des Klosters ging, musste sie an das Mädchen denken, das bei den ermordeten Kaufleuten gefunden worden war. Wieder einmal fragte sie sich voller Traurigkeit, ob es wohl ihr Kind gewesen war.

Ein plötzliches Lärmen lenkte sie ab. Es war ein wütendes, hasserfülltes Geschrei, wie sie nun erkannte, und erklang aus einer nahen Straße.

Ihre Nackenhaare stellten sich auf. Sie musste wissen, was dort geschah. Ohne einen Moment zu zögern, rannte Teresa los. Sie war eben um eine Straßenecke gebogen und hatte einen kleinen, quadratischen Platz erreicht, als ihr ein Mann und eine Frau entgegengetaumelt kamen. Die Frau, obwohl schmächtig, hatte den Arm des Mannes über ihre Schultern gelegt und zerrte ihn vorwärts. Seine Augen waren verdreht, als wäre er nicht ganz bei sich, und Speichel troff aus seinem Mund.

Eine halbes Dutzend junger Burschen, die mit Holzscheiten und Knüppeln bewaffnet waren, verfolgten das Paar.

»Weg mit dem Besessenen aus dieser Stadt!«, brüllte ein Dunkelhaariger.

»Ja, fort mit dem Teufel!«, unterstützte ihn ein dürrer Jüngling mit ausgeprägtem Adamsapfel.

»Verschwindet und lasst Euch hier nie wieder blicken!«, stimmte ein großer, dicker Kerl in das Geschrei ein. Aus den Fensteröffnungen der umliegenden Häuser beugten sich Leute und riefen ebenfalls wütende Verwünschungen.

Ein Stein aus der Meute traf den Mann an der Brust und mit einem Stöhnen sank er in die Knie.

»Steh auf, bitte. Steh auf!«, schluchzte die Frau und zerrte an ihm. Der Mann mühte sich, kam jedoch nicht wieder auf die Beine. Teresa hastete an den bedauernswerten Verfolgten vorbei und stellte sich der Meute in den Weg. »Was geht hier vor?«, rief sie zornig.

»Mischt Euch nicht in Dinge, die Euch nichts angehen, sondern packt Euch«, herrschte sie der Dunkelhaarige, offenbar der Rädelsführer, an. »Sonst bezieht Ihr auch Prügel.«

»Ich kenne die Frau, sie ist Placidus' Helferin«, ließ sich ein schmächtiger blonder Jüngling aus der Meute vernehmen.

Flüchtig erinnerte Teresa sich, ihm vor einigen Tagen einen Holzspan aus einer eiternden Wunde entfernt zu haben. Doch ihre Konzentration ruhte auf dem Dunkelhaarigen. »Ich habe dich etwas gefragt«, hörte sie sich mit ruhiger, aber kalter Stimme sagen. »Und ich will eine Antwort.« Sie trat einen Schritt auf ihn zu und sah ihm fest in die Augen.

Verunsichert wich der Rädelsführer zurück. Noch immer blickte Teresa ihn unverwandt an. »Die beiden sind Fremde, Kesselflickergesindel ...«, bequemte er sich schließlich widerwillig zu erklären. »Der Mann hat auf dem Marktplatz einen wilden Tanz begonnen. Dann hat er sich plötzlich auf dem Boden gewälzt und gestöhnt, während ihm Schaum vor den Mund trat. Also ist er von einem Teufel besessen.«

»Ja, er hat den Teufel in sich. Treibt ihn aus der Stadt!«

Zustimmendes Geschrei hallte über den Platz.

»Das ist nicht wahr«, schluchzte die schmächtige Frau. »Mein Mann ist nur krank.«

Zuckende Glieder, verdrehte Augen und Speichel, der aus dem Mund rann ... Teresa kannte die Symptome. Ein römischer Feldherr namens Cäsar hatte ebenfalls an ihnen gelitten.

»Die Frau hat recht, ihr Mann ist krank«, rief sie, »lasst ihn in Frieden!«

»Nein, der Mann ist besessen!«, brüllten wieder wütende Stimmen.

Teresa fühlte einen scharfen Luftzug neben ihrer Wange. Ein dumpfes Geräusch ertönte und fast gleichzeitig stieß der Kesselflicker einen gequälten Schrei aus. Als sie den Kopf wandte, sah sie, dass er auf dem Boden lag und Blut aus einer Wunde an seiner Stirn schoss. Teresa riss das Messer aus ihrem Bündel, richtete es gegen die wieder vorwärtsdrängende Meute und stellte sich schützend vor den Mann. Verdutzt hielten die jungen Kerle inne.

In diesem Moment trieben zwei Reiter ihre Pferde über den Platz. Teresa umklammerte den Messergriff fester. Gehörten die beiden etwa auch zu dem Mob?

Doch die Reiter lenkten ihre Pferde gegen die Meute. »Trollt Euch! Und zwar auf der Stelle!«, rief der eine von ihnen, ein muskulöser schwarzhaariger Mann. Sein Begleiter zog sein Schwert aus der Scheide und ließ es drohend durch die Luft kreisen.

Kurz wirkten die jungen Kerle etwas ratlos, dann warteten sie nicht länger, sondern ergriffen die Flucht.

Teresa kniete sich neben den Verletzten und fühlte nach seinem Herzschlag.

»Er ist hoffentlich noch am Leben?« Der Schwarzhaarige war von seinem Pferd gesprungen und neben sie getreten. Seine Stimme klang mitfühlend.

»Ja, aber wir müssen ihn so schnell wie möglich zu Bruder Placidus bringen.« Teresa wandte sich der weinenden Frau zu. »Ängstigt Euch nicht. Euer Mann wird wieder gesund werden.«

Rasch verband sie die Wunde notdürftig.

»Sollen wir den Verletzten auf einem unserer Pferde transportieren?«

»Ja, das wäre gut.« Teresa nickte. »Wenn einer von Euch sich hinter ihn setzt und ihn stützt.«

»Alessio, das übernehme ich.« Der andere Mann musterte den Schwarzhaarigen. »Schließlich bist du selbst verwundet.«

Erst jetzt nahm Teresa den dünnen Schweißfilm auf der Stirn des Schwarzhaarigen und den Verband um seinen rechten Oberarm wahr.

Alessio lächelte schwach. »Wir wollten Placidus ohnehin aufsuchen.«

Im Kloster angekommen, trugen die beiden Männer den Kesselflicker in den Krankensaal des Hospitals. Teresa überließ die tief verstörte Frau einem Novizen und assistierte Placidus. Als die Wunde versorgt war, erinnerte sie sich, dass auch Alessio ihre Hilfe benötigte. Sie hatte ihn und seinen Begleiter gebeten, in dem Behandlungszimmer auf sie zu warten. Auf dem Weg dorthin fragte sie sich, woher sie den Mut genommen hatte, sich gegen die wütende Meute zu stellen.

Als sich Teresa der Tür näherte, drang die schrille Stimme von Prior Augustinus an ihre Ohren. Wie immer ergriff sie eine tiefe Abneigung gegen ihn und verdrängte jeden anderen Gedanken.

»Du da, Frau, komm her!«, fuhr er sie an, kaum dass sie den Raum betreten hatte.

Widerstrebend folgte sie dem Befehl. Offensichtlich hatte sich der Prior mit den Fremden unterhalten. Sie betrachtete die beiden. Vom Alter her schätzte Teresa sie auf Mitte zwanzig. Der Begleiter Alessios erinnerte mit seinem schmalen, langgliedrigen Körperbau und dem knochigen lebhaften Gesicht ein wenig an einen eleganten Windhund. Der dünne Schweißfilm auf Alessios Stirn und der angespannte Zug um seinen Mund verrieten ihr, dass er starke Schmerzen hatte. Trotzdem stand er sehr aufrecht.

Das ist jemand, der es gewohnt ist, sich zu beherrschen und sich um einer Sache willen zurückzunehmen, ging es ihr durch den Kopf. Außerdem schien er an einem Kummer zu leiden.

»Wo ist Placidus?«, fuhr der Prior sie an.

Teresa senkte den Kopf und bemühte sich, ihre Antipathie zu verbergen. »Bruder Placidus hält sich im Krankensaal auf. Er ist noch mit einem Verletzten beschäftigt.«

»Dann geh und unterrichte ihn, dass ein Soldat des Kaisers dringend seine Hilfe braucht.«

Zorn regte sich in Teresa und ließ sie ihre Vorsicht vergessen. »Eigentlich wollte ich mir die Wunde ansehen.«

»Auf gar keinen Fall werde ich es zulassen, dass du dich an einem Mann des Kaisers zu schaffen machst.« Die Stimme des Priors klang beißend.

»Was spricht dagegen?« Alessio blickte überrascht von Augustinus zu Teresa. »Diese Frau behandelt doch auch andere Kranke.« Sein Begleiter hatte sich gegen den schweren Behandlungstisch gelehnt und verfolgte die Szene mit unbewegter Miene.

»Placidus hat sie zu seiner Helferin gemacht. Was ich für einen großen Fehler halte.« Augustinus' hageres Gesicht spiegelte tiefe Missbilligung. »Zwei Bauern haben sie vor einigen Wochen schwerverletzt und ohnmächtig hierher gebracht. Sie hat jede Erinnerung an ihr bisheriges Leben verloren. Ich glaube, dass ihr entweder ein Dämon das Gedächtnis geraubt hat oder dass Gott sie mit einer Strafe belegt hat. Jedenfalls ist diese Frau völlig ungeeignet, Leidenden zu helfen. Aber Placidus war wieder einmal nicht bereit, auf mich zu hören.«

Während sich der Prior über Placidus' angebliche Nachlässigkeit und Gutgläubigkeit verbreitete, stand Teresa stumm da und vermied es, einen der drei Männer anzusehen. Sie fühlte sich bloßgestellt.

»Ich habe gerade erlebt, wie diese Frau einen Verwundeten betreut hat, und ich kann mir nicht vorstellen, dass sie jemals irgendeinen Schaden angerichtet hat.« In Alessios Stimme schwang ein ungeduldiger Unterton mit. »Für mich spricht nichts dagegen, dass sie einen Blick auf meine Verletzung wirft.«

»An Eurer Stelle würde ich auf Placidus warten«, beharrte der Prior.

»Oh, es war schon schwer genug, Alessio überhaupt zu Eurem Kloster zu bringen«, mischte sich nun der Schlaksige ein. »Deshalb würde ich vorschlagen, dass so bald wie möglich mit der Behandlung begonnen wird – ehe er es sich noch einmal anders überlegt und nach Palermo zurückkehrt.«

Zögernd blickte Teresa auf. Alessios Begleiter schenkte ihr ein rasches Lächeln.

Der Verletzte ignorierte die Frotzelei und nickte Teresa zu. »Ja, untersucht meine Wunde.«

»Wenn Ihr unbedingt meint ... Es ist natürlich Eure Entscheidung.« Der Prior trat einen Schritt beiseite, um Teresa Platz zu machen.

Während sie den Ärmel zurückschlug und den Verband löste, fühlte sie seinen geringschätzigen Blick auf sich ruhen. Doch sobald sie die Wunde offen vor sich sah, war sie ganz auf ihr Tun konzentriert. Die Ränder der Wunde waren rot und entzündet. Dazwischen hatte sich Eiter gebildet. Langsam ließ Teresa ihre Finger über den geschwollenen Oberarm gleiten.

»Nun, was ist mit meinem Arm? Abfallen wird er mir ja hoffentlich nicht.« Alessios Stimme schreckte sie auf.

»Nein, das nicht.« Sie schüttelte den Kopf. »Aber es war höchste Zeit, dass Ihr einen Heilkundigen aufgesucht habt. Von der Waffe, die Euch die Verletzung zugefügt hat, ist ein kleines Stück in Eurem Arm stecken geblieben. Die Wunde muss aufgeschnitten und dann ausgebrannt werden. Andernfalls besteht die Gefahr, dass die Entzündung Euren gesamten Körper vergiftet.«

»Tatsächlich?« Die Stimme des Schlaksigen klang spöttisch. »Und mir hat Alessio die ganze Zeit weiszumachen versucht, dass die Wunde nicht schlimmer als ein Wespenstich sei.«

»An Eurer Stelle würde ich auf diese Diagnose nicht allzu viel geben«, mischte sich Augustinus ein. »Woher, Frau, willst du zum Beispiel wissen, dass ein Stück der Waffe in dem Arm steckt?«

»Ich habe es gefühlt«, erwiderte Teresa entschieden. »An der Hitze des Fleisches rings um die Wunde.« Innerlich bebte sie vor Wut. Aber sie blieb Herrin ihrer Gefühle und widerstand dem Wunsch, in das verächtlich wirkende Gesicht des Priors zu schlagen.

»Ach, wirklich?«, höhnte Augustinus. »Wer garantiert denn, dass dir dein Verstand keinen Streich spielt? Oder, noch schlimmer: Vielleicht hat dir ja auch ein Dämon oder ein anderer böser Geist dies eingegeben, damit du einem Menschen schadest.«

»Ich würde nie …«, begann Teresa.

Gleichzeitig durchfuhr sie die Vorstellung: Was, wenn Augustinus recht hatte? Wenn die dunkle Macht, die sie manchmal in sich spürte und die sie drängte, das Kloster zu verlassen, sich auch ihrer Gedanken bemächtigt hatte? Wenn sie nun noch nicht einmal mehr ihrem heilkundigen Wissen vertrauen konnte? Wieder erfasste sie ein bleiernes Gefühl, das schlimmer war als Verzweiflung. Wie aus weiter Ferne nahm sie wahr, dass Alessio den Mund öffnete.

Ehe er ein Wort hervorbrachte, durchschnitt Placidus' ruhige Stimme die Stille: »Was geht hier vor?« Von allen unbemerkt, hatte er den Behandlungsraum betreten.

»Euer Schützling hat einem Soldaten des Kaisers eine höchst gewagte Diagnose gestellt.« Hämisch wiederholte Augustinus Teresas Worte.

»Lasst mich einmal sehen ...« Placidus betrachtete die Wunde eingehend und ließ dann, wie Teresa, vorsichtig seine Finger über den Oberarm wandern.

»Nun, wie steht es?«, fragte Alessio, als sich der Mönch wieder aufgerichtet hatte. »Komme ich um eine Operation herum oder stimmt das, was Eure Helferin gesagt hat?«

»Alles, was Teresa gesagt hat, trifft zu und ich kann nur unterstreichen, dass Ihr keinen Tag zu früh einen Medicus aufgesucht habt. Und was Euch betrifft«, Placidus wandte sich Augustinus zu, »möchte ich Euch in aller Demut bitten, zu respektieren, dass das Spital mein Gebiet ist.«

»Ich wollte nur sicherstellen, dass einem Bewaffneten des Kaisers die bestmögliche Behandlung zuteil wird.« Augustinus richtete sich entrüstet auf.

»Dafür verbürge ich mich«, entgegnete Placidus friedfertig. »Ich muss einige Vorbereitungen treffen, aber nach der Mittagshore würde ich gern mit der Operation beginnen.« Er sah Teresa an. »Ich wäre Euch dankbar, wenn Ihr mir assistieren würdet.«

»Wenn der Soldat des Kaisers nichts dagegen hat«, sagte sie fest.

»Ganz und gar nicht.« Alessio lächelte ein wenig. »Da Ihr die Diagnose gestellt habt, ist es mehr als recht und billig, dass Ihr mich auch leiden seht.«

Müde näherte sich Gaetano dem vorderen Wasserbecken im Garten der Zisa. Die ganze Nacht hatte er Verhöre geführt. Die Schreie der Gemarterten hallten in seinen Ohren wider. In respektvollem Abstand von Friedrich, der sich am Rand des Bassins mit einem seiner Falkner beriet, blieb der Soldat stehen und verfolgte, wie der Bedienstete die kleine Lederhaube vom Kopf des Raubvogels zog und seine behandschuhte Rechte in die Luft schwang. Mit leicht verengten Augen beobachtete der Kaiser, wie der Falke seine Flügel ausbreitete und sich höher und höher in den klaren Morgenhimmel hinaufschraubte.

Als der Vogel nur noch als silbrig schimmernder Punkt auszumachen war, winkte Friedrich Gaetano zu sich. »Du hast in Erfahrung bringen können, wer Constanzius vergiftet hat?«

»Ja, Herr.« Gaetano verneigte sich. »Zwei Soldaten haben gestanden, dass sie das Gift in das Wasser des Abtes mischten. In einer Schenke in der Nähe der Zisa, so sagen sie, habe sich ein Unbekannter zu ihnen gesetzt. Der Fremde bot ihnen eine große Geldsumme – einen Teil gleich, einen Teil später –, wenn sie sich bereit erklärten, Constanzius ein gewisses Pulver zu verabreichen. Der Fremde behauptete, es würde bei der Folter die Schmerzen des Abtes lindern. Ich weiß nicht, ob die beiden das tatsächlich glaubten … Jedenfalls ließen sie sich auf den Handel ein.«

Der Kaiser schwieg. Sein Blick war wieder auf den Falken gerichtet, der am Himmel weite Kreise beschrieb.

»Herr«, redete Gaetano eindringlich weiter, »dieser Vorfall beweist, dass Eure Gegner sehr genau darüber unterrichtet sind, was in Eurer Umgebung vor sich geht, und ich fürchte, dass sie nicht nur die beiden Wachsoldaten bestochen haben. Wollt Ihr Euch nicht doch in eine Eurer Festungen zurückziehen, wo Ihr Euch leichter vor Euren Feinden schützen könnt?«

Der Falke hatte offenbar Beute entdeckt, denn er schoss wie ein silberner Pfeil der Erde zu. Als Friedrich sich Gaetano zuwandte, blitzte für Momente seine alte Energie und Tatkraft in ihm auf. »Ich sagte schon einmal, dass ich mich nicht wie ein gejagtes Tier vor meinen Feinden verkriechen werde. Sollen sie es doch wagen, mich zu stellen. Dann wird sich zeigen, ob Gott auf der Seite eines gesalbten Kaisers steht oder auf der von Innozenz und seinen gedungenen Mördern.«

»Wie Ihr wünscht, Herr.« Gaetano neigte den Kopf. »Was soll mit den beiden Soldaten geschehen?«

Friedrichs Miene wurde hart. »Lass die zwei verstümmeln und knüpf sie vor den Toren der Zisa auf. Meine Feinde sollen sehen, was sie erwartet.«

Zornig ging Prior Augustinus in seiner Zelle auf und ab, statt sich auszuruhen oder sich mit einer frommen Schrift zu beschäftigen, wie es die Ordensregel für die Zeit nach der Mittagsmahlzeit vorschrieb. Wie hatte ihn diese Frau vor den Soldaten des Kaisers bloßgestellt! Dabei hatte er nur das Beste im Sinn gehabt. Augustinus blieb vor seinem Pult stehen, auf dem eine Pergamentrolle mit einem Text des Kirchenlehrers Origines lag, ohne den Sinn der Sätze aufzunehmen.

Sicher, Placidus hatte die Diagnose der Frau bestätigt. Aber das bedeutete noch lange nicht, dass ihr nicht doch ein böser Geist die Worte eingeflüstert hatte. Die Wesen des Bösen waren schlau und verfügten über vielfältige Täuschungsmöglichkeiten.

Nein, ihm machte die Frau nichts vor. Sie mochte noch so sehr die Augen niederschlagen und sich gehorsam geben – er wusste, dass in ihr ein aufsässiger Kern steckte. Etwas Beunruhigendes und Sündhaftes. Ja, sie strahlte eine heidnische Wildheit aus. Ein weiterer Beweis für ihre Verworfenheit war, dass sie am Morgen einem offenkundig Besessenen zu Hilfe geeilt war.

Nachdenklich fuhr Augustinus mit dem Finger über die raue Kante des Stehpults. Kürzlich war ein apulischer Ordensbruder zu Gast in dem Kloster gewesen. Von ihm hatte er erfahren, dass sich der Inquisitor Niccoló in der Stadt Cosenza aufhielt. Augustinus schätzte Niccoló sehr. Ein strenger, gottesfürchtiger Mann, der sich von den Listen des Teufels nicht in die Irre führen ließ, sondern den Unglauben aufspürte. Mochte er sich auch noch so geschickt verbergen.

Mit dem Abt noch einmal über die Frau zu sprechen, dachte Augustinus, ist sinnlos. Nein, es war am besten, wenn er sich ohne Hilarius' Erlaubnis mit Niccoló in Verbindung setzte und ihm das Benehmen der Frau schilderte. Und wenn auch Niccoló feststellte, dass die Mächte des Bösen in der Fremden wirkten, würde selbst Abt Hilarius der Inquisition nicht mehr Einhalt gebieten können.

Als Alessio wieder zu sich kam, schmerzte sein Arm, als würde er von Messern durchbohrt. Für einen Moment glaubte er, sich in dem Nebengebäude der Zisa zu befinden. Doch dann erkannte er, dass der Raum, in dem er lag, eine gewölbte und keine Balkendecke hatte und auch der Blick aus dem rundbogigen Fenster war anders. Kein weiter Himmel zeichnete sich davor ab, sondern durch den Spalt zwischen den Holzläden sah er einen Garten im Dämmerlicht. Alessio schmeckte die Galle in seinem Rachen und seine Erinnerung kehrte zurück. Er hatte sich übergeben müssen, als der Mönch Placidus seine Wunde versorgte.

Während der Benediktiner das eitrige Fleisch aufgeschnitten, die Dolchspitze entfernt und die Verletzung gesäubert und ausgebrannt hatte, hatte Alessios Blick immer wieder Placidus' Helferin gesucht. Anders als den vier jungen Mönchen, die Alessio auf dem Tisch festgehalten hatten – Karim war schon gegen Mittag nach Palermo zurückgeritten –, schien ihr weder das Blut noch der Eiter noch der Gestank des verbrannten Fleisches zuzusetzen. Ihre Miene war stets gefasst und konzentriert geblieben. Wenn sie ihn angeschaut hatte, war der Ausdruck ihrer Augen nicht voll Mitleid gewesen, sondern eher auf eine strenge Weise aufmerksam. Gerade dies hatte ihm geholfen, den Schmerz zu ertragen.

Alessio dämmerte wieder ein. Als er das nächste Mal aufwachte, füllte Kerzenschein den Raum. Placidus' Helferin – wurde sie nicht Teresa genannt? – saß neben seinem Lager. Nun beugte sie sich vor und betrachtete ihn erneut mit diesem seltsam eindringlichen Blick, dann legte sie ihm die Hand auf die Stirn und umfasste mit ihren Fingern sein Handgelenk.

»Es ist an der Zeit, dass Ihr etwas esst«, beschied sie.

Nachdem sie ihm geholfen hatte, sich aufzusetzen – Alessio fühlte sich lächerlich schwach –, machte sie sich im Hintergrund des Raums zu schaffen. Mit einer dampfenden Tonschale kehrte sie zurück und hockte sich auf den Rand des Lagers. Alessio wollte nach der Schale und dem Löffel greifen. Doch als er den Arm hob, musste er vor Schmerz aufkeuchen.

Teresa schüttelte den Kopf. »Während der nächsten zwei, drei Tage müsst Ihr die Wunde ruhig halten. Kommt, lehnt Euch an mich.«

Alessio gehorchte und ließ es zu, dass sie ihn wie ein Kind mit der nach Huhn und Wein schmeckenden Brühe fütterte.

Nachdem die Schale leer war, löste sie den Verband. Während sie die Leinenstreifen vorsichtig entfernte und scharf gebrannten Alkohol auf die Wunde träufelte, hatte Alessio Gelegenheit, sie zu betrachten. Die Frau war schön, was ihm schon bei ihrer ersten Begegnung aufgefallen war. Ihre Gesichtszüge hatten, bis auf den üppigen Mund, wenig Liebliches. Sie waren stolz und wild. Wie eine Rachegöttin hatte sie sich gegen den Mob gestellt.

Später hatte er gespürt, wie zornig sie auf den Prior gewesen war. Sie musste über eine große innerliche Stärke verfügen, dass sie ihre Wut hatte beherrschen können. Nun im Schein der Kerze wirkte der Ausdruck ihres Gesichts weich und verletzlich.

»Es gibt nicht viele Frauen – und auch nicht viele Männer –, die wie Ihr imstande sind, das Aufschneiden und Ausbrennen einer Wunde völlig reglos zu verfolgen«, sagte er unvermittelt.

Teresa hatte damit begonnen, einen neuen Verband anzulegen. Alessio kam es vor, als ob ihre Finger zitterten. Sie zog einen Knoten fest und sagte nach einer kurzen Pause: »Ich weiß nicht, warum es mir nichts ausmacht. Wie Augustinus Euch ja dargelegt hat ... Ich habe mein Gedächtnis verloren. Meine Erinnerung reicht nur bis zu dem Augenblick, als ich in diesem Kloster zu mir kam. Alles, was davor liegt, habe ich vergessen. Außer mein Wissen, wie ich Menschen heilen kann ...«

»Wie ist es zu Eurem Gedächtnisverlust gekommen?«

»Die Bauern, die mich fanden, und die Mönche vermuten, dass ich zu einer Gruppe von Kaufleuten gehörte, die bei Bolognetta überfallen wurde. Wenn dies zutrifft, bin ich die einzige Überlebende.« Nachdem sie noch einen weiteren Leinenstreifen verknotet hatte, machte sie sich wieder in dem hinteren Teil des Raums zu schaffen.

Alessio hörte, wie sie Flüssigkeit in ein Gefäß goss. Wie mochte es sein, wenn der größte Teil des Lebens der Vergessenheit anheimgefallen war?, fragte er sich. Wenn er sich nicht mehr an das Glück erinnern könnte, das er durch Giulia erfahren hatte? Wäre dies besser, als ständig unter ihrem Tod zu leiden?

»Trinkt das!« Teresa hatte sich wieder neben ihn gesetzt und hielt einen Holzbecher an seine Lippen. Gehorsam schluckte er das Wasser, das ein wenig süßlich schmeckte. Plötzlich wünschte er sich, dass die seltsame Frau noch bei ihm bliebe.

»Wenigstens könnt Ihr Euch an etwas Sinnvolles aus Eurer Vergangenheit erinnern.« Er sah sie an. »Ihr könnt Menschen heilen. Ich fürchte, wenn ich das Gedächtnis verlöre, würde mir nur die Fähigkeit bleiben, zu kämpfen und zu töten.«

»Gibt es nichts anderes in Eurem Leben?« Ihre Augen wirkten groß und dunkel.

»Ich hatte mir einmal gewünscht, einen Bauernhof zu bewirtschaften. Zusammen mit einer Frau. Aber sie ist tot.« Alessio fürchtete, dass Teresa ihm weitere Fragen zu Giulia stellen könnte. Aber sie nickte nur und blieb still bei ihm sitzen.

Müdigkeit stieg in ihm auf und die Schmerzen in seinem Arm ließen nach. Schläfrig verfolgte er, wie ein Falter mit schönen braun und blau gesprenkelten Flügeln durch den Raum und auf die brennende Kerze zuschwebte. Er bangte, dass die Flamme das Insekt versengen würde, und wollte es vertreiben. Doch Teresa hatte den Falter ebenfalls bemerkt und scheuchte ihn beiseite.

»Welche Pflanzen mögt Ihr?«, hörte er sich murmeln.

Zu seiner Überraschung lächelte sie. »Ich mag Schlafmohn. Seine rotlila Farbe und die üppigen und doch zarten Blütenblätter.« Sie runzelte nachdenklich die Stirn. »Außerdem Päonien. Für mich sind sie der Inbegriff des Sommers. Den frischen, kühlen Geruch von Gurkenkraut. Und Mädesüß. Ich finde, seine Blütendolden wirken wie Schaumkronen auf den Wiesen. Außerdem mag ich, wie es nach Milch und Honig duftet.« Unvermittelt brach sie ab und blickte mit leeren Augen vor sich hin.

»Was ist?«, flüsterte Alessio.

»Nichts.« Ihre Stimme klang rau. »Ihr müsst jetzt schlafen.« Abrupt stand sie auf. Alessio wollte, dass sie blieb. Doch weder seine Lippen noch seine Glieder gehorchten ihm.

Während sie die Kerze löschte und aus dem Zimmer schlüpfte, fielen ihm die Lider zu.

In dem Kräuterraum tauchte Teresa eine Tonschale in einen Holzbottich mit heißem Wasser. Nach wenigen Augenblicken hielt sie inne und starrte auf die Reste von Bienenwachs und diversen Ölen, die als schimmernde Schlieren auf der Oberfläche trieben. Vorhin, als sie dem Soldaten des Kaisers von dem Mädesüß erzählt hatte, war mit der Vergegenwärtigung des Geruchs auch ein Bild in ihr aufgeschienen. Ein wolkenloser Sommerhimmel. Eine mit dem Kraut bewachsene Wiese, an deren Rand eine Felsgruppe stand. Und das schmale, braun gebrannte Gesicht eines jungen Mannes. Außerdem war die Erinnerung an Glück in ihr aufgeblitzt.

Wer war dieser Mann? Handelte es sich bei ihm etwa um den Vater ihres Kindes? Und wenn ja, war er bei dem Überfall erschlagen worden oder war er noch am Leben?

Teresa tastete in einer Tasche ihres Kleides nach dem Stein, der während des Überfalls in einem Lederbeutel um ihren Hals gesteckt hatte. Langsam fuhr sie die feinen Linien des Fisches nach. Warum sie den Stein wohl bei sich gehabt hatte? Sie verbarg ihr Gesicht in den Händen. Wer war sie?

Olivier de Berry schlenderte eine enge Gasse nahe der Kirche Saint Julien le Pauvre entlang. Es war ein heißer Sommernachmittag und die Fenster und Türen der schmalen Häuser standen offen. Fröhliche und zornige Stimmen, Hämmern,

Sägen und Töpfeklappern drangen an seine Ohren. In die Essensgerüche aus den Häusern und Tavernen mischte sich der Gestank des Unrats, der am Straßenrand verrottete. Ein Stück weiter die Gasse hinunter beschimpften sich zwei Männer, deren mit Säcken und Holzscheiten beladene Karren sich ineinander verhakt hatten.

Sicher, Paris war nicht Akkon oder Jerusalem. Das Licht war weniger intensiv, die Hitze schwächer, die Farben gedämpfter und die Sprache der Leute unmelodischer. Doch nach den Jahren seiner selbst gewählten Einsamkeit genoss es Olivier, das Treiben einer großen Stadt um sich zu haben. Schon allein dafür hatte es sich gelohnt, dass er Baptistes Wunsch, Erkundigungen über Gastons Tod anzustellen, schließlich doch nachgekommen war.

Auch wenn er bislang noch rein gar nichts herausgefunden hatte und er immer noch stark bezweifelte, dass der Mord tatsächlich mit dem Tempel zu tun hatte. In den Läden und Werkstätten des Universitätsviertels oder in dem guten Dutzend Tavernen, wo er nach Gaston gefragt hatte, hatte sich nicht eine Menschenseele daran erinnert, einen Templer am Abend des Barnabas-Tages gesehen zu haben. Geschweige denn, dass jemand beobachtet hatte, wie Gaston zu Tode gekommen war.

Olivier versetzte einem fauligen Kohlkopf einen gut gelaunten Tritt und sah zu, wie er an den Straßenrand kullerte und neben einigen verrottenden Rüben und einem welken Salat liegen blieb. Rasch hinderte er seinen Hund daran, seine Schnauze in eine undefinierbare braune Masse zu vergraben. Auch wegen des Bieres hatte es sich gelohnt, nach Paris zu kommen. Auf seinem Hof gönnte er sich abends nur hin und wieder ein oder zwei Glas Wein. So war es eine

Wohltat gewesen, endlich wieder Gerstensaft zu schmecken. Und – stellte Olivier zufrieden fest – er war immer noch imstande, eine Menge davon zu vertragen.

Nachdem die Gasse eine Biegung gemacht hatte, erblickte Olivier ein Wirtshausschild, auf das ein plumper Adler gemalt war. Auf der anderen Straßenseite befand sich eine Schreinerei. Wo sollte er zuerst seine Fragen stellen? Er entschied sich für die Taverne.

Im Inneren des Wirtshauses war es dämmrig und stickig. Es roch nach Kohl, verschüttetem Bier und ranzigem Fett. An einem Tisch vor einer der Fensteröffnungen saßen vier Handwerksburschen und würfelten. Sonst befand sich nur eine Frau in dem Schankraum. Ihrem grellen, tief ausgeschnittenen Gewand nach zu schließen, eine Hure. Im Vorbeigehen konstatierte Olivier anerkennend, dass ihre Brüste prall waren und ihr rundes Gesicht unter den honiggelben Haaren sehr hübsch.

Er stellte sich an die Theke und wandte sich an die Handwerksburschen. »Wo ist denn der Wirt?« Guy ließ sich neben seinem Herrn auf den Boden fallen.

»He, Pierre, du hast einen Gast!«, brüllte einer der Männer.

Gleich darauf erschien in der Türöffnung hinter der Theke ein kleiner Mann mit runzeligem Gesicht. Olivier ließ sich von ihm einen Krug Bier geben. Er trank einige Schlucke, ehe er den Wirt, der inzwischen begonnen hatte, ein knorpeliges Stück Fleisch klein zu schneiden, fragte: »Habt Ihr vielleicht am Abend des Barnabas-Tages einen Templer gesehen? Einen unschuldig wirkenden Mann Mitte zwanzig. Durchschnittlich groß, aber recht zartgliedrig. Sandfarbenes Haar?«

»Einen Templer?« Der Wirt ließ das Messer sinken. »Ordensleute gehören normalerweise nicht zu meinen Gästen.«

Olivier drehte den Holzbecher in seinen Händen und räusperte sich. »Das weiß ich. Aber in diesem Fall geht es um eine Frau. Auf die wir beide ein Auge geworfen haben …«

»Nein, ich kann Euch nicht helfen.« Der Wirt schüttelte den Kopf. »He, habt Ihr am Tag des heiligen Barnabas einen solchen Mann gesehen?«, rief er den Handwerksburschen zu und wiederholte Oliviers Beschreibung. Doch auch keiner der Würfelnden wusste etwas.

»Dann muss ich es wohl an einem anderen Ort versuchen.« Olivier leerte seinen Becher. Er warf dem Wirt eine Münze zu, stupste seinen Hund in die Seite und verließ die Schankstube.

Während Olivier auf die Schreinerei auf der anderen Straßenseite zuging, vernahm er hinter sich schnelle Schritte. Dann war eine Frauenstimme zu hören: »Herr, wartet.«

Er blieb stehen und drehte sich um. Die blonde Hure war ihm gefolgt. Ja, sie war wirklich hübsch, mit den Grübchen in ihren runden Wangen und den großen, milchweißen Brüsten. Während seiner Zeit als Templer hatte er es mit dem Zölibat nicht so genau genommen und er war immer noch der Ansicht, dass es schlimmere Sünden gab als die Unkeuschheit. Aber seit er sich in die Einsamkeit zurückgezogen hatte, bemühte er sich, ein gottgefälliges Leben zu führen. Als eine selbst gewählte Sühne für das wilde Leben, das er während seiner Zeit in dem Orden ausgekostet hatte. Er unterdrückte ein Seufzen und schüttelte den Kopf. »Tut mir leid, mein Täubchen, aber ich benötige deine Dienste nicht.«

Sie schürzte die Lippen. »Ich will nicht mich anbieten. Ich könnte Euch etwas über den Templer erzählen, nach dem Ihr sucht. Allerdings nicht umsonst …«

»Tatsächlich? Sieh an …« Olivier fasste sie am Arm und führte sie die Gasse entlang, die an der Seine endete. Er überzeugte sich, dass ihnen niemand gefolgt war, und dirigierte die Hure zu einer Reihe von Fässern, die vor einem Schuppen am Ufer standen und darauf warteten, dass sie auf einen Kahn verladen wurden. Dann griff er in den Lederbeutel an seinem Gürtel und zeigte ihr ein Geldstück. »Würde dir das reichen?«

Sie nickte und lehnte sich gegen eines der Fässer.

»Also, was kannst du mir über den Templer sagen?«

»Ich bin ihm an jenem Abend in einem Wirtshaus auf der Westseite der Kirche Saint Etienne du Mont begegnet. Ein anderer Mann war bei ihm. Sie unterhielten sich leise. Der Begleiter Eures Templers – das heißt, ich wusste zuerst noch nicht, dass er ein Ordensmann war – wirkte aufgebracht und Euer Mann verstört.«

»Wie sah dieser Begleiter aus? Weißt du einen Namen?«

»Ich würde ihn auf Ende zwanzig schätzen.« Die Hure zuckte die Schultern. »Er sah nicht schlecht aus. Hatte braune Haare, soweit ich das in dem schummrigen Licht richtig beurteilen konnte. Er war kein armer Mann. An der rechten Hand trug er einen breiten Goldring und auch der Stoff seines Mantels war teuer. Euer Templer erwähnte einen Namen, der wie Chantry oder Charny klang.«

Olivier nickte nachdenklich. Die Charnys waren ein Adelsgeschlecht, deren Güter größtenteils in der Bretagne lagen.

Die Hure musterte ihn. »Bei dieser Sache geht es nicht um eine Frau, nicht wahr?«

»Wie kommst du darauf?«

»Weil ich mir nicht vorstellen kann, dass Ihr und dieser Templer Euch für dieselbe Frau interessieren würdet.« Sie lächelte. »Ganz davon abgesehen, bezweifle ich, dass er sich überhaupt mit einer Frau einlassen würde. Wie auch immer ... An jenem Abend dachte ich, dass sich mit den beiden Männern vielleicht ein gutes Geschäft machen ließe. Also trat ich an ihren Tisch und versuchte, ein Gespräch anzufangen. Der Gutgekleidete wies mich schroff ab.« Sie runzelte die Stirn. »Da Ihr nach seinem Aussehen gefragt habt ... Mir fällt gerade ein: Sein linkes Lid hing ein wenig herab, so als ob er sich das Auge verletzt hätte. Euer Templer sagte mir zwar auch, dass er nicht an meinen Diensten interessiert sei, aber er war schüchtern und freundlich. Deshalb dachte ich, dass er sich vielleicht nur mit Rücksicht auf seinen Begleiter so verhielt.«

»Da habt Ihr Euch wahrscheinlich getäuscht.« Olivier grinste und schaute sich nach seinem Hund um, der sich wohlig auf einem mit spärlichem Gras bewachsenen Fleck am Ufer ausgestreckt hatte und einigen Enten hinterherblickte, die in dem braunen Wasser stromaufwärts schwammen. Es sah Gaston ähnlich, sich sogar gegenüber einer Prostituierten zuvorkommend zu verhalten.

»Allerdings.« Die Hure seufzte. »An jenem Abend hatte ich nicht viel Glück. Das heißt, es hätte Männer gegeben, die ich hätte haben können, aber die gefielen mir nicht. Ich kann nämlich wählen, wisst Ihr.« Sie legte den Kopf in den Nacken und blickte Olivier herausfordernd an.

»Das glaube ich sofort.«

»Nachdem ich die Taverne bei Saint Etienne du Mont verlassen hatte, habe noch zwei oder drei andere Wirtshäuser aufgesucht. Aber, wie ich Euch schon sagte, ohne einen Freier zu finden. Ich ging gerade wieder an der Westseite der Kirche entlang, als Euer Mann und sein Begleiter auf die

Straße traten und in Richtung der Seine-Brücke liefen. Ich dachte, dass der Schüchterne vielleicht doch meine Dienste in Anspruch nehmen würde, wenn er allein sei, und folgte den beiden. Tatsächlich trennten sie sich an einer Straßenecke bei der Universität. Euer Mann bog in eine Gasse ein, die zum Hôtel Cluny führt. Ich sprach ihn an. Er reagierte fast erschrocken und erklärte, dass er ein Geistlicher sei. Nicht dass ich nicht auch schon Priester und Mönche unter meinen Kunden gehabt hätte.« Sie schüttelte den Kopf und lachte kehlig. »Aber er meinte es ernst. Sein Mantel hatte sich ein wenig geöffnet und in einem Lichtstrahl, der aus einem Fenster fiel, erkannte ich das Kreuz auf seinem Gewand.«

»Habt Ihr noch etwas bemerkt?«

Sie verdrehte die Augen. »Nein, nichts. Daraufhin ließ ich ihn natürlich in Ruhe. Immerhin war er so nett, mir tatsächlich ein paar Münzen zu schenken. Er ging weiter in Richtung Hôtel Cluny und ich nahm meine Runde durch das Viertel wieder auf. Das ist alles, was ich Euch sagen kann.«

Kurz nach der Unterhaltung mit der Hure musste Gaston dann seinem Mörder begegnet sein. Olivier ließ seinen Blick über die schäbigen Häuser und windschiefen Schuppen am Ufer schweifen. Unbarmherzig hob das Sonnenlicht die schmutzigen Gefache der Wände, die morschen Stellen im Holz und die Löcher in den Strohdächern hervor. Die Seine roch faulig, und wie Abfall hatten der oder die Männer, die Gaston auf dem Gewissen hatten – Olivier schätzte, dass es mindestens zwei gewesen waren –, ihn in den Fluss geworfen.

Zu schade, dachte er wehmütig, dass der Junge vor seinem Tod nicht noch ein oder zwei Stunden mit dieser Frau genossen hatte. Er stellte sich vor, wie es wäre, mit seinen

Fingern über ihre Brüste zu streichen, wahrscheinlich fühlte sich ihre Haut sehr zart an, und ihre Brustwarzen waren bestimmt dunkel und groß, wie er sie gern hatte, und dann seine Hände weiter zu ihrer Scham wandern zu lassen und zu spüren, wie sie feucht wurde. Ein altbekanntes Ziehen machte sich in seinen Lenden bemerkbar.

»Wollt Ihr noch etwas von mir wissen?« Die Hure schaute ihn mit schräg gelegtem Kopf an.

»Ja«, Olivier räusperte sich, »kannst du dich daran erinnern, wohin der andere Mann ging?«

»Ja, in Richtung des Klosters Saint Jacques.«

»Sieh an ...« Dieses Kloster gehörte dem Franziskanerorden. Vielleicht hatte Gastons Begleiter dort übernachtet. Er würde das nachprüfen.

»Wenn das alles war, würde ich vorschlagen, dass Ihr mir jetzt mein Geld gebt.« Die Frau schaute ihn weiter mit schief gelegtem Kopf an. »Und wenn Ihr irgendwo eine Kammer habt, würde ich mit Euch kommen. Ihr gefallt mir nämlich. Mein Name ist übrigens Ève.«

Das Ziehen in Oliviers Lenden verstärkte sich. Aber er entschied sich, wenigstens für heute, tugendhaft zu bleiben. Er berührte das Grübchen in ihrer Wange. »Vielleicht bei einer anderen Gelegenheit, Ève.«

Nachdem er ihr das verlangte Geld und noch eine weitere Münze gegeben hatte, beobachtete er, wie sie sich in einer Gasse entfernte. Während er den Kopf seines Hundes tätschelte, seufzte er: »Guy, ich fürchte, ich bin ein Idiot!«

Das Kloster Saint Jacques lag eingezwängt zwischen niedrigen, ärmlichen Häusern. Die Pforte war unbesetzt, deshalb folgte Olivier einem schmalen Gang, der ins Innere des Gebäudes führte. Guy schnüffelte neugierig über die schmucklosen rötlichen Fliesen. Die Wände waren weiß gekalkt und die Umrandungen der Fenster wiesen, wenn überhaupt, nur sehr einfache Verzierungen auf. Nein, dachte Olivier, reich ist dieses Kloster nicht. Falls sich Gaston tatsächlich mit einem Angehörigen der Familie de Charny getroffen hatte, war es höchst seltsam, dass der sich ausgerechnet hier eine Unterkunft genommen hatte.

In einem gepflasterten Innenhof stieß er auf einen jungen Mönch, der ihm erklärte, dass der Pförtner bei der Pfirsichernte helfe. Der Franziskaner führte ihn in einen nicht besonders großen, aber – wie Olivier wohlwollend konstatierte – sehr gepflegten Garten und dann zu einer Reihe von Bäumen, wo einige Ordensleute in der Spätnachmittagssonne arbeiteten.

»Bruder Hugo.« Der junge Mönch blieb neben einem Baum stehen, der eine besonders üppige Krone hatte. »Jemand möchte Euch sprechen.«

Ein Paar bleiche, behaarte Beine tauchte zwischen den Zweigen auf. Der Franziskaner, der die Leiter herabstieg, war um die vierzig Jahre alt und hatte ein freundliches Gesicht mit einer weit vorspringenden Nase.

»Ach, sind sie nicht wunderschön?« Er entnahm seiner geschürzten Kutte einen rotbackigen, makellosen Pfirsich und hielt ihn Olivier strahlend hin. »Ich wundere mich immer wieder, dass die Schlange unsere Stammeltern mit einem Apfel in Versuchung geführt hat. Ich hätte mich ja nur mit einem Pfirsich ködern lassen.«

»Sagt, war am Abend des Barnabas-Tages ein Mann mit Namen de Charny bei Euch im Kloster zu Gast?«, hielt Olivier ihn von weiteren Ausflügen in die Bibelgeschichte ab.

»Nein, wie kommt Ihr darauf?« Bruder Hugo schüttelte den Kopf, während sein Blick zu einem Novizen wanderte, der, die hochgebundene Kutte prall gefüllt mit Früchten, an einem anderen Baum die Leiter herabkletterte. »Gib acht, wenn du die Pfirsiche in den Korb schüttest!«, rief er ihm zu, ehe er sich wieder Olivier zukehrte. »Wisst Ihr nicht, dass die Charnys gewöhnlich bei den Benediktinern von Saint-Germain-des-Prés Unterkunft nehmen? Unser Kloster ist ihnen zu ärmlich.«

Olivier unterdrückte einen Fluch. »Ich bin mir sicher, dass der Mann, mit dem ich an jenem Abend zusammengesessen und getrunken habe, Euer Kloster erwähnt hat«, versuchte er es trotzdem mit einer Notlüge.

»Ich sagte doch: vorsichtig, vorsichtig …« Bruder Hugo eilte zu dem Novizen, der das Obst unsanft in den Korb kullern ließ. »So bekommen die Früchte doch Druckstellen.«

»Das Augenlid des Mannes, nach dem ich suche, hängt ein wenig herab.« Olivier berührte Hugo am Arm, um seine Aufmerksamkeit zurückzugewinnen.

»Da siehst du, was du angerichtet hast.« Anklagend hielt der Mönch seinem jungen Mitbruder einen beschädigten Pfirsich hin, unterbrach sich dann jedoch und schaute Olivier erschrocken an. »Ein Mann, der so aussah, war an jenem Tag tatsächlich bei uns zu Gast. Aber er war kein Charny. Er nannte sich Aubry de Bar …« Betreten brach er ab.

»Was ist mit dem Mann?«, hakte Olivier nach.

»Nun, er kam gegen Mittag zu uns.« Hugos Miene wirkte bekümmert. »Beim Abendgebet haben wir ihn zum letzten Mal gesehen. Am nächsten Tag war er verschwunden, obwohl er sein Gepäck und sein Pferd bei uns zurückgelassen hatte.«

»Habt Ihr nach dem Mann geforscht?«

»Ja, natürlich, denn wir fürchteten, dass ihm etwas zugestoßen sei.« Hugo nickte. »Aber wir konnten nichts über ihn herausfinden. Niemand kannte seinen Namen.«

Olivier nahm den süßen Geruch der Pfirsiche wahr und das Gebrumm der Bienen und Wespen, die über den fauligen Früchten im Gras herumschwirrten. Er empfand eine angespannte Erregung wie früher, wenn ihm ein Gefecht bevorgestanden hatte. Baptiste, dieser grüne Junge, hatte tatsächlich recht. Hinter dem Mord an Gaston steckte mehr als ein Raubüberfall.

Sorgfältig massierte Teresa eine Salbeisalbe in die eingefallene Brust eines alten Mannes. Der Tag war heiß gewesen und jetzt, am Abend, hing die Luft stickig und schwer von Ausdünstungen menschlicher Leiber in dem Krankensaal. Das Brabbeln des Alten und das Gemurmel, Husten und Stöhnen der anderen Patienten in den beiden langen Bettenreihen rauschten in ihren Ohren.

Am Nachmittag hatte Abt Hilarius sie zu sich rufen lassen. Der Benediktiner namens Ägidius, den er nach Padua geschickt hatte, war zurückgekehrt. Dem Mönch war es tatsächlich gelungen herauszufinden, wer die Opfer des Überfalls waren: zwei Kaufleute und ihre Gattinnen, die, begleitet von ihren Mägden und Knechten, Waren in Sizilien erworben hatten. Keiner ihrer Verwandten hatte eine Frau gekannt, auf die Ägidius' Beschreibung von Teresa zugetroffen hätte. Das tote Mädchen hatte Clara geheißen und war die Tochter eines der Ehepaare gewesen. Teresa wusste, eigentlich hätte sie froh sein müssen, dass das Mädchen nicht ihr Kind war. Aber sie empfand nichts als eine grenzenlose Leere.

Nachdem sie die Salbe vollständig in das welke Fleisch gerieben hatte, verließ sie den Krankensaal. Auch auf dem Hof vor dem Hospital war es schwül. Den dämmrigen Himmel überzog eine Dunstschicht. Teresa fühlte, wie ihr der Schweiß ausbrach. Sie beabsichtigte, den Salbentopf in die Kräuterstube zurückzubringen. Doch mit einem Mal überfiel sie wieder und stärker als je zuvor der Drang, das Kloster verlassen zu müssen. Gleichzeitig packte sie tiefes Entsetzen.

Sie versuchte, sich den lateinischen Gesang der Mönche und die beiden goldenen Engel zu vergegenwärtigen. Aber der Wunsch, aus der Abtei zu fliehen, war übermächtig. Sie hatte keine Kraft mehr, sich dagegen zu wehren. Der Topf entglitt ihren Händen. Sie drehte sich um und lief in Richtung des Tores. Sie hatte die Wiese vor dem Hospital fast zur Hälfte überquert, als ein Wetterleuchten die Dämmerung erhellte und sie Bruder Placidus erblickte. Er wirkte geistesabwesend, wie häufig, wenn er von einem Kranken kam und sich unsicher war, ob eine Behandlung tatsächlich anschlug.

Hastig wich Teresa in den Schatten eines Baumes zurück. Placidus durfte sie nicht bemerken! Für einen Moment empfand sie Angst vor dem, was sie im Begriff war zu tun, und sie spürte Zuneigung und Vertrauen zu dem Mönch. Doch der Moment verging.

Teresa vergaß die Wochen, die sie in dem Kloster zugebracht hatte. Alles um sie herum versank wie in einem Nebel. Es war nur noch wichtig, sich auf den Weg zu machen.

»Teresa!«, hörte sie wie aus weiter Ferne eine Männerstimme ihren Namen rufen.

Sie achtete nicht darauf. Jemand fasste sie an der Schulter. Wut stieg in ihr auf und sie stieß ein zorniges Zischen aus. Immer mehr verschwamm alles um sie herum, gleichzeitig blieb jeder Muskel gespannt, es war, als wüsste ihr Körper ganz allein, was zu tun war.

»Teresa, um Gottes willen!«, hörte sie den Mann schreien, als ein weiteres Wetterleuchten über den Himmel zuckte.

Nun erkannte sie Alessio. Sie hatte ihn an seinem verletzten Arm gepackt. Sein Gesicht war vor Schmerz verzerrt.

Alle Energie wich aus ihrem Körper und sie ließ sich in das Gras sinken. Alessio hockte sich neben sie.

»Was habe ich getan?«, stammelte sie.

»Ihr habt Euch gegen mich gewehrt, als ob es um Euer Leben ginge.«

Hatte sie der Drang, das Kloster zu verlassen, dazu verleitet? Teresa stöhnte.

»Die Hitze ließ mich nicht schlafen«, beruhigend redete Alessio auf sie ein. »Deshalb setzte ich mich ans Fenster. Dann sah ich Euch. Euer Gesicht wirkte völlig verzerrt, als ob Ihr etwas Schreckliches vor Euch sehen würdet. Gleichzeitig habt Ihr Euch so merkwürdig zielstrebig bewegt. Deshalb wusste ich, dass ich Euch aufhalten musste.«

Was wäre geschehen, wenn er ihr nicht nachgelaufen wäre? Teresa begann zu zittern. Behutsam zog Alessio sie an sich und sie lehnte sich gegen seine Brust. Dabei spürte sie, dass sein Verband ganz feucht war. »Kommt mit nach drinnen«, sagte Teresa erschrocken, »ich muss mir Euren Arm ansehen.«

Alessios Wunde war aufgeplatzt. Teresa hatte eben die Leinenstreifen entfernt, als Placidus, umweht von den ersten Regentropfen, zu seinem abendlichen Besuch in die Kammer trat.

»Wie konnte das denn passieren?«, rief er entsetzt mit Blick auf den blutigen Oberarm.

»Ich ...«, begann Teresa beschämt.

»Placidus, verzeiht, ich langweilte mich«, fiel Alessio ihr ins Wort. »Ich dachte, mein Arm sei so weit wiederhergestellt, dass ich meine Waffen reinigen könnte ...«

»Damit habt Ihr Euch gründlich getäuscht und die Schmerzen, die Ihr nun erleiden werdet, habt Ihr Euch ganz selbst zuzuschreiben.« Nachdenklich blickte der Mönch von Alessio zu Teresa. Offensichtlich zweifelte er an Alessios Worten.

Teresa half Placidus, die Wunde zu säubern und mit Dornen frisch zu klammern – was Alessio stoisch ertrug. Danach bat sie der Mönch, ihm einen Sud für eine Thymiantinktur zuzubereiten.

Während sie in der Kräuterhütte den Sud ansetzte und schließlich durch ein feines Sieb goss, rang Teresa mit sich. Das Grauen, das sie vorhin empfunden hatte, klang in ihr nach. Sie sehnte sich danach, mit jemandem darüber zu sprechen, dass es Momente gab, in denen sie sich wie von einer unheimlichen Macht besessen fühlte. Und doch fürchtete sie sich davor, dies auszusprechen. Das Rauschen des Regens verstärkte ihre Unruhe.

Als Placidus eine Weile später zu ihr stieß, ließ er sich nicht anmerken, dass er sich über das, was zum Aufplatzen der Wunde geführt hatte, möglicherweise seine eigenen Gedanken machte. Er nickte Teresa freundlich zu und räumte einige Tonfläschchen in ein Regal.

Erneut packte Teresa das Gefühl, das Kloster verlassen zu müssen. Nein, dachte sie und ballte die Hände zu Fäusten.

»Placidus.« Sie begriff erst, dass sie seinen Namen geschrien hatte, als sich der Mönch erschrocken zu ihr umwandte. »Placidus ... Ich habe mich gegen Alessio gewehrt. Dabei ist seine Verletzung aufgebrochen. Etwas ist in mir, was mir befiehlt, das Kloster zu verlassen. Alessio hat mich daran gehindert«, brach es wirr aus ihr heraus.

»Ihr wollt das Kloster verlassen?« Placidus hatte zu seiner üblichen Gelassenheit zurückgefunden und sah sie ruhig und aufmerksam an.

»Nein, ich will das nicht. Aber dann plötzlich kommt es über mich und sagt, dass ich gehen muss.« Teresas Gesicht verzerrte sich vor Entsetzen, während sie flüsternd weiterredete. »Es ist, als würde jemand zu mir sprechen. Als gehörte ich nicht mir selbst.«

»Aber bisher habt Ihr diesem Befehl nicht gehorcht.« Es war eine ruhige Feststellung, keine Frage.

»Nein.« Teresa senkte den Kopf. »Wenn ich mir den lateinischen Gesang der Mönche oder die beiden goldenen Engel über der Apsis vergegenwärtige, kann ich wieder zu mir finden. Aber heute ... Wenn mich Alessio nicht daran gehindert hätte, wäre ich gegangen. Gleichzeitig graut es mir vor dem Ort, der mich erwartet.« Sie vollführte eine erschöpfte Geste. »Der Prior hat recht! Ich bin vom Bösen besessen.«

»Nein, auf keinen Fall. Möglicherweise gibt es jemanden, der aus irgendeinem Grund Einfluss auf Euch hatte. Aber das ist keine Besessenheit.«

»Versteht Ihr denn nicht?« Teresa schrie gequält auf. »Es ist, als ob ich unter dem Bann einer dunklen Macht stünde. Das nächste Mal werde ich ihr wahrscheinlich nachgeben.«

»Das glaube ich nicht.« Placidus schüttelte den Kopf. »Dafür seid Ihr zu stark.«

»Vorhin …«

»Ihr habt heute erfahren, dass Bruder Ägidius nichts über Eure Vergangenheit herausfinden konnte, nicht wahr?« Placidus' Stimme war sanft. Doch in seinen Worten schwang eine große Festigkeit mit. Teresa nickte widerstrebend.

»Ich glaube, dass Euch das völlig aus dem Gleichgewicht gebracht hat.« Placidus legte seine von Altersflecken gesprenkelte Hand auf ihre und zwang sie, ihn anzuschauen. »Und was die Sache betrifft, dass Euch Alessio zu Hilfe gekommen ist … Ich bin überzeugt, das war kein Zufall. Vertraut darauf, dass Gott und seine Engel Euch beschützen werden.«

Teresa wollte einwenden, dass Gott ihr das Gedächtnis geraubt und auch nicht verhindert hatte, dass die Kaufleute, ihre Bediensteten und das kleine Mädchen umgebracht worden waren. Aber sie fühlte sich nur noch sehr müde. »Kann ich noch eine Weile bei Euch bleiben?«, murmelte sie.

»Gewiss.« Er lächelte.

Sie hockte sich auf einen Stapel Decken und sah zu, wie er eine Handvoll Gewürze auf die glimmenden Kohlen in dem Bronzebecken warf. Der Duft von Nelken, Zimt und Anis füllte den Raum. Während Placidus zu dem Tisch trat und den Thymiansud in ein bauchiges Tongefäß füllte, wurden ihre Lider schwer. Das leise Hin und Her von Placidus' Schritten und das gleichmäßige Geräusch des Regens geleiteten sie in einen traumlosen Schlaf.

Lorenzo ließ sein Schwert sinken und nickte Achmed zu. »Für heute reicht es. Ich würde später gerne etwas mit dir bereden. Komm vor der Abendmahlzeit zu mir.«

»Wie Ihr wünscht, Herr.« Achmed verneigte sich. »Euer Übungskampf war übrigens makellos.«

»Wie könnte es anders sein? Schließlich habe ich seit Jahren den besten Kampfpartner.« Lorenzo dankte mit einem Lächeln.

Ja, er war mit sich zufrieden. Mit ruhigen Schritten durchquerte er den Innenhof, dessen dicke Mauern die Hitze des Tages reflektierten. Obwohl Achmed und er lange miteinander gefochten hatten, ging sein Atem kaum schneller und seine Paraden und Finten waren rasch und präzise erfolgt.

Nachdem Lorenzo ein Bad genommen und sich von einem jungen kahl geschorenen Sklaven, dessen rechte Wange ein kreuzförmiges Brandmal verunstaltete, beim Abtrocknen und Ankleiden hatte helfen lassen, trat er an eines der Erkerfenster.

In dem Hof, den die letzte Abendsonne erhellte, übte Achmeds Stellvertreter Giscard, ein schlanker Krieger Mitte zwanzig, mit drei Jungen und einem Mädchen einige grundlegende Kampftechniken ein. Die Kinder waren erst vor wenigen Wochen in die Burg gebracht worden und alle um die zehn Jahre alt.

Das Mädchen und zwei der Jungen, ein schmächtiger und ein größerer mit Sommersprossen, stolperten bei einer Drehung. Giscard zog die Peitsche aus seinem Gürtel und versetzte jedem von ihnen einen harten Schlag. Die Kinder zuckten zusammen und ihre Gesichter verzogen sich vor Schmerz. Aber sie weinten nicht. Offenbar hatten sie schon begriffen, dass Weinen die Strafe nur verschlimmerte.

Auf einen Befehl hin versuchten die drei Gezüchtigten die Übung noch einmal. Das Mädchen und der schmächtige Junge absolvierten sie nun erfolgreich. Doch der Sommersprossige scheiterte erneut. Auf dem sandigen Boden liegend, empfing er einen weiteren Schlag. Er würde in den nächsten Wochen hart an sich arbeiten müssen, sonst würde er aus der Gemeinschaft ausgestoßen und zum Sklaven degradiert werden.

Lorenzo hörte Achmeds Schritte auf der Treppe und rief ihn herein. Sein Blick wanderte zu dem vierten Kind, einem kleinen rothaarigen Jungen. Er war anders als seine Gefährten. Diese lernten aus Angst vor Strafe und mochten sich so zu guten Kämpfern entwickeln. Die Bewegungen des Rothaarigen hingegen waren schon jetzt erstaunlich sicher und sein in sich versunkener Gesichtsausdruck verriet, dass er ganz in seinem Tun aufging. Dieser Knabe lernte, weil er das Kämpfen liebte.

»Der Junge ist fast so gut, wie Michal es als Kind war.« Achmed war neben Lorenzo getreten.

»Ja, er besitzt ihre Charaktereigenschaften und das Herz eines Kriegers. Er wird einmal zu unseren Besten zählen. Aber ich bezweifle, dass er je ganz an Michal heranreichen wird. Ihre Fähigkeiten sind nun einmal außerordentlich.«

Achmed blickte seinen Herrn aufmerksam an. »Ihr macht Euch Sorgen, weil Michal noch nicht zurückgekehrt ist?«

»Genau genommen mache ich mir Sorgen, weil ich noch immer keinerlei Nachrichten habe, dass Friedrich tot ist.«

»Vielleicht hat Michal ja noch keine passende Gelegenheit gefunden, die Tat auszuführen.«

»Diesen Unsinn habe ich selbst Rainer von Viterbo erzählt.« Lorenzo vollführte eine ungeduldige Handbewegung. »Aber wir beide wissen doch, dass es zu Michals Fähigkeiten gehört, sich solche Gelegenheiten zu schaffen.« Er besann sich einen Moment. »Dass sie von Friedrichs Leuten entdeckt wurde, scheidet aus. Dazu ist sie viel zu gut. Außerdem hätte ich in einem derartigen Fall eine Nachricht von meinen Verbindungsleuten am Kaiserhof erhalten. Sie ist die begabteste von all meinen Kriegern. Gleichzeitig war es am schwersten, ihren Willen zu brechen. Ich fürchte, dass es ihr gelungen ist, mich zu täuschen, und dass sie beschlossen hat, zu fliehen.«

»Verzeiht, Herr, aber das glaube ich nicht.« Achmed schüttelte den Kopf. »Michal weiß, dass es bislang noch keinem gelungen ist, Euch zu entkommen. Und sie weiß, dass die Abtrünnigen ein grausamer Tod erwartet.«

»Michal ist anders als alle anderen«, erklärte Lorenzo entschieden.

»Außerdem gibt es doch auch noch Cesare, den Sohn, den Ihr mit Michal habt.« Achmed blieb hartnäckig. »Ihr habt ihr mehr als unmissverständlich gesagt, dass der Junge dafür büßen wird, wenn die Mutter nicht gehorcht.«

»Ja, bislang hat diese Drohung ausgereicht, um sie gefügig zu halten.« Um Lorenzos sonstige Gelassenheit war es geschehen. Gereizt und zornig ging er in dem Erker auf und ab. »Aber was ist, wenn Michal den Jungen aus dem Kloster, wo er erzogen wird, entführt? Jedenfalls habe ich beschlossen, ihn auf die Burg zu holen. Er ist jetzt ohnehin in dem Alter, in dem mit seiner Ausbildung als Kämpfer begonnen werden sollte.«

»Das ist sicher eine gute Idee.« Achmed nickte. »Trotzdem, Herr, glaube ich nicht, dass Michal Euch und der Gemeinschaft untreu geworden ist.« Er schwieg einen Augenblick, ehe er vorsichtig sagte: »Verzeiht meine Offenheit. Aber ist es nicht möglich, dass Ihr Euch ein wenig von Euren Gefühlen leiten lasst?«

Lorenzo wirbelte zu dem Diener herum und starrte ihn aus zu Schlitzen zusammengekniffenen Augen an. Jeden anderen hätte er für diese Worte niedergeschlagen. Aber Achmed hatte ihm, seit sie gemeinsam von der Festung des Alten vom Berge geflohen waren, treu gedient und er hatte oft gut daran getan, auf seinen Rat zu hören.

»Schick ein halbes Dutzend unserer besten Krieger aus«, sagte Lorenzo schließlich. »Zwei sollen auf Sizilien nach Michal suchen. Sie stammt ja von dort. Vielleicht hat sie sich in irgendeinem Versteck verkrochen und wartet tatsächlich noch auf eine gute Gelegenheit, den Anschlag zu verüben. Wie auch immer ...« Wieder ging er in dem Erker auf und ab. »Falls sie versagt hat oder geflohen ist, soll sie hierher zurückgebracht werden. Zwei Krieger sollen das Kloster bewachen, in dem der Junge lebt; für den Fall, dass Michal dort auftauchen sollte. Und zwei weitere Krieger sollen sich bei unseren Verbindungsleuten hier auf dem Festland erkundigen, ob sie irgendetwas über Michal wissen.«

»Gewiss, Herr.« Achmed verneigte sich.

»Lass das Essen in meine Räume bringen. Ich möchte heute Abend mit Berenice speisen.«

Lorenzo gab Achmed die Erlaubnis, sich zu entfernen. Die heilkundige Berenice hatte er noch im Orient kennengelernt. Seit vielen Jahren war sie schon seine Hauptgeliebte und sie hasste Michal. Nein, dachte Lorenzo sarkastisch, Berenice würde es nicht bedauern, falls Michal tatsächlich versuchte, zu fliehen.

Befangen öffnete Teresa die Tür von Alessios Kammer. Den ganzen Tag hatte sie sich vor der Begegnung mit ihm gefürchtet. Doch nun konnte sie ein Zusammentreffen nicht länger vermeiden. Alessio hatte vor sich hin gedöst, richtete sich nun jedoch auf und lächelte sie an, was ihre Verlegenheit noch verstärkte. »Es geht Euch wieder besser?«, fragte er herzlich.

»Ja …« Sie rückte einen Schemel neben sein Lager und holte Verbandszeug aus ihrem Korb. Nachdem sie die frischen Leinenstreifen einen Moment unschlüssig in ihren Händen gehalten hatte, stieß sie hervor: »Es tut mir leid, dass ich Euch gestern verletzt habe. Ich … ich wollte das nicht.«

»Das hoffe ich.« Sein Gesichtsausdruck blieb ernst. Doch in seinen Augen blitzte ein Lachen auf. »Aber, wenn es Euch beruhigt … Die Wunde schmerzt kaum noch.«

»Lasst mich sehen …« Teresa begann, den Verband abzunehmen. Zu ihrer Erleichterung schien das mit Dornen geklammerte Fleisch gut zusammenzuwachsen. Während sie vorsichtig eine Lösung aus Thymian, Myrrhe und Ringelblume darüberträufelte, wurde ihr bewusst, dass Alessio sie aufmerksam beobachtete. Sie erinnerte sich daran, wie er sie nach den Pflanzen gefragt hatte, die sie liebte. Für einen Augenblick mischte sich der süße Duft des Mädesüß in den bitteren Geruch der Tinktur. Wieder blitzte die Ahnung an ein Glücksgefühl in ihr auf. Ein Glück, davon war sie plötzlich überzeugt, das nur von kurzer Dauer gewesen war.

»Habt Ihr Euch gestern an etwas Schlimmes erinnert und seid deshalb so außer Euch geraten?«, fragte Alessio unvermittelt.

Teresa gab vor, sich ganz auf den Verband zu konzentrieren. Sollte sie sich ihm anvertrauen? Er hatte ihr gegen den wütenden Mob und gegen den Prior beigestanden. Außerdem hatte sie ihn verletzt. Sie war ihm etwas schuldig. Sie hob den Kopf und erwiderte seinen Blick. »Nein, ich habe mich an nichts erinnert. Aber in mir ist etwas, das mir befohlen hat, das Kloster zu verlassen.«

Alessio runzelte die Stirn: »Und dieses Etwas hat Euch auch befohlen, Euch gegen mich zu wehren?«

Teresa nickte. Noch immer schaute Alessio sie unverwandt an. Wieder glaubte sie, den mandelartigen Duft des Mädesüß in der Kammer wahrzunehmen. Warum nur roch sie ihn gerade jetzt?

Um von sich abzulenken, sagte sie heftig: »Und was ist mit Euch? Mit Euren bösen Erinnerungen?«

Teresa bereute ihre Worte sofort. Alessios Gesicht verschloss sich. Er schaute zum Fenster, doch seine Gedanken waren weit weg, nahmen den Garten und die Sonne draußen nicht wahr. Still räumte sie das Verbandszeug und das Tonfläschchen mit der Kräuterlösung in den Korb und stand auf, um den Raum zu verlassen.

Sie hatte schon fast die Tür erreicht, als sie Alessio rau sagen hörte: »Die Frau, die ich geliebt habe, wurde umgebracht.«

»Ihr müsst nicht mit mir darüber reden«, sagte sie leise. Sie spürte, wie aufgewühlt er war. Langsam ließ sie sich auf die Truhe vor dem Fenster sinken, auf der seine Kleidung und seine Waffen lagen.

Es war während der Belagerung von Parma geschehen. Das Frühlingswetter war schön gewesen. Deshalb hatte sich Friedrich entschlossen, für mehrere Tage zur Jagd zu gehen, während sein Heer die Stadt belagerte. Zusammen mit einem guten Dutzend weiterer Soldaten hatte Alessio den Kaiser und seine Hofgesellschaft begleitet. Er erinnerte sich noch genau an die Sonnenflecken auf dem laubbedeckten Waldboden. An die zartgrünen Blattknospen, die von Wachstum und neuem Leben gekündet hatten, und an weiße Glockenblumen zwischen den Wurzeln einer alten Buche.

Die Ausbeute des ersten Tages bestand aus zwei prächtigen Hirschen – einen davon hatte Friedrich erlegt – und gut gelaunt hatte sich die Jagdgesellschaft am Abend um die Feuerstellen im Wald versammelt, als eine kleine Gruppe von Reitern auf die Lichtung preschte. Ihre Pferde hatten Schaum vor dem Maul und ihre Kleidung war zerrissen und blutbespritzt. In der Abwesenheit des Kaisers hatten die Bewohner von Parma einen Ausfall gewagt und das Heer vor der Stadt überrannt.

Von dem nächtlichen Gewaltritt nach Parma hatte Alessio kaum etwas im Gedächtnis behalten. Als sie im Morgengrauen in der Nähe der Stadt anlangten, lagen überall Leichen von kaiserlichen Soldaten in den Feldern und Wiesen und der Gestank von verwesendem Fleisch und verbranntem Holz verpestete die Luft.

Versprengte Bewaffnete berichteten, dass das Heer des Kaisers fast vollständig vernichtet sei, und beschworen Friedrich zu fliehen, da er sonst unweigerlich seinen Feinden in die Hände fallen würde.

Das einzige Mal in seinem Leben hatte Alessio den Eid missachtet, den er Friedrich geschworen hatte. Er trennte sich von dem Tross des Kaisers und ritt zu dem verwüsteten Heerlager. Zwischen den verkohlten Überresten von Zelten und Möbeln, den Bergen von verstümmelten Toten und Tierkadavern suchte er nach Giulia. Die plündernden Parmaer mussten ihn für einen der Ihren gehalten haben, denn niemand hatte ihn behelligt.

Erst am nächsten Morgen fand er Giulia unter einer Weide am Ufer eines Baches. Das Bild ihres Leichnams beherrschte seitdem seine Albträume: das zerfetzte Gewand. Die blutverschmierten Schenkel. Die Stichwunden in ihrem Unterleib und in ihrer Brust. Ihre Lippen waren leicht geöffnet gewesen und ihre gebrochenen Augen hatten auf die silbrigen Zweige der Weide geblickt. Ihr rechter Arm war verkrümmt, doch der linke lag mit der Handfläche nach oben im Gras, so als hätte sie ihn nach Alessio ausgestreckt.

Das Klirren von Metall schreckte Alessio auf und brachte ihn in die Hospitalkammer zurück. Er begriff, dass er seit einer ganzen Weile tonlos vor sich hin gesprochen hatte. Als er aufschaute, lehnte Teresa an der Truhe. Ihre Finger umfassten den Knauf seines Schwertes und ihr Gesicht spiegelte tiefes Grauen. Im nächsten Moment ließ sie das Schwert fallen und stürzte aus dem Raum.

»Ich verfolge meine Feinde und vertilge sie. Ich kehre nicht um, bis sie vernichtet sind. Ich schlage sie nieder. Sie können sich nicht mehr erheben und liegen unter meinen Füßen.«

Die Stimme des Vorlesers war nicht laut. Trotzdem füllte sie jeden Winkel der Halle.

Tamar beugte sich tiefer über ihre Schale mit Getreidesuppe. Sie war eine kleine muskulöse Frau Anfang zwanzig, die ein flaches unansehnliches Gesicht, aber schöne braune Augen hatte. Außer ihr saßen etwa vier Dutzend Krieger an den Tafeln. Lorenzos Tisch am erhöhten Kopfende des großen Raums mit dem Steinfußboden und der gewölbten Decke war, wie schon am Abend zuvor, verlassen. Einer der Krieger, denen er lesen und schreiben hatte beibringen lassen, stand an einem schlichten Stehpult und las einen Bibeltext vor. So wie es während allen Mahlzeiten üblich war. Und auch sonst durften die Krieger nur über das Notwendigste miteinander sprechen.

Vier Sklaven, zwei Männer und zwei Frauen, erschienen nun. Sie trugen die Schüsseln mit der Suppe ab und stellten stattdessen Platten mit Fleischscheiben und Körbe voller Brot auf die Tische. Niemand in der Halle schenkte ihnen Beachtung. Dennoch war sich Tamar bewusst, dass der Name des jungen, mageren Mannes, der ihren Holzbecher mit frischem Wasser füllte, Jean lautete. Er war vor zehn Jahren kurz nach Tamar in die Burg gebracht worden. Sie hatten zu derselben Gruppe gehört und Tamar hatte Jean gerngehabt. Aber sie hatte gelernt, ihn zu verachten, als sich herausstellte, dass er nicht gut genug war, um ein Krieger zu werden.

Seit der Zeremonie, bei der er aus der Gemeinschaft ausgestoßen, zum Sklaven degradiert und gebrandmarkt worden war, war er für sie lange Zeit kaum mehr als ein Tier gewesen. Aber mittlerweile wünschte sie sich häufig, an Jeans Stelle zu sein, denn er hatte keine Menschen quälen und töten müssen.

»Meine Feinde hast du zur Flucht gezwungen. Ich konnte die vernichten, die mich hassen. Ich zermalme sie wie Staub auf der Erde, wie Unrat auf der Straße zertrete ich sie«, tönte es durch den Raum.

Tamar würgte ein Stück Brot und einen Bissen Fleisch hinunter. Vor einem guten Jahr, als sie zusammen mit zwei anderen der Kriegergemeinschaft ein Mordopfer ausgekundschaftet hatte, hatte sie auf einem Marktplatz zufällig die Predigt eines Franziskanerpaters gehört. Der alte Mann hatte davon gesprochen, dass Gott die Liebe und barmherzig sei, und seine Worte hatten Tamar im Herzen berührt. Das waren ganz andere Worte gewesen als die, die hier auf der Burg verkündet wurden. Längst Vergessenes aus ihrer Kindheit hatte sie eingeholt. Biblische Geschichten vom Paradiesgarten, von Noahs Schiff und den Königen David und Salomon sowie die Gleichnisse Jesu, die ihr ihre Großmutter vor langer Zeit erzählt hatte.

Diese Erinnerungen hatten sie nicht mehr losgelassen. In ihr war die Erkenntnis gereift, dass alles, was Lorenzo seine jungen Krieger lehrte, eine Lüge war. Gott wollte sie nicht als Werkzeug Seiner Rache. Nein, Lorenzo benutzte sie ausschließlich für seine eigenen Zwecke. In Wahrheit waren sie seine Gefangenen und keine Krieger Gottes.

Wenige Wochen nach der Begegnung mit dem Franziskaner war Tamar an einem heftigen Fieber erkrankt und Michal hatte sie gepflegt. Tamar war geneigt, dies als eine Fügung des Himmels zu betrachten. Denn im Fieber hatte sie von ihren Zweifeln gesprochen. Michal hatte sie nicht an Lorenzo verraten. Ja, sie hatte Tamar sogar anvertraut, dass auch sie schon lange nicht mehr an die Ziele glaubte, für die Lorenzo seine Leute abrichtete.

Michal – hoffentlich war sie wohlauf! Denn obwohl sich die Krieger nicht austauschen durften, verbreiteten sich Neuigkeiten rasch innerhalb der Gemeinschaft. Im Lauf des Tages hatte sich herumgesprochen, dass Lorenzo vier Männer und zwei Frauen ausgeschickt hatte, die nach Michal suchen sollten.

Die letzten Worte der Lesung verklangen. Wie alle anderen Krieger erhob sich Tamar von ihrer Bank und kniete auf dem Steinboden nieder. Während sie dem vorgeschriebenen Ritual folgte, sich drei Mal mit der rechten Hand auf die Brust schlug und laut sagte: »Ich gehöre meinem Herrn und gelobe ihm die Treue«, bohrten sich ihre Nägel schmerzhaft in ihre Handfläche.

Oh Gott, dachte Tamar, beschütze Michal. Lass nicht zu, dass sie wieder in die Gewalt Lorenzos gerät!

Ein Hund schlug an, als sich Olivier dem Anwesen der Familie Charny näherte. Guy antwortete mit einem wütenden Bellen, doch auf einen Ruf seines Herrn hin verstummte er. Eine hohe, geweißte Steinmauer umgab das Gut. Auch das Wohngebäude war aus Stein errichtet und kündete wie die verglasten Fenster vom Wohlstand der Sippe.

Vor Kurzem war ein leichter, warmer Sommerregen gefallen. Windstöße vom bretonischen Meer peitschten die fast reife Gerste auf den Feldern und die Blumen am Wegrand. Olivier atmete den Geruch von Erde und Fruchtbarkeit tief ein und spürte das Blut in seinen Adern. Die goldgelbe Farbe der Ringel- und die blaue der Kornblumen erinnerten ihn an Èves Haar und ihre Augen. Amüsiert konstatierte er, dass er dachte wie ein verliebter Jüngling. Doch gleichzeitig fühlte er wieder einen Stich des Bedauerns, dass er tugendhaft geblieben war und der Versuchung widerstanden hatte.

Hoffentlich hatte sie sich nicht getäuscht und der Name des Mannes, der sich mit Gaston getroffen hatte, war tatsächlich Charny gewesen. Fünf Tage waren seit seinem Besuch in dem Kloster Saint Jacques vergangen. Die Mönche hatten die Satteltaschen des Verschwundenen aufbewahrt und Olivier hatte sie natürlich durchsucht, jedoch nur einige Kleidungsstücke und Schreibzeug darin finden können.

Er pfiff Guy an seine Seite und ritt durch das Gutstor, den Fuchs des vermissten Mannes am Halfter führend. Ein weitläufiger Hof, dessen Boden mit frischem Sand bestreut war, tat sich vor ihm auf. Wieder schlug der Hund an.

Olivier sprang aus dem Sattel, als ein Mann aus dem Wohngebäude trat. Er war groß, schlank und dunkelhaarig und zählte um die dreißig Jahre. Seine Stiefel und sein Leinenhemd waren aus teurem Material gefertigt. In der Hand hielt er eine Reitgerte.

Der Mann nickte Olivier höflich zu, um gleich darauf in der Bewegung innezuhalten. Verwunderung und Sorge zeichneten sich auf seinem ebenmäßigen Gesicht ab, während er sich mit raschen Schritten näherte und seine Hand auf die Flanke des Fuchses legte.

»Wie kommt Ihr zu dem Pferd meines Bruders Raoul?«, forschend musterte er Olivier. »Ist ihm etwas zugestoßen?«

Also hatte sich Ève doch nicht getäuscht ... »Ich schlage vor, dass wir im Haus darüber reden«, entgegnete der ehemalige Templer ruhig.

De Charny geleitete Olivier in eine große Halle, deren

Boden mit schön bemalten Fliesen ausgelegt war. Sie ließen sich an einem breiten Eichentisch gegenüber einer ausladenden Feuerstelle nieder und Olivier berichtete, was sich in Paris zugetragen hatte.

Als er geendet hatte, schüttelte de Charny benommen den Kopf. »Ihr vermutet also, dass mein Bruder tot ist?«

»Ja, das fürchte ich.« Olivier nickte.

»Aber … Ich verstehe das alles nicht. Warum sollte Raoul in diesem Kloster Herberge genommen haben statt in dem Kloster Saint-Germain-des-Prés, wo meine Familie sonst wohnt? Und noch dazu unter einem falschen Namen?«

»Ich schätze, weil er sich verbergen wollte. Höchstwahrscheinlich vor seinen späteren Mördern. Wisst Ihr einen Grund, warum sich Euer Bruder mit Gaston getroffen haben könnte?«

De Charny starrte auf die altersdunkle Tischplatte, als hätte er Oliviers Frage gar nicht gehört. Dann richtete er sich mit einem Mal auf. »Gewiss … Raoul ritt nach Paris, da wir etwas mit dem Templerorden zu regeln hatten.«

»Tatsächlich?« Olivier beugte sich vor. »Worum ging es?«

»Um eines unserer Güter.« De Charny fuhr sich müde über die Stirn. »Mein Vater Philippe hat die Ziele der Templer immer unterstützt und dem Orden häufig Geld gespendet. Als er vor vier Jahren als Pilger ins Heilige Land reiste, hinterlegte er deshalb sein Testament im Pariser Tempel.«

Olivier nickte. Der Templerorden galt als unabhängige Instanz und war mit Geldgeschäften vertraut, weshalb ihm häufig Testamente zur Aufbewahrung übergeben wurden.

»Für den Fall, dass er nicht aus dem Heiligen Land zurückkehren sollte, vermachte mein Vater dem Templerorden eines unserer Güter bei Luçon. Raoul und ich hatten nichts dagegen einzuwenden.« De Charny stockte. »Leider traf ein, was mein Vater befürchtet hatte. Auf der Rückreise kam er in der Nähe von Akkon bei einem Überfall der Araber ums Leben.«

»Das tut mir leid.« Olivier neigte mitfühlend den Kopf.

»Wenigstens hatte er sein Ziel, Jerusalem, noch erreicht und an den Stätten des Todes und der Auferstehung unseres Herrn gebetet. Zwei seiner Diener, die den Überfall überlebten, brachten seine Gebeine hierher zurück. Den Wünschen meines Vaters entsprechend, vollstreckte ich das Testament.«

»Ihr seid also der älteste Sohn und der Haupterbe?«

»Ja, und Raoul war mein einziger Bruder.« De Charnys Augen wurden feucht und er schluckte. »Raoul hatte von unserer Mutter einige Güter in der Bourgogne geerbt. Vor einigen Monaten beschloss er, Sybil, die einzige Tochter und Erbin des Grafen de Marle, zu heiraten. Der Großteil ihres künftigen Besitzes liegt im westlichen Poitou. Also in jenem Landstrich, wo sich auch das Gut befindet, das mein Vater dem Templerorden vermachte.«

»Raoul wollte dieses Gut gegen ein anderes tauschen?«

»Genau. Gegen eines bei Morex, das von seinen übrigen Besitzungen recht weit entfernt ist. Für die Templer wäre es ebenfalls ein guter Tausch gewesen, denn sie unterhalten in dieser Gegend einige Anwesen. Bevor Raoul nach Paris ritt, um die Sache mit den Ordensleuten zu besprechen, suchte er mich auf, um meine Einwilligung einzuholen. Da ich überzeugt war, dass unser Vater nichts gegen den Tausch einzuwenden gehabt hätte – die beiden Güter sind gleich wertvoll –, gab ich ihm meine Zustimmung. Das ist alles, was ich Euch erzählen kann. An dem Morgen, als Raoul nach Paris aufbrach, habe ich ihn zum letzten Mal gesehen.« De Charny verstummte und starrte wieder vor sich hin.

In der Stille, die die Halle füllte, war von Ferne eine fröhliche Frauenstimme zu hören. Nachdenklich betrachtete Olivier das steinerne Familienwappen über der Feuerstelle, das zwei gekreuzte Degen und einen Falken zeigte. Raoul hatte mit den Templern reden wollen und sich mit Gaston getroffen. Nun war Gaston tot und Raoul vermutlich auch. Wie Baptiste schon vermutet hatte, musste dies mit den Templern zusammenhängen. Olivier lächelte grimmig. Nun, er hatte eine Spur aufgenommen und er würde nicht lockerlassen, bis er herausgefunden hatte, wer hinter den Morden steckte.

So schnell er konnte, rannte Merlito auf die Pferdekoppel zu. Er war ein acht Jahre alter Junge mit vorwitzigen haselnussbraunen Augen und einem Schopf schwarzer Haare, denen er seinen Spitznamen ›kleine Amsel‹ verdankte. Beim Anblick des wunderschönen, feurigen Rappens, der auf der Weide graste, schlug sein Herz rascher. Das Tier befand sich noch nicht lange im Besitz des Abtes. Wann immer es ihm möglich war, stahl Merlito sich aus dem Kloster, um es zu besuchen.

Behände kletterte der drahtige Junge auf den obersten Balken des Gatters. Aus der Tasche seines Leinenkittels zog er eine getrocknete Apfelschale, die er am Morgen aus der Speisekammer des Klosters stibitzt hatte. »Komm, mein Schöner!«, lockte er.

Der Rappe schlug mit dem Schweif nach einigen Bremsen und stolzierte dann gemächlich zu dem Jungen herüber. Ein Glücksgefühl durchströmte Merlito, während ihm der Hengst die Leckerei von der ausgestreckten Hand fraß.

Gewiss, wie alle Jungen, die in dem Kloster erzogen wurden, lernte auch er reiten und er zählte dabei zu den Besten. Aber kein Pferd im Besitz der Mönche war mit dem Rappen vergleichbar. Merlito baumelte mit den Beinen und betrachtete sehnsüchtig den Hengst, der nun an einem Grasbüschel kaute. Wenn er doch nur einmal die Erlaubnis bekäme, dieses Tier zu reiten! Doch das würde niemals geschehen.

Das Schlagen einer Glocke durchschnitt nun die Nachmittagsstille. Hinter dem mit hohem Gras bewachsenen Hügel befand sich die Benediktinerabtei, die Merlitos Zuhause war. Die anderen Jungen waren die Kinder von Adeligen. Er war der Einzige, der nicht wusste, wer seine Eltern waren. Manchmal ärgerten ihn seine Kameraden und behaupteten, dass sein Vater ein Priester und seine Mutter eine Dirne sei. Ein guter Grund für Merlito, sich zu prügeln. Ansonsten und, abgesehen von der einen oder anderen Latein- und Grammatikstunde, war er mit seinem Leben in dem Kloster durchaus zufrieden.

Der Rappe hob den Kopf und schnaubte. Merlito streichelte ihn zwischen den Nüstern. Niemand würde es bemerken, wenn er sich ganz kurz auf das Pferd setzte!

Merlito fasste den Rappen an der Mähne und schwang sich von dem Gatter auf seinen Rücken. Warm und fest und wie für ihn geschaffen fühlte sich der Pferdeleib zwischen seinen Beinen an. Er konnte nicht widerstehen und ließ den Hengst antraben.

Gemächlich näherten sie sich dem Zaun auf der anderen

Seite der Wiese, als Merlito dicht neben sich den Schatten eines Vogels sah. Er fühlte, wie ein Zittern durch den Pferdekörper lief. Im nächsten Moment stieg der Rappe mit den Vorderbeinen in die Luft. Merlito warf sich nach vorn und krallte sich in die Mähne, während das Tier über die hölzernen Balken sprang und wie von Sinnen weitergaloppierte.

Merlito wusste, dass er nicht die geringste Möglichkeit besaß, den Hengst unter Kontrolle zu bringen. Alles, was er tun konnte, war, sich auf dem Pferderücken zu halten. Getreidereihen, Bäume und Büsche rasten an ihm vorbei. Nach einer, wie es ihm schien, endlos langen Weile fiel das Tier schließlich zurück in den Trab, war aber immer noch sehr schnell unterwegs. Merlito war flau im Magen. Zitternd sah er sich um. Sie befanden sich mittlerweile in einem Hohlweg. Büsche und Bäume bildeten ein grünes Laubdach – dies war der Weg, der zu dem Kloster führte.

Wenn er mit dem Rappen entdeckt wurde, würde er sicher eine schwere Strafe erhalten. Aber so sehr Merlito auch an der Mähne zerrte oder versuchte, Druck in die Flanken zu geben, das verstörte Tier trabte zügig weiter in Richtung Stall. Nun ja, dachte Merlito, immerhin kann ich meinen Kameraden eine spannende Geschichte erzählen. Und vielleicht hatte er ja sogar Glück und jetzt, am Nachmittag, hielten sich alle Bewohner des Klosters in den Gebäuden auf und er konnte den Rappen doch noch unbemerkt zur Koppel zurückbringen.

Seine Hoffnung erfüllte sich nicht. Als Merlito die niedrigen, strohgedeckten Häuser der Klostersiedlung erreichte, kam ein Novize auf ihn zugelaufen.

»Bei Gott, da bist du«, seufzte er erleichtert. »Der Abt lässt dich suchen. Ein vornehmer Herr will dich sehen.« Der

Novize wollte in die Mähne greifen, doch Merlito brachte den Rappen dazu, auszuweichen. Wenn er schon eine Strafe erhielt, dann würde er sich nicht wie ein Kleinkind vorführen lassen.

Ohne den Novizen weiter zu beachten, dirigierte der Junge das Pferd auf das Kloster zu. Als er das hohe Tor hinter sich gelassen hatte, wurde ihm erneut flau im Magen. Einige Mönche standen in demütiger Haltung um einen Fremden herum. Die vier weiteren Männer, die respektvollen Abstand zu der Gruppe hielten, waren vermutlich seine Diener.

Der Fremde war eine beeindruckende Erscheinung: breitschultrig und dunkelhaarig und zudem kostbar gekleidet. Mit der vergoldeten Schwertscheide an seinem Gürtel und seiner lässigen, selbstbewussten Ausstrahlung erinnerte er Merlito an die Helden in den Geschichten, die der Mönch Gérard ihm und seinen Kameraden bisweilen erzählte. Recken, die in unbekannten Gegenden schwere Kämpfe bestanden, gewaltige Schätze erbeuteten und furchtbare Drachen besiegten. Auch das Pferd des Fremden, das ein Diener auf und ab führte, schien einem Märchen zu entstammen. Sein Fell war dunkelbraun, fast schwarz, und glänzte wie Samt, und obwohl es gut sechs Fuß hoch war und einen mächtigen Brustkorb hatte, wirkte es leichtfüßig und elegant. Das ist noch schöner als das Pferd des Abtes. Sicher läuft es schnell wie der Wind, dachte der Junge begeistert.

»Merlito!« Gérard starrte ihn entsetzt an. »Wo bist du gewesen? Und was fällt dir ein, den Rappen des Abtes zu reiten?«

»Komm her!« Der Fremde winkte ihm.

Gehorsam ritt Merlito über den Hof und ließ sich dann von dem Rücken des Pferdes gleiten. Dabei war er sich wohl bewusst, dass der Mann ihn aufmerksam beobachtete. »Du hast dir also einfach das Pferd des Abtes genommen?«

»Ja, Herr.« Der Junge nickte. Sein Mund war trocken.

»Das ist strengstens verboten und Merlito weiß das auch ganz genau.« Gérard schüttelte fassungslos den Kopf.

Der Fremde gebot ihm mit einer Handbewegung zu schweigen. »Sag mir, mein Junge, warum hast du dich über dieses Verbot hinweggesetzt?« Er beugte sich vor und sein Blick ließ Merlito nicht los.

Der Unbekannte flößte dem Jungen Furcht ein, aber auch den Wunsch, zu gefallen. »Der Rappe ist so ein schönes Pferd und ich ... ich liebe es zu reiten«, stammelte er.

»Nun, es ist nicht unbedingt ein Fehler, wenn jemand sich nimmt, was er haben will.« Der Fremde lächelte. »Und hast du den Rappen dazu gebracht, dir zu gehorchen?«

Merlito war versucht zu schwindeln. Doch er hatte das Gefühl, dass der Mann bis auf den Grund seiner Seele schauen konnte. »Nein, Herr, er ist mit mir durchgegangen«, erzählte er deshalb wahrheitsgemäß. »Immerhin hat er mich nicht abwerfen können«, fügte er stolz hinzu.

»Keine schlechte Leistung für einen kleinen Kerl wie dich.« Der Fremde lachte. »Weißt du eigentlich, dass du mit wirklichem Namen Cesare heißt?«

»Ja, aber niemand nennt mich so.«

»Was kannst du mir über deinen Namenspatron Cäsar sagen?«

Verwundert runzelte Merlito die Stirn und versuchte, sich auf das zu besinnen, was ihn Gérard gelehrt hatte. »Der Mann war ein Römer, der vor langer Zeit gelebt hat«, sagte er schließlich zögernd. »Ein großer Feldherr und Regent über ein riesiges Reich. Er wurde umgebracht.«

»Ja, die Senatoren töteten ihn. Aber Cäsars Erbe und Adoptivsohn Octavian, der später Augustus genannt wurde, besiegte seine Feinde und setzte seine Herrschaft fort.« Die Stimme des Fremden klang versonnen. »Mein Junge, was würdest du davon halten, wenn ich dich mit zu meiner Burg nehmen würde?«

»Warum wollt Ihr das tun?«, stammelte er.

»Merlito.« Gérard trat zu ihm und fasste ihn an der Schulter. »Du hast dem Herrn zu gehorchen und keine Fragen zu stellen.«

»Nein, es ist gut, dass der Junge seinen Verstand gebraucht.« Der Gesichtsausdruck des Fremden wurde ernst. »Dein Vater, er ist kürzlich leider gestorben, hat mich gebeten, deine Erziehung zu vervollständigen.«

»Ihr habt meinen Vater gekannt?« Merlitos Augen weiteten sich vor Überraschung.

»Ja, sehr gut sogar. Er war ein alter Freund von mir.« Ein Lächeln spielte um die Lippen des Fremden. »Ich werde dir viel von ihm erzählen.«

»Herr, ich will sehr gerne mit Euch kommen«, flüsterte der Junge.

»Pater Niccoló, ein Bote aus Monreale hat eben diesen Brief für Euch überbracht.« Ein junger Mönch namens Sandro verbeugte sich vor dem großen, weißhaarigen Inquisitor, der knochige, aber eindrucksvolle Gesichtszüge hatte.

»Warte, vielleicht werde ich dem Boten gleich eine Antwort mitgeben.« Niccoló, der in eine Schrift des Kirchenvaters Eusebios vertieft gewesen war, bedeutete Sandro, an einem der Schreibpulte Platz zu nehmen.

Gehorsam kam der Mönch der Aufforderung nach. Während Niccoló den Brief auseinanderfaltete und las, beobachtete Sandro ihn mit scheuen Blicken. Er hatte seine Ordensbrüder – teils voller Wertschätzung, teils mit mehr oder weniger verstecktem Abscheu – darüber reden hören, dass es kaum einem der Ketzerei Angeklagten gelang, sich Niccoló zu widersetzen. Mit einer seltenen Mischung aus Güte und Strenge drang der Inquisitor in die Herzen und Seelen der Ungläubigen ein. Wobei er auch zur Folter griff, um ein Geständnis zu erhalten.

Niccoló ließ das Schreiben sinken und fing Sandros Blick auf. »Ein Fall von Besessenheit in dem Benediktinerkloster von Monreale«, erzählte er trocken.

»Tatsächlich?« Sandro bekreuzigte sich.

»Ja, ein merkwürdiger Fall. Eine Frau behauptet, bei einem Überfall ihr Gedächtnis verloren zu haben. Nun ja, das Böse bedient sich vieler Formen.«

»Werdet Ihr jemanden nach Monreale schicken?«

Niccoló überlegte einige Momente. »Nein, ich werde mich selbst des Falles annehmen«, sagte er schließlich. »Zum einen bin ich Pater Augustinus noch einen Gefallen schuldig. Zum anderen war Hilarius, der Abt des Klosters, dagegen, die Inquisition einzuschalten. Deshalb bedarf Augustinus besonderer Unterstützung.«

Unterhalb der Stadtmauer von Enna kniete Guido auf dem felsigen Boden nieder. Der Wind, der hier auf dem Berg im Herzen Siziliens selbst an heißen Sommertagen wehte, zerzauste sein Haar und riss an seinem schmutzigen Kittel. Doch er nahm davon keine Notiz. Der Tag war klar und in der Ferne konnte er den schneebedeckten Gipfel des Ätna erkennen.

Längst hatte Guido keine Zweifel mehr. In der Richtung des Vulkans lag Messina, die alte Hafenstadt am Meer, in der er geboren und aufgewachsen war. Dort hatte sein Vater, wie viele seiner Vorfahren, mit Getreide und Wein gehandelt. Für Momente glaubte Guido die Kühle der tiefen Keller zu spüren und den vergorenen Traubensaft zu riechen. Reich war die Familie nie gewesen, doch meist hatte sie von den Geschäften gut leben können.

Bis der Kaiser vor fünfzehn Jahren ein Dekret erlassen hatte, in dem festgelegt worden war, dass der Handel mit Getreide und Wein ebenso wie mit Zuckerrohr, Baumwolle und Salz von nun an durch seine Beamten zu erfolgen hatte. Damit war die Lebensgrundlage der Familie von einem Tag auf den anderen zunichte gemacht worden. Guidos Vater und viele andere Bürger der Stadt hatten sich deshalb zu einem Aufstand entschlossen – in der Hoffnung, den Kaiser durch die Revolte zum Einlenken bewegen zu können.

Doch Friedrich ließ Truppen vor der Stadt aufmarschieren, sicherte den Aufständischen aber immerhin Straffreiheit zu, falls sie sich ergeben würden. Schnell waren die Rebellen, im Grunde genommen brave Bürger, bereit gewesen, ihre Waffen niederzulegen. Aber der Kaiser hatte sie belogen. Wie viele andere wurde Guidos Vater wenige Tage später hingerichtet. Die Familie wurde aus dem Haus vertrieben. Ihnen blieben nur noch die Kleider auf dem Leib.

Hungernd und bettelnd waren sie über die Insel gezogen. In Siracusa hatte Guido schließlich eine Anstellung als Gehilfe eines Küfers gefunden. Nach langen Jahren harter Arbeit war es ihm gelungen, ein eigenes kleines Geschäft zu eröffnen, und er hatte endlich heiraten können. Sophia, die stille, zarte Tochter eines Schreiners, die er schon lange liebte.

Zwei Jahre waren sie miteinander glücklich gewesen und die Küferei hatte sich gut entwickelt. Doch eines Tages hatte eine Nachbarin Sophia, die immer fromm gewesen war und treu zur Kirche gestanden hatte, bei der Inquisition als Ketzerin angezeigt. Sophia war verhaftet worden und alle seine Bemühungen, sie freizubekommen, waren gescheitert. Nicht lange und ihr Körper hatte der Folter nicht mehr widerstanden – sie war in den Kerkern der Inquisition gestorben. Jener Institution, die ohne die strenge Ketzergesetzgebung des Kaisers keine Macht besessen hätte.

Nachdem die Dominikaner Guido den ausgemergelten, geschundenen Leichnam Sophias übergeben hatten, war ihm klar geworden, dass Gott ihm einen Auftrag erteilt hatte. Er hatte seine Frau bei einem Weißdornbusch außerhalb der Stadtmauern von Siracusa bestattet, denn als Ketzerin stand ihr ein Begräbnis in geweihter Erde nicht zu. Eine Nacht hatte er an ihrem Grab gewacht, dann war er aufgebrochen, um seine Mission zu erfüllen.

Guido ließ seinen Blick über die bergige, von sommerlich verbrannten Wiesen und kleinen Ortschaften durchsetzte

Landschaft schweifen, bis er den Punkt am Horizont gefunden hatte, wo Palermo lag. Dort würde er den Kaiser töten, so wie Gott es ihm befohlen hatte.

In der Morgendämmerung, auf einer kleinen Waldlichtung, schälten sich die beiden Krieger Mauro und Ludovico aus ihren Decken. Nachdem sie sich an einem nahen Bach gewaschen, ihre Kleider aus gutem Leinen übergezogen hatten – Gewänder, wie sie die Kaufleute tragen würden, die sie zu sein vorgaben – und schweigend etwas Brot und getrocknetes Fleisch gegessen hatten, sattelten sie ihre Pferde und ritten los.

Während die Sonne über den Bergen aufging und sie der steilen, gewundenen Straße in Richtung Enna folgten, schweiften Mauros Blicke prüfend über die Umgebung. Auf der nahen Bergflanke nutzte eine Gruppe von Bauern die Morgenkühle, um Weinstöcke zu beschneiden. Fünf kräftige Männer, die im Zweifellsfall aber dennoch für Ludovico und ihn keine gefährlichen Gegner darstellen würden. Das Gleiche galt für den Mann, der ihnen auf einem gut gebauten Pferd entgegenkam. An der straffen Körperhaltung des Reiters erkannte Mauro, dass er es gewohnt war zu kämpfen.

Eine Woche lang zogen sie nun schon durch Sizilien. Doch bisher hatten sie noch keine Spur von Michal gefunden. Mauro spürte einen Anflug von Neid, als er an sie dachte. Michal war so begabt und hatte, schon lange bevor Lorenzo sie in sein Bett zu holen begann, in der Gunst des Meisters weit oben gestanden. An Geschicklichkeit hatte es nur Luca mit ihr aufnehmen können. Doch seit dieser getötet worden war, war sie unbestreitbar die Beste in der Gemeinschaft. Falls sie sich entschlossen haben sollte, zu fliehen, würde es nicht leicht werden, sie zu entdecken und zu überwältigen.

Fliehen ... Mauro musste sich eingestehen, dass auch er sich manchmal, wenn Achmeds Drill gar zu hart wurde, gewünscht hatte, seine verwitwete Mutter hätte ihn nicht Lorenzos Leuten übergeben. Doch solche Gedanken waren sündhaft. Sie waren Auserwählte, Krieger Gottes. Deshalb war es nur recht, dass der Meister sie einer strengen Zucht unterwarf.

Gegen Abend erreichten sie das südliche Stadttor von Enna. Oberhalb der Mauer klebten einige Häuserreihen dicht gedrängt wie Schwalbennester an dem Hang. Darüber ragte der Wohnturm des Kaisers auf. Da sich dort jedoch in Abwesenheit des Staufers nur wenige Bedienstete aufhalten würden, hatten Ludovico und Mauro sich darauf verständigt, ihre Suche im Umkreis der Festung am anderen Ende der Stadt zu beginnen. Vielleicht hatte Michal ja doch versucht, ihren Auftrag zu erfüllen, und jemand von Friedrichs Gefolge wusste etwas über sie.

Nachdem sie das Tor passiert hatten, bahnten sie sich ihren Weg auf der ansteigenden Straße. Ein dichtes Gedränge aus Karren, Reitern und mit Körben und Tragegestellen beladenen Menschen herrschte hier. An dem Platz vor der Festung, die auf einem Felsausläufer des Berges thronte und im Dämmerlicht riesig und uneinnehmbar wirkte, befanden sich die üblichen Tavernen, außerdem eine Schmiede und mehrere Läden, die Kleidung und Essen feilboten.

Fragend wies Ludovico auf eine der Gaststätten, die *Zur Weintraube* hieß und aus deren offen stehenden Fenstern lautes Stimmengewirr und Gelächter scholl. Mauro nickte. Sie konnten ebenso gut in dieser Spelunke wie anderswo nach Michal forschen.

Sie hatten eben die Zügel ihrer Pferde um einen Holzbalken geschlungen, als die Tür der Taverne aufflog. Vier ineinander verknäulte Männer taumelten über die Schwelle. Ein Fausthieb klatschte und einer der Männer stürzte die niedrige Treppe hinunter, genau auf Mauro zu. Der ließ sich mit Absicht umrempeln. Ein von Bier getränkter Atem wehte ihm ins Gesicht. Mit einem derben Fluch rappelte sich der Betrunkene auf.

»He, hast du noch nicht genug?« Feixend betrachteten ihn seine drei Kumpane.

Der so Verhöhnte brabbelte: »Verdammte Idioten!«, spuckte aus und stolperte, begleitet von schallendem Gelächter, in Richtung der Festung.

»Tut uns leid, dass Ihr in unseren Streit geraten seid.« Einer der drei, ein großer, bulliger Kerl, wischte sich die Lachtränen aus den Augen und half Mauro auf die Beine. »Dürfen wir Euch und Euren Begleiter vielleicht auf ein Bier einladen?«

Die beiden anderen Männer waren ein Flachshaariger Mitte dreißig, dessen muskulöse Oberarme Tätowierungen zierten, und ein untersetzter junger Mann, dessen rechte Augenbraue wohl von einem Hieb gespalten war.

»Gern.« Mauro klopfte sich den Staub ab, während er und Ludovico den Männern folgten.

In der Taverne stank es nach verschwitzten Körpern, abgestandenem Bier, Zwiebeln und Knoblauch.

»Fünf Bier für uns«, rief der Bullige dem Wirt hinter der Theke zu und geleitete Mauro und Ludovico zu einem Tisch, auf dem ein Becher und einige Würfel lagen.

»Euer Gefährte hatte wohl Pech im Spiel«, bemerkte Mauro. Wie üblich bestritt er die Unterhaltung. Zum einen, weil er in Süditalien aufgewachsen war und die Sprache besser beherrschte als Ludovico. Zum anderen, weil es ihm leichter fiel, scheinbar unbeschwert mit Menschen zu plaudern.

»Oh, Pech im Spiel hatte Anselmo nicht.« Der Bullige grinste und die beiden anderen begannen wieder zu lachen.

»Ihr solltet endlich aufhören, den Armen zu hänseln.« Der Wirt stellte die verlangten Becher auf dem Tisch ab. »Jeder macht einmal einen Fehler.«

»Das stimmt.« Der Bullige trank einen Schluck Bier. »Aber selten einen so dummen.«

»Und es ist auch nicht jeder der Liebling der Vorgesetzten«, warf der Tätowierte ein.

»Du solltest sagen, *war* der Liebling.« Der Untersetzte prustete erneut los.

Mauro nahm einen Schluck von dem Bier und verfolgte ungeduldig und angewidert das Geplänkel. Er fragte sich, wie ein Herrscher derartige Kindsköpfe als Bewaffnete beschäftigen konnte.

»Einen Pfeil in die Nacht schießen und die ganze Festung in Alarmbereitschaft versetzen …« Kichernd schüttelte der Bullige den Kopf.

Es war klüger, einen anderen Ort aufzusuchen. Von diesen angetrunkenen Schwätzern würden sie nichts Wichtiges erfahren. Mauro tauschte einen Blick mit Ludovico. Sie leerten ihre Becher und wollten aufstehen, um sich zu verabschieden, als der Bullige, immer noch kichernd, das Wort an sie richtete: »Als Ihr auf die Stadt zugeritten seid, habt Ihr doch den Berg gesehen. Gut hundert Fuß fällt der Hang unterhalb der Festung fast senkrecht ab. Kein Mensch kann dort hinaufklettern, ganz davon abgesehen, dass dann auch noch die Burgmauer zu überwinden wäre.«

Nein, ein gewöhnlicher Mensch würde derartige Hindernisse nicht bezwingen können. Mauro registrierte, dass auch Ludovico aufmerksam geworden war. Vielleicht war es gut, noch ein wenig mit diesen Dummköpfen zu reden.

»Eure Geschichte scheint wirklich lustig zu sein«, sagte er bedächtig und winkte dem Wirt, eine weitere Runde Bier zu bringen, »wollt Ihr sie nicht von Beginn an erzählen?«

»In einer Nacht Anfang Mai hatten Anselmo und ich Wachdienst.« Der Bullige wischte sich über den Mund. »Wir schritten gerade den Wehrgang an der Bergseite der Festung ab, als Anselmo plötzlich seinen Bogen von der Schulter riss, einen Pfeil in die Tiefe schoss und schrie, er habe an der Mauer einen Menschen gesehen. Der Wachsoldat auf dem nächsten Turm war daraufhin so blöde, das Alarmsignal zu blasen. Was die gesamte Besatzung aus ihren Betten holte und zu ihren Waffen greifen ließ.«

»Aber das war noch nicht alles.« Der Tätowierte lachte und stieß den Untersetzten in die Seite.

»Dummerweise befand sich der Kaiser in jener Nacht in der Festung.« Der Bullige nickte. »Er wollte natürlich wissen, was der nächtliche Alarm zu bedeuten habe. Unseren Vorgesetzten war es außerordentlich peinlich, ihm erklären zu müssen, dass einer ihrer Männer einem Hirngespinst aufgesessen war.«

»Der Kaiser hielt sich in der Festung auf und nicht in seinem Wohnturm?«, fragte Mauro im Plauderton.

»Allerdings. Einige Tage zuvor tobte hier ein schlimmer Sturm. Das Dach und viele Fenster des Turms waren beschädigt.«

»Der gute Anselmo«, mischte sich der Tätowierte wieder ein. »Er war so davon überzeugt, dass jemand versucht hatte, die Burgmauer hinaufzuklettern, dass er am nächsten Tag tatsächlich die Bergflanke unterhalb des Felsens nach einem Leichnam absuchte. Aber natürlich hat er keinen Toten im Gestrüpp gefunden.«

Während die Soldaten wieder in ein wieherndes Gelächter ausbrachen, ordnete Mauro seine Gedanken. Was, wenn Michal in jener Nacht die Mauer hinaufgeklettert war? Andererseits – es war wenig wahrscheinlich, dass ein Soldat sie bemerken konnte. Trotzdem war dies eine erste Spur. Ludovico und er mussten ihre Suche im Umfeld des Kaiserhofes fortsetzen.

Teresa versuchte, sich auf die Kräuterpaste in dem Mörser zu konzentrieren. Doch es gelang ihr nicht. Die Bilder, die sich ihr aufdrängten, waren zu schrecklich.

Zum ersten Mal war sie von ihnen heimgesucht worden, als sie zufällig während Alessios Erzählung den Griff seines Schwertes berührt hatte. In diesem Augenblick war eine seltsame Kraft in ihren Körper geströmt und sie hatte gewusst, wie sie das Schwert zu führen hatte. Ja mehr noch, sie hatte eine Vision gehabt, wie sie sich im Kampf bewegte, wie eine andere Waffe auf ihr Schwert traf und sie selbst Hiebe und Stiche ausführte. Sie hatte das Klirren von Metall und ihren keuchenden Atem und den ihres Gegners gehört. Und dann hatte sie die toten Männer gesehen.

Sie hatten sie mit starren Augen angeblickt. Teils war ihr Gesichtsausdruck zornig, teils erstaunt oder erschrocken gewesen. Aber alle waren an den Wunden gestorben, die sie, Teresa, ihnen zugefügt hatte.

Seitdem war mehr als eine Woche vergangen. Teresa hatte Placidus gebeten, sie nicht mehr zu Alessio zu schicken, und sie war ihm dankbar, dass er nicht weiter in sie gedrungen war. Allerdings machte sich der alte Mönch Sorgen um sie. Das hatte sie in den letzten Tagen deutlich gespürt. Doch die Bilder der toten Männer waren so entsetzlich, dass sie sich nicht einmal ihm anvertrauen konnte.

Verdammt ... Du bist verdammt! Ein Ungeheuer. Eine Missgeburt ... Nein! Sie umklammerte den Stößel mit beiden Händen und krümmte sich.

Schritte, die sie in dem Garten vor dem Kräuterraum hörte, brachten die Stimmen in ihr zum Verstummen. Placidus durfte sie auf keinen Fall so sehen! Teresa zwang sich, mit ihrer Arbeit fortzufahren. Die Tür schwang mit einem leisen, vertrauten Knarren auf. Doch die Fußtritte auf dem Steinboden waren nicht die leichten des alten Mönchs, sondern schwerer.

Als Teresa sich verwundert umdrehte, stand Alessio vor ihr. Der Flaum auf seinen Wangen hatte sich zu einem dunklen Bart ausgewachsen. Blass hob sich seine Haut davon ab. Doch seine blauen Augen waren nicht mehr fiebrig. Für die Dauer eines Lidschlags fühlte Teresa die Freude, ihn zu sehen, wie eine Welle in sich aufsteigen. Gleichzeitig erschrak sie über sich. Etwas Gefährliches war in ihr. Sie durfte diesem Mann nicht nahekommen.

»Was wollt Ihr hier? Ihr hättet das Bett noch nicht verlassen dürfen«, fuhr sie ihn an in dem Versuch, ihre Gefühle zu unterdrücken.

»Ich möchte wissen, warum Ihr mir aus dem Weg geht«, antwortete er ruhig.

»Das tue ich nicht. Placidus hat mich im Hospital gebraucht.« Teresa wandte sich ab und drückte den Stößel in die steinerne Schale. Ein herber Geruch stieg von den zerriebenen Blättern auf.

»Er hat mir das Gleiche gesagt. Aber ich glaube, dass das nicht die ganze Wahrheit ist.« Alessio trat neben sie. Teresa war sich seiner Nähe nur zu sehr bewusst. »Hat Euch das, was ich von dem Überfall erzählt habe, an etwas aus Eurer Vergangenheit erinnert?«

Teresa starrte auf die grünliche Masse. Ein wenig davon klebte an ihren Fingern. Der Fleck verwandelte sich vor ihren Augen in Blut, das von ihren Händen troff. Sie unterdrückte den Impuls aufzuschreien.

»Sagt mir, was beschäftigt Euch?« Teresa spürte, wie Alessio sie an den Schultern fasste. Noch immer hatte sie einen roten Schleier vor den Augen. Sein Griff war fest, aber nicht grob. Sie wünschte sich, sich diesem Griff ganz hingeben zu können. Zu vergessen. Wieder suchten sie Bruchstücke von Erinnerungen heim. Der Geruch von Mädesüß. Ein schmales Männergesicht. Glück, dem völlige Hoffnungslosigkeit folgte.

Heftig stieß sie Alessio von sich weg. »Lasst mich!«

»Ich will eine Antwort von Euch.«

»Ich kann sie Euch nicht geben.« Erneut fühlte Teresa, wie eine unheimliche Kraft sich ihrer bemächtigte. Gleichzeitig wurde sie sehr ruhig. Sie registrierte, dass Alessio einen Dolch an seinem Gürtel trug. Es wäre eine Kleinigkeit, die Waffe aus der ledernen Scheide zu reißen und ihn damit niederzustechen, ehe er reagieren konnte.

»Geht!«, hörte sie sich rufen. »Bei Gott, geht doch endlich!«

»Nein.«

»Ich ertrage Euch nicht.«

»Teresa ...« Er streckte die Hand nach ihr aus.

»Geht!« Mit aller Kraft schlug sie ihm ins Gesicht. Sie rechnete damit, dass er noch einmal nach ihr fassen würde, und wappnete sich. Doch Alessio wandte sich wortlos ab. Ein Schwindel erfasste Teresa. Sie tastete nach einem Halt und stieß dabei gegen den Mörser. Er rutschte über die Tischkante und zerbrach auf dem Steinboden.

Ja, sie war verdammt! Teresa kniete sich nieder und umklammerte eine der Scherben so fest, dass ihr die spitze Kante tief in den Handballen schnitt.

Auf einer Anhöhe am Rand eines Weizenfelds wendete Olivier sein Pferd und blickte auf den Bauernhof hinunter, wo er eben ein Stück Brot und Fleisch gegessen und einen Becher Wasser getrunken hatte. Ein Anwesen, das schmuck und friedlich wirkte – mit einem zweistöckigen steinernen Wohngebäude und frisch gedeckten Strohdächern. Rauch kräuselte sich über dem Küchenhaus in den blauen Himmel. Vor den Ställen wendete ein Knecht Mist und in einem Pferch watschelte eine Schar Gänse herum, deren Geschnatter bis auf den Hügel zu hören war.

Ja, der Orden hat mit dem Vermächtnis des alten Charny wirklich einen Glücksgriff getan, dachte Olivier. Das Anwesen bei Luçon bewirtschafteten tatsächlich Templer. Womit sich sein Verdacht zerschlagen hatte, dass das Gut ohne Wissen der Ordensleitung verkauft worden und dies der Grund für den Mord an Raoul de Charny gewesen sein könnte.

Und doch ... Olivier vergegenwärtigte sich das Gespräch, das er mit Antoine de Roye, dem Vorsteher des Hauses, geführt hatte. Einem gut aussehenden Mann Mitte dreißig, der ein sehr zuvorkommendes Benehmen an den Tag gelegt hatte. Olivier hatte sich als einen Freund der Familie ausgegeben, der lange nicht im Lande gewesen und nun erstaunt war, dass der Hof den Besitzer gewechselt hatte. Er musste sich sehr täuschen, wenn Antoine nicht, als der Name Raoul de Charny fiel, kurz zusammengezuckt war.

Wie auch immer – es würde hilfreich sein, bei der Suche nach den Mördern von Raoul und Gaston Unterstützung zu haben. Olivier war froh, dass er de Charnys Bruder gebeten hatte, zwei alte Freunde zu benachrichtigen. Paul und Thierry gehörten dem Templerorden immer noch an und hatten gemeinsam mit Olivier im Heiligen Land manche Schlacht gefochten, ehe sie in den Westen des französischen Königreichs zurückgekehrt waren. In wenigen Tagen würden sie sich auf Oliviers Gehöft treffen und beraten, wie am besten weiter vorzugehen war.

»Komm, Guy«, rief Olivier den Hund, der träge nach einer großen Fliege schnappte. »Auf nach Hause!«

Alessio verstaute einen Kittel in seiner Satteltasche und schnallte sich seinen Schwertgurt um. Ein leichter Schmerz pochte noch in seinem verwundeten Arm und er wurde schneller müde als früher. Doch sonst fühlte er sich vollkommen wiederhergestellt.

An der Tür der Kammer drehte sich Alessio noch einmal um. Sonnenlicht flirrte über das Bett mit den braunen Wolldecken. Für einen Moment sah er Teresa neben dem Lager sitzen. Er wünschte sich, sie noch einmal zu sehen, sich von ihr verabschieden zu können. Doch er wollte ihr keine Angst machen und irgendetwas an ihm ließ sie offensichtlich außer sich geraten.

Als er kurz darauf den Hof vor der Kirche betrat, zögerte er. Dann stieg er die breiten Stufen zu dem Portal hinauf. Im kühlen Innenraum des Gotteshauses kniete er sich auf den Marmorboden. Er war nie besonders fromm gewesen. Aber nun empfand er das Bedürfnis für Teresa und Giulia zu beten und Gott für seine Genesung zu danken.

Er war im Begriff, sich zu bekreuzigen und die Kirche zu verlassen, als er eine feste Hand auf seiner Schulter spürte. Unwirsch hob er den Kopf.

Zu seiner Überraschung stand Karim neben ihm und musterte ihn irritiert. »Was ist denn in dich gefahren? Wenn mir nicht einer der Mönche gesagt hätte, dass er dich in die Kirche hätte gehen sehen, wäre ich nie auf die Idee verfallen, ausgerechnet hier nach dir zu suchen.«

Ein älterer Benediktiner stand unter dem Altarbild des

lehrenden, von einem goldenen Hintergrund umgebenen Christi und stutzte Kerzendochte. Unwillig drehte er sich zu den beiden jungen Männern um und legte den Finger an die Lippen.

»Lass uns hinausgehen«, sagte Alessio leise.

Vor der Kirche ließen sie sich auf den sonnigen Stufen nieder.

»Konnte Gaetano etwas Neues über das Komplott herausfinden?« Gespannt sah er den Freund an. »Bist du deshalb gekommen?«

»Nein. Die Soldaten, die das Gift in das Wasser gemischt haben, wussten wohl tatsächlich nichts.« Karim schüttelte bedauernd den Kopf. Nach einem Moment des Schweigens deutete er auf die beiden Satteltaschen. »Du kannst das Kloster übrigens noch nicht verlassen.«

»Bei Gott – würdest du endlich aufhören, dich für mich verantwortlich zu fühlen.« Alessio stöhnte gereizt. »Ich bin völlig gesund und …«

»Oh, darum geht es nicht.« Karim winkte ab. »Ich habe eben den Mönch Placidus getroffen und er hat mir versichert, dass du tatsächlich wiederhergestellt bist. Nein, Friedrich will dem Kloster in einigen Tagen einen Besuch abstatten. Du sollst für seine Sicherheit sorgen.«

»Dem Himmel sei Dank, dass er endlich eingesehen hat, dass er sich schützen muss.«

»Ja, doch ich habe auch eine schlechte Nachricht für dich. Friedrich will, dass Gaetano weiter nach den Verschwörern forscht. Deshalb bist du Bernardo unterstellt.« Karims Gesicht verzog sich, als hätte er auf etwas Bitteres gebissen.

Alessio unterdrückte einen Fluch.

»Nun ja.« Karim zuckte die Schultern. »Wenn man von

Bernardos Arroganz absieht, muss man ihm zugestehen, dass er gewisse Fähigkeiten besitzt.«

»Die allerdings von seiner Hochnäsigkeit ziemlich in Mitleidenschaft gezogen werden«, knurrte Alessio. »Und das nur, weil er meint, aufgrund seiner Herkunft etwas Besseres zu sein.«

»Du siehst in nur so, weil du ihm unterstellt bist.« Karim grinste. »Wie steht es eigentlich zwischen dir und der Helferin des heilkundigen Mönchs?«

»Ich weiß nicht, was du meinst«, wehrte Alessio ab.

»Ach komm schon, es war nicht zu übersehen, dass sie dir gefällt.«

»Das mag ja sein.« Alessio glaubte, in dem Wind, der über den Hof wehte, den Duft des Kräutergartens zu riechen. »Trotzdem ist nichts zwischen uns.«

Die Abenddämmerung hatte längst eingesetzt. Olivier ritt einen steinigen Weg entlang. Auf den von Büschen und Baumreihen durchsetzten Wiesen wuchs hohes Gras. Zwischen den Halmen konnte er die schattenhaften Umrisse von Guy erkennen, der Jagd auf Kaninchen machte. Etwa eine Meile entfernt, auf einem Hügel, lag ein kleines Dorf. In manchen Häusern brannte bereits Licht.

Olivier beschloss, dort nach einer Bleibe zu fragen. Es würde entschieden angenehmer sein, die Nacht in einem Bett oder auf einem Heuboden zu verbringen als im Freien. Denn die Wolken deuteten auf Regen hin. Er schmunzelte. Ja, er wurde langsam alt und schätzte eine gewisse Bequemlichkeit. Früher hätte ihn derlei nicht gekümmert. Am nächsten Tag würde er endlich zu Hause sein. Hoffentlich würde er nicht allzu lange auf Paul und Thierry warten müssen.

Der Weg führte nun durch eine Senke, auf deren beiden Seiten dichtes Strauchwerk wucherte. Oliviers Augen benötigten einige Momente, ehe sie sich an die Dunkelheit gewöhnt hatten. Er hatte die Mulde zu einem Drittel durchquert, als sein Pferd plötzlich strauchelte und stürzte. Ein Instinkt veranlasste Olivier, aus dem Sattel zu springen. Keinen Lidschlag zu früh, denn Metall schimmerte auf und drei Männer stürmten auf ihn zu. Ehe Olivier sein Schwert vollständig aus der Scheide reißen konnte, traf eine Waffe auf das Kettenhemd unter seinem Mantel.

»Guy!«, brüllte Olivier. Wie aus weiter Ferne hörte er seinen Hund bellen.

Eine Dolchspitze ritzte seine Wange auf. Erneut sah der alte Templer eine Waffe im Dämmerlicht auf sich zuzucken. Er drehte sich zur Seite, nur um festzustellen, dass er einer Finte aufgesessen war. Ein so heftiger Schmerz durchfuhr seinen Schwertarm, dass er die Waffe fallen ließ. Mit der Linken riss er ein Messer aus seinem Gürtel.

»Guy!« Das Blut rauschte in Oliviers Ohren. Das Bellen des Hundes kam näher. Mit letzter Kraft wich er einem Hieb aus, der gegen seine Kehle geführt wurde, und stach selbst zu. Wilde Genugtuung erfüllte ihn, als er spürte, dass sich die Waffe tief in den Leib seines Gegners senkte. Der Mann sackte in sich zusammen. Das wütende Bellen war jetzt ganz nah. Ein dumpfer Aufprall. Neben ihm wälzten sich Guy und einer der Angreifer auf dem Weg.

Olivier wollte seinem Hund zu Hilfe kommen. Doch ein Fußtritt traf seinen linken Arm. Das Messer wurde ihm aus der Hand geschleudert. Ein weiterer Tritt gegen seine Beine fällte ihn. Sein Schädel prallte gegen etwas Hartes. Verschwommen sah Olivier seinen Gegner über sich aufragen: eine verwegen und ungepflegt aussehende Gestalt.

Verdammt, dachte Olivier, während er die Besinnung verlor. Er hätte im Orient sterben sollen. In einer von Hitze flirrenden Wüste. Unter einem Himmel, der so hell war, dass das Licht fast schmerzte. Nicht hier, in diesem feuchten, dunklen Loch.

Kapitel 3

Guido blieb am Rand der Straße stehen. Zu seiner Linken zweigte ein schmaler Pfad ab, der zwischen Felsen und Strauchwerk steil den Berg hinabführte. Dies wäre der direkteste Weg nach Palermo. Doch etwa eine Viertelmeile vor ihm befand sich ein kleines Dorf. Schon seit einigen Stunden war seine Kalebasse leer. Sollte er in dem Ort nach Wasser fragen oder sollte er darauf hoffen, dass er in der Nähe des Pfades auf einen Bach oder eine Quelle stieß? Er überlegte und entschied sich dann dafür, den Umweg auf sich zu nehmen.

Gleich vor dem ersten der ockerfarben getünchten Häuser plätscherte Wasser in einem Brunnen. Neben dem steinernen Trog fegte eine kräftige Frau mit einem Reisigbesen eine Treppe. Höflich fragte Guido, ob er sein Gefäß in dem Brunnen füllen dürfe. Sie bejahte, musterte ihn kurz und meinte dann, sie könne ihm auch einen Brotkanten als Wegzehrung mitgeben. Er sehe aus, als ob er etwas zu essen nötig habe.

Guido hatte die Kalebasse gefüllt und trank gierig, da kamen langsam zwei Bewaffnete auf ihn zugeritten. Unwillkürlich wich Guido einen Schritt zurück. Die Soldaten sprachen etwas miteinander, was jedoch durch das Klappern der Pferdehufe übertönt wurde, und musterten die Häuser am Wegesrand und den Berghang oberhalb des Dorfes.

Die kräftige Frau trat nun wieder aus dem Haus. Während sie Guido einen Kanten dunkles Brot reichte, folgte ihr Blick den Reitern. »Wir werden hier bald einen hohen Herrn bestaunen dürfen.« Ihr Mund verzog sich zu einem Lächeln, das sowohl Spott als auch Stolz verriet. »Stellt Euch vor, in wenigen Tagen wird der Kaiser durch unser Dorf ziehen.«

»Wie meint Ihr das?« Obwohl er eben erst getrunken hatte, war Guidos Gaumen schon wieder trocken.

»Wie werde ich das wohl meinen?« Sie stemmte die Arme in die Hüften und musterte ihn ungeduldig. »Der Staufer wird in dem Kloster von Monreale Unterkunft nehmen. Angeblich plant er, in der Umgebung zu jagen. Deshalb zieht er durch unser Dorf.«

Guido atmete tief durch. Ja, der Herr war bei ihm und leitete ihn den rechten Weg. So hatte Er ihn in diesen Ort und zu dieser Frau geführt. Oben am Berg, weniger als eine Stunde Fußweg entfernt, konnte er die hohen Mauern des Klosters und den quadratischen Kirchturm sehen.

Der Anblick der Kirche Sankt Johannes der Einsiedler im Herzen Palermos entlockte Pater Augustinus ein Stirnrunzeln. Er ließ sich aus dem Sattel gleiten, warf die Zügel einem Betteljungen zu, der auf dem Platz herumlungerte, drückte ihm eine Münze in die Hand und eilte zum Eingang der Anlage.

Missbilligend musterte er die quaderförmigen, aus bräunlichem Stein errichteten Gebäude, deren Dächer orangefarbene Kuppeln krönten. Das Kloster wies viele Elemente der arabischen Architektur auf. Aber das Christentum hatte schließlich über die Heiden gesiegt und es würde auch über die Verräter des eigenen Glaubens triumphieren. Schwierigkeiten wie die, über die er nun mit dem Inquisitor Niccoló sprechen musste, stellten nur Prüfungen dar. Mit Gottes Hilfe konnten sie siegreich bestanden werden.

Augustinus fand Niccoló in dem schattigen Kreuzgang des Klosters, wo er, die Hände in die Ärmel seiner Kutte geschoben, im Gebet versunken auf und ab schritt. Die herben Gesichtszüge des Inquisitors wurden milder, als er den Prior sah. Nachdem die beiden Männer die üblichen Höflichkeitsbekundungen ausgetauscht hatten, ließen sie sich auf der niedrigen Mauer des Kreuzgangs zwischen zierlichen Doppelsäulenpaaren nieder.

»Ich kann Euch gar nicht sagen, wie dankbar ich Euch bin, dass Ihr meiner Bitte so rasch entsprochen habt«, leitete Augustinus schließlich zum Grund seines Kommens über.

»Das, was Ihr mich über die Geistes- und Seelenverfassung dieser Frau habt wissen lassen, mahnte mich, schnellstmöglich zu handeln.« Der Inquisitor neigte den Kopf. »Wenn Ihr wollt, werde ich sofort mit Euch nach Monreale reiten.«

»Leider hat sich ein Umstand ergeben, der mich Euch bitten lässt, noch einige Tage in Palermo zu bleiben.« Augustinus seufzte. »Der Kaiser wird unser Kloster besuchen. Ich fürchte, dies ist ein schlechter Zeitpunkt, um das Weib einer inquisitorischen Befragung zu unterziehen.«

»Ich bedaure, ich kann Euch nicht ganz folgen.« Niccoló sah ihn erstaunt an. »Ich stimme Papst Innozenz zu, dass Friedrich ein Feind der Kirche ist. Aber gegen Ketzer geht er in der Regel mit aller Strenge vor. Warum also sollte uns sein Besuch Schwierigkeiten bereiten?«

»Wie ich Euch schon in meiner Nachricht schrieb, habe ich Euch ohne Wissen und Zustimmung meines Abtes gerufen.« Augustinus seufzte erneut. »Hilarius wird Eurer Untersuchung sicher ablehnend gegenüberstehen und nicht zögern, den Kaiser um Unterstützung zu bitten. Ich bezweifle, dass sich Friedrich gegen Hilarius, den er selbst als Abt eingesetzt hat, stellen wird. Nein, lasst uns warten, bis der Staufer das Kloster wieder verlassen hat.«

Niccoló schloss die Augen zum Gebet, ehe er schließlich nickte. »Aber gebt acht, dass die Frau uns nicht entkommt. Ihr wisst, die Wege des Bösen sind Legion und der Satan tarnt sein Tun auf vielfältige Weise.«

Augustinus' Stimme klang kalt und fest. »Ich verspreche Euch, das Weib wird uns nicht entfliehen.«

Ein Klappern weckte Olivier. Er stöhnte. Er fühlte sich zerschlagen, als wäre ein Karren über ihn hinweggefahren. Mühsam riss er die Augen auf. Er blickte auf die ihm wohlbekannte Truhe mit den bunten Emaillearbeiten arabischer Herkunft. Daneben stand Baptiste und bückte sich nach einer Holzschale, die ihm aus der Hand gefallen war.

Fluchend stützte sich Olivier auf seinen Ellbogen. »Baptiste, seid Ihr die Ausgeburt eines schlechten Traums oder seid Ihr wirklich?«, knurrte er.

»Oh, verzeiht, ich wollte Euch nicht wecken«, erwiderte der Templer zerknirscht.

»Was tut Ihr hier?« Olivier erinnerte sich wieder an den Überfall. »Und wer hat mich nach Hause geschafft?«

Baptiste setzte sich auf die Truhe. »Nun ja«, sagte er hilflos, »in Shipley ließ mir der Gedanke an Euch und Gaston keine Ruhe. Deshalb beschloss ich, in die Bretagne zurückzukehren und Euch zu suchen. Ich wollte einfach wissen, ob Ihr mittlerweile etwas herausfinden konntet. Als ich vorgestern Euer Gut erreichte, traf ich hier zwei andere Templer an – ihre Namen sind Paul und Thierry. Ihr wart ohne Besinnung und hattet eine Stichwunde am rechten Unterarm. Und was Eure zweite Frage betrifft: Eure Freunde haben Euch nach Hause gebracht und allem Anschein nach auch Euer Leben gerettet.«

»Wo sind die beiden?«

»Draußen im Garten. Sie ernten Eure Sommeräpfel.«

Olivier suchte den Raum nach seinem Hund ab. »Guy ist bei ihnen?«

»Bedauerlicherweise ist Euer Hund verendet.« Baptiste seufzte. »Eure Freunde fanden ihn mit zahlreichen Wunden. Er muss wie ein Löwe für Euch gekämpft haben.«

Guy war tot. Olivier erinnerte sich wieder an den Kampf und das erstickte Röcheln des Hundes. Vor vielen Jahren hatte er den tapsigen Welpen im Hafen von Jerusalem aufgelesen. Guy hatte ihn vom Orient zum Okzident begleitet und war während der Jahre seiner selbst gewählten Einsamkeit sein treuer Gefährte gewesen. »Baptiste, seid so gut und bringt Paul und Thierry zu mir«, sagte Olivier rau.

Als der Templer mit seinen beiden Ordensbrüdern den Wohnraum betrat, hatte sich Olivier wieder gefasst. Er grinste seine Freunde an. »Schön, euch zu sehen. Laut Baptiste habt ihr mir das Leben gerettet. Ist das tatsächlich wahr?«

»Tja, das kann man durchaus so sehen.« Paul, ein Hüne Mitte vierzig, der weizenblonde Haare und ein gutmütiges

Gesicht hatte, ließ sich auf einen Stuhl fallen. »Als wir uns vor drei Tagen auf dem Weg zu deinem Gehöft befanden, hörten wir plötzlich ganz in der Nähe Waffengeklirr. Wir trieben unsere Pferde an – und stießen auf einen bärtigen Kerl, der im Begriff war, sein Schwert in deine Brust zu rammen. Wovon wir ihn gerade noch abhalten konnten. Allerdings kostete das den Kerl das Leben. Seine beiden Kumpane waren, wie wir dann feststellten, schon tot.«

Thierry, ein mittelgroßer sehniger Mann Anfang fünfzig, der im Vergleich zu dem hünenhaften Paul recht klein wirkte, schüttelte den Kopf und grinste. »Olivier, ich fürchte, in einem Bett wirst du nicht sterben.«

»Das wollte ich ohnehin nie«, entgegnete dieser. »Jedenfalls bin ich froh, euch an meiner Seite zu wissen.«

»Glaubt Ihr, dass der Überfall auf Euch etwas mit dem Mord an Gaston zu tun hat?«, aufgeregt beugte sich Baptiste vor.

»Davon bin ich überzeugt.« Olivier nickte.

»Deine Nachricht an uns war etwas rätselhaft«, mischte sich Paul ein. »Würdest du uns bitte erklären, worum es eigentlich geht?«

Olivier lehnte sich in die Kissen zurück und berichtete, was er in Paris und dann auf dem Gut de Charnys herausgefunden hatte. »Inzwischen bin ich überzeugt, dass Ihr recht hattet und irgendjemand im Schatzamt des Tempels ein übles Spiel treibt.« Er nickte Baptiste zu. »Auch wenn ich im Moment keine Ahnung habe, worin dieses Spiel besteht. Ich glaube aber, dass Antoine de Roye auf irgendeine Weise daran beteiligt ist und ich ihm den Überfall zu verdanken habe. Nachdem ich von dem Gut bei Luçon losritt, hatte ich ein-, zweimal das Gefühl, verfolgt zu werden.«

»Eugène de Blois ist der Leiter des Schatzamt der Templer, nicht wahr?« Paul wandte sich fragend an Baptiste.

»Ja, das stimmt.« Dieser nickte. »Aber Eugène ist ein unscheinbarer, bescheidener Mann. Ich kann mir nicht vorstellen, dass er hinter diesen Morden steckt.«

»Eugène de Blois …« Nachdenklich runzelte Thierry die Stirn. »Vielleicht täusche ich mich … Aber gab es da nicht einmal ein Gerücht, dass er es mit Lustknaben treibt?«

»Davon weiß ich nichts«, erklärte Baptiste entschieden.

»Falls das stimmte, wäre dieser Eugène erpressbar.« Olivier wiegte nachdenklich den Kopf. »Ich glaube, es ist wirklich an der Zeit, dass ich mit Henry d'Esne rede und ihm vor Augen führe, dass im Umfeld des Ordens höchst merkwürdige Dinge geschehen.«

»Ausgerechnet du willst den Ordensmeister aufsuchen!« Paul lachte. »Ich bezweifle, dass das eine gute Idee ist.«

»Dieses Vergnügen werde ich mir auf keinen Fall nehmen lassen.« Olivier grinste und schwang vorsichtig seine Beine über den Rand des Lagers.

»Dann solltest du aber auf jeden Fall den Jungen zu Henry mitnehmen.« Thierry tätschelte Baptistes Schulter. »Als mäßigendes Element sozusagen.«

»Meinetwegen.« Mit einem Stöhnen massierte Olivier seinen schmerzenden Hinterkopf. Vielleicht konnte er von Ève etwas über Eugène de Blois' sexuelle Vorlieben erfahren. Nun, auch sie stellte einen guten Grund dar, noch einmal nach Paris zu reiten.

»Ihr habt Glück, für heute kann ich Euch einen Platz in unserer Herberge geben. Aber morgen werden die Soldaten des Kaisers alle Räume benötigen. Ihr habt wahrscheinlich schon davon gehört, dass Friedrich unserem Kloster die Ehre erweisen und bei uns Quartier nehmen wird.«

Freundlich schwatzend geleitete der Pförtner Guido über das Klostergelände. Er zeigte ihm den Brunnen, an dem er sich waschen konnte, und geleitete ihn dann in das Gästehaus. Dort erklärte er dem Gast, dass er sich aus dem großen Bronzekessel, der über der Feuerstelle des Speiseraums hing, eine Schale Suppe nehmen dürfe, und führte ihn dann in das obere Stockwerk, wo breite, saubere Betten standen. Anschließend ließ er ihn allein.

Guido kehrte in den Speiseraum zurück und aß ein wenig von der Suppe, weil dies von ihm erwartet wurde und er nicht auffallen wollte. Doch eigentlich verspürte er jetzt, da er seinem Ziel so nahe war, keinen Hunger. Nachdem er sich an dem Brunnen von Schweiß und Staub gesäubert hatte – er wollte rein sein, wenn er vor Gott trat –, suchte er die Kirche auf. Lange kniete er in dem goldfunkelnden Raum und hielt Zwiesprache mit Gott.

Schließlich erhob Guido sich und ging auf das Hauptportal zu. Einer der Türflügel stand offen. Der Schein der Nachmittagssonne fiel in einem breiten, schrägen Strahl herein und brachte die Mosaiken zum Leuchten. Unwillkürlich folgte Guidos Blick dem Lichtstrahl. Unterhalb eines der Mosaike entdeckte er eine schmale Tür. Als er die Klinke herunterdrückte, gab sie nach. Dahinter wand sich eine enge, steile Treppe nach oben. Rasch huschte er die Stufen empor. Sie mündeten in einen schmalen Gang, der außen am Dach des Kirchenschiffs entlangführte.

Unterhalb erstreckte sich der Kreuzgang des Klosters. Ein Geviert, das anmutige Säulen begrenzten und in dessen Mitte ein Feigenbaum wuchs. In einer Ecke umgaben weitere schön behauene Säulen, die zu einem Rechteck angeordnet waren, einen kleinen Brunnen. Das Rauschen des Wassers konnte Guido bis hier oben hören.

Er riss sich von dem friedlichen Anblick los und folgte dem Gang bis zu einer nächsten Treppe. Höher und höher schritt er die Stufen hinauf, um Biegungen und Ecken. In der Ferne unter einem wolkenlosen blauen Himmel konnte er die Bucht von Palermo erkennen. Die Treppe endete vor einer mit einem stabilen Schloss gesicherten Tür. Guido wollte schon umkehren, als er oberhalb seines Standpunktes auf dem Dach hinter einem Türmchen ein Fenster entdeckte.

Kurz entschlossen zog sich Guido an dem Rahmen hoch und zwängte sich durch die Luke. Als sich seine Augen an das Dämmerlicht gewöhnt hatten, das hier herrschte, erkannte er, dass er in einem engen Verschlag stand. In der Bretterwand befand sich eine schmale Tür. Er drückte dagegen. Doch sie gab nicht einen Spaltbreit nach. Als er durch die Ritzen in der Bretterwand spähte, sah er, dass sich große Kisten auf der anderen Seite türmten. Der dichten Staubschicht auf dem Boden und den Spinnweben nach zu schließen, war dieser Winkel schon seit Ewigkeiten nicht mehr betreten worden.

Guido ließ sich auf den Bretterboden sinken und hob die Hände in einer andächtigen Geste. Ja, der Herr hatte ihn ein weiteres Mal geführt. In dem Verschlag würde er sich verbergen können, bis die Zeit seiner Rache gekommen war.

Olivier schnupperte. Nein, der Geruch hatte sich nicht verändert. Wie damals, als er ein dreizehnjähriger abenteuerlustiger Junge gewesen war und zum ersten Mal den Tempel betreten hatte, beherrschte der Duft nach Weihrauch, Kerzenwachs und Leder die geräumige Eingangshalle, von der eine breite Steintreppe in das obere Stockwerk führte. Die wuchtige Eichentruhe mit den schweren Silberbeschlägen stand noch an ihrem Platz neben dem Durchgang zu dem Speisesaal und dem Küchentrakt, und auch der Wandbehang mit den Szenen aus der Schöpfungsgeschichte war immer noch derselbe.

Nur er hatte sich verändert. Olivier wurde klar, dass ihn bei dem Gedanken, wie oft er diese Halle durchquert hatte, eine gewisse Wehmut beschlich.

Aus dem Durchgang eilte ein hoch aufgeschossener junger Mann in die Halle. Er stutzte irritiert, als er den Alten mit der abgerissenen Kleidung und den verwitterten Gesichtszügen sah, dann wanderte sein Blick zu Baptiste.

»Baptiste, ich dachte, Ihr wäret bei unseren Brüdern in England?«, brachte der Lange hervor.

»Ist Henry d'Esne im Haus?«, ignorierte Baptiste die Frage.

»Ja, aber so viel ich weiß, will er nicht gestört werden …«

»Ich bin sicher, er wird sich freuen, uns zu sehen.« Olivier schob den Langen aus dem Weg. »Bemüht Euch nicht, ich kenne den Weg.«

»Sollten wir nicht vielleicht doch besser warten?«, murmelte Baptiste, während er sich mühte, mit Olivier Schritt zu halten.

»Glaubt mir, ob wir Henry nun früher oder später stören – an seinen Gefühlen mir gegenüber wird dies nicht viel ändern.« Olivier drehte sich zu Baptiste um und wirkte, wie dieser, von schlimmen Vorahnungen erfüllt, fand, geradezu unverschämt gut gelaunt.

Baptistes düstere Ahnung sollte sich bewahrheiten. Als Henry d'Esne Olivier bemerkte, sprang er von dem breiten Tisch, an dem er gearbeitet hatte, auf, als hätte ihn ein giftiges Insekt gestochen, und sein schmaler Mund verzerrte sich – die Abneigung war offensichtlich. »Was fällt Euch ein, unser Ordenshaus zu betreten?«, fuhr er Olivier an. »Ihr habt jedes Recht, hier zu sein, vor langer Zeit verspielt!« Nun erst bemerkte er Baptiste, der sich nervös im Hintergrund gehalten hatte, und sein Gesichtsausdruck wechselte von Abscheu zu Verblüffung. »Wie kommt es, dass Ihr den da begleitet? Und warum haltet Ihr Euch nicht in Shipley auf?«

»Herr, verzeiht«, Baptiste entschied, dass es klüger war, Olivier vorerst nicht zu Wort kommen zu lassen, und trat einen Schritt vor. »Ich bin wegen des Mordes an unserem Bruder Gaston hier. Leider besteht der dringende Verdacht, dass sein Tod mit unlauteren Vorgängen in unserem Orden zusammenhängt. Deshalb suchte ich Olivier de Berry auf und bat ihn um Hilfe. Bitte, hört uns an.«

»Was für ein Unsinn!« Henry d'Esne winkte verärgert ab. »Ich bedaure Gastons Tod zutiefst. Aber er wurde das Opfer eines Raubmordes, wie er leider immer wieder einmal geschieht.«

Ohne um Erlaubnis zu fragen, ließ sich Olivier in einen mit Schnitzereien verzierten Stuhl fallen. Er lächelte und seine Stimme klang beinahe gelangweilt. »Als mir Baptiste vom Tod Eures Priesters berichtete, war ich anfangs ausnahmsweise einmal einer Ansicht mit Euch und hielt die Tat ebenfalls für einen gewöhnlichen Raubmord. Doch mittlerweile habe ich meine Meinung geändert. Denn Henry, sagt mir, findet Ihr es nicht auch merkwürdig, dass Raoul de Charny spurlos verschwunden ist, kurz nachdem er sich mit Gaston in einer Taverne bei der Kirche Saint Julien le Pauvre traf? Raoul de Charny, der es für angeraten hielt, sich unter falschem Namen eine Unterkunft in dem Kloster Saint Jacques zu nehmen. Dessen Vater dem Orden ein Anwesen im Poitou in der Nähe von Luçon vermachte und der wegen dieses Besitzes nach Paris kam? Außerdem«, Oliviers Stimme wurde lauter, hatte aber den beinahe gelangweilten Klang noch immer nicht verloren, »darf ich Euch daran erinnern, dass Gaston im Schatzamt des Tempels arbeitete? Jenem Amt, das auch für Erbschaftsangelegenheiten zuständig ist?«

»Ich verstehe nicht, worauf Ihr hinauswollt.« Der Ordensmeister wirkte nun doch etwas verunsichert.

»Nun, worauf wohl?« Olivier beugte sich vor. Die Lässigkeit war verschwunden, seine Miene verriet stattdessen eine kalte Entschlossenheit. Baptiste erinnerte sich, Olivier früher so erlebt zu haben, kurz bevor die Templer in die Schlacht zogen. »Ich bin davon überzeugt, dass mit dem Vermächtnis der Charnys irgendeine Gaunerei getrieben wurde. Und wahrscheinlich nicht nur mit ihrem. Und dass Gaston dies entdeckte. Ich bin hier, um Euch zu raten, Euch einmal den Leiter des Schatzamtes, Eugène de Blois, vorzuknöpfen.«

»Ein Anwesen in der Gegend von Luçon«, murmelte der Ordensmeister. »Nun, mir sind nicht alle Besitzungen des Tempels gegenwärtig. Ich müsste dies nachschlagen lassen.«

Erleichtert hatte auch Baptiste die Verunsicherung seines Oberen registriert. »Olivier hat jenes Gut aufgesucht«, warf er eifrig ein. »Es wird von Brüdern unseres Ordens bewirtschaftet. Aber nur wenige Tage nachdem Olivier mit einem Templer namens Antoine de Roye gesprochen hat, wurde er überfallen und beinahe getötet.«

»Antoine de Roye ist ein ehrenwerter Mann.« Henry d'Esnes Gesicht verfinsterte sich, während er sich wieder Olivier zuwandte. »Dagegen weiß ich nur zu gut, dass es keinerlei Anlasses bedarf, damit Ihr in Händel geratet. Es sollte mich sehr wundern, wenn Ihr Euch während der letzten Jahre geändert und Eure Rauflust, Eure Trunksucht und Eure Hurerei abgelegt hättet.«

Langsam erhob sich Olivier. Sein hageres Gesicht spiegelte tiefe Verachtung. »Falls Ihr auf unser letztes Zusammentreffen anspielt ... Es gab sehr wohl einen Grund, warum ich Euch niederschlug. Ihr habt damals die Augen vor der Wirklichkeit verschlossen und Ihr tut es heute wieder.«

Henry d'Esne wollte empört auffahren, doch Olivier ließ ihn nicht zu Wort kommen. »Ich glaube weiß Gott nicht, dass Ihr mit den Mördern Gastons unter einer Decke steckt. Die gehen nach einem raffinierten Plan vor, der Fantasie erfordert – woran es Euch völlig mangelt. Außerdem halte ich Euch bei allem, was ich Euch auch sonst vorwerfe, nicht für geldgierig. Trotzdem sage ich, dass Ihr für diesen Mord verantwortlich seid. Denn Ihr seid nicht imstande, den Schmutz zu sehen, der sich unter der schimmernden Oberfläche des Ordens verbirgt.«

»Verschwindet! Auf der Stelle!« Henry d'Esne richtete sich drohend auf.

»Herr, bitte, hört mich an ...«, versuchte Baptiste verzweifelt, zu vermitteln.

Der Ordensmeister fuhr zu ihm herum und herrschte ihn an: »Es ist mir unbegreiflich, wie sich ein fähiger und anständiger Mann wie Ihr mit diesem Abschaum zusammentun kann.« Er griff nach einer kleinen vergoldeten Glocke, die auf dem Tisch stand. »Hinaus, alle beide! Und wenn Ihr nicht von selbst geht, werde ich Euch hinauswerfen lassen.«

»Spart Euch die Mühe.« Olivier winkte ab. »Ich werde allmählich zu alt, um meine Kräfte sinnlos zu vergeuden. Aber ich verspreche Euch, ich werde dafür sorgen, dass auch Ihr nicht länger die Augen vor den Abgründen in Eurem Orden verschließen könnt.«

»Ich fürchte, mit Eurer Karriere bei den Templern dürfte es nun vorbei sein.« Olivier warf Baptiste, während sie nebeneinander die breite Steintreppe hinunterstiegen, einen Blick von der Seite zu.

»Das stellt im Moment wirklich meine geringste Sorge dar.« Baptiste seufzte. »Viel mehr beschäftigt es mich, dass unser Gespräch mit Henry d'Esne völlig zwecklos war.«

»Nein, das war es nicht.« Olivier schüttelte den Kopf. »Manchmal ist es wichtig, die Dinge in Bewegung zu bringen.«

»Wie meint Ihr das?«

»Nun, ein Stein, der in eine Pfütze geworfen wird, wirbelt jede Menge Unrat auf.« Olivier grinste. »Ihr werdet schon sehen.«

Alessio trat an die Brüstung des flachen Ziegeldachs und sah sich um. Neben ihm standen zwei Soldaten, die ihre Bogen gespannt und die Pfeile an die Sehnen gelegt hatten. Auch auf den Dächern und hinter den Fenstern der übrigen Häuser, die die gepflasterte Straße zum Stadttor säumten, hatte er Bewaffnete postiert. Er überzeugte sich davon, dass alle ihre Stellungen eingenommen hatten, und ließ seinen Blick weiterwandern.

Es war noch recht früh am Morgen. Ein heißer Tag kündigte sich an und die Luft hatte bereits jegliche Frische verloren. Zwei Meilen entfernt, über der gewundenen, von Steineichen und Pinien gesäumten Straße, die hinunter nach Palermo führte, flirrte ein Staubschleier – dort befand sich der Tross Friedrichs. In weniger als einer Stunde würden sie Monreale erreicht haben.

Alessio bedeutete ein paar Soldaten, ihm zu folgen. Unten auf der Straße schoben die Männer die immer dichter werdende Menge grob beiseite – zu Alessios Bedauern hatte der Kaiser den Bewohnern von Monreale die Möglichkeit geben wollen, ihm zu huldigen.

Nachdem sich Alessio auch auf dem Platz vor dem Kloster davon überzeugt hatte, dass sich alle Bewaffneten auf ihren Posten befanden, begab er sich zum Tor und beobachtete die schwatzende und lachende Menschenmenge. Viele Bauern und kleine Handwerker, aber auch abgerissene Bettler und Spielleute, die fadenscheinige bunte Kleider trugen, hatten sich eingefunden, und da und dort leuchteten die samtenen und seidenen Gewänder und der Schmuck der Reichen zwischen den Leuten auf.

Vor einer mit wildem Wein bewachsenen Taverne schräg gegenüber entstand mit einem Mal Unruhe. Einige Bauern und Handwerker schubsten einander und ein lautstarker Disput entbrannte. Zwei Soldaten eilten zu den Streithähnen und trieben sie auseinander.

Besorgt verfolgte Alessio das Geschehen. Was, wenn ein derartiger Zwist nur inszeniert wäre und ein Mörder die Ablenkung nutzte, um zu Friedrich vorzudringen? Ein ungutes Gefühl plagte ihn.

Fanfarenstöße kündigten das Nahen des Kaisers an. Das Stimmengewirr wurde leiser, dafür war Hufgetrappel zu hören. Die ersten Reiter schwenkten auf den Platz ein. Ihre mit kostbaren Steinen und Stickereien verzierten Seidengewänder sowie die im Sonnenlicht funkelnden Waffen entlockten der Menge ein staunendes Gemurmel.

Einer der ersten Reiter, mit einer auffälligen Goldkette um den Hals, war Bernardo. Seine Gesichtszüge waren von edler Natur, strahlten jedoch gleichzeitig Arroganz und Verschlossenheit aus. Wieder wünschte sich Alessio, Gaetano hätte statt seiner den Oberbefehl inne.

Auch Karim gehörte zur Reiterstaffel. Die beiden Freunde tauschten einen raschen Gruß. Dann erschienen Fahnenträger und schließlich der Kaiser selbst, eskortiert von sechs Bewaffneten.

»Lang lebe unser Kaiser!«

»Gott segne ihn!« Die Menge brach in lautes Jubelgeschrei aus.

Alessio zählte die Atemzüge. Scheinbar endlos dauerte es, bis Friedrich das Tor des Klosters erreicht hatte. Nun befand er sich auf gleicher Höhe mit ihm. Sein Schmuck war kostbarer als der seiner Begleiter, und der Mantel aus feinem hellrotem Samt, der um seine Schultern hing, war von goldenen Blüten durchwirkt. Doch zum selbstverständlichen Mittelpunkt des Trosses machte ihn ganz allein seine unvergleichliche Aura.

Erst als Friedrich sicher den Hof vor der Kirche erreicht hatte, ließ Alessios Anspannung ein wenig nach.

Teresa hörte das Lärmen der Menge vor den Klostermauern. Sie ließ ein Tongefäß sinken und lauschte auf das entfernte Stimmengewirr. Die Nachricht, dass der Kaiser beabsichtigte, Unterkunft in dem Kloster zu nehmen, hatte sie beunruhigt, ohne dass sie wusste, warum. Sie stellte fest, dass Mohnsamen noch ausreichend vorhanden waren. Während sie das Gefäß mit einem Korken verschloss und es wieder in das Regal stellte, lauschte sie angestrengt.

Etwas in dem an- und abschwellenden Lärm schien nach ihr zu rufen. Sie versuchte, dies zu ignorieren. Doch schließlich verließ sie die Kräuterstube und hastete durch den sonnigen Garten und die wie ausgestorbenen Klosterhöfe. Nur aus dem Küchengebäude waren vereinzelte Stimmen zu hören und ein warmer Wind wehte Rauch und Essensgerüche zu ihr.

Auf dem Platz vor dem Klostertor hatte sich eine große Gruppe Benediktiner versammelt, an ihrer Spitze Abt Hilarius und Prior Augustinus. Die Miene des Abtes war gelassen, die des Priors von Wichtigkeit durchtränkt. Während

Teresa an den Mönchen vorbeilief, erhaschte sie auch einen Blick auf Placidus, der in einer der hinteren Reihen stand. Er wirkte demütig und bescheiden wie immer und schien sich einfach an dem bunten Getriebe zu erfreuen.

In der Ferne waren nun Fanfarenstöße zu hören. Einer der Soldaten, die rings um den Platz postiert waren, schrie ihr etwas zu. Eilig schob sich Teresa zwischen die wartende Menge und kam hinter einigen nach Knoblauch und Zwiebeln riechenden Bauern zu stehen. Doch es genügte ihr nicht, über die Schultern der kräftigen Männer zu spähen. Sie musste den Kaiser unverstellt sehen.

Eilig schaute sie sich um. Ganz in ihrer Nähe befand sich eine steinerne Treppe, die zu einem bogenförmigen Hauseingang hinaufführte. Sie kämpfte sich zu der Treppe durch. Ohne auf die Flüche und entrüsteten Ausrufe der Leute, die bereits auf den Stufen standen, zu achten, drängte sie sich weiter, bis sie den obersten Absatz erreicht hatte.

Mittlerweile hatten sich einige Soldaten zu den Mönchen vor dem Tor gesellt, unter ihnen auch Alessio. Sein Anblick versetzte Teresa einen Stich. Seit sie ihm ins Gesicht geschlagen hatte, hatte sie es vermieden, in seine Nähe zu kommen. Rasch wandte sie sich ab. Die ersten Reiter erreichten den Platz. Die Menge wurde etwas ruhiger. Eine Lücke tat sich in dem Tross auf und Teresa erblickte einen Mann, der sehr aufrecht auf einem großen, feinknochigen Schimmel saß und dessen rotblondes Haar in der Sonne wie Feuer leuchtete: der Kaiser.

Sie nahm die Jubelrufe, die die Menschen um sie herum hervorstießen, kaum wahr. Bilder und Stimmen stürzten auf sie ein. Es dauerte, bis die Gesichter in ihrem Kopf wieder verblassten und das Lärmen leiser wurde.

Teresa bemerkte, dass jemand sie anschrie. Als sie sich verwirrt umdrehte, blickte sie in das aufgebrachte Gesicht einer fülligen Bäuerin, die sie kopfschüttelnd betrachtete.

»He, würdet Ihr mir wohl aus dem Weg gehen!«, schnauzte die Frau. »Oder habt Ihr vor, auf der Treppe Wurzeln zu schlagen?«

Erst jetzt registrierte Teresa, dass der Kaiser und seine Bewaffneten den Platz längst verlassen und das Tor, das auf das Klostergelände führte, passiert hatten.

Alessio machte sich auf den Weg, die Unterbringung der Pferde zu überwachen. Auf dem Hof, an dem die Kirche und das Wohngebäude des Abtes standen, eilten Mönche und Diener umher und schleppten Körbe und Truhen von den Wagen zu den Häusern. Alessio wich einem grauhaarigen Diener aus, der mit einigen Ballen kostbaren Stoffs beladen war. Hinter den Stoffen wurde Karim sichtbar.

»Gut, dass ich dich treffe.« Der Freund verzog den Mund zu einem schiefen Grinsen. »Bernardo wünscht, dich nach der Mittagsmahlzeit zu sprechen.«

»Erst nach der Mittagsmahlzeit?« Alessio blickte ihn verwundert an. »Wir müssen dringend bereden, wie die Wachen organisiert werden sollen.«

»Ich fürchte, darüber wird er sich mit dir nicht austauschen wollen.« Karim zuckte ärgerlich die Schultern. »Bei der letzten Besprechung in der Zisa hat Bernardo es vorgezogen, auch auf meine Anwesenheit zu verzichten.«

Alessio fand Bernardo in einem der Wirtschaftsgebäude. Der Adelige beriet sich mit dem Kellermeister des Klosters, einem hakennasigen Mann, über die Verpflegung der Soldaten. Nur ein leichtes Runzeln der Brauen ließ darauf schließen, dass Bernardo Alessios Kommen bemerkt hatte. Während Alessio darauf wartete, dass Bernardo seine Unterredung mit dem Mönch beendete, fragte er sich einmal mehr, warum er ihn so wenig mochte. Lag dies tatsächlich nur an Bernardos Hochmut oder fühlte er sich wegen dessen Herkunft weniger wert?

Endlich wandte sich Bernardo Alessio zu.

»Ihr habt mich rufen lassen.« Selbst in Alessios eigenen Ohren klang seine Stimme sehr steif.

»Allerdings.« Bernardo spielte mit dem goldenen Reif, der sein rechtes Handgelenk umspannte. »Gaetano hatte Euch ja damit beauftragt, die Überwachung der Straßen von Monreale zu organisieren. An der Umsetzung gibt es nicht viel auszusetzen. Aber Ihr seid erst vor Kurzem von einer schweren Verletzung genesen. Deshalb möchte ich, dass Ihr Euch von nun an wieder schont.«

»Ich fühle mich völlig gesund.«

»Es ist an mir, das zu beurteilen.« Bernardo lächelte leicht. »Und ich sage, Euch wichtige Aufgaben zu übertragen, würde Eure Kräfte überfordern.«

Alessio zwang sich zur Ruhe. »Wenn Ihr tatsächlich dieser Meinung seid, wäre ich Euch dankbar, wenn Ihr mich von allen Aufgaben entbinden würdet.«

Bernardo schaute zu der geöffneten Tür des Vorratsraums, vor der ein junger Bediensteter ein kostbares Pferd hin- und herführte, und tat, als ob dieser Anblick seine ganze Aufmerksamkeit beanspruchte. Als er sich schließlich wieder Alessio zuwandte, schüttelte er den Kopf. »Es tut mir leid, aber ich kann Eurem Wunsch nicht entsprechen. Ich benötige Euch zumindest als Wachsoldat.«

Alessio würgte den Zorn hinunter, der ihm heiß in die Kehle stieg. Schroff sagte er: »Wie Ihr wünscht. Aber da wir gerade von Wachen sprechen ... Ich finde, Ihr solltet mehr Bewaffnete auf dem Klostergelände einsetzen.«

Wieder lächelte Bernardo leicht. »Wie ich Euch schon sagte: Ihr seid noch nicht richtig von Eurer Krankheit genesen. Was sicher auch Euer Urteilsvermögen beeinträchtigt.«

Alessio bemühte sich weiter um Ruhe: »Lasst mich rufen, wenn Ihr mich für eine Wache benötigt.«

Bernardo hob die Augenbrauen und sagte sehr sanft: »Wenn ich es mir recht überlege ... Ihr könntet gleich die nächste Wache am Tor übernehmen.«

Das Bedürfnis, Bernardo in das arrogante Gesicht zu schlagen, wurde fast übermächtig. Unter Aufbietung all seiner Selbstbeherrschung erwiderte Alessio gleichmütig: »Wie Ihr befehlt.«

Frustriert überquerte Mauro den schmalen, mit Steinplatten ausgelegten Hof. In dem Anwesen am Rande von Monreale waren Ludovico und er in einem der Ställe untergekommen.

Während der letzten Tage waren sie von Pech verfolgt gewesen. Erst hatte Ludovicos Pferd sich eine Verletzung am Hinterlauf zugezogen, die nicht heilen wollte, weshalb sie ein neues Reittier erwerben mussten. Dann hatte Mauros Pferd ein Hufeisen verloren. Obwohl sie die ganze vergangene Nacht im Sattel verbracht hatten, waren sie erst in der Stadt eingetroffen, nachdem der Tross des Kaisers längst durchgezogen war. Ihre Hoffnung, Michal vielleicht irgendwo zwischen den Schaulustigen zu entdecken, hatte sich so zerschlagen.

Mauro empfand fast körperliche Pein. Ludovico und er durften den Meister nicht enttäuschen!

In der von einer Öllampe erhellten Küche stand die Hausherrin, eine kleine, lebhafte Frau mittleren Alters, der eine graue Haarsträhne in das erhitzte Gesicht fiel, an der Feuerstelle und rührte in einem Bronzekessel. Eine zweite Frau, von feister Statur und in die Tracht des einfachen Volkes gekleidet, saß auf einer der Holzbänke und leistete ihr Gesellschaft.

»Ihr seid wegen des Essens gekommen, nicht wahr?« Die Hausherrin nickte Mauro freundlich zu. »Ihr müsst Euch noch einen Moment gedulden. Nehmt ruhig so lange Platz.«

Während sie nach einem Holzbrett, auf dem fein geschnittener Speck lag, griff und das Fleisch in die nach Kohl und Zwiebeln riechende Suppe streute, sah die Dicke Mauro neugierig an. »Ihr habt heute Morgen sicher auch den Tross des Kaisers gesehen? Nein ...? Mein Gott, all die prächtigen Kleider und Waffen. Und der Kaiser ist, obwohl er schon stark auf die fünfzig zugeht, immer noch solch ein stattlicher Mann. Ja, ich bin wirklich froh, dass ich wegen ihm den Weg nach Monreale auf mich genommen habe.«

»Ja, der Blick des Staufers ging auch mir durch und durch ...« Die Hausherrin seufzte verträumt.

Mauro blendete das Geschwätz der beiden aus und versuchte, sich die Klostermauer zu vergegenwärtigen, die Ludovico und er vorhin in Augenschein genommen hatten.

Etwa zwei Dutzend Wachen waren darauf postiert gewesen. Jetzt, in der Nacht, würden es eher noch mehr sein und außerdem würden Fackeln brennen.

»Wie geht es eigentlich Eurem Gatten?« Die Dicke beugte sich neugierig vor. »Ist mit ihm wieder alles in Ordnung?«

»Er hat kaum noch Schmerzen.« Die Hausherrin lächelte Mauro erklärend an. »Carlo, mein Mann – es ist jetzt fünf Wochen her, dass ihn unser Maultier übel in die Brust getreten hat.«

»Oh, das tut mir leid«, erwiderte Mauro mit höflich interessierter Stimme.

»Das Biest hatte ihm zwei Rippen gebrochen und seine Brust war so schlimm geprellt, dass ihm jeder Atemzug wehtat«, redete die Hausfrau weiter, während sie an den Tisch trat und eine Handvoll Kräuter hackte. Der herbe Geruch von Majoran mischte sich mit dem der Suppe und dem Rauch des Holzfeuers. »Dann bekam er auch noch heftiges Fieber. Ich kann Euch sagen, ich sah mich schon am Rand seines Grabes stehen. Aber Placidus und seine Helferin haben ihn gerettet.«

»Stimmt das Gerede«, die Dicke legte den Kopf schief, »dass diese Frau von Dämonen besessen ist?« Ihre kleinen Augen glitzerten wollüstig vor Aufregung.

»Das ist völliger Unsinn.« Mit einer energischen Handbewegung streute die Frau die Kräuter in die Suppe. »Es mag ja sein, dass sie das Gedächtnis durch jenen Überfall verloren hat, aber sie versteht sich ebenso sehr auf die Heilkunst wie Placidus. Es gelang ihr schnell, das Fieber zu senken, und, nachdem sie Carlos Brustkorb ein paar Tage lang mit einer speziellen Salbe eingerieben hatte, konnte er ohne Beschwerden atmen.«

Mauro war aufmerksam geworden. »Was für eine merkwürdige Geschichte«, sagte er langsam. »Wisst Ihr zufällig, wann diese Frau in das Kloster kam?«

»Lasst mich überlegen«, die Hausherrin hielt mit ihrer Arbeit inne und runzelte die Stirn. »Ich glaube, ich habe jemanden sagen hören, dass sie um den Tag des heiligen Benedikt herum nach Monreale gebracht worden ist.«

Also eine knappe Woche nach dem Vorfall an der Stadtmauer von Enna. So viel Zeit war nötig, um von dort zu Fuß in die Gegend von Monreale zu gelangen.

»Warum interessiert Ihr Euch für die Frau?« Die Dicke betrachtete ihn neugierig.

»Nun ...« Mauro räusperte sich. »Vor etwa zehn Tagen, ich war damals noch auf dem sizilianischen Festland unterwegs, bin ich in einer Taverne in Cosenza einem Baumeister begegnet, der mir erzählte, die Gattin seines Geschäftspartners sei spurlos verschwunden. Ich glaube, er erwähnte auch einen Überfall.« Er wandte sich der Hausfrau zu. »Könntet Ihr mir vielleicht beschreiben, wie die Helferin des Mönchs aussieht?«

»Ich habe sie immer nur kurz gesehen.« Sie zuckte die Schultern. »Sie ist mager und blass und wirkt irgendwie verhuscht.«

Verhuscht war nun wirklich kein Wort, das auf Michal zutreffen würde.

Die Frau bemerkte Mauros Enttäuschung. »Mein Gatte hatte viel öfter mit ihr zu tun. Vielleicht ist es besser, wenn Ihr ihn fragt.« Ohne Mauros Erwiderung abzuwarten, trat sie in den Hausflur und rief einige Male: »Carlo?«

Der Mann, der kurz darauf in der Küche erschien, war klein, stämmig und kahlköpfig. Eifrig setzten ihm seine Gattin und ihre dicke Bekannte auseinander, warum er gerufen worden war.

»Placidus' Helferin«, der Mann schenkte seiner Ehefrau einen raschen Blick, »ich würde sagen, sie ist ein mageres, unscheinbares Ding.«

Michal war so schön, dass Lorenzo sie in sein Bett geholt hatte ... »Dann kann es sich nicht um jene Frau handeln«, sagte Mauro leichthin. Er bedankte sich für die Auskunft und griff nach den Holzschalen, die die Hausherrin inzwischen mit Suppe gefüllt hatte. Während er den Hof in Richtung des Stalls überquerte, versuchte er, der Enttäuschung keinen Raum zu geben. Er hatte eben die Tür des kleinen Holzbaus mit dem Ellbogen aufgestemmt, als ihn der Hausherr von hinten ansprach.

»Wartet«, sagte der kleine Mann leise, während er besorgt in Richtung der Küche schielte, aus deren Fenster ein gelber Lichtkeil auf die Steinplatten fiel. »Ich konnte vor meiner Frau nicht offen reden. Sie ist sehr eifersüchtig, wisst Ihr ... Auf den ersten Blick, ja, da wirkt die Helferin des Mönchs unscheinbar. Aber wenn man genauer hinsieht und die Spuren ihrer Verletzungen und ihre Blässe ignoriert, dann, bei Gott, hat sie ein Gesicht, das einer heidnischen Göttin angemessen wäre.«

»Tatsächlich?«, erwiderte Mauro scheinbar gelassen, doch seine Gedanken überschlugen sich. »Vielleicht handelt es sich bei dieser Frau ja doch um die vermisste Gattin jenes Baumeisters. Ich werde sie im Kloster besuchen.« Er verwickelte Carlo in ein Gespräch über die Abtei und stellte ihm wie nebenher Fragen zur Lage der einzelnen Gebäude – alle beantwortete ihm der schwatzhafte Hausherr ausführlich.

»Was hast du so lange mit diesem Kerl geredet?« In dem Stall hatte Ludovico seinen Gefährten schon ungeduldig erwartet. »Und weshalb wolltest du so genau über das Kloster Bescheid wissen?«

Mauro hockte sich neben ihn auf einen vollen Getreidesack und erstattete ihm rasch mit gedämpfter Stimme Bericht.

»Du glaubst also, dass es sich bei dieser Frau, die ihr Gedächtnis verloren hat, um Michal handelt?« Ludovico wirkte nicht völlig überzeugt.

»Ja, denn es passt einfach alles zusammen«, erklärte Mauro eifrig. »Die Zeit, die Michal für ihren Weg von Enna bis in die Umgebung von Monreale benötigt hätte ... Außerdem ist Michal schön, das weißt du ebenso gut wie ich, und sie ist heilkundig.«

»Falls sie wirklich diese Frau ist – vielleicht hat sie den Gedächtnisverlust ja nur vorgetäuscht, um sich so leichter Zugang zu Friedrich zu verschaffen.«

»Darüber habe ich auch schon nachgedacht, aber ich glaube nicht, dass das zutrifft«, Mauro schüttelte den Kopf. »Jene verwirrte Frau hält sich schon seit über zwei Monaten in dem Kloster auf. Und Friedrich soll – das sagten doch gestern die Soldaten in der Schenke bei Caccamo – erst vor Kurzem beschlossen haben, nach Monreale zu reisen.«

»Diese Männer können sich getäuscht haben«, gab Ludovico sich nicht zufrieden. »Du weißt doch, wie viel Unsinn geredet wird.«

»Wir müssen auf jeden Fall in das Kloster und die Verwirrte finden. Dann werden ja sehen, ob es sich bei ihr um Michal handelt.«

»Und was willst du tun, falls deine Vermutung sich bewahrheitet? Michal fragen, ob sie dem Meister noch gehorcht und seinen Befehl, Friedrich zu töten, noch auszuführen gedenkt?« Ludovico lachte spöttisch auf. »Falls sie sich tatsächlich von der Gemeinschaft losgesagt hat, wird sie sich uns nicht einfach ergeben. Sie kann es leicht mit uns beiden aufnehmen.«

»Nein, falls sie es wirklich ist, müssen wir sie überrumpeln und aus dem Kloster schaffen, bevor wir mit ihr reden. Alles Weitere wird sich finden.« Mauro erhob sich. »Komm, wir haben keine Zeit zu verlieren.«

Die Kapuze der Mönchskutte tief in die Stirn gezogen, lief Guido durch den nächtlichen Klostergarten. Wegen der Anwesenheit des Kaisers brannten Fackeln entlang der Wege und zwischen den Bäumen und Büschen hingen Laternen. Vor der Mittagszeit hatte Guido in seinem Verschlag das Jubelgeschrei der Menge gehört. Dabei hatte er nur Hass und Verachtung empfunden. Die Leute hatten ja keine Ahnung, dass sie keinen von Gott gesalbten Herrscher, sondern ein verbrecherisches Untier feierten.

Ja, dachte Guido, es wird mir gelingen, Friedrich zu töten. Denn Gott ist bei mir. Sonst hätte er mir keine weiteren Beweise seiner Gunst geschenkt. Als er sich das letzte Mal aus seinem Verschlag geschlichen hatte, um seine Kalebasse am Brunnen mit Wasser zu füllen, hatte er eine Wiese überqueren müssen, wo Kutten zum Trocknen hingen. Eine bessere Tarnung hätte er nicht finden können.

Dann, wenige Stunden nach der Ankunft des Kaisers, hatten Soldaten den Dachboden durchsucht. Zitternd vor Anspannung hatte Guido in seinem Versteck gekauert. Doch den Bewaffneten war die Tür hinter den Kistenstapeln entgangen und sie hatten den Speicher verlassen, ohne ihn zu entdecken.

Aus dem Durchgang in einer hohen Hecke trat nun eine Frau. Es schien Guido, als ob sie stutzte und ihn dann aufmerksam musterte, und er zog sich tiefer in den Schatten zurück. Nach wenigen Schritten riskierte er einen vorsichtigen Blick über die Schulter. Die Frau war weitergegangen. Er hatte sich ihr Aufmerken sicher nur eingebildet.

In der Nähe des Brunnens kamen Guido einige Soldaten entgegen. Er nickte ihnen würdevoll zu, wie es jeder Mönch getan hätte. Sie erwiderten seinen Gruß und beachteten ihn nicht weiter. Trotzdem war er froh, seine Kalebasse endlich in das Wasser tauchen zu können. Er hatte das Gefäß fast gefüllt, als er bemerkte, dass zwei der Männer bei einer Gruppe von Büschen stehen geblieben waren und ihre Notdurft verrichteten.

»Hoffentlich veranstaltet der Abt bald ein Fest für den Kaiser«, sagte der eine. »Dabei bleiben immer auch ein paar Köstlichkeiten für uns übrig.«

»Wahrscheinlich wird daraus nichts werden.« Der andere lachte. »Du weißt doch, wie zurückgezogen Friedrich seit ein paar Monaten lebt. Morgen wird er – habe ich sagen hören – mit dem Abt und dem Prior im Kreuzgang speisen. Einige Mönche sollen dabei musizieren.« Die beiden Soldaten entfernten sich.

Guidos Herzschlag raste. Von seinem Verschlag aus konnte er mühelos den Weg erreichen, der am Dach des Kirchenschiffs entlangführte. Von dort aus hatte er den Kreuzgang im Blick. Es würde ein Leichtes sein, Friedrich mit einem

Pfeil zu töten! Danach würde er sich selbst das Leben nehmen. Denn auf keinen Fall wollte er den Leuten des Kaisers in die Hände fallen. Da ihm Gott befohlen hatte, den Staufer zu vernichten, würde er ihm die Todsünde des Selbstmords sicher verzeihen.

Alessios Wachdienst endete erst spät am Abend. Sein Ärger über Bernardo war nicht abgeklungen. Er ließ sich in der Klosterküche Brot und Schinken und einen Krug mit Wasser geben und zog sich in seine Kammer zurück. Er hatte kaum die kleine Öllampe entzündet und einige Schlucke getrunken, als Karim das kleine Zimmer betrat, sich auf der Truhe niederließ und ihn mit einem musternden Blick bedachte.

»Deinem finsteren Gesichtsausdruck entnehme ich, dass deine Unterredung mit Bernardo alles andere als gut verlaufen ist.«

»›Nicht gut‹ fasst unser Gespräch nur unzureichend zusammen.« Knapp schilderte Alessio, was sich zugetragen hatte.

»Misstraust du ihm?« Karim wiegte nachdenklich den Kopf und nahm sich einen Bissen von dem Brot und dem Schinken. »Ich schätze Bernardo wahrhaftig nicht. Aber vorhin kam ich an der Klostermauer vorbei. Die Zahl der Wachen, die er darauf postiert hat, schien mir durchaus ausreichend zu sein.«

»Die Wachen auf der Mauer, ja.« Alessio nickte. »Aber auf dem Klostergelände sind zu wenige unserer Leute unterwegs.«

»Ein Mörder müsste erst einmal die Mauern überwinden.«

»Ja, ich weiß.« Alessio stand von dem Schemel auf und ging ungeduldig in der Kammer hin und her. »Trotzdem habe ich ein ungutes Gefühl.«

»Und – wirst du etwas unternehmen?« Karim bediente sich erneut von den Speisen.

»Ich werde morgen mit einigen Soldaten reden, denen ich traue, und sie für zusätzliche Wachdienste während der Nacht einteilen.«

»Wenn Bernardo dahinterkommt, dass du dich über seine Befehle hinwegsetzt, wird er dir das Fell über die Ohren ziehen.« Karim grinste. »Doch meine Unterstützung hast du.«

Eine Weile besprachen sie sich noch, dann verabschiedete Karim sich wieder. Alessio griff zu einem Buch mit Geschichten aus der Odyssee, das ihm der Bibliothekar des Klosters geliehen hatte. Normalerweise liebte er es zu lesen – eine Fertigkeit, die ihm vor vielen Jahren ein Schreiber aus dem Gefolge Friedrichs beigebracht hatte –, doch an diesem Abend gelang es ihm nicht, sich auf den Text zu konzentrieren. Seine Gedanken wanderten von den dunklen Ahnungen zu dem schrecklichen Anblick Giulias und dann zu Teresa.

Nachdem sich Alessio zum wiederholten Male ertappt hatte, dass er sich nicht mehr an den Satz erinnern konnte, den er eben erst gelesen hatte, schlug er das Buch zu, löschte das Licht und verließ die Kammer, um einen Rundgang über das Klostergelände zu unternehmen.

Mauro hatte seine Fingerspitzen und die nackten Zehen zwischen die Ritzen der Quader gestemmt und lauschte angestrengt auf die schweren Tritte, die über ihm erklangen. Der Schein einer Fackel huschte einige Handbreit oberhalb seines Kopfes über die Mauer. Ihm blieb nur wenig Zeit. Sehr vorsichtig verlagerte er sein Gewicht, dann löste er seine rechte Hand von der Mauer, schob sie in die Tasche seines Kittels und zog einen Stein heraus. Noch einmal prüfte er seinen Stand, ehe er den Stein von sich wegschleuderte. Mit einem hellen Geräusch prallte der Kiesel auf die Mauer und fiel dann zu Boden.

Die Fußtritte oberhalb Mauros erklangen nun in deutlich kürzeren Abständen, da rannte jemand in Richtung der Geräuschquelle. Mauro kletterte, ohne zu zögern, das letzte Stück empor und schnellte sich vorwärts. Einen Moment lang kam er auf der Krone zu liegen. Eine lautlose Drehung und er befand sich an der Innenseite der Klosterumfriedung.

Mauro ließ sich fallen. Wie eine Katze kam er auf dem Gras auf. Er registrierte die Fackeln und Lampen, die überall im Garten brannten. Doch außerhalb ihres Lichtkreises bot die wolkenreiche Nacht ausreichend Schutz. Er huschte zu einer Gruppe von mannshohen Büschen. Während er mit ihren Schatten verschmolz, orientierte er sich.

Oberhalb der Baumkronen konnte Mauro vor dem Nachthimmel den quadratischen Turm der Klosterkirche erkennen. Das Hospital – sein Ziel – befand sich, so hatte es ihm Carlo beschrieben, zwei Höfe von der Kirche entfernt.

Mauro huschte weiter. Einige Male kamen ihm Soldaten entgegen, doch er konnte sich ohne Schwierigkeiten vor ihnen verbergen. Erst als er sich an die Wand unterhalb der hohen bogenförmigen Fenster des Hospitals presste, gestattete er es sich, an Ludovico zu denken. Sein Gefährte hatte es übernommen, in dem Kräutergarten nach Michal Ausschau zu halten.

Rasch zog er sich zu dem ersten der Fenster hoch, deren Läden der Hitze wegen einen Spalt offen standen. Er blickte in einen großen Saal, in dem Öllampen ein schwaches Licht verbreiteten. Schnarchen, Stöhnen und Gemurmel drang von den Bettenreihen nach draußen und der Geruch von Schweiß, Urin und verschiedenen Kräutern stieg in Mauros Nase.

Er glitt weiter an den Fenstern entlang und spähte durch die Ritzen. Als er das vorletzte Fenster erreicht hatte, sah er eine Frau neben einem der Betten sitzen. Sie hatte den Rücken gegen die Wand gelehnt und ihr Kopf war ihr auf die Brust gesunken. Trotz des gedämpften Lichts war deutlich zu erkennen, wie mager die Pflegerin war. Konnte dies Michal sein? Nie zuvor hatte Mauro sie in Frauenkleidern gesehen.

Der Kranke bewegte sich auf seinem Lager und die Pflegerin schreckte hoch. Während sie sich dem Mann zuwandte, fiel der Schein einer Lampe auf ihr Gesicht. Mauro atmete langsam aus. Die Frau war sehr blass, ja fast waren ihre Züge verhärmt zu nennen, und der Schleier verstärkte den Eindruck von Fremdheit. Doch ohne Zweifel handelte es sich bei ihr um Michal.

Geduldig behielt er die erleuchteten Fenster des Krankensaals im Auge und beobachtete, wie Michal Verbände wechselte, den Kranken Tränke verabreichte und feuchte Tücher um die Glieder von Fiebernden schlang. Ihre Bewegungen waren immer noch die geschmeidigen und konzentrierten einer Kriegerin und nun, als sich einer der Kranken ungeschickt ausstreckte und ein Tonfläschchen, das auf dem Schemel neben Michal stand, umwarf, fing sie es blitzschnell auf. Nein, sie mochte ihr Gedächtnis verloren haben, ihre Reaktionsschnelligkeit war so gut wie eh und je und es würde nicht leicht werden, sie zu überrumpeln.

Michal beugte sich zu einem dürren Mann, dessen Gesicht von Falten durchfurcht war, hinunter. Sie wechselte einige leise Worte mit ihm, öffnete die Kordel, die sein Hemd am Hals zusammenhielt, und tastete seine Brust ab. Erneut richtete sie das Wort an den Mann, um im nächsten Moment den Gang zwischen den Betten entlangzueilen und das Hospital zu verlassen. Mauro vergewisserte sich, dass Ludovico, der in der Zwischenzeit ebenfalls zum Hospital gekommen war und sich ein Stück entfernt zwischen den Schatten eines Maulbeerbaums und einer Wacholderhecke verborgen hatte, dies beobachtet hatte.

Lautlos verfolgten sie Michal durch die Höfe des Klosters. Einmal hörten sie aus der Richtung der Nebengebäude gedämpft die Schritte und Stimmen von Soldaten. Doch sie waren viel zu weit weg, als dass sie ihnen hätten gefährlich werden können.

Schließlich steuerte Michal auf die Hecke des Kräutergartens zu. Hinter der Öffnung lag das Geviert dunkel vor Mauro und Ludovico. Doch sie waren darin geübt, auch bei Nacht gut zu sehen. Ohne Schwierigkeiten erkannten sie, dass Michal die Tür der Kräuterhütte aufzog. Gleich darauf flammte hinter den geschlossenen Läden ein Licht auf.

»Sollen wir versuchen, sie drinnen zu überwältigen?« Ludovicos Stimme war leise wie ein Hauch.

Sicher, die Mauern boten einen gewissen Schutz. Aber in dem Kräuterraum gab es Gerätschaften und bestimmt auch Messer. Kampflärm würde sofort die Soldaten alarmieren. Mauro schüttelte den Kopf. Nein, sie mussten Michal niederschlagen, ohne dass sie sich wehren konnte. Und dies war im Dunkeln leichter möglich als in dem erleuchteten kleinen Haus.

Lautlos zogen sie sich in den Schutz der Buchsbaumsträucher zurück. Wenig später trat Michal wieder in den Garten. Als sie sich ihnen bis auf wenige Schritte genähert hatte, wollte Mauro Ludovico ein Zeichen geben. Im gleichen Moment konnte er vier Soldaten auf dem Weg jenseits der Hecke hören. Und ein Stück von ihnen entfernt lief ein weiterer Mann durch die Wiesen.

Fackelschein fiel durch die Öffnung und erhellte die Beete. Einer der Soldaten, ein dicklicher Mann, packte Michal am Arm und herrschte sie an: »Was hast du hier zu suchen?«

»Ich lebe in dem Kloster«, erwiderte sie.

»Natürlich, ein Weib unter Mönchen.« Der Soldat grinste anzüglich und seine Gefährten lachten. »Vielleicht möchtest du dich ja mit uns vergnügen.« Der Mann versuchte, sie an sich zu ziehen. Michal straffte sich und Mauro rechnete beinahe damit, dass sie den Bewaffneten niederschlagen würde.

»Was geht hier vor?« Eine scharfe Stimme ertönte. Ein breitschultriger, dunkelhaariger Mann war zu der Gruppe getreten. Hastig ließ der Soldat Michal los und wich von ihr zurück. »Herr, die Frau behauptet, bei den Mönchen zu leben«, sagte er entschuldigend.

»Das trifft zu.« Der Dunkelhaarige sprach immer noch schneidend. »Das nächste Mal lasst ihr sie unbehelligt passieren. Und falls sie jemand belästigt, kann sich derjenige auf einigen Ärger gefasst machen.« Er wandte sich Michal zu. »Kommt, ich begleite Euch.«

»Das ist nicht nötig.« Ohne eine Erwiderung abzuwarten, drehte Michal sich um und rannte davon.

Die vier Soldaten setzten ihren Rundgang fort. Der Dunkelhaarige ging ihnen zunächst nach, blieb dann jedoch stehen und drehte sich um. Er zögerte, folgte Michal schließlich langsam. So, als ob er auf sie aufpassen wollte, ohne dass sie ihn bemerkte. Der Mann machte einen kräftigen, reaktionsschnellen Eindruck.

Mauro murmelte eine Verwünschung. Nein, sie mussten auf eine bessere Gelegenheit warten, um sich Michals zu bemächtigen.

Merlito rannte über den gepflasterten Hof zu den Pferdeställen. Seit zwei Wochen lebte er nun auf der Burg. Noch immer erschien es ihm als ein großes Abenteuer, das riesige Bauwerk mit all seinen Innenhöfen, den Stallungen, Scheunen und Wohnhäusern zu erforschen. Auch wenn er nicht alle Teile betreten durfte. Und schon der Ritt von dem Kloster bei Poitiers, wo er aufgezogen worden war, in die Berge des Languedoc war aufregend gewesen.

Der fremde, prächtig gewandete Herr – er hatte Merlito angeraten, ihn wie alle anderen ›Meister‹ zu nennen – hatte ihn oft vor sich auf dem Sattelbogen reiten lassen und ihm von seinem Vater erzählt. Dieser war ein Ritter gewesen und hatte im Orient viele Abenteuer erlebt. Mit klopfendem Herzen hatte der Junge diesen Geschichten gelauscht. Dann und wann hatte der Meister ihm, wenn sie rasteten, sogar gezeigt, wie er Pfeil und Bogen gebrauchen konnte oder wie ein Schwerthieb auszuführen war.

Die Bewaffneten des Meisters redeten nicht viel mit Merlito, aber sie behandelten ihn freundlich. Einmal hatte er – verbotenerweise – zugesehen, wie sie ihre Übungskämpfe ausführten. Wie Zauberei waren ihm die schwerelosen Bewegungen erschienen und er hatte den brennenden Wunsch verspürt, so kämpfen zu können wie sie.

Vielleicht, dachte Merlito, während er auf den Hengst zulief, der an einem Eisenring im Schatten vor dem Stall festgebunden war, wird mir der Meister ja auch noch diesen Wunsch erfüllen. So, wie er auch erlaubt hatte, dass er unter Achmeds Aufsicht gleich allein auf dem Rücken des Braunen sitzen durfte.

Als Merlito neben dem Pferd stand, wurde ihm zum ersten Mal klar, wie riesig das Tier wirklich war und dass es ihn mit einem Huftritt zerschmettern könnte. Aber er bezwang seine plötzliche Angst, streckte die Hand aus und strich über die Flanke des Tiers. Als dieses ein zufriedenes Schnauben ausstieß, stieg ein heißes Glücksgefühl in ihm auf.

Während er den Hengst weiter streichelte, bemerkte er eine Frau auf der anderen Seite des Hofes. Sie war untersetzt, hatte ein breites, sommersprossiges Gesicht und starrte ihn mit einem Gesichtsausdruck an, in dem sich Furcht und Entsetzen mischten. Nun machte sie eine Bewegung, als wollte sie auf ihn zukommen – was Merlito zurückweichen ließ.

Doch sei es, dass sie wegen Achmed, der eben aus dem Stall trat, ihre Absicht änderte oder dass Merlito ihren Gesichtsausdruck und ihre Bewegung falsch gedeutet hatte, sie drehte sich zur Seite und ging in Richtung der Wohngebäude davon.

»Nun, bist du bereit?«, Achmed nickte dem Jungen zu.

»Ja«, vor Aufregung konnte Merlito nur flüstern. Im nächsten Moment hatte er die Frau vergessen.

Olivier sah Éves milchweiße, üppige Brüste vor sich. Ihr Haar hatte leicht nach Lavendel geduftet.

Am Nachmittag hatte er sie aufgesucht, da er ihr einige Fragen über Eugène de Blois stellen wollte. Nun ja, nicht nur deswegen, wie er sich eingestand. Noch nie, seit er dem Orden den Rücken gekehrt und den Entschluss gefasst hatte, endlich ein gottgefälliges und keusches Leben zu führen, war er so sehr in Versuchung geraten. Ève war nichts über Eugènes sexuelle Vorlieben bekannt gewesen, aber sie hatte versprochen, sich in den Bordellen umzuhören.

Paul und Thierry hatten es währenddessen unternommen, den Leiter des Schatzamtes zu überwachen. Wieder wanderten Oliviers Gedanken zu Èves Brüsten. Ach, verdammt, er wünschte sich, sie in den Händen zu halten und …

»Bedauert Ihr es manchmal, den Templerorden verlassen zu haben?«, hörte er Baptiste fragen.

»Was …? Kümmert Euch um Eure eigenen Sachen!«, schnauzte er ihn gereizt an.

»Verzeiht, ich wollte Euch nicht zu nahe treten.« Baptiste,

der ihm in einem kargen Gästezimmer des Kloster Saint Jacques gegenübersaß, duckte sich erschrocken.

»Nein, schon gut ...« Olivier winkte ab. »Ich war mit den Gedanken gerade woanders.« Er dachte eine Weile nach. »Manchmal vermisse ich meine Freunde unter den Templern und das abenteuerliche Leben, das ich im Orient geführt habe. Oder auch die Huren in den Bordellen von Jerusalem oder Akkon. Mein Gott, waren das wunderbare Frauen ...«

»Oh ...« Baptiste errötete.

»Der Orden fehlt mir allerdings nicht.« Oliviers Stimme klang trocken.

»Aber ... Auf dem Ritt von Eurem Gut nach Paris habt Ihr doch jeden Tag Eure Gebete gesprochen.«

»Das trifft zu.« Olivier musterte den Priester, der oft so linkisch und weltfremd wirkte und der trotzdem sehr klug und scharfsichtig sein konnte. Ja, er verdiente eine offene Antwort. »Ich bin wirklich der Ansicht, dass der Orden seine eigentlichen Ziele verraten hat. Dass es ihm, statt die Pilger auf ihrem Weg zu den heiligen Stätten der Christenheit zu schützen, nur noch um Macht und Geld geht.«

»Ja, ich weiß, dass Ihr so denkt.« Baptiste nickte.

»Aber das ist nicht die ganze Wahrheit.« Olivier lehnte sich in seinem Stuhl zurück. Sein Blick war nach innen gerichtet. »Ich selbst habe diese Ziele nämlich auch verraten. Genau genommen ging es mir nie wirklich um sie. Eigentlich bin ich aus purer Abenteuerlust in den Orden eingetreten – auch wenn ich mir das mehr als mein halbes Leben lang nicht eingestehen wollte. Nun ja ... Ich will Euch nicht mit meinen Geständnissen langweilen.«

Olivier schwieg eine Weile und starrte in die Kerzenflamme vor ihm auf dem Tisch. Noch immer wirkte er in sich versunken. »Als ich vor zehn Jahren den Orden verließ und in das französische Königreich zurückkehrte, ereilte mich ein heftiges Fieber. Die Krankheit schenkte mir Klarheit über mein bisheriges Dasein, und was ich über mich erkannte, gefiel mir nicht besonders. Kurzum ... Ich beschloss, für meine Sünden Sühne zu leisten, und legte vor mir selbst das Gelübde ab, fortan wie ein Ordensmann zu leben. Also endlich das zu tun, was ich bislang verfehlt hatte.«

Als Olivier Baptiste nun wieder ansah, erschien das vertraute schiefe Grinsen auf seinem Gesicht. »Meine Demut und Zerknirschung gingen allerdings nicht so weit, dass ich mich bemüßigt gefühlt hätte, in einen anderen Orden einzutreten und irgendeinem Abt zu gehorchen.«

Er unterbrach sich und horchte auf und nun hörte auch Baptiste die hastigen Schritte draußen auf dem Gang.

»Ob Paul und Thierry ...«, murmelte Olivier. Rasch erhob er sich. Doch noch ehe er die Tür erreicht hatte, wurde sie schon aufgestoßen. Thierry erschien auf der Schwelle. Sein Gesicht war schweißüberströmt.

»Eugène de Blois wurde in einem Haus in der Nähe der Kirche Saint Etienne umgebracht«, keuchte er. »Und das ist noch nicht alles ... Seine Mörder versuchten zudem, das Gebäude in Brand zu stecken.«

»Verdammt!« Wild fluchend schnallte sich Olivier den Schwertgurt um. »Das hatte ich mit meinem Besuch bei Henry d'Esne nun nicht beabsichtigt.«

Alessio, der neben Karim und einigen anderen Soldaten stand, ließ seinen Blick über den Kreuzgang wandern. In dem großen Geviert brannten Fackeln und auf den niedrigen Mauern, die den kleineren Kreuzgang abteilten, flackerten die Flammen von Ölschalen. Ihr Schein spiegelte sich in dem Wasser, das an der kunstvoll behauenen Säule in der Brunnenmitte herabrann, und er brachte das vergoldete Geschirr zum Glänzen. Krüge mit Wein und Schalen und Platten voller Leckereien befanden sich auf kleinen Tischen rund um den Brunnen. Im Hintergrund erwartete eine Gruppe von Mönchen, die Lauten, Harfen und Flöten in den Händen hielten, den Kaiser.

Der Abend versprach, unbeschwert und heiter zu werden. Und doch quälte Alessio erneut ein Gefühl nahen Unheils. Dabei war alles Erdenkliche für die Sicherheit seines Herrn getan. Sein Blick wanderte höher, über die Dächer der Gebäude, die den Kreuzgang umgaben, und blieb schließlich an dem Gang hängen, der am Kirchenschiff entlangführte. Nein, er täuschte sich nicht. Dort oben befanden sich keine Wachen.

»Karim …«, wandte sich Alessio leise an den Freund. Bernardo, der zusammen mit weiteren Bewaffneten den Kreuzgang betrat und mit finsterer Miene auf ihn zueilte, ließ ihn sogleich wieder verstummen.

»Was fällt Euch ein!« Bernardo war vor Alessio stehen geblieben. »Im Garten treffe ich auf sechs Soldaten, die Wache gehen, obwohl sie dazu nicht von mir instruiert worden sind.

Und als ich die Männer zur Rede stelle, geben sie zu, diesen Rundgang auf Eure Veranlassung unternommen zu haben.«

»Da Ihr von Wachen sprecht«, Alessio wurde nun ebenfalls zornig und deutete auf das Dach des Kirchenschiffs, »warum, um alles in der Welt, habt Ihr dort oben keine postiert?«

»Weil das Klostergelände – und das völlig ohne Euer Zutun – ausreichend gesichert ist.« Bernardo hatte seine Stimme gesenkt, blieb aber gefährlich ruhig. »Kein Feind des Kaisers kann in die Kirche und auf das Dach gelangen.«

»Möglich ist alles.« Alessio sagte sich, dass er mit einem Streit nichts erreichen würde. »Bedenkt doch, von dem Dach aus ließe sich der Kreuzgang ganz leicht mit Pfeilen beschießen. Ich bitte Euch, schickt ein paar Soldaten hinauf.«

»Ich habe Eure Besserwisserei satt! Verlasst Euch darauf, ich werde mich bei Friedrich über Euch beschweren. Und ich werde dafür sorgen, dass Ihr aus dem Heer geworfen werdet. Dagegen wird auch Gaetano nichts ausrichten können.«

Die Musik setzte ein. In Begleitung von Abt Hilarius und Prior Augustinus betrat der Kaiser den Kreuzgang. Bernardo warf Alessio einen letzten wütenden Blick zu und eilte zu den Soldaten, die um das kleine Geviert herumstanden. Während die Musikanten mit ihrem Spiel fortfuhren, nahmen die drei Männer auf mit seidenen Polstern bestückten Stühlen Platz. Zwei junge Mönche bedienten sie mit dem Wein und den Speisen.

Die Töne des Liedes verklangen. Ein neues begann mit sanften Akkorden. Alessio beobachtete, wie sich Friedrich und Hilarius einander zuneigten – sie schienen ein fesselndes Gespräch zu führen. Der Prior lauschte mit höflicher Miene.

Wahrscheinlich hatte Bernardo recht und er übertrieb es mit seiner Sorge. Trotzdem blickte Alessio wieder zu dem Dach hinauf. Hatte er dort eben eine Bewegung wahrgenommen oder hatte sich nur eine Wolke vor den Mond geschoben? Gewiss hatte er nur einen Schatten gesehen.

Alessio versuchte, sich wieder auf die Geschehnisse vor ihm zu konzentrieren. Doch nach einigen Momenten flüsterte er Karim zu: »Ich sehe mir den Gang auf dem Dach einmal an.«

Ohne eine Reaktion des Freundes abzuwarten, hastete er davon.

Nur kurz zuvor hatte Teresa den Hof vor der Kirche überquert. Sie hoffte, dass ihr der Anblick der beiden goldenen Engel über der Apsis inneren Frieden schenken würde. Seit der Ankunft des Kaisers quälte sie eine merkwürdige Unruhe. Außerdem machten die immer massiver werdenden Visionen von blutüberströmten Körpern es ihr zunehmend schwer, sich auf die Kranken zu konzentrieren. Die Begegnung mit Alessio am Vorabend hatte ihre düstere Stimmung noch verstärkt. Und damit nicht genug, hatte sie seit der vergangenen Nacht immer wieder das Gefühl, verfolgt zu werden. So auch jetzt.

Teresa blieb stehen und wandte sich um. Nein, der Hof war menschenleer. Auch in den Schatten jenseits der brennenden Fackeln verbarg sich niemand.

Als sie die Kirche betrat, stellte sie fest, dass sie nicht allein war. In der Nähe des Altars kniete ein ins Gebet vertiefter Mönch. Sie selbst zog es vor, im Halbdunkel des hinteren Kirchenschiffs zu bleiben, wo sie sich ebenfalls auf den Marmorboden kniete und sich in das Bild der beiden Engel versenkte.

Aus den Augenwinkeln nahm sie eine Bewegung wahr. Der Mönch hatte seinen Platz vor dem Altar verlassen und schritt durch das Kirchenschiff. An seiner Körperhaltung und -größe erkannte sie, dass dies der Benediktiner war, dem sie schon einmal auf dem Klostergelände begegnet war und an dessen Erscheinung sie etwas irritiert hatte. Sie sah ihm nach.

Der Mönch lief in das rechte Seitenschiff und dort zu einer Tür. Erst als er die Kirche verlassen hatte, begriff Teresa, was ihr so eigenartig an ihm vorkam. Anders als die Mönche, die sie sonst in dem Kloster erlebte, strahlte dieser eine große Zielstrebigkeit aus. Ja, er wirkte, als ob er von etwas besessen sei. Und da war noch mehr … Sie sammelte sich und richtete ihre Gedanken auf ihn.

Als Teresa den Wunsch zu töten in ihm spürte, sagte sie sich sogleich, dass das nur wieder eine Einbildung sein konnte. Trotzdem – noch während sie dies dachte – sprang sie auf und rannte zu der Tür, durch die der Mönch verschwunden war. Sie war versperrt.

Teresa handelte, als ob sie unter einem Bann stünde. Sie zog ein Messer aus ihrem Bündel und schob es zwischen Tür und Rahmen. Eine rasche Bewegung, die sie wie selbstverständlich ausführte, und die Tür sprang auf. Dahinter erkannte sie eine schmale Wendeltreppe. Von weit oben war das gedämpfte Geräusch von Schritten zu hören. Ohne zu zögern, folgte sie ihnen.

Je höher Teresa kam, desto deutlicher konnte sie Musik hören. Die Treppe mündete in einen Gang, der am Rand des

Kirchenschiffs verlief. Flüchtig sah sie unterhalb von sich den hell erleuchteten Kreuzgang. Der falsche Mönch stand ein Stück von ihr entfernt an der Brüstung. Er hatte einen Bogen gespannt und einen Pfeil an die Sehne gelegt. Die Waffe war auf einen Mann gerichtet, dessen Haare im Kerzenschein rot flammten – der Kaiser.

»Nein, nicht!«, hörte sich Teresa schreien, während sie auf den Mann zustürzte. Er fuhr zu ihr herum, ließ die Waffe jedoch nicht sinken. Sie schlug nach seinem Arm. Im selben Moment schoss der Pfeil zischend an ihr vorbei.

Wie aus weiter Ferne nahm Teresa wahr, dass die Musik abbrach und Menschen aufgeregt durcheinanderriefen. Der falsche Mönch keuchte stöhnend auf und ließ seinen Bogen fallen. Ein Messer blitzte in seiner Hand auf. Sie riss ihr rechtes Bein hoch, um gegen seine Waffe zu treten. Doch sie verhedderte sich in den Falten ihres Gewandes und stürzte. Nun ragte er über ihr auf.

»Gott, warum …?«, hörte sie ihn schluchzen.

Sie spürte den Griff ihres eigenen Messers zwischen ihren Fingern. Wieder stürzten Bilder von blutüberströmten Leibern auf sie ein. Nein, sie würde nicht töten … Sehr langsam und zugleich sehr schnell schien die Waffe des Mannes auf sie niederzufahren.

Teresa warf sich zur Seite und wollte sich gegen die Beine des falschen Mönches rollen, um ihn zu Fall zu bringen. Aber wieder behinderte sie das Gewand. Die Messerspitze drang in ihren Arm und ein Fußtritt traf ihre Schläfe. Alles um sie herum verschwamm.

Alessio hatte den Gang noch nicht erreicht, als er Teresas Schrei vernahm. Voller Sorge rannte er die restlichen Stufen hinauf. Seine Ahnung hatte ihn also nicht getrogen.

Wolken verdeckten den Mond. In dem unsteten Licht erkannte er, dass ein Mann in einer Mönchskutte neben einer am Boden liegenden Gestalt kniete – Teresa.

Alessio riss seinen Dolch aus der Scheide. Der Mann fuhr zu ihm herum, in der Hand seinerseits eine Stichwaffe. Ehe er auf die Füße kam, war Alessio bei ihm und rammte ihm die Klinge in die Brust.

Mit einem Röcheln brach sein Gegner zusammen und stöhnte: »Herr, warum hast du mich verlassen?«

Alessio kümmerte sich nicht weiter um den Sterbenden. Er beugte sich über Teresa und rief ihren Namen. Sie bewegte sich nicht. Einen entsetzlichen Augenblick lang glaubte er, wieder einmal zu spät gekommen zu sein. Doch dann stieß sie einen tiefen Seufzer aus.

»Was ist mit dem Mönch?«, hörte er sie flüstern.

»Er kann Euch nichts mehr tun. Er ist tot.«

»Tot …«, murmelte sie.

Sie begann zu weinen und er hielt sie fest, bis die ersten Soldaten mit Karim an der Spitze in den Gang stürmten. Der Blick des Freundes fiel auf den Mann, der reglos am Boden lag. Aus dem Köcher gerutschte Pfeile waren um ihn verstreut.

»Bei Gott«, keuchte Karim. »Hat er geschossen? Der Pfeil hat Friedrich nur um Haaresbreite verfehlt.«

»Ja, er hat versucht, den Kaiser umzubringen.«

»Du bist gerade noch rechtzeitig gekommen.« Voller Abscheu bückte sich Karim hinunter zu dem falschen Mönch.

»Ich habe den Mann getötet«, sagte Alessio ruhig. »Aber im entscheidenden Moment aufgehalten hat ihn Teresa.«

Olivier hob seine brennende Fackel. Während er sich in dem einstöckigen Haus umsah, verfinsterte sich seine Miene. Die rückwärtige Wand des einzigen Raums war zu mehr als der Hälfte eingestürzt. Der gestampfte Lehmboden hatte sich in eine Wasserlache verwandelt. Zwischen Metallteilen und verkohlten Holzstücken schwammen große schwärzliche Klumpen. Als sich Olivier bückte und einen dieser Klumpen berührte, zerfiel er in Fetzen.

Wieder fluchte Olivier. Die Gegner, wer immer sie waren, waren ihnen einen Schritt voraus!

Paul, dessen breites Gesicht rußverschmiert war, seufzte. »Ich fürchte, viel mehr als verbrannte Pergamente werden wir nicht finden.«

»Ihr beide seid also Eugène de Blois vom Tempel bis in diese Gasse hinter der Kirche Saint Etienne gefolgt«, fasste Olivier zusammen, was Thierry ihm und Baptiste auf dem Weg erzählt hatte. »Eugène betrat dieses Haus. Als ihr nach einer Weile Rauch durch die Läden nach draußen dringen saht, habt ihr die Tür aufgebrochen.«

»Und wir fanden den ermordeten Eugène und dieses Zimmer in Flammen«, ergänzte Paul bitter. »Während Thierry losrannte, um dich zu benachrichtigen, habe ich die Nachbarn alarmiert. Sie handelten schnell. Aber bis wir das Feuer gelöscht hatten, war nicht mehr viel zu retten.«

»Einen Keller gibt es nicht?«

»Nein«, Paul schüttelte bedauernd den Kopf. »Nur noch eine kleine Küche auf der anderen Seite des Hofes. Dorthin haben wir Eugènes Leiche gebracht.«

Olivier nickte. »Ich sehe ihn mir einmal an.« Bedrückt folgten ihm die drei Templer über einen schmalen Hof, wo unter einem angekokelten kleinen Apfelbaum ein umgestürzter Tisch und eine Bank standen, die die Nachbarn vor dem Feuer gerettet hatten.

Eugènes Leichnam lag – eine klaffende Stichwunde in der Brust – vor der Feuerstelle. Sein Templergewand mit dem roten Kreuz war angesenkt und von Löschwasser durchtränkt. Der tote Körper verströmte den durchdringenden Gestank verbrannten Fleisches.

Baptiste bekreuzigte sich. »Gott sei seiner armen Seele gnädig«, murmelte er.

»Von mir aus kann er in der tiefsten Hölle schmoren«, knurrte Olivier. »Immerhin gibt es wohl keinen Zweifel mehr, dass Eugène auf irgendeine Weise in die Morde an Gaston und Raoul de Charny verstrickt war.« Er betrachtete den Leichnam mit zusammengekniffenen Augen, reichte dann seine Fackel Baptiste und beugte sich zu dem Toten hinunter. Vorsichtig bog er die Finger von dessen zur Faust geballten rechten Hand auseinander. Ein in drei Teile zerbrochenes Wachssiegel, an dem noch ein Fetzen Pergament hing, wurde auf dem Handteller sichtbar.

Behutsam löste Olivier die Teile von der Haut, legte sie auf die Umrandung der Feuerstelle und befahl dann Baptiste, das Licht der Fackel darauf zu richten.

»Sieht aus wie ein zum Sprung geduckter Löwe«, Thierry beugte sich über das Siegel.

»Das würde ich auch sagen.« Olivier nickte. »Kennt jemand von Euch vielleicht den Besitzer dieses Siegels? Nein ...? Ich leider auch nicht.« Er besann sich einen Moment. Als er sich wieder an seine Gefährten wandte, verriet seine Stimme mühsam unterdrückte Wut. »Wir werden in diesem Haus alles umdrehen. Bei Gott, wir müssen einfach etwas finden, was uns weiterhilft.«

Mauro ließ seinen Körper mit der Außenwand des Kapitelsaals verschmelzen und drosselte seine Atmung und seinen Herzschlag. Für die Soldaten, die vor dem Gebäude Wache hielten, war er nur ein Schatten. Vorsichtig spähte er in den Saal. Umringt von seinen Soldaten saß der Kaiser am Kopfende. Dafür dass er gerade einem Mordanschlag entgangen war, wirkte der Staufer sehr gefasst. Von den Benediktinern befanden sich nur der Abt und der Prior bei ihm.

Noch immer konnte Mauro kaum fassen, was er und Ludovico vom Dach des Kirchenschiffes aus beobachtet hatten: Ein Mann hatte Friedrich töten wollen – und Michal, statt dem Geschehen seinen Lauf zu lassen, hatte sich auf den Mann gestürzt und den Mord verhindert. Nein, es bestand kein Zweifel mehr. Sie gehörte nicht länger zur Gemeinschaft von Lorenzos Kriegern.

In dem anschließenden Durcheinander wäre es durchaus für ihn und Ludovico möglich gewesen, an Friedrich heranzukommen und ihn zu ermorden, und Mauro bedauerte es sehr, dass Lorenzo ihnen nicht die Erlaubnis dazu erteilt hatte. Mit Freuden hätte er sein Leben für den Meister gelassen.

Die Türen des Saals öffneten sich. Michal und der breitschultrige Soldat namens Alessio wurden hereingeführt. Beide knieten vor Friedrich nieder.

»Meine Tochter«, Friedrich beugte sich vor und betrachtete Michal freundlich. »Du hast mir das Leben gerettet und ich werde für immer in deiner Schuld stehen. Was auch immer du dir von mir wünschen wirst, ich werde es dir gewähren. Doch sag mir: Woran hast du die bösen Absichten jenes Mannes erkannt?«

»Ich weiß es nicht«, Michal senkte den Kopf. »Ich ... ich habe einfach gespürt, dass etwas Böses in ihm war, und bin ihm gefolgt.«

»Diese Frau – wir nennen sie Teresa – hat bei einem Überfall ihr Gedächtnis verloren«, mischte sich Abt Hilarius ein. »Manchmal benutzt Gott gerade die Kranken als Gefäß seiner Gnade und schenkt ihnen eine besondere Klarheit. Ich bin davon überzeugt, dass dies auch bei Teresa der Fall ist.«

»Ja, ich glaube auch, dass Gott Teresa geschickt hat, um mich zu retten.« Friedrich nickte. »Und dir Alessio gebührt ebenfalls mein tiefer Dank. Erzähl, wurde Bernardo schon gefunden?«

»Auf dem Klostergelände ist er nicht.« Alessio schüttelte bedauernd den Kopf.

»Dann lass die Suche fortsetzen und dehne sie auch auf die Stadt und die Umgebung aus«, sagte Friedrich mit harter Stimme. »Ich will, dass Bernardo mir Rechenschaft darüber ablegt, warum jener Gang unbewacht blieb.«

Mauro entschied, dass er genug gehört hatte. Er kletterte die Wand bis zum Dach des Kapitelsaals hinauf. Lautlos bewegte er sich über die Ziegel und verschwand in der Dunkelheit.

Nach einigen Stunden intensiver Suche musste sich Olivier eingestehen, dass Eugène de Blois' Mörder ganze Arbeit geleistet hatten: Die Unterlagen, die in dem Haus versteckt gewesen waren, waren fast gänzlich vernichtet. Ein halbes Dutzend Pergamente hatten sie in einer angekohlten Truhe unter dem Tisch draußen im Hof entdeckt. Doch auch diese schienen unbrauchbar, denn Löschwasser war in die Truhe eingedrungen und hatte die Tinte auf den Schriftstücken verschmiert.

Olivier starrte auf die Stelle, wo vorhin noch Eugène de Blois' Leichnam gelegen hatte – mittlerweile hatten sie ihn in ein Nachbarhaus geschafft.

»Gottverfluchte Hölle!« Er stieß einen lauten Fluch aus und sprang auf die Füße. Erschrocken zuckten Baptiste, Paul und Thierry, die müde und verschmutzt neben ihm in der Küche gesessen hatten, zusammen. »Ich muss wissen, wer dieser verdammte Bastard ist, der hinter den Morden steckt!«, brüllte Olivier.

»Vielleicht sollten wir uns diese Schriftstücke doch einmal genauer ansehen«, Baptiste wies auf die durchweichten Pergamente.

»Das haben wir doch schon getan!«, versetzte Paul ungeduldig.

»Möglicherweise nicht gründlich genug«, beharrte Baptiste.

»Das ist Zeitverschwendung!«, stöhnte auch Thierry und betrachtete angewidert die zu schwärzlichen Rinnsalen verlaufene Tinte.

»Nein, tatsächlich ... Seht hier!«, Paul hatte wahllos nach einem Dokument gegriffen und deutete auf ein Siegel, das, anders als die übrigen, nicht in der Hitze zerschmolzen war. Deutlich zeichneten sich ein Banner und drei Helmbüsche in dem roten Wachs ab. »Ich kenne dieses Wappen. Es gehört der Familie Harcourt. Sie besitzen Güter in der Gascogne.«

Olivier stieß ein anerkennendes Brummen aus.

»Und da! Ich kann einen Namen erkennen!«, rief Baptiste aufgeregt. Er hielt die brennende Fackel näher an das Schriftstück. »Laval.«

»Tja, zwei Namen, ein niedergebranntes Haus und ein ermordeter Schatzmeister des Tempels«, Thierry rieb sich über das Kinn, »ich glaube nicht, dass wir mit dem bisherigen Ergebnis unserer Nachforschungen sehr zufrieden sein können.«

»Nun, vielleicht haben wir doch gar nicht so wenig herausgefunden.« Olivier durchmaß mit langen Schritten den Raum, seine Laune hatte sich merklich gebessert. »Lasst uns einmal zusammenfassen, was wir glauben zu wissen: Eugène de Blois war in unlautere Geschäfte innerhalb des Templerordens verstrickt und hat in diesem Haus Unterlagen aufbewahrt, die auf irgendeine Weise den Schlüssel zu diesen Machenschaften darstellen – andernfalls hätte man das Haus nicht in Brand stecken müssen.«

»Und Eugène wurde ermordet, weil man fürchtete, er könnte zu reden anfangen?«, fragend blickte Baptiste Olivier an.

»Ich vermute, ja.« Olivier besann sich. »Raoul de Charny kam wegen einer Testamentsangelegenheit nach Paris und wurde umgebracht. Nachdem ich jenes Anwesen bei Luçon aufsuchte, das Charnys Vater dem Orden vermacht hatte, sollte auch ich getötet werden.«

»Was wiederum bedeutet: Wahrscheinlich treibt irgendjemand ein falsches Spiel mit Testamenten oder anderen Schenkungen an den Orden.« Paul nahm Oliviers Faden auf und deutete auf die verschmierten Schriftstücke.

»Ja«, Olivier nickte, »ferner wissen wir, dass wir es mit einem sehr gut organisierten und sehr gefährlichen Gegner zu tun haben, der über jeden unserer Schritte informiert ist.« Wieder dachte er nach. »Ich schlage vor, dass wir uns trennen. Paul und Thierry, ihr sucht Antoine de Roye auf und fühlt ihm wegen des Gutes der Charny auf den Zahn. Außerdem wäre ich euch dankbar, wenn ihr Eugènes Leichnam zu diesem Trottel Henry d'Esne schaffen würdet. Bei der Gelegenheit könnt ihr euch hier in Paris auch nach Eugène de Blois' Kontakten und dem Besitzer jenes Siegels mit dem zum Sprung bereiten Löwen umhören. «

»Vielleicht überzeugt d'Esne ja der Mord an seinem Schatzmeister davon, dass in seinem Orden etwas ganz gehörig faul ist.« Paul schüttelte den Kopf.

»Ach, wahrscheinlich glaubt Henry eher, dass Olivier Eugène umgebracht hat, um ihm eins auszuwischen.« Thierry vollführte eine wegwerfende Handbewegung und lachte.

»Das würde ich diesem Idioten durchaus zutrauen«, Olivier grinste ebenfalls und warf dann Baptiste, der ihn entsetzt ansah, einen amüsierten Blick zu. »Das war ein Scherz, mein Lieber. Wenn Ihr mögt, könnt Ihr Euch mit mir zusammentun.«

»Gerne, aber was habt Ihr vor?«

»Den Familien Harcourt und Laval einen Besuch abzustatten. Ich will wissen, aus welchem Grund sich Schriftstücke mit ihrem Namen in diesem Haus befanden.« Er musterte Baptiste. Um seinen Mund zuckte es. »Mein Junge, ich hoffe, Ihr habt Talent zum Kaufmann.«

»Talent zum Kaufmann ...?« Baptiste starrte ihn verdutzt an. »Wie meint Ihr das denn?«

»Ich denke, wir beide sollten unsere Spuren verwischen und eine Weile unerkannt bleiben.« Olivier wandte sich Paul und Thierry zu und wurde wieder ernst. »Ihr zwei – gebt gut auf euch acht. Mit demjenigen, der hinter diesen Vorgängen steckt, ist nicht zu spaßen.«

Sein Blick wanderte wieder zu dem Wachsabdruck des zum Sprung geduckten Löwen. Einige Momente betrachtete er ihn aufmerksam. »Bei Gott«, sagte er schließlich, »ich würde mich nicht wundern, wenn unser Gegner der Besitzer dieses Siegels wäre.«

»So, damit wäre Eure Wunde endlich angemessen versorgt und ich hoffe, dass sie gut heilen wird. Aber gegen den Kaiser, der Euch unbedingt sofort sehen wollte, konnte ich ja leider nichts ausrichten.« Placidus hatte den provisorischen Verband um Teresas Unterarm abgenommen und die glatte Stichwunde gereinigt, mit Dornen geklammert und dann mit frischen Leinenstreifen umwickelt. Er lächelte sie an. »Wegen Prior Augustinus müsst Ihr Euch keine Sorgen mehr machen. Nach der Dankesrede des Staufers war er am Boden zerstört. Ich glaube, Augustinus fragt sich tatsächlich, ob er nicht selbst von einem bösen Geist besessen war, als er Euch verdächtigt hat. Nun, ich gönne ihm seine Gewissensqualen.«

»Mir erscheint das alles immer noch wie ein wirrer Traum«, murmelte Teresa.

»Wenn Ihr erst einmal eine Nacht darüber geschlafen habt, werdet Ihr klarer sehen.« Placidus betrachtete sie forschend. »Soll ich Euch in Eure Kammer bringen?«

»Nein, danke.« Teresa schüttelte den Kopf. »Ich würde gerne noch eine Weile hierbleiben.«

Wie immer stellte der alte Mönch keine Fragen. Nachdem er sich mit einem freundlichen Kopfnicken verabschiedet hatte, verfolgte sie geistesabwesend, wie der Schein der Öllampe über die Tongefäße in den Regalen huschte.

Teresa spürte ihren Herzschlag und das Blut in ihren Adern kreisen und sie atmete den intensiven Kräuterduft tief ein. Sie lebte. Und ja, sie wollte leben. Wenn Alessio ihr nicht zu Hilfe gekommen wäre, würde ihr Leib jetzt nur noch eine tote Hülle sein.

Sie musste mit Alessio reden. Ihm nicht nur danken, sondern ihm auch zu erklären versuchen, warum sie sich ihm gegenüber so schroff verhalten hatte. Er hatte ein Recht darauf, von ihren schrecklichen Visionen zu erfahren. Und auch dass sie vorhin, als sie den falschen Mönch angegriffen hatte, eine beunruhigende Kraft in sich gespürt hatte – so als ob sie es verstünde, zu kämpfen.

Ganz von diesem Gedanken erfüllt, eilte Teresa in den Kräutergarten hinaus. Sie hatte fast den kleinen Brunnen erreicht, als sie hinter sich ein leises Geräusch hörte.

Ehe sie reagieren konnte, traf sie schon ein heftiger Schlag auf den Hinterkopf. Unter Aufbietung all ihres Willens gelang es ihr, auf den Beinen zu bleiben und sich umzudrehen. Ein Lichtschimmer aus der Kräuterstube fiel auf zwei Männer. Sie kannte die beiden! Sie wollte sich auf sie stürzen. Aber ein Stockhieb gegen ihre Knie ließ sie zu Boden sacken.

Wieder wurde der Stock hochgerissen. Sie versuchte, ihren Kopf zu schützen. Doch zu spät. Teresa registrierte noch die scharfen Gerüche von Ingwer und Minze dicht neben ihrer Wange. Dann verlor sie die Besinnung.

Kapitel 4

Alessio suchte zusammen mit Karim ein Feld ab, als ihn die Nachricht erreichte, dass Bernardos Leichnam gefunden worden war. Sie rissen ihre Pferde herum und ritten in der anbrechenden Morgendämmerung zurück nach Monreale.

Der Leichnam war oberhalb der Stadt vor einer kleinen Kapelle entdeckt worden. Ein Schwarm Fliegen stob auf, als die Reiter absaßen. Im unsteten Licht des frühen Tages und dem flackernden Schein der Fackeln wirkten die schmerzverzerrten Gesichtszüge des Toten wie eine Fratze. Er lag in sich verkrümmt auf der Seite, die Finger der rechten Hand um den Griff des Schwertes geklammert, das er sich tief in den Unterleib gerammt hatte.

»Er hat sich selbst gerichtet«, stellte Alessio leise fest.

»Stilvoll, wie es ein römischer Patrizier getan hätte.« Ein gewisses Mitgefühl schwang in Karims Antwort mit. »Immerhin hatte er Mut.«

»So zu sterben, erschien Bernardo anscheinend besser, als Folter und Unehre zu ertragen. Schließlich hätte Friedrich sein Versagen auf gar keinen Fall ungestraft gelassen.«

»Du redest nur von Versagen …« Karim sah Alessio aufmerksam an. »Also glaubst du nicht, dass Bernardo etwas mit dem Mordanschlag zu tun hatte?«

»Nein, denn dann hätte er es nicht versäumt, den Gang unbewacht zu lassen und sich zudem noch vor Zeugen mit mir darüber zu streiten. So dumm war Bernardo nicht.«

»Aber dich treibt noch etwas anderes um. Ich kenne dich doch.«

»Nun, zum einen wissen wir nach wie vor nicht, wer außer Innozenz an den Verschwörungsplänen beteiligt ist. Mir graut bei der Vorstellung, dass auch Leute aus Friedrichs engster Umgebung darin verstrickt sein könnten.« Alessio schwieg kurz, ehe er schließlich mit einem ungeduldigen Schulterzucken fortfuhr: »Zum anderen habe ich einfach Zweifel, ob es sich bei der Tat in der gestrigen Nacht schon um den erwarteten Anschlag handelte.«

»Wie kommst du denn darauf?« Verblüfft hob Karim die Augenbrauen.

»Als ich den Mann niederstach, stammelte er etwas, was sich anhörte wie: ›Gott, warum hast du mich verlassen?‹ Auf mich wirkte er zutiefst verstört und verzweifelt und so gar nicht wie ein gedungener Mörder.«

»Auch ein gedungener Mörder kann eigene religiöse Motive haben. Das hast du doch früher selbst behauptet. Außerdem musst du zugeben, dass der Mann seine Tat sehr geschickt geplant hatte.«

»Ja, ich weiß …«

Karim hatte recht. Und doch … Alessio musste noch einmal ausführlich mit Teresa über den falschen Mönch reden.

Während Karim und er zur Stadt zurückritten, verbat sich Alessio jede Erinnerung daran, welche Gefühle Teresa vorhin wieder in ihm geweckt hatte.

Zurück im Kloster organisierte Alessio die nächsten Wachen und schritt die diensthabenden Posten ab. Anschließend wurde er zu einem Problem mit den Pferden gerufen. Eine kostbare Stute hatte sich mit einem anderen Tier gebissen und sich am Hals verletzt. So war es schon spät am Vormittag, als er sich zu der Kräuterstube aufmachte, um mit Teresa zu sprechen. Ob sie ihm wieder abweisend begegnen würde oder ob die Geschehnisse der letzten Nacht etwas zwischen ihnen verändert hatten?

Zu seiner Enttäuschung traf er sie nicht in der Hütte an. Dafür stieß er in dem kleinen Garten auf Bruder Placidus. »Wisst Ihr, wo sich Teresa aufhält?«, fragte Alessio rasch.

»Ich suche sie selbst.« Der Mönch schüttelte den Kopf. »Ich wollte mir die Wunde an ihrem Arm ansehen. Aber sie ist weder in ihrer Kammer noch im Hospital oder in der Kirche.«

»Vielleicht befindet sie sich ja bei einem Kranken in der Stadt?«

»Das hätte sie mir mitgeteilt.«

Mit einem Mal fiel Alessio jene Gewitternacht ein, in der Teresa nicht bei Sinnen gewesen war und sich verzweifelt gegen ihn gewehrt hatte. Erschrocken wandte er sich an Placidus: »Hat sie Euch auch erzählt, dass sie sich manchmal gedrängt fühlt, das Kloster zu verlassen?«

»Ja, sie glaubte Stimmen zu hören.« Der Mönch nickte.

»Lasst uns mit den Wachen am Tor reden, ob sie Teresa gesehen haben.«

»Das habe ich bereits getan.« Placidus' sonst so gelassene Stimme klang nun auch besorgt. »Sie erzählten, kurz nach Sonnenaufgang seien zwei Händler mit Karren voller Backwaren und Geflügel zum Kloster gekommen. Die Wagen zu durchsuchen, habe etwas gedauert. Zuvor haben sie Teresa nicht gesehen, aber sie konnten nicht ganz ausschließen, dass sie während dieser Zeit ihrer Aufmerksamkeit entgangen und nach draußen geschlüpft ist.«

Alessio unterdrückte einen Fluch. Placidus musterte ihn und wies dann auf die Bank vor der Kräuterstube. »Lasst uns einen Moment setzen«, schlug er vor.

Zögernd folgte ihm Alessio. Es durfte nicht sein, dass Teresa irgendwo verwirrt umherirrte!

»Ihr habt sie sehr gern, nicht wahr?«, hörte er den Mönch fragen.

»Ist das so offensichtlich?«, antwortete er gereizt.

»Ich würde sagen, ja.« Placidus lächelte, was Alessio entwaffnete.

Er stützte die Ellbogen auf seine Knie und starrte auf einen Rosmarinbusch. Die kleinen rosa Blüten erschienen ihm sehr zart und verletzlich. »Etwas an mir macht Teresa Angst«, begann er. »Ich habe ihr erzählt, wie meine … wie meine Frau ums Leben kam. Seitdem hat sie mich gemieden.«

»Eure Gattin … Sie starb einen gewaltsamen Tod?«, fragte Placidus sanft.

Alessio nickte, das Bild von Giulias geschundenem Leib vor Augen.

»Ich vermute, Eure Erzählung hat quälende Erinnerungen in Teresa geweckt.«

»Aber sie weiß doch immer noch nicht, wer sie ist.« Alessio schüttelte den Kopf.

»Manchmal gibt ein zerrüttetes Gedächtnis Bruchstücke preis.«

»Habt Ihr Teresa jemals nach diesen Erinnerungen gefragt?« Alessio blickte Placidus an.

»Nein, denn wenn sie mit mir darüber hätte reden wollen,

hätte sie das getan. Sie ist ein Mensch, den man zu nichts drängen darf.«

»Gebt es doch zu – Ihr fürchtet auch, dass Teresa das Kloster verlassen hat!«

»Ja, das fürchte ich in der Tat.« Placidus seufzte. »Aber sie ist ein Mensch, der eine große innere Stärke besitzt. Ich bin überzeugt, dass sie eines Tages hierher zurückkehren wird. Und dass Gott sie behüten wird.«

»Euer Glaube in allen Ehren. Trotzdem werde ich meine Leute nach ihr suchen lassen«, entgegnete Alessio grimmig.

»Das kann nicht schaden.« Placidus nickte. »Aber falls sie Teresa finden, solltet Ihr sie zu nichts zwingen.«

Alessio schüttelte den Kopf. Seine Stimme klang rau, als er versprach: »Das würde ich niemals tun.«

Dunkelheit umgab sie. Das Rumpeln von Rädern drang wie aus weiter Ferne in ihr Bewusstsein und die Erschütterung eines Gefährts zitterte in ihrem Körper nach. Ihr Kopf hämmerte zum Zerspringen.

Michal ... sie war Michal! Sie wollte schreien, sich gegen diese Erkenntnis wehren. Doch sie konnte keinen einzigen Laut formen und ihre Glieder gehorchten ihr nicht.

Erinnerungen stürzten auf sie ein. Bis zu ihrem neunten Lebensjahr hatte sie mit ihrem Vater auf einem kleinen Gehöft eine Wegstunde entfernt von Enna gelebt. Die Erträge der Felder und Wiesen hatten ihnen das zum Leben Notwendige geschenkt. Zusätzlich hatte sich ihr Vater während der Wintermonate ein Zubrot mit dem Weben von Stoffen verdient. Der Webstuhl hatte in einem Nebenraum des Hauses gestanden. Häufig war Michal auf dem dunklen Gestänge herumgeklettert und hatte ihrem Vater beim Aufziehen der Fäden geholfen. Und an den Abenden, wenn das Licht zu schlecht zum Arbeiten war, hatte er sie mithilfe einer Wachstafel Lesen und Schreiben gelehrt – diese Momente hatte sie geliebt.

Sie hatten sehr für sich gelebt und nur wenig Kontakt zu den Nachbarn gehabt. Was, wie Michal damals noch nicht verstehen konnte, damit zusammenhing, dass ihre Eltern unterschiedlichen Glauben anhingen. Ihre Mutter – sie war an einem Fieber gestorben, als Michal fünf Jahre alt gewesen war – war Jüdin gewesen. Ihr Vater dagegen Christ.

Ihre Mutter hatte als heilkundig gegolten und Michals früheste Erinnerungen bestanden darin, wie ihre Mutter Kräuterbüschel an die Dachsparren des Wohnraums hängte und wie sie an der Feuerstelle stand und Tränke und Salben zubereitete. Ein ums andere Mal hatte sie Michal – wie in einem Spiel – erklärt, welches Kraut gegen welches Gebrechen half, und ihr Rezepte vorgesagt.

Die Liebe des Vaters hatte Michal allmählich über den Verlust hinweggeholfen. Doch drei Jahre nach dem Tod der Mutter zerbrach ihr Leben innerhalb eines einzigen Tages vollständig. Den Nachmittag hatte sie bei ihrer Großmutter in Enna verbracht. Dies war nicht oft der Fall und konnte nur dann geschehen, wenn Michals Großvater abwesend war. Denn der hatte seine Tochter wegen der Heirat mit einem Christen verstoßen und duldete weder sie noch seine Enkelin in seinem Haus.

Michal mochte ihre Großmutter, eine kleine, rundliche Frau mit flinken Bewegungen, die immer nach Milch und frischem Brot duftete. Wie das ganze Haus, denn die Großeltern betrieben eine Bäckerei.

Ihre Großmutter hatte ihr süße Kringel zu essen gegeben, ihr Lieder vorgesungen und ihr gezeigt, wie sie mit Nadel und Faden umgehen musste, um ein Tuch für ihre Strohpuppe Teresa zu besticken.

Gegen Abend hatte eine Magd Michal nach Hause begleiten sollen. Da sie aber spät dran waren, hatte die Frau das Kind an der Abzweigung verlassen, wo ein schmaler Feldweg zu dem Gehöft führte. Andernfalls hätte Michals Großvater, der an diesem Tag von einer Reise zurückerwartet wurde, das Fehlen der Dienerin bemerken können.

Der Weg, der zwischen einem Bach und Gruppen von Wacholder- und Brombeersträuchern entlangführte, war ihr vertraut. Michal verwandelte sich wieder in das Kind, das sie einmal gewesen war. Sie schlenkerte ihre Puppe und hüpfte von Grasfleck zu Grasfleck, darum bemüht, mit ihren Füßen nicht auf den steinigen Boden dazwischen zu kommen.

Als sie des Spiels müde geworden war, war sie durch eine Lücke in dem Schilf geschlüpft und hatte sich am Bachufer hingehockt. Eine Weile hatte sie beobachtet, wie sich die Abendsonne in dem Wasser brach und ein Muster aus Licht und Schatten auf den lehmigen Grund malte. Sie zog einen süßen Gebäckrest aus der Tasche ihres Kittels, streute einige Krümel in den Bach und sah zu, wie sie davontrieben. Da hörte sie Männerstimmen auf dem Weg und das Geräusch von Pferdehufen. Neugierig verließ sie ihren Platz am Wasser und spähte durch das Schilf.

Ein Mönch und zwei Bewaffnete ritten den Weg entlang. Einer von ihnen hielt einen Strick in den Händen. Das grobe Seil war um die Handgelenke eines Mannes geschlungen, der hinter den Reitern herstolperte und aus einer Wunde an der Schläfe blutete. Michal erstarrte, konnte nicht glauben, was sie sah. Der Verletzte war ihr Vater.

Als hätte er ihre Gegenwart gespürt, sah er in ihre Richtung. Sie wollte zu ihm laufen, doch er schüttelte verzweifelt den Kopf und sein Mund formte eine Warnung, sodass sie still stehen blieb.

Bis weit nach Anbruch der Dunkelheit verharrte Michal zitternd und unfähig, zu begreifen, was geschehen war, in dem Schilf. Erst als die Geräusche der Nacht zu unheimlich wurden, rannte sie nach Hause. Die Eingangstür stand offen. Die Möbel waren umgestoßen und zerbrochenes Geschirr lag auf dem Boden. Die Puppe fest an sich gedrückt, verkroch sich das Mädchen unter der Sitzbank des Webstuhls. Irgendwann übermannte es die Müdigkeit und es schlief ein.

Schritte auf dem gestampften Lehmboden in dem Wohnraum weckten Michal. Sie hoffte, ihr Vater wäre zurückgekehrt, fürchtete jedoch gleichzeitig, der Mönch und die Soldaten wären dabei. Mit wild pochendem Herzen, zur Flucht bereit, spähte sie unter den zerrissenen Kettfäden hindurch. Ein Nachbar, ein fülliger Mann mit einem roten Gesicht und buschigen schwarzen Augenbrauen, trat in den Verschlag. Er hielt den Bronzetopf, der normalerweise auf der Feuerstelle stand, unter dem Arm geklemmt. Als er seine Finger prüfend über das Webstück am Warenbaum wandern ließ, entdeckte er Michal.

»Du bist noch hier?« Seine Stimme klang nicht erfreut. »Ich glaubte, dass der Inquisitor dich auch mitgenommen hätte.«

Michal wollte dem Mann sagen, dass der Topf ihm nicht gehörte. Aber alles, was sie hervorbrachte, war: »Wo ist mein Vater?«

Der Nachbar zuckte die Schultern. »Nun, ich schätze, der Inquisitor hat ihn nach Palermo gebracht, um ihm dort den Prozess zu machen. Wenn ich du wäre, würde ich mich auf dem Hof nicht mehr blicken lassen. Schließlich bist du die Tochter eines Ketzers und einer Ungläubigen.«

Während er ausspuckte, ließ er seinen Blick über Michal gleiten. Etwas glomm in seinen Augen auf, das ihr Angst machte. Ehe sie reagieren konnte, hatte er sie an den Haaren gepackt und unter der Bank hervorgezogen. Seine Finger glitten zwischen ihre Schenkel. Michal schlug ihre Zähne in den Unterarm des Mannes und trat nach ihm. Mit einem Aufschrei ließ er sie los. Es gelang ihr, unter ihm wegzutauchen und aus dem Haus zu rennen.

Weitere Erinnerungsfetzen zogen durch Michals Kopf. Das Haus ihrer Großeltern in Enna, wohin sie sich geflüchtet hatte. Der lange Flur mit dem Steinboden, in dem es intensiv nach Kuchen gerochen hatte. Eine zornige Männerstimme und das Weinen ihrer Großmutter. Während sie sich verstört an die Wand gedrückt hatte, war die Tür am anderen Ende des Ganges aufgeflogen und ein großer, weißbärtiger Mann in den Flur gestürzt. Sein Gesicht war verzerrt vor Wut gewesen. »Verschwinde! Ich will dich hier nie wieder sehen.«

Seine Worte gellten in Michals Ohren, während sie wieder die Besinnung verlor.

»Ach, es macht Spaß, Kaufmann zu sein.« Olivier grinste Baptiste an, der neben ihm auf dem Kutschbock saß. »Wenn ich es recht bedenke, hätte ich Händler statt Templer werden sollen.«

»Ein Leben als Kaufmann wäre Euch auf Dauer viel zu langweilig geworden«, stöhnte Baptiste. »Ich hoffe, dass wir auf dem Gut der Harcourt endlich ein paar wichtige Hinweise bekommen und wir bald mit dieser Maskerade aufhören können.« Seit sie mit dem Planwagen unterwegs waren, bewies der alte Templer ein großes Talent beim Verkaufen der Seidenstoffe, Bronzekessel und Gewürze. Während er mit den Frauen schäkerte und mit den Männern scherzte, fühlte sich Baptiste völlig überflüssig.

»Das hoffe ich ebenfalls.« Olivier schnalzte mit den Zügeln und lenkte den grobknochigen Gaul durch ein breites Hoftor. Dahinter erstreckte sich ein mit Sand und frischem Stroh bestreuter Platz, um den sich einige Steinbauten gruppierten. Über dem Portal eines zweistöckigen Hauses befand sich das Familienwappen der Harcourt mit dem Banner und den drei Helmbüschen. Eine ältliche Magd, die einen Weidenkorb auf die Hüfte gestützt hatte, trat aus dem Gebäude und bedachte die beiden Fremden mit einem misstrauischen Blick.

Olivier sprang vom Bock und ging auf sie zu. »Würdet Ihr wohl so freundlich sein und uns zu Eurer Herrschaft führen? Mein Gehilfe und ich haben die erlesensten Stoffe und die kostbarsten und wohlschmeckendsten Gewürze aus den fernsten Ländern anzubieten.«

»Nun ich weiß nicht …« Die Magd musterte Olivier ungnädig. »Der Herr ist tot und ich glaube nicht, dass seine Witwe, meine Herrin Agnès, etwas von Eurem Plunder benötigt.«

»Aber meine Teuerste … Wie könnt Ihr von Plunder reden?« Olivier wirkte tief gekränkt. Geschickt dirigierte er die Magd zu dem Planwagen, wo er einen Schal aus feiner hellblauer Wolle aus einem Korb nahm und ihn ihr um die Schultern drapierte. »Seht Euch dieses Stück an. Beste Qualität ... Und die Farbe bringt Eure schönen Augen zum Leuchten.«

»Was für ein Unsinn!« Die Magd befreite sich von dem Schal, aber sie kicherte. »Gut, ich werde meiner Herrin mitteilen, dass ein Händler auf das Gut gekommen ist.«

Wenig später erschien sie wieder und erklärte Olivier und Baptiste, dass Agnès de Harcourt sich gern eine Auswahl an Schals und Stoffen ansehen wolle.

»Wie macht Ihr das bloß, dass Ihr die Frauen immer wieder herumbekommt?«, murmelte Baptiste, während er Olivier mit einem großen Ballen Seidenstoff in den Armen in das Wohnhaus folgte.

»Man muss ihnen nur das Gefühl geben, dass man sie schätzt.« Olivier zwinkerte ihm zu. »Merkt Euch das für Euer weiteres Leben.«

Agnès de Harcourt, eine hübsche Frau Anfang zwanzig, deren Blässe durch das Schwarz ihres Witwengewandes noch verstärkt wurde, empfing sie in der Halle. Ein etwa zwei Jahre alter, rundlicher Junge und ein gleichaltriges Mädchen spielten auf einem Teppich mit bunten Klötzen und Holztieren. Olivier wies Baptiste an, die Schals und Seidenstoffe auf dem großen Holztisch auszubreiten, und wartete, bis die Magd die Halle verlassen hatte.

»Ihr könnt Euch von diesen Waren gerne nehmen, was Ihr mögt.« Er verbeugte sich vor der Hausherrin. »Aber wir beide sind keine Händler. Mein Gehilfe Baptiste ist ein Templerpriester und mein Name lautet Olivier de Berry. Ich habe dem Orden früher einmal angehört.«

»De Berry … etwa ein Sprössling der herzoglichen Familie?« Ungläubig musterte Agnès de Harcourt Oliviers verwittertes Gesicht, das durch den Bart, den er sich in den letzten Wochen hatte wachsen lassen, noch verwegener als sonst wirkte, und seine derbe Kleidung.

»Ja, allerdings.« Olivier grinste. »Meinem ältestem Bruder, dem Herzog, dürfte meine Aufmachung auch nicht gefallen. Aber wir haben uns sowieso nie verstanden.« Seine Miene wurde ernst. »Baptiste und ich haben uns aus gutem Grund für diese Verkleidung entschieden. Sie soll uns vor Verfolgern schützen.«

»Wie meint Ihr das?« Agnès de Harcourt griff sich an die Brust.

Olivier erzählte ihr von den Morden an Gaston und Raoul de Charny und davon, was er auf dem Gut von dessen Bruder erfahren hatte. Dann erklärte er ihr, dass auch der Schatzmeister des Tempels umgebracht worden war. »Das Haus, in dem Eugène de Blois und seine Komplizen Unterlagen aufbewahrten, wurde in Brand gesteckt«, schloss er. »Unter den Trümmern fanden wir ein unleserliches Schriftstück mit dem Wappen Eurer Familie. Könnt Ihr uns sagen, ob und, wenn ja, welche Geschäfte Eure Familie mit dem Templerorden getätigt hat? Ich und meine Gefährten vermuten, dass irgendwelche Unterschlagungen hinter den Morden stecken. Auch wenn wir noch nicht wissen, wie all dies zusammenhängt.«

Während Oliviers Bericht war die junge Frau noch bleicher geworden. »Mein Gott, wenn Ihr recht habt …«, flüsterte sie. »Mein Gatte könnte Euch sicher Genaueres sagen. Aber er ist vor einem Jahr an einem Fieber gestorben.«

»Das tut mir sehr leid.« Olivier neigte den Kopf und schwieg einige Momente, ehe er weitersprach. »Verstehe ich

Euch recht ... Eure Familie stand in Geschäftsbeziehungen zu den Templern?«, hakte er dann behutsam nach.

»Ich weiß nur, dass der Vater meines Gatten sein Testament bei den Templern hinterlegte, ehe er zu einer Pilgerreise ins Heilige Land aufbrach. Ich glaube, er vermachte dem Orden ein Anwesen oder einen größeren Geldbetrag.«

»Tatsächlich ...« Olivier tauschte einen raschen Blick mit Baptiste. »Kehrte Euer Schwiegervater denn von seiner Pilgerreise zurück?«

»Leider wurde er, noch bevor er sich einschiffen konnte, in der Gegend um Marseille bei einem Überfall von Banditen getötet.« Agnès de Harcourt seufzte. »Das ist alles, was ich Euch sagen kann. Gustave, mein verstorbener Gatte, und ich heirateten erst drei Jahre nach diesem Unglück.«

Also war wieder jemand umgebracht worden, der sein Testament im Tempel hinterlegt hatte. Eine interessante Information, aber keine, die sie wirklich weiterbrachte. Olivier verbarg seine Enttäuschung und bedeutete Baptiste, dass sie sich verabschieden sollten.

Die beiden Kinder waren die ganze Zeit still in ihr Spiel vertieft gewesen. Doch nun kam der kleine Junge zu seiner Mutter gelaufen und ließ einen Holzhund über ihren Arm springen. Scheu sah er den alten Templer an. Olivier zog ein kleines Spielzeugpferd aus seiner Manteltasche und reichte es dem Jungen. »Na, mein Sohn, hast du schon ein eigenes Reittier?«

»Hubert ...«, flüsterte der Junge und umklammerte das Spielzeug.

»Ist das der Name deines Ponys?«

»Nein, das ist der Name unseres Hufschmieds.« Agnès de Harcourt lächelte. »Das Pony meines Sohnes heißt Blanca und es soll heute von Hubert beschlagen werden. Da fällt mir ein …« Sie runzelte die Stirn. »Hubert begleitete meinen Schwiegervater und war bei dem Überfall dabei. Er überlebte, allerdings wurde er schwer verletzt. Seitdem ist er nicht mehr ganz richtig im Kopf.«

Wieder tauschte Olivier mit Baptiste einen Blick. »Vielleicht würde es sich trotzdem lohnen, mit Eurem Hufschmied zu reden«, sagte er langsam.

Als Michal das nächste Mal erwachte, schmerzte ihr Kopf immer noch. Aber ihr Geist war wieder klar. Sie registrierte, dass etwas Festes zwischen ihre Zähne gepresst war. Ein Knebel. Und eine Binde lag über ihren Augen.

Was war mit ihr geschehen? Michal kämpfte gegen die Panik an. Der Kreuzgang des Klosters … Ein Mann hatte versucht, den Kaiser zu töten, und Alessio und sie hatten ihn daran gehindert. Alessio … Er hatte sie gerettet und sie hatte sich mit ihm aussprechen wollen. Und dann war sie niedergeschlagen worden. Doch bevor sie die Besinnung verloren hatte, hatte sie ihre Angreifer gesehen. Mauro und Ludovico – Lorenzos Krieger.

Ein Entsetzen, so stark, dass sie beinahe wieder ohnmächtig wurde, erfüllte Michal. Unter allen Umständen musste sie entkommen!

Sie spannte ihren Körper an. Das Ergebnis dieser Übung war niederschmetternd. Von allen Seiten umgaben sie Bretter. Sie war in einen Kasten gesperrt, gerade groß genug, um sie aufzunehmen. Stricke, die durch Haken gezogen und um ihre Knöchel, ihre Beine und um ihren Oberkörper geschlungen waren, banden sie an die Bohlen. Zudem waren ihre Hände so gefesselt, dass sie keinen Finger rühren, geschweige denn die Knoten des Seils ertasten konnte. Sie selbst hätte die Fesselung nicht besser ausführen können. Nur die Binde über ihren Augen verschob sich ein wenig und nun erkannte sie mit dem linken Auge über sich einen Deckel, in den einige Löcher gebohrt waren.

Wieder drohte das Entsetzen, Michal zu überwältigen. Aber sie zwang sich, einen kühlen Kopf zu bewahren. Mauro und Ludovico beabsichtigten nicht, sie zu töten. Andernfalls hätten sie sie schon in dem Kräutergarten umgebracht. Früher oder später mussten sie also die Kiste öffnen und ihr zu trinken und zu essen geben. Und wenn die beiden nicht wollten, dass die Kiste irgendwann unerträglich stank und somit auffallen würde, waren sie gezwungen, sie ihre Notdurft verrichten zu lassen. Diese Momente musste sie nutzen.

Gelegentlich drangen das Rumpeln anderer Karren und Wagen, Stimmen und Pferdewiehern an Michals Ohren. Dann, als sie wieder einmal mit ihrem linken Auge blinzelte, stellte sie fest, dass das Licht, das durch die Löcher fiel, schwächer geworden war. Wenig später war das Geräusch der Räder kaum noch zu hören und sie spürte an der nachlassenden Erschütterung, dass der Karren über Grasboden rollte. Wahrscheinlich suchten Mauro und Ludovico einen Platz für die Nacht.

Nun kam der Karren tatsächlich zum Stehen. Michal hörte, wie ihre Entführer einige Worte miteinander wechselten, konnte jedoch nicht verstehen, was sie sagten. Kurz darauf wurde die Kiste von dem Karren gehoben und der Deckel abgenommen. Die Krone einer Buche wölbte sich über Michal. Zwischen den ovalen Blättern sah sie einen lilafarbenen Abendhimmel und eine schmale Mondsichel.

Im nächsten Moment beugte sich Mauro über sie und setzte eine Messerklinge an ihren Hals. »Der Meister will dich lebend zurück.« Seine Stimme klang ruhig, aber die Entschlossenheit darin war unüberhörbar. »Falls du jedoch versuchen solltest, zu entkommen, haben wir die Erlaubnis, dich zu töten. Und glaub mir, wir werden damit nicht zögern.«

Sie musste handeln.

Mauro nahm ihr den Knebel ab. Ludovico fasste in ihre Haare und hob ihren Kopf ein wenig an. Gleichzeitig drückte Mauro die Öffnung einer Kalebasse zwischen ihre Lippen. Wasser rann in ihren Gaumen. Als Michal den süßen Beigeschmack wahrnahm, versuchte sie, die Kalebasse mit dem Kopf wegzustoßen. Doch Mauro ließ nicht locker und presste ihre Kiefer zusammen.

Nicht schlucken!

Eine Hand legte sich über ihre Nase und schnürte ihr die Luft ab. Obwohl sie wusste, dass es sinnlos war, widerstand Michal so lange wie möglich. Doch irgendwann hielt sie die Atemnot nicht mehr aus und sie musste trinken. Ihre Nase wurde frei. Nachdem sie einige gierige Atemzüge getan hatte, rannen die nächsten Schlucke der Flüssigkeit in ihren Mund. Erneut verschloss ihr Mauros Hand die Nasenlöcher, bis sie kurz davor war, zu ersticken, und das betäubende Mittel nicht mehr verweigerte.

Als die Kalebasse leer war, knebelte Ludovico sie wieder und schob die Binde, die während der Prozedur verrutscht war, über ihre Augen. Der Deckel wurde über die Kiste geschoben und mit Stricken festgezogen. Nur für kurze Zeit gelang es Michal, sich der Wirkung des Mohnsafts zu widersetzen. Dann riss sie eine Woge von Müdigkeit mit sich fort.

»Mein verstorbener Gatte erzählte mir, dass reisende Zimmerleute Hubert fanden. Ein Schwerthieb hatte ihm den Schädel gespalten«, berichtete Agnès de Harcourt, während sie Olivier und Baptiste an dem Wohnhaus vorbei durch einen Küchengarten geleitete. »Doch er hatte Glück im Unglück. Die Handwerker brachten ihn in ein nahes Dorf. Dort nahm sich eine heilkundige Frau seiner an.«

Olivier stellte fest, dass üppige Kohlköpfe, Lauchstangen und Rüben auf den Beeten wuchsen. Dazwischen blühten die letzten Spätsommerblumen. Einen Moment dachte er wehmütig an seinen eigenen Garten, wo mittlerweile bestimmt alles von Unkraut überwuchert war.

»Und wie fand der Schmied zu Euch zurück, obwohl er nicht mehr richtig im Kopf war?«, fragte Baptiste neugierig.

»Nachdem Huberts Fieber abgeklungen war, blieb sein Geist erst einmal verwirrt«, fuhr Agnès de Harcourt fort. »Da er aber immer wieder den Namen ›Harcourt‹ murmelte, gelang es den Dörflern, die Familie meines Mannes ausfindig zu machen. Nachdem Gustave ihn hierher geholt hatte, besserte sich Huberts Zustand. Seine Kenntnisse über das Schmieden kehrten wieder vollständig zurück. An manchen Tagen ist sein Geist ganz klar. Dann wieder vergisst er Dinge oder bringt Begebenheiten durcheinander. Aber seht selbst …«

Sie hatten mittlerweile die kleine Schmiede erreicht, die

sich hinter dem Küchengarten am Rand eines Teichs befand. Ein bulliger Mann um die vierzig, über dessen kahlen Schädel sich eine breite Narbe zog, stand an einem Amboss und hämmerte das verbogene Blatt eines Spatens in Form. Er lächelte seine Herrin an, während er Olivier und Baptiste mit einem scheuen Blick bedachte.

»Hubert«, redete seine Herrin ihn freundlich an, »diese beiden Männer möchten mit dir über den Überfall reden, bei dem mein Schwiegervater ums Leben kam.«

Der Schmied ließ den Hammer sinken und zog seine mächtigen Schultern hoch, als wollte er sich schützen. »Ich kann mich an nichts mehr erinnern«, murmelte er.

»Gibt es gar nichts, was dir im Gedächtnis geblieben ist?«, fragte Baptiste begütigend.

»Nein.« Schwerfällig schüttelte der Mann den kantigen Schädel.

»Ich bin überzeugt, du hast deinen Herrn tapfer verteidigt.« Olivier beobachtete ihn aufmerksam.

Hubert mahlte mit den Kiefern.

»Was war deine Waffe? Eine Axt oder ein Schwert?«

»Eine Axt«, antwortete der Schmied leise und wandte sich dann der Esse zu, wo er die Glut mit einem Blasebalg anfachte.

»Du hattest Angst, als die Räuber euch überfielen. Aber dann hat sich deine Furcht in Wut verwandelt.« Olivier redete ruhig weiter. »Um dich herum waren Schreie und Waffengeklirr, aber du warst wie im Rausch.«

Noch immer wandte Hubert ihnen den Rücken zu. Seine Bewegungen am Blasebalg wurden langsamer. »Geisterkrieger …« Seine Stimme war so leise, dass sie im Zischen des aufflammenden Feuers kaum zu verstehen war.

»Geisterkrieger?«, wiederholte Olivier verblüfft.

»Davon spricht er manchmal, wenn er einen seiner schlechten Tage hat«, flüsterte Agnès de Harcourt.

Der Schmied wandte sich um. Der Blasebalg entglitt seinen Händen. Seine Augen verdrehten sich. »Ja, keine menschlichen Wesen … Wie Dämonen fielen sie über uns her. Waren vor uns und gleichzeitig in unserem Rücken. Der Herr tot und alle anderen auch … Zwölf Mann.«

»Und diese Geisterkrieger waren wie viele?«

»Zwei, vielleicht auch drei oder vier. Ich weiß nicht. Sie waren wie Schatten am helllichten Tage …« Der starke Mann begann wie ein kleines Kind zu zittern.

»Hubert, es ist gut. Du musst nicht weiter über den Überfall reden.« Agnès de Harcourt fasste den Schmied am Arm und führte ihn zu einem Schemel, wo er sich gehorsam hinhockte. Der Kopf sank ihm auf die Brust. »Ihr geht jetzt besser«, wandte sie sich an Olivier und Baptiste. »Ihr regt ihn zu sehr auf.«

»Geisterkrieger …«, murmelte Olivier nachdenklich, nachdem er und Baptiste sich von der Witwe verabschiedet hatten und zu dem Planwagen zurückgingen. »Als ich im Orient lebte, habe ich ein-, zweimal von Kriegern gehört, die angeblich übermenschliche Kräfte besitzen. Aber ganz davon abgesehen, dass ich so etwas für Märchen halte … Ich wüsste auch nicht, was Krieger aus dem arabischen Raum mit unseren Morden zu tun haben könnten.«

»Diese seltsamen Krieger sind sicher nur dem verwirrten Geist des Schmieds entsprungen.« Baptiste seufzte mitleidig.

Olivier nickte und war trotzdem beunruhigt.

Der Karren stand. Die Augenbinde ließ sich nicht verschieben, aber Michal spürte, dass die Luft, die durch die Löcher drang, kühl war. Es musste Nacht sein. Hatte sie nur wenige Stunden geschlafen oder vielleicht gar mehrere Tage? Wie weit hatten sie sich mittlerweile der Templerburg genähert?

Wieder versuchte Michal verzweifelt, sich von ihren Fesseln zu befreien. Nur um aufs Neue feststellen zu müssen, dass sie keine einzige lockern, geschweige denn lösen konnte.

Nachdem ihr Großvater sie aus seinem Haus vertrieben hatte, war sie einige Tage, vielleicht waren es auch einige Wochen gewesen, in eine seelische Starre verfallen. Von dieser Zeit wusste sie nur, dass sie in der Umgebung von Enna umhergeirrt war, sich von Feldfrüchten und Abfällen ernährt und im Freien geschlafen hatte. Irgendwann war ihr dann der Gedanke gekommen, sie könnte ihren Vater in Palermo suchen, und sie war einfach losgelaufen.

In Palermo hatte sie, wie auch auf dem Weg dorthin, gestohlen und gebettelt. Schon an ihrem ersten Tag war sie in Streit mit einer Gruppe von Straßenkindern geraten, die sie hatten vertreiben wollen. Michal hatte sich mit den anderen Kindern geprügelt und sie mit einem Messer bedroht. Schließlich war sie unterlegen. Doch von ihrem Selbstbehauptungswillen beeindruckt und amüsiert, hatte Fabio, ein zwölf Jahre alter Junge und der Anführer der Kinder, ihr vorgeschlagen, sich der Gruppe anzuschließen. Sie war dem Angebot gefolgt.

Dieser Entschluss hatte sich als Glücksfall erwiesen. Denn Rodrigo, ein einäugiger Alter, bei dem die Kinder einen Teil ihrer Beute ablieferten und der sie dafür mit Essen und Schlafplätzen in einem heruntergekommenen Haus in Palermos Armenviertel versorgte, verfügte über vielfältige Kontakte.

Durch ihn hatte Michal erfahren, dass ihr Vater im Bischofspalast gefangen gehalten wurde und dass es ihm sehr schlecht ging. Rodrigo versuchte sogar, Michal die Möglichkeit zu verschaffen, ihren Vater zu sehen. Doch ehe es dazu kam, verstarb ihr Vater.

Michal nahm diese Nachricht reglos auf und bemühte sich danach noch mehr, ihre Fähigkeiten als Taschendiebin zu vervollkommnen. Bald war sie so gut wie Fabio gewesen.

Und dann erfuhr ihr Leben abermals eine entscheidende Wendung. An einem warmen, diesigen Märztag, ein halbes Jahr nachdem ihr Vater gestorben war, lungerte Michal zusammen mit den anderen Kindern auf dem Platz vor dem Normannenpalast herum. Der Markt, der dort abgehalten wurde, versprach gute Beute.

Sie streifte mit Fabio an den Buden entlang, als er den großen, dunkelhaarigen Mann bemerkte, der von zwei Dienern begleitet wurde. Der Mann trug einen dunkelblauen Samtmantel, kostbare Armreifen und seine Finger waren mit Ringen geschmückt.

»Ich wette, dass du dich nicht an den herantraust«, hatte Fabio mit einem Lachen gesagt.

Ein Instinkt warnte Michal, der Mann hatte etwas Unheimliches an sich. Aber ihr Ehrgeiz war angestachelt und so hatte sie erwidert, Fabio werde schon sehen, sie werde ihm die Geldbörse des Mannes bringen.

Während Michal dem Mann folgte, beobachtete sie jede seiner Bewegungen und prägte sich genau ein, wo an seinem mit Gold beschlagenen Gürtel der lederne Geldbeutel hing. Wieder zögerte sie. Der Mann strahlte etwas aus, was ihr Angst machte und sie gleichzeitig faszinierte. Schließlich blieben der Mann und seine Diener an einem Stand stehen, an dem Bücher und Papyrusrollen feilgeboten wurden. Er ließ sich einzelne Schriften zeigen und betrachtete sie eingehend. Währenddessen zückte Michal ihr kleines Messer.

Es hatte nur ein paar Lidschläge lang gedauert, bis Michal neben dem Mann stand, das Lederband durchtrennt hatte und wieder davongehuscht war. Schwer hatte der Geldbeutel in ihrer Hand gelegen, und als sie ihn in ihre Kitteltasche gleiten ließ, empfand sie großen Stolz. Doch dieser dauerte nur wenige Augenblicke. Dann wurde sie gepackt und herumgewirbelt. Während der Mann in dem Samtmantel seinen Geldbeutel aus ihrer Kitteltasche zog, hielt er sie mit eisernem Griff fest.

Zwei- oder dreimal war Michal bei ihren Diebstählen bisher schon gefasst worden und jedes Mal war es ihr gelungen, sich wieder loszureißen. In den Händen dieses Mannes war sie wie eine Strohpuppe. Ihr Körper gehorchte ihr nicht. Ebenso wie dies entsetzte sie die Erkenntnis, dass der Mann sie schon eine ganze Weile beobachtet haben musste. Ja, dass er sie geradezu zu sich gelockt hatte. Wie eine Fliege ins Spinnennetz, so war sie ihm in die Falle getappt.

»Nehmt sie mit!« Der Mann stieß sie von sich. Die beiden Diener fesselten ihre Hände und zerrten sie durch mehrere Straßen bis zu einem Palast. Dort schleppten sie Michal in einen Keller und peitschten sie so lange, bis sie ohnmächtig wurde.

Als sie vor Schmerzen wimmernd auf dem kalten Steinboden erwachte, hatte sie gehofft, dass man sie gehen lassen würde. Schließlich hatte sie ihre Strafe erhalten. Doch dieser Wunsch wurde schnell zunichte gemacht. Ihre Wunden wurden versorgt, sie bekam zu essen, aber sie blieb eingesperrt und niemand sagte ihr, was mit ihr geschehen würde.

Eines Morgens wurde sie dann in einen Hof geführt, erneut gefesselt und auf einen Karren gehoben. Ein junger Mann und eine junge Frau schwangen sich auf den Bock. Michal mutmaßte, zu einem Sklavenmarkt gebracht und dort verkauft zu werden. Doch nichts dergleichen geschah.

Tag um Tag ging die Reise weiter, bis sie schließlich einen Hafen erreichten, wo sie an Bord eines kleinen Schiffes stiegen. Michal wurde unter Deck eingesperrt. Sie begriff, dass sie Sizilien, wo sie aufgewachsen war und mit ihrem Vater gelebt hatte, verließ. Während der ersten Nacht auf dem Schiff hatte sie zum letzten Mal für lange Zeit geweint.

Nach einigen Wochen legten sie an einem hügeligen, bewaldeten Ufer an. Erneut wurde Michal auf einen Karren verladen. Die Sprache, die dann und wann an ihre Ohren drang, war ihr fremd.

Schließlich wurde die Landschaft rau und felsig und eines Abends rumpelte der Karren durch das Tor einer Burg. Der junge Mann trug sie in ein weiß gekalktes Gebäude und legte sie auf einem Fliesenboden ab.

Warum hatte man sie hierher gebracht? Was würde mit ihr geschehen? Michal zitterte vor Furcht. Eine Frau erschien, die ein schönes, strenges Gesicht und harte Augen hatte – Berenice, wie Michal später erfahren sollte. Sie sorgte dafür, dass Michal gewaschen und mit sauberen Kleidern versehen wurde.

Anschließend kam ein hünenhafter, kahlköpfiger Mann, den die Frau Achmed nannte. Er setzte Michal knapp auseinander, dass sie nun seinem Herrn Lorenzo gehöre. Falls sie sich bewährte, würde er sie zur Kriegerin ausbilden lassen. Falls nicht, würde sie gebrandmarkt und aus der Gemeinschaft ausgeschlossen, um ihr fortan als Sklavin zu dienen. Außerdem legte er ihr die Regeln dar, die sie zu befolgen hatte. Wovon absoluter Gehorsam die wichtigste war. Achmed ließ keinen Zweifel daran, dass jeder Verstoß harte Strafen nach sich ziehen würde.

Dann führte er sie in einen großen Schlafsaal, in dem zwei Öllampen ein schwaches Licht verbreiteten. Sie liefen an langen Bettenreihen vorbei. Michal nahm andere Kinder wahr, doch keines regte sich oder hob den Kopf, um nach dem Neuankömmling Ausschau zu halten. Als Michal in dem ihr zugewiesenen Bett lag, erfasste sie Panik. Wer waren all die anderen Kinder? Und was bedeutete es, dass Lorenzo sie möglicherweise zur Kriegerin ausbilden lassen wollte? Obwohl Achmed ihr eingeschärft hatte, dass es verboten war, ohne Erlaubnis mit den anderen Schülern des Meisters zu reden, richtete sie sich auf und beugte sich zu dem Jungen im Nachbarbett. »Bitte«, flüsterte sie. »Bitte ...«

Der Junge reagierte nicht.

Am nächsten Morgen weckte die Kinder das laute Schlagen eines Gongs. Schweigend verließen alle den Schlafsaal. Michal folgte den anderen in einen Innenhof, in dem ein langer steinerner Brunnentrog stand. Die Mädchen und Jungen wuschen sich in dem kalten Wasser und liefen dann in eine Halle, in der drei Tische in Längsrichtung und ein weiterer quer auf einem Podest standen.

Einige junge Männer und Frauen warteten bereits. Als alle

anderen sich niederknieten, tat Michal es ihnen nach. Ein Chor von Stimmen erfüllte den Raum: »Ich gehöre meinem Herrn und bin froh und dankbar, dass er mich erwählt hat. Was auch immer er mir befiehlt, ich werde es freudig befolgen.«

Wieder zitterte Michal vor Furcht. Was hatte das zu bedeuten? Ihr Vater hatte sie immer gelehrt, dass ein Mensch nur Gott gehörte und er nur Ihm und seinem Gewissen gehorchen dürfe.

Beklommen stand sie auf und trat zu einem freien Platz an einem der Tische. Doch sie saß erst wenige Augenblicke, als Achmed in den Raum trat. Er fasste sie an der Schulter und führte sie wortlos in einen weiteren Innenhof, dessen mit Sand bestreuter Boden sich warm unter Michals nackten Füßen anfühlte.

»Was habe ich dir gestern über das Reden gesagt?« Achmeds Stimme war ruhig, aber eine unverkennbare Drohung schwang darin mit.

»Ich … ich darf nicht mit den anderen Kindern sprechen.«

»Und, hast du dich in dem Schlafsaal an dieses Gebot gehalten?«

Michal entdeckte die Geiselsäule am Rand des Hofes. Die Erinnerung an ihren Vater gab ihr die Kraft, sich aus Achmeds Griff zu winden. Doch sofort packte er sie wieder, schleppte sie zu der Säule und band sie daran fest. Er peitschte sie, bis sie die Besinnung verlor.

Dieses Mal brachte eine Hand, die etwas Kühles auf ihrem Rücken verstrich, Michal zu sich und der Geruch von Kräutern und brennenden Kohlen drang in ihre Nase. Als sie mühsam ihre Augen aufriss, erkannte sie auf dem Boden nasse, blutige Tücher. Sie versuchte, den Kopf zu heben, um zu sehen, wer neben ihrem Lager saß, doch diese Bewegung sandte eine Welle von Schmerz durch ihren Körper, sodass sie aufschrie.

»Halte still!«, hörte sie Berenice ungeduldig sagen. Nachdem die Wunden versorgt waren, beugte sich die junge Frau zu Michal hinab. »Du wurdest schon einmal ausgepeitscht und ich garantiere dir, es wird wieder geschehen, wenn du nicht tust, was dir befohlen wird«, erklärte sie ungerührt. »Ich an deiner Stelle würde mich fügen.« Sie stand auf, stutzte jedoch. Trotz ihrer Benommenheit bemerkte Michal, dass die strenge Frau auf ihr Handgelenk blickte. Darum hatte sie das Tuch geknotet, das sie mithilfe ihrer Großmutter bestickt hatte. Es war das Letzte, das ihr von ihrem alten Leben geblieben war.

Sie wollte den Arm unter ihrem Körper verstecken. Aber Berenice war schneller. Sie packte Michals Handgelenk, riss das Tuch ab und warf es in ein Becken voller glimmender Kohlen. Einige Momente stank es nach Versengtem. Doch noch ehe Berenice ihre Tücher und Arzneien zusammengesucht und den Raum verlassen hatte, war der Geruch verweht.

Damit war Michals Widerstandskraft endgültig gebrochen. Als sie so weit wiederhergestellt war, dass sie in die Gemeinschaft zurückkehren konnte, fügte sie sich allen Befehlen willig. Dies fiel ihr umso leichter, da sie die harten körperlichen Übungen mochte. Den Umgang mit Waffen und die komplizierten Bewegungsabläufe zu lernen, half ihr, ihr bisheriges Leben zu vergessen.

Eines Tages bemerkte sie, dass der dunkelhaarige Mann, der sie eingefangen hatte, an einem Fenster im Obergeschoss des Wohnturms stand und sie und die anderen Kinder bei ihren Übungen beobachtete. Wie bei ihrer ersten Begegnung empfand sie Furcht, ja Hass, und doch war sie gleichzeitig von seinem Blick gebannt.

Wieder ein paar Tage später rief Achmed sie zu sich. Seit jenem Morgen hatte er sie nicht mehr bestrafen müssen. Trotzdem hatte sie gefürchtet – wie alle, die er zu sich befahl –, gegen ein Gebot verstoßen zu haben. Er hatte sie eine steinerne Wendeltreppe hinaufgeführt und in einen großen, mit kostbaren Wandbildern geschmückten Raum geleitet. In einem Erker saß der Meister und winkte sie zu sich.

Mit gesenkten Augen näherte sie sich ihm und kniete vor ihm nieder.

Er fasste sie unter dem Kinn und hob ihren Kopf. Ein Lächeln spielte um seinen Mund. »Die kleine Taschendiebin … Bist du dir eigentlich darüber im Klaren, wie außerordentlich begabt du bist? Es war wirklich eine gute Entscheidung, dich auf meine Burg bringen zu lassen.«

»Wenn Ihr meint, Herr.« Michal konnte nur flüstern.

»Du weißt, warum du hier bist?«

»Achmed … Er hat gesagt, Ihr würdet uns zu Kriegern ausbilden.«

»Ja, zu Kriegern. Aber ihr werdet keine gewöhnlichen Kämpfer sein. Ihr seid zu Höherem auserwählt. Ihr werdet zur Ehre Gottes kämpfen. Seinen Willen ausführen und die Sünder strafen. So, wie es in der Schrift steht … Mich hat Gott als den Herrn über euch bestimmt, deshalb müsst ihr mir in allem unbedingt gehorchen und vertrauen.« Der Blick seiner dunklen Augen hielt ihren fest und drang in sie ein, nahm ihr Denken und Fühlen in Besitz. »Sag mir, willst du dieser Aufgabe mit deinem ganzen Wesen nachgehen?«

Wieder erinnerte sich Michal an etwas, was ihr Vater sie

gelehrt hatte: Gott sei gütig. Doch dann überlagerte der Stolz, von Lorenzo für wert befunden worden zu sein, Gott und ihm zu dienen, jeden anderen Gedanken in ihr.

»Ja, Herr, das will ich tun«, sagte sie fest.

»Sprich mir nach: Ich gehöre Euch ganz, Herr. Mit meiner Seele und mit meinem Leben.«

Während Michal die Worte aufsagte, brannten sie sich tief in ihr Inneres ein, wie ein Mal. Und sie war froh und dankbar darüber.

Nach diesem Schwur bekam Michal gewisse Vergünstigungen gewährt und auch darauf war sie stolz. So durfte sie hin und wieder die Burg allein verlassen. Außerdem zog Berenice sie häufig als Hilfe heran. Zu den Aufgaben, die die Kinder und die jungen Krieger zu lernen hatten, gehörte auch die Kräuterkunde und Wundpflege. Dabei erwies Michal sich als überaus kenntnisreich und geschickt, denn vieles, was ihr ihre Mutter spielerisch beigebracht hatte, kehrte nun wieder in ihr Gedächtnis zurück.

Vier Jahre nachdem Michal auf die Burg gekommen war, sandte Lorenzo sie zum ersten Mal – zusammen mit zwei jungen Männern – aus, um einen Menschen zu töten. Achmed hatte ihr die Nachricht überbracht und ihr dargelegt, dass dies eine große Auszeichnung sei. Michal hatte sich geschworen, sich dieser Ehre würdig zu erweisen.

Ehe sie im Morgengrauen aufbrachen, verabreichte Berenice den beiden jungen Männern und ihr einen Trank, der ein leicht pelziges Gefühl auf ihrer Zunge hinterließ. Schon während sie aus dem Burgtor ritten, fühlte Michal sich unbeschwert und gleichzeitig voller Kraft und sie nahm alles um sich herum überdeutlich wahr. Die blühenden Ginsterbüsche am Wegrand, das Schlagen der Pferdehufe auf dem steinigen Grund und das Glitzern des Meers jenseits einiger Hügelketten unter der aufgehenden Sonne.

Dieser Zustand von großer Wachheit, Leichtigkeit und Energie blieb Michal bis zum nächsten Tag erhalten. Gegen Mittag erreichten sie ein tief eingeschnittenes Tal. Sie ließen ihre Pferde im Schutz einiger Pinien stehen und versteckten sich oberhalb des Weges hinter Felsbrocken und Büschen.

Während sie auf ihr Opfer warteten, fühlte Michal ihr Herz schneller klopfen. Sie nahm den harzigen Geruch der Pinien und den bitteren von Wacholder wahr und sie spürte die Sonne heiß in ihrem Nacken.

Die Schatten wurden schon länger, als sich in das Rascheln von Gras und Blättern und das Zirpen der Grillen Hufschläge mischten. Michals Aufregung legte sich und eine große Ruhe überkam sie.

Der Mann ritt einen kräftigen Fuchs. Achmed hatte sie gewarnt, dass er ein Ritter und zu kämpfen gewohnt war. Aber allein seine straffe und doch entspannte Körperhaltung hätte Michal dies verraten. Er mochte etwa vierzig Jahre alt sein, hatte schütteres Haar und ein braun gebranntes, wettergegerbtes Gesicht. Ihre beiden Gefährten sprangen auf den Weg und Michal folgte ihnen. Normalerweise hätte sich der Mann trotz seiner Kampferfahrung nicht gegen die zwei jungen Männer behaupten können. Doch sein Pferd scheute und preschte vorwärts, genau in Michals Richtung.

Ihr Körper reagierte wie von selbst. Sie bekam die Zügel des Fuchses zu packen und schwang sich hinter den Reiter auf den Pferderücken. Ehe der Mann reagieren konnte, hatte Michal schon ihren Dolch gezückt und ihm die Kehle durchschnitten. Ein Blutstrom spritzte aus seinem Hals. Er schwankte und fiel zwischen die stampfenden Pferdehufe.

Michal erntete Lob für ihre Tat, doch nachts suchten sie von nun an immer wieder Albträume heim.

Schließlich wurde sie erneut zum Meister gerufen.

Als Michal sein Gemach betrat, hoffte sie, einen Ausdruck von Wohlwollen auf seinem Gesicht zu entdecken. Doch stattdessen blickte Lorenzo ihr ernst und bekümmert entgegen. Erschrocken kniete sie vor ihm nieder.

»Ich habe erfahren, dass dich Albträume plagen.«

»Ja, Herr.« Michal nickte.

»Und wenn du aus diesen Träumen erwachst, wünschst du dir, dass du den Mann nicht getötet hättest.«

Wie konnte es sein, dass der Meister ihre innersten Gedanken – Gedanken, die sie sich nicht einmal selbst eingestand – kannte?

»Nein, Herr, so ist es nicht.« Verzweifelt schüttelte sie den Kopf.

»Sieh mich an.« Lorenzos Stimme war sanft und doch scharf wie ein Peitschenhieb.

Sie schluchzte auf. »Ja, Herr, verzeiht. Ich habe mir dies gewünscht.«

»Es ist gut, dass du die Wahrheit sagst.« Der Blick des Meisters wurde milder. »Du bist auf dem Weg zur Kriegerin Gottes schon weit fortgeschritten. Doch das Böse ist mächtig und versucht, dich auf seine Seite zu ziehen. Deshalb lässt es dich zweifeln, ob der Tod des Mannes rechtmäßig war. Obwohl er ein Feind Gottes war und sich gegen die Gebote des Herrn versündigte ... Nun, es gibt eine Möglichkeit, dich von dem Bösen zu reinigen.«

Trotz des Redeverbots gelang es den Kindern immer einmal wieder, heimlich miteinander zu kommunizieren. So hatte Michal von diesem Reinigungsritual schon Gerüchte gehört. Genaues wusste sie nicht. Nur dass es furchtbar sein musste, es zu durchlaufen.

»Sag, dass du bereit bist, dich dem Ritual zu unterziehen.«

»Ja, Herr, ich will es«, brachte Michal hervor.

Als Berenice sie in einen Kellerraum brachte, rechnete sie damit, geschlagen zu werden. Aber zu ihrer Überraschung geschah nichts Derartiges. Berenice warf eine Handvoll Kräuter in ein Kohlenfeuer, das in einem Bronzebecken brannte, und gab ihr einen bitter schmeckenden Saft zu trinken. Dann verließ sie den Raum und schob einen Riegel vor die Tür.

Michal kauerte sich in eine Ecke. Ein schwerer süßlicher Geruch stieg von den Kohlen auf. Dunkelheit senkte sich über sie. Der Schwärze entstiegen vier entsetzliche Wesen. Sie hatten die Körper von riesigen Pferden und ihre Köpfe waren die von Schlangen. Fahle Schuppen bedeckten ihre Haut. Flügel wuchsen aus ihren Rücken und ihre Füße bestanden aus mit Krallen bewehrten Klauen. Sie stürzten sich auf Michal und ihr Kreischen erfüllte die Luft.

Die Ungeheuer rissen sie mit ihren Krallen und Zähnen in Stücke. Fraßen sie bei lebendigem Leib. Und doch starb sie nicht, sondern die Qual dauerte an. Michal hörte sich schreien und spürte, wie sie sich auf dem Steinboden wälzte.

Nach einer Ewigkeit, die Pein hatte immer noch nicht nachgelassen, drang Lorenzos Stimme in ihr Bewusstsein: »Das ist das Böse. Du kannst es besiegen.«

»Nein …«, wimmerte sie.

»Doch, du kannst es.«

Sie fühlte einen Schwertgriff in ihrer Hand. Der Meister glaubte an sie …

Keuchend kam sie auf die Füße und drang mit der Waffe auf die Ungeheuer ein. Sie kreischten ohrenbetäubend und wehrten sich auf das Erbittertste. Aber eines nach dem anderen sank tödlich getroffen zu Boden.

Ja, sie war imstande, das Böse zu überwinden. Eine tiefe Schwärze legte sich wie ein schützender Mantel um sie.

Als Berenice sie aus dem Keller befreite, waren drei Tage vergangen. Michals Körper war von blauen Flecken übersät und ihre Fingerkuppen blutig aufgeschürft. Seitdem suchten sie keine Albträume mehr heim, nachdem sie einen Menschen getötet hatte, und keine Gewissensstimme regte sich in ihr und fragte, ob dieser Mensch es nicht doch verdient hätte, am Leben zu bleiben. Sie war ganz zum Geschöpf des Meisters geworden.

Als einer der Letzten des Trosses schwang sich Alessio vor der Klosterkirche auf sein Pferd. Er hatte seinen Platz nun direkt hinter dem Kaiser, denn Friedrich hatte ihn in seine Leibwache berufen.

Nachdem der Staufer seine behandschuhte Rechte erhoben hatte, setzte sich der gewaltige Zug aus Pferden und Wagen langsam in Bewegung.

Ein Gutes hat der gescheiterte Mordversuch immerhin, dachte Alessio, während er seinen Blick ein letztes Mal über die Klostermauer wandern ließ, auf der immer noch Bewaffnete Wache hielten. Friedrich war nun davon überzeugt, dass er unter Gottes Schutz stand. Dies hatte ihn von seiner tiefen Melancholie befreit. Seit Monaten war er endlich wieder er selbst.

Unter den Mönchen, die sich zusammen mit Abt Hilarius vor dem sonnenbeschienenen Abtshaus eingefunden hatten, entdeckte Alessio nun Placidus. Der Benediktiner fing seinen Blick auf und nickte ihm freundlich zu. Teresa war nicht wieder aufgetaucht. Obwohl Friedrich – als er von ihrem Verschwinden erfahren hatte – sehr besorgt und bestürzt gewesen war und sie hatte suchen lassen. Von Palermo bis nach Segasta und Hiero hatten die Soldaten nach ihr geforscht.

Ob er sie wohl jemals wiedersehen würde? Während Alessio hinter dem Kaiser bergab in Richtung des Stadttores ritt, ertappte er sich dabei, wie er für Teresa betete.

»Hoffentlich treffen wir Charles de Laval hier endlich an«, knurrte Olivier und kniff die Augen gegen die Mittagssonne zusammen, um das Anwesen besser sehen zu können. Es lag unterhalb des Wegs nach Bordeaux, an einem von Weiden gesäumten Bach. Die Felder, die es umgaben, wirkten sehr fruchtbar und waren zum Teil schon abgeerntet. »Es war wirklich ein ausgesprochenes Pech, dass wir ihn auf seinem Gut bei Amiens um ganze drei Tage verpasst haben.«

»Allerdings«, stimmte Baptiste, der neben dem alten Templer auf dem Kutschbock des Planwagens saß, mit einem Seufzer zu. Knapp zwei Wochen hatte es sie gekostet, vom Norden des Königreichs bis nach Südwesten zu reisen.

Als Olivier den Wagen kurz darauf in den Hof lenkte, stellte er erleichtert fest, dass einige Knechte Tischböcke und -platten in das steinerne Wohnhaus schleppten. Andere Bedienstete waren mit Körben voller Holz beladen.

»Allem Anschein nach haben wir Glück«, Olivier nickte Baptiste zu. »Die Herrschaft ist anwesend.« Er winkte einen der Knechte herbei und pries die Waren auf seine übliche überschwängliche Weise an.

»Oh, Ihr kommt gerade zur rechten Zeit«, der junge Knecht lachte. »Die Herrin hat heute Morgen einem Sohn das Leben geschenkt. Bestimmt wird mein Herr Charles ihr etwas schenken wollen.«

Olivier und Baptiste wählten einige kostbare Stoffe, Schmuckstücke und etwas Spielzeug aus und folgten dem Knecht dann in das Obergeschoss des Wohnhauses. Charles de Laval war ein Mann Mitte zwanzig mit einem offenen Gesicht. Die dunklen Ringe unter seinen Augen sprachen von einer durchwachten Nacht. Doch er strahlte die beiden vermeintlichen Kaufleute an. Während aus der Tiefe des Hauses das dünne Weinen eines Neugeborenen zu hören war, schenkte er ihnen Wein ein und bat sie, mit ihm auf die Geburt seines Erstgeborenen anzustoßen.

»Das tun wir gerne«, Olivier nahm den Tonbecher in die Hand, »aber zuvor solltet Ihr wissen, dass wir keine Händler sind und Euch leider an diesem Glückstag mit einer höchst unerfreulichen Geschichte behelligen müssen.«

Rasch erklärte er dem Grafen, warum sie ihn sprechen wollten. »Deshalb muss ich fragen – hat jemand aus Eurer Familie dem Templerorden in den letzten Jahren etwas vermacht?«, schloss Olivier endlich.

Charles de Laval hatte sich Oliviers Bericht mit wachsender Verwunderung angehört und seine Miene hatte sich immer mehr verdüstert. »Das ist allerdings eine schlimme

Sache und ich wünschte, Ihr wäret nicht ausgerechnet heute gekommen. Aber ja, mein Vater bedachte den Orden in seinem Testament mit fünfhundert Livres«, sagte er nach einem kurzen Schweigen. »Ich selbst habe das Geld nach Paris gebracht.«

»Das Testament war im Tempel hinterlegt?«, fragte Baptiste gespannt.

»Eine Abschrift«, Charles de Laval nickte, »dies erschien meinem Vater geboten. Ihr wisst ja, wie schnell ein Brand ausbrechen oder es ein anderes Unglück geben kann.«

»Nun, wir wissen bisher von zwei Männern, die dem Orden Land und Geld vermachten und bald darauf bei einem Überfall ums Leben kamen.« Olivier beugte sich vor. »Beide hatten ihr Testament im Tempel hinterlegt.«

»Ihr denkt, diese Männer wurden ermordet, damit jemand ihr Vermächtnis an den Orden unterschlagen konnte?«

»Ja, das vermuten wir«, erklärte Olivier bestimmt.

»Auf meinen Vater trifft dies nicht zu.« Charles de Laval wirkte erlöst, als fiele eine schwere Bürde von seinen Schultern. »Er starb an einem Fieber, keinen gewaltsamen Tod.«

»Und sonst hat niemand aus Eurer Familie sein Testament im Tempel hinterlegt?«, hakte Olivier nach.

Charles de Laval verneinte die Frage energisch. Die Männer tranken einen weiteren Becher auf das Wohl des Stammhalters, dann übergaben die Besucher dem Gutsherrn eine versilberte Rassel für sein Kind und verabschiedeten sich.

»Es ist ja schön für den alten Laval, dass er friedlich in seinem Bett gestorben ist«, murrte Olivier, nachdem sie die Gemächer des Grafen verlassen hatten. »Ich bin auch wirklich froh, dass sein Sohn nicht an einem solchen Tag erfahren musste, dass der Vater ermordet wurde. Aber ich hätte mir doch gewünscht, dass wir auf irgendeine Weise weitergekommen wären.«

»Vielleicht war das Schriftstück mit dem Namen Laval, das wir in dem niedergebrannten Haus fanden, kein Testament, sondern nur ein Brief, in dem aus irgendeinem Grund der Name der Familie angeführt wurde.« Baptiste schüttelte niedergeschlagen den Kopf.

Sie standen schon im Hof, als der junge Knecht auf sie zueilte. »Gut, dass ich Euch noch antreffe. Die Köchin benötigt dringend Salz und Gewürze. In einer Woche wird es ein großes Fest zur Taufe des Erben geben.«

»Dann werde ich der guten Frau eine Auswahl der erlesensten Spezereien präsentieren.« Olivier verfiel sofort wieder voller Elan in seine Rolle. »Niemals werden deine Herrschaft und ihre Gäste bessere Speisen vorgesetzt bekommen.«

»Gut«, Baptiste unterdrückte ein Stöhnen, »dann werde ich inzwischen das Pferd tränken.«

Die Köchin war eine kleine, dünne Frau, deren rotes, von Falten durchzogenes Gesicht Ähnlichkeiten mit einem verschrumpelten Apfel hatte. Ihr Alter schätzte Olivier auf Mitte fünfzig, trotzdem hackte sie auf dem großen Arbeitstisch mühelos eine Schweinehälfte in Stücke. Seinen Spruch von den »erlesensten Spezereien« kommentierte sie mit einem spöttischen Schnauben. »Ach, Ihr Händler erzählt doch alle das Gleiche. Und Ihr scheint mir ein ganz besonders Durchtriebener zu sein. Aber wenn Ihr wollt, könnt Ihr eine Schale Suppe essen, während ich Eure Ware prüfe.«

Olivier nannte ihr die Preise, und nachdem sie eine Weile gefeilscht hatten, bediente er sich aus dem Bronzetopf über der Feuerstelle und setzte sich zu ihr an den Tisch. Während er die Käsesuppe löffelte, beobachtete er amüsiert, wie die Köchin jedes einzelne Ledersäckchen öffnete, das Salz kostete und ausgiebig an den Gewürzen roch. Der Duft von Zimt, Kardamom, Anis und Muskat zog durch den rußigen Raum und erinnerte Olivier wieder an die Zeit, die er im Orient verbracht hatte. Ja, er hatte das Leben dort geliebt.

»Tja, ganz schlecht sind Eure Gewürze tatsächlich nicht«, räumte sie widerwillig ein.

»Kommt schon, gebt ruhig zu, dass sie von bester Qualität sind.« Er zwinkerte ihr zu, denn ihre ruppige Art gefiel ihm. »Ich schätze, Ihr dient der Familie Laval schon lange?«

»Ich bin auf diesem Gut geboren.« Sie schenkte ihm ein erstaunlich freundliches Lächeln, holte im nächsten Moment aber ihre Waage von einem Regal und verglich jedes von Oliviers Gewichten mit den ihren, ehe sie ihn mit seiner eigenen Waage hantieren ließ. »Ich habe noch den Großvater des jetzigen Herrn gekannt. Ich kann Euch gar nicht sagen, wie sehr ich mich freue, dass es nun wieder einen Jungen in der Familie gibt. Der Kleine wird sicher häufig – wie früher sein Vater – in die Küche kommen und um eine Leckerei betteln.«

»Ich bin sicher, er wird nicht lange betteln müssen.« Olivier erwiderte ihr Lächeln und gab behutsam gemahlenen Zimt auf die Waagschale.

»Ganz davon abgesehen, dass es nun endlich einen Erben gibt, und der Herr hat lange genug darauf warten müssen ... Nach den Todesfällen, die die Familie in den letzten Jahren heimgesucht haben, ist es einfach schön, wieder Leben auf dem Hof zu haben.« Die Köchin stützte sich neben Olivier auf der Tischplatte ab. »Früher oder später werde ich sterben, und das ist auch in Ordnung so. Aber ich hätte es traurig gefunden, wenn ich bis dahin kein Kindergeschrei mehr gehört hätte.«

»Ich glaube, ich verstehe, was Ihr meint. Es ist so, als ob ein Baum verdorren würde.« Olivier füllte den Zimt in das Tongefäß, das sie bereitgestellt hatte. »Wer außer dem Vater von Charles de Laval starb denn noch?«

»Ach, seine erste Frau und das Neugeborene im Kindbett. Danach starb seine Mutter, die alte Gräfin, an Auszehrung. Sie war lange krank. Bei ihrem Gatten dagegen kam der Tod sehr schnell, innerhalb weniger Tage.«

»Euer Herr meinte, sein Vater sei an einem Fieber gestorben.« Olivier konzentrierte sich darauf, Kardamompulver auf die Waagschale zu geben, ohne etwas zu verschütten.

»Ja, ihn ereilte der Tod, wie ich eben schon sagte, sehr rasch.« Die Köchin schüttelte den Kopf. »Und ich habe damals noch gelacht, als die alte Marie eines Morgens sagte, in der Nacht habe sie den Schatten des Todes in das Schlafgemach des alten Herrn schlüpfen sehen. Schließlich war er kerngesund. Am selben Tag brach bei ihm das Fieber aus und vier Tage später lag sein Leichnam aufgebahrt in der Halle.«

»Der Schatten des Todes?« Olivier stieß gegen die Waage und das Pulver ergoss sich über den Tisch. Er spürte, wie sich die Härchen auf seinen Armen aufstellten.

»Um Himmels willen, was tut Ihr? Das teure Gewürz.« Vorsichtig begann die Köchin, den Kardamom mithilfe eines Holzschabers zusammenzukratzen. »Marie war eine Magd hier auf dem Hof. Sie hat immer behauptet, sie besäße das zweite Gesicht. Allerdings ist von ihren Vorhersagen, außer der über den Tod des alten Herrn, keine einzige eingetreten.

Auch ihren eigenen Tod vor ein paar Monaten hat sie nicht vorausgesehen.«

Olivier nahm sich zusammen und widmete sich dem Wiegen der Gewürze. Der Schmied hatte von Geisterkriegern erzählt und nun redete die Köchin von einem geheimnisvollen Schatten ... In beiden Fällen waren Menschen gestorben, die den Templerorden in ihren Testamenten bedacht hatten. Konnte dies ein Zufall sein? Und wenn nicht – was hatte dieses neue Rätsel zu bedeuten? Olivier unterdrückte einen Fluch.

Michal wusste nicht, wie oft ihr Ludovico und Mauro schon den Mohnsaft verabreicht hatten. Sie wehrte sich nicht mehr gegen die beiden und kämpfte auch nicht weiter gegen die Fesseln an. Wenn sie aus der Betäubung in einen halb wachen Zustand glitt, zogen die Jahre auf Lorenzos Burg an ihr vorbei.

Lange hatte sie es genossen, Macht über Leben und Tod zu haben. Bis zu dem Tag, als sie zusammen mit zwei Gefährten einen unbotmäßigen Bauern in Perpignan gefoltert hatte. Sie waren mit ihrem Opfer zu einer Waldlichtung geritten. Dort banden sie dem Mann Stricke um die Handgelenke und zogen ihn zu dem waagrechten Ast einer großen Buche hoch. Die Stricke hielten sie fest und stießen ihn dann nach unten.

Der Bauer war ein mutiger Mann gewesen. Sonst hätte er es nicht gewagt, gegen den mächtigen Grundherrn aufzubegehren. Doch nachdem sie ihn zum vierten Mal der Folter unterzogen hatten, war er nur noch ein schreiendes, wimmerndes Bündel Mensch gewesen. Sie hatten ihn erneut auf den Ast gezerrt, als Michal bei den Büschen am Rand der Lichtung eine Bewegung wahrnahm. Ein kleines Mädchen trat zwischen den Sträuchern hervor. Der Ähnlichkeit mit dem Bauern nach zu schließen, seine Tochter.

Sie musste den Schreien gefolgt sein. Mit weit aufgerissenen Augen starrte sie auf ihren schluchzenden Vater und die drei vermummten Gestalten in der Krone der Buche. Für einige Momente war es, als ob Michals Seele in den Körper des Kindes gewandert sei. Es war ihr Vater, der weggeschleppt worden war. Der an dem Ast baumelte und gemartert wurde und vor Schmerzen schrie.

»Jeanne, lauf weg«, brachte der Mann hervor. Das Mädchen ließ die Puppe fallen, die es zwischen den Händen gehalten hatte, und rannte davon.

»Lasst den Bauern langsam zu Boden, er hat genug«, wandte sich Michal an ihre Gefährten. Da sie die Ranghöhere war, gehorchten sie ihr.

In den kommenden Nächten plagten sie erneut Albträume. Hatte sich der Bauer wirklich dem Bösen verschrieben, indem er gegen den Grundherrn aufbegehrte? Ihr eigener Vater war der Ansicht gewesen, dass kein Mensch über den anderen Macht besitzen sollte. Aber war es nicht Sünde, dass sie so dachte? Hatte etwa das Böse erneut von ihr Besitz ergriffen?

Während dieser Zwiespalt in Michal tobte, ließ Lorenzo sie wieder zu sich rufen. Etwa zwei Wochen waren mittlerweile seit der Folterung des Bauern vergangen. Während Michal zu dem Wohnturm ging, beschlich sie die Angst, ob er ihre aufrührerischen Gedanken erahnte. Sie hatte es gelernt, Schläge stoisch zu ertragen. Doch bei der Vorstellung, dass der Meister sie erneut den Dämonen ausliefern könnte, wurde ihr übel.

Die Fenster von Lorenzos Gemach standen offen. Milde Abendluft füllte den großen Raum und die Bienenwachskerzen auf einem schweren Bronzeleuchter verbreiteten ein goldgelbes Licht.

»Meister ...« Wie immer kniete Michal vor ihm nieder.

Lorenzo schwieg, doch sie spürte, dass er sie aufmerksam betrachtete. Nein, er durfte nicht in ihren Gedanken lesen. Sie konzentrierte sich auf das Knistern der Flammen, auf den Duft der Kerzen und die Schatten, die vor ihr über den Boden huschten.

Schließlich nahm Lorenzo ihr Gesicht in beide Hände, hob es hoch und zwang sie, ihn anzusehen. Nichts denken ... Zu Michals Überraschung war sein Blick weich und versonnen.

»Es war wirklich eine gute Entscheidung, dich hierher bringen zu lassen. Aus vielerlei Gründen ...« Er strich ihr über die Wange, ließ seine Finger langsam über ihre Lippen gleiten. »Weißt du eigentlich, wie schön du bist?«

Sie war völlig erstarrt.

»Nein, ich schätze, du weißt es nicht.« Er lachte leise, während er sie auf die Füße zog. Nachdem er ihr Haar gelöst und ihr den Kittel und die Hose abgestreift hatte, was sie willenlos geschehen ließ, führte er sie in den Nebenraum zu einem breiten, mit Seidendecken belegten Bett und befahl ihr, sich daraufzulegen.

Michal registrierte, dass sein Atem schneller ging, während er sich seiner eignen Kleider entledigte. Er warf sich auf sie und drückte ihr die Schenkel auseinander. Ein heftiger

Schmerz durchfuhr sie, als er in sie eindrang. Er nahm sie mit harten Stößen und, nachdem er sich schließlich auf den Rücken gewälzt hatte und sie schon hoffte, er würde einschlafen, drehte er sie auf den Bauch und drang noch einmal in sie ein.

Die Nachricht, dass Lorenzo sie in sein Bett geholt hatte, verbreitete sich schnell. Michal hatte gewusst, dass Berenice seine Geliebte war und er gleichzeitig immer wieder einmal mit anderen jungen Frauen schlief. Und sie war sich darüber im Klaren, dass viele ihrer Gefährtinnen sie beneideten. Doch ihre Zweifel nötigten ihr all ihre Selbstbeherrschung und Verstellungskunst ab, ihm vorzuspielen, dass sie ihm gern zu Willen war.

Und dann kam der Tag, an dem sie zusammen mit Luca einen weiteren unbotmäßigen Bauern zur Vernunft bringen sollte. Luca … Der Knebel unterdrückte ihr Schluchzen. Tränen rannen ihr die Wangen hinab. Als sie von Achmed erfahren hatte, dass sie einander zugeteilt waren, hatte sie überlegt, ob der Meister an ihrer Treue zweifelte. Denn einen besseren Aufpasser hätte er nicht finden können. Luca und sie waren vom ersten Tag an, als sie sich begegnet waren, Rivalen gewesen. Luca war etwa zwei Monate nach ihr zu der Burg geschleppt worden. Ein großer, schlanker Junge, der ein auffallend hübsches, eigensinniges Gesicht hatte und sich auf eine elegante Art zu bewegen wusste.

Laut den Gerüchten, die über ihn kursierten, war er ein Waise und Straßenkind wie Michal gewesen, als Lorenzos Späher ihn aufgriffen.

Schon an seinem ersten Morgen auf der Burg hatte Achmed Luca und Michal befohlen, gegeneinander zu kämpfen.

Wie junge, wütende Hunde hatten sie sich lauernd umkreist und sich dann aufeinandergestürzt. Luca war größer und ein Jahr älter als sie. Aber sie hatte ihm die Übungswochen auf der Burg voraus. Es war ein langer, zäher Kampf geworden, an dessen Ende sie beide aus Schürf- und Platzwunden geblutet hatten. Aber Michal war als Siegerin daraus hervorgegangen.

Achmed hatte ihre Rivalität bewusst geschürt und diesem ersten Kampf viele andere folgen lassen. Manchmal gewann Michal, dann wieder Luca. Gegen jeden Gegner war sie bestrebt zu gewinnen. Bei Luca spielte jedoch noch etwas anderes mit. Zunächst hatte sie geglaubt, ihn zu hassen. Erst sehr viel später hatte sie begriffen, dass sie mit ihm ihr altes, aufsässiges Selbst bekämpfte.

Luca hatte ihre Abneigung erwidert. Es war den Kindern verboten, offen miteinander zu streiten. Aber auch ein spöttisches Lächeln, eine abschätzige Geste oder eine geraunte Beschimpfung waren Mittel, Verachtung auszudrücken.

Als sie sich vor den Stallungen auf ihre Pferde geschwungen hatten, hatte Michal Luca gegenüber wie immer Abneigung und Misstrauen empfunden. Daran änderte sich während des zweitägigen Ritts zu dem Bauernhof nichts. Dass Luca sie immer wieder einmal beobachtete, hatte ihr Unbehagen nur verstärkt.

Der Hof war klein gewesen, eine Handvoll strohgedeckter Gebäude, die sich in eine Senke neben einem Bach duckten. Sie kundschafteten das Gelände aus und verbrachten die Nacht in einem nahen Wäldchen. Michal hatte es vor dem, was sie am nächsten Tag tun musste, gegraut und sie hatte kaum Schlaf gefunden.

Noch vor Morgengrauen hatten sie ihre Masken aufgesetzt und waren zu dem Hof geritten. Sie zerrten den Bauern von seiner schreienden Frau weg aus dem Bett. Wieder hatten sie sich eine Lichtung mit einem geeigneten Baum gesucht. Schluchzend bettelte der Mann um Gnade, während er sich vor Angst nass machte. Michal zog den letzten Strick fest, da wurde ihr klar, dass sie den Befehl nicht ausführen konnte. Ohne zu überlegen, durchtrennte sie die Fessel mit einigen raschen Schnitten ihres Messers.

»Lauf!«, herrschte sie den Mann an. »Und bezahle nächstens pünktlich deine Pacht.«

»Was tust du?« Von den Sträuchern auf der anderen Seite der Lichtung, wo er die Pferde festgebunden hatte, rannte Luca herbei. In dem unsteten Morgenlicht waren ihr seine Bewegungen seltsam verzerrt erschienen. »Verschwinde!«, herrschte sie den Bauern noch einmal an. Während sie sich Luca in den Weg stellte, registrierte sie erleichtert, dass der Bauer davontaumelte.

Sie erhob ihr Messer gegen Luca. »Ich lasse es nicht zu, dass du den Bauern quälst.«

Er blieb vor ihr stehen. Sie rechnete damit, dass er sich auf sie stürzen würde, und war entsprechend gewappnet. Doch zu ihrer Überraschung zog Luca die Maske von seinem Gesicht und schleuderte sie von sich. Müde sah er sie an. »Vielleicht will ich den Mann ja gar nicht quälen. Vielleicht hasse ich es schon lange, das zu tun, was Lorenzo uns aufträgt. Und mich dafür, dass ich ihm zu Willen bin.«

Michal hatte den Geruch des taufeuchten Grases wahrgenommen und bemerkt, wie ein langer Spinnwebfaden durch die Luft schwebte. Einige Tropfen hingen an ihm, die im Licht der aufgehenden Sonne funkelten. Sie hatte Lucas Worte nicht begreifen können.

Luca warf den Kopf in den Nacken. Seine nächsten Worte kamen schnell und hart wie ein Hieb. »Aber ich hätte nicht damit gerechnet, dass du, die Hure des Meisters, dich gegen ihn auflehnen würdest.«

Das ließ etwas in Michal zerbrechen. Sie hatte das Messer fallen lassen und war zu den Pferden gegangen. Bevor sie sich aber auf den Rücken ihrer Stute schwingen konnte, war Luca bei ihr und hielt sie fest. Sie hatte ihn wegstoßen wollen, doch stattdessen schlang sie die Arme um ihn. Eine Weile hatten sie sich nur aneinandergeklammert, ehe sie, zuerst nur tastend, dann zunehmend leidenschaftlich und verzweifelt, begonnen hatten, sich zu streicheln und zu küssen.

Im Gras neben einem Felsen hatten sie sich schließlich geliebt. Auf dem Weg zurück zu der Burg dann noch ein weiteres Mal. In einem kleinen leer stehenden Stall am Rand einer Wiese, auf der die Blüten des Mädesüß wie Schaum gestanden hatten und wo die Luft schwer von ihrem Duft gewesen war.

Nur zwei Tage hatten sie für sich gehabt. Doch diese zwei Tage waren erfüllt von Eindrücken. Lucas Stimme, sein Lachen, seine Berührungen. Die wechselnden Farben des Himmels und der Gräser und Blumen am Wegrand. Der Geruch des Feuers, das sie am Abend entzündeten. Das Knacken der brennenden Äste, der Funken, die davonstoben, und der Mond, der wie eine schwere, reife Frucht über den Bergen aufgegangen war. Das Gefühl, ganz schwerelos zu sein, nachdem sie sich geliebt hatten. Luca und sie waren glücklich gewesen, voller Hoffnung und zugleich voll Furcht vor dem, was die Zukunft für sie bringen würde – zum ersten Mal, seit sie in die Gewalt Lorenzos geraten waren, waren sie wieder sie selbst gewesen.

Immer wieder hatte sie der Gedanke beschäftigt, ob sie fliehen oder zur Burg zurückkehren sollten. Schließlich hatten sie sich für Letzteres entschieden. In ein paar Wochen würde Lorenzo die Burg für längere Zeit verlassen. Dies würde ihnen einen Vorsprung verschaffen. Sicher, auch Achmed würde sie suchen. Doch ihn allein als Gegner zu haben, erschien ihnen weniger bedrohlich.

Als Luca und sie durch das Burgtor ritten, war es, als ob sie in einen Kerker zurückkehrten.

Während der kommenden Wochen hatten Luca und sie es vermieden, sich zu oft zu begegnen. Die Zurückhaltung war ihnen schwergefallen und sie hatten den Tag herbeigesehnt, an dem Lorenzo endlich zu seiner Reise aufbrechen würde.

Es wären nur noch zehn Tage bis dahin gewesen, als Michal eines Morgens mit wunder Kehle, hämmernden Kopfschmerzen und von Fieberschüben geschüttelt erwacht war. Berenice hatte sie in eines der Krankenzimmer bringen lassen und ihr Tränke verabreicht. Am Abend hatte Lucas leise, besorgte Stimme Michal aus einem Fiebertraum geweckt. Lorenzo hatte ihm eine neue Aufgabe übertragen. Zusammen mit fünf weiteren Kriegern sollte er am nächsten Tag die Burg verlassen.

Verzweifelt hatten sie überlegt, was sie tun sollten. Michal war dafür gewesen, noch in derselben Nacht zu fliehen. Doch Luca hatte sie schließlich davon überzeugt, dass sie in ihrem Zustand eine Flucht nicht durchstehen würde. Noch einmal hatten sie sich aneinandergeklammert, dann war Luca aus der Kammer geschlüpft. Es war das letzte Mal gewesen, dass sie ihn lebend gesehen hatte.

Langsam besserte sich Michals Zustand und sie hoffte inständig auf Lucas Rückkehr. Sie konnte wieder aufstehen.

Doch als sie das erste Mal an den Übungen teilnahm, packte sie eine so heftige Übelkeit, dass sie sich übergeben musste.

Achmed hatte sie zurück in das Krankenzimmer geführt und Berenice verständigt. Die untersuchte sie abermals und ihr sonst so strenges und gefasstes Gesicht hatte für einen Moment wie zerfallen gewirkt. Ihre Stimme klang sehr spröde, als sie sagte: »Du bist schwanger. Du trägst Lorenzos Kind in dir.«

Michal hatte den Kopf gesenkt, im Bemühen, ihre Gefühle vor Berenice zu verbergen. Sie hatte mit unumstößlicher Gewissheit gewusst, dass das Kind von Luca und nicht von Lorenzo war. »Was für eine Ehre«, hatte sie gemurmelt.

»Allerdings.« Berenice hatte sich erhoben. »Ich werde dem Meister davon berichten. Du musst dich schonen.«

Am Abend in der Halle saß Lorenzo wie so oft auf seinem Platz auf dem Podium. Zusammen mit den anderen hatte Michal den Treueschwur gesprochen und dabei gehofft, dass sie ihn nicht mehr oft würde aufsagen müssen. Als alle die Halle verließen, erreichten gerade fünf Reiter den Hof. Lucas Gefährten. Über dem Rücken des sechsten Pferdes hing ein lebloser Körper. Michal hatte das helle Haar des Toten gesehen, seine langen, schlanken Glieder und sich geweigert zu begreifen. Plötzlich stand Lorenzo neben den Reitern. Er wechselte einige leise Worte mit den Kriegern, woraufhin zwei von ihnen den Leichnam von dem Pferd hoben.

Während sie ihn zur Kapelle trugen, konnte Michal für einen Moment Lucas Gesicht sehen. Seine starren Züge hatten einen ruhigen, ja beinahe überraschten Ausdruck gehabt. Über seinem Herzen hatte sich die kreisrunde Wunde eines Pfeilschusses befunden. Michal hatte den beiden jungen Männern nachlaufen, ihnen Luca entreißen, sich auf ihn werfen und mit ihm sterben wollen. Doch das Wissen, dass sie ein Kind von ihm erwartete, gab ihr die Kraft, sich zu beherrschen.

Am Abend des Tages, an dem Luca verscharrt worden war, hatte Lorenzo sie zu sich rufen lassen.

»Du trägst also mein Kind in dir ...« Lorenzos Stimme hatte sanft, fast zärtlich geklungen, während er seine Hand über ihren Leib gleiten ließ. Dann wurde seine Miene hart.

Er eröffnete ihr, ihm sei nicht entgangen, dass sie sich während der letzten Zeit innerlich von der Gemeinschaft entfernt habe und sie nicht mehr mit ganzem Herzen bei der Sache sei. Allein wegen ihrer Schwangerschaft sehe er davon ab, sie zu bestrafen.

Bis zum Zeitpunkt der Geburt hielt er sie fast wie eine Gefangene.

Während der Entbindung stand ihr Berenice bei und legte ihr schließlich das Kind, einen Jungen, in den Arm. Zu Michals Erleichterung umgab ein dichter Schopf schwarzer Haare den winzigen Kopf des Jungen. Eine Haarfarbe, wie Lorenzo und sie selbst sie besaßen.

Die Sklavinnen hatten kaum die blutigen Laken entfernt und frische über das Bett gezogen, als Lorenzo in dem Gemach erschienen war. Er hatte den Jungen hochgehoben, ihn eine Weile versonnen betrachtet und schließlich verkündet, dass er Cesare heißen würde. Ein Name, den Michal vom ersten Augenblick an gehasst hatte.

Sechs Wochen hatte Lorenzo das Kind bei ihr gelassen. Dann hatte er das Kind in ein Kloster gebracht. Der Junge sollte – so setzte er ihr knapp auseinander – eine standesgemäße Erziehung erhalten, ehe er später die Ausbildung zum Krieger durchlaufen würde.

Lorenzo hatte Michal verboten, den Jungen zu sehen. Es sei an der Zeit, dass sie sich wieder ganz ihren Aufgaben als Kriegerin widme. Ohne noch irgendetwas zu fühlen, hatte sie sich wie eine Puppe seinen Befehlen gefügt.

In dem Garten des Klosters Saint Jacques reinigte Paul missmutig seine Waffen. Während der letzten Wochen waren Thierry und er alles andere als vom Glück begünstigt gewesen. Antoine de Roye und die anderen Templer auf dem Gut bei Luçon waren allesamt ausgeflogen, als er und Thierry dort eintrafen. Und Henry d'Esne, dieser Schwachkopf, hatte sich zwar nicht dahingehend verstiegen, zu glauben, Olivier habe den Schatzmeister der Templer umgebracht. Aber er verwahrte sich strikt gegen den Verdacht, Eugène de Blois' Tod habe irgendetwas mit dem Orden zu tun. Für ihn war der Schatzmeister nur ein weiteres Opfer eines Raubüberfalls.

Auch bei ihrer Suche nach möglichen Kontakten Eugènes zu Lustknaben waren sie nicht weitergekommen. Vielleicht, überlegte Paul, während er schlecht gelaunt seinen Dolch polierte, war dies ja tatsächlich nur ein Gerücht gewesen, das jeder Grundlage entbehrte. Eine Bewegung bei den Beerensträuchern ließ ihn aufmerken. Thierry betrat in Begleitung von Ève den Garten.

Paul hatte die Hure mittlerweile ein paarmal getroffen. Jedes Mal konnte er wieder die Bewunderung verstehen, die in Oliviers Stimme mitgeschwungen hatte, als er von ihr sprach. Ja, sie war wirklich schön wie ein Frühlingstag ... Unwillkürlich richtete er sich auf.

»Ich habe es Eurem Ordensbruder schon gesagt – es gibt jemanden, den Ihr unbedingt sprechen solltet.« Mit einem leichten Lächeln registrierte Ève, dass Paul auf ihre Brüste starrte. »An Eurer Stelle würde ich mitkommen.«

Ohne abzuwarten, ob die beiden Männer ihr folgten, drehte sie sich um und schritt mit wiegenden Hüften und hocherhobenem Kopf davon.

Wenig später führte sie Paul und Thierry eine schmale Stiege hinauf. Aus den unteren Stockwerken stank es nach Unrat und Urin. Im Dachgeschoss angelangt, stieß sie eine Tür auf. Im Schein eines Kienspans hockte ein Mann Anfang zwanzig auf einem Bett. Sein ebenmäßiges Gesicht mit den großen braunen, von langen Wimpern umrahmten Augen und dem sinnlichen Mund musste einmal sehr schön gewesen sein. Doch zu häufiger Alkoholkonsum hatte es gerötet und schwammig gemacht.

»Bringst du mir Freier, Ève?« Er lächelte kokett und nahm eine verführerische Pose ein.

»Nein, Artois.« Sie schüttelte den Kopf. »Die beiden interessieren sich für Eugène de Blois.«

Augenblicklich verzerrte sich sein Gesicht vor Furcht. Der Mann sprang auf und stürzte zur Tür. Paul und Thierry versperrten ihm den Weg.

»Nun mal langsam.« Paul legte Artois die Hand auf die Schulter. »Wir wollen nur mit dir reden, nichts anderes. Und wir werden dich gut dafür bezahlen.«

»Wie konnte ich dir nur vertrauen?«, schrie Artois Ève an. »Ich dachte, du meinst es gut mit mir.«

»Das tue ich auch«, sagte sie entschieden. »Du musst mit den beiden Templern sprechen.«

»Du hast also unseren Schatzmeister gekannt – und warst ihm, nehme ich an, als Lustknabe zu Diensten«, fügte Paul ein wenig verlegen hinzu. Thierry grinste.

Artois hatte sich mittlerweile wieder auf das Bett gekauert und ballte verstört die Hände zu Fäusten.

Thierry musterte ihn ohne Mitleid. »Du weißt, dass Eugène de Blois kürzlich umgebracht worden ist?«

Artois stöhnte auf.

»Diese Templer suchen nach Eugènes Mördern und wollen sie für ihre Taten zur Rechenschaft ziehen. Wenn die Mörder gefunden sind, wirst du sicher sein.« Ève legte Artois beruhigend die Hand auf die Schulter.

Paul bedachte sie mit einem dankbaren Blick. »Junge, wir können dich verstecken, falls du fürchtest, auch du seiest in Gefahr.«

»Also, jetzt rede! Was weißt du über Eugènes Machenschaften?«, schnaubte Thierry, der die Geduld verlor.

Artois ließ den Kopf noch tiefer auf die Brust sinken. »Darüber weiß ich überhaupt nichts.«

»Weshalb und vor wem hast du dann Angst?«

Thierry wollte Artois stärker zusetzen, doch Ève schüttelte den Kopf. Sie setzte sich neben den jungen Mann und streichelte seine Hand.

»Vor dem, der mich benutzt hat, um Eugène zu erpressen«, flüsterte er nach einer Weile.

Sie nickte ihm ermutigend zu. »Erzähle, was vorgefallen ist.«

»Es geschah vor gut zehn Jahren.« Artois stöhnte wieder. »Einige Monate zuvor hatte mir Eugène seine Gunst geschenkt. Ich war, wie so viele, als bettelnder Straßenjunge nach Paris gekommen und hatte schnell bemerkt, dass ich

Männern gefiel, die verbotene Neigungen hatten, und ich viel Geld von ihnen verlangen konnte. Eugène ging darüber hinaus. Er mietete mir eine Kammer und umsorgte mich. Ich war dankbar für die Sicherheit, die er mir bot. Zum ersten Mal, seit ich mich erinnern konnte, hatte ich es warm und konnte mich satt essen. Das Leben schien es plötzlich gut mit mir zu meinen.«

»Aber so blieb es nicht«, insistierte Ève sanft, als er stockte.

»Eines Abends überfielen mich drei maskierte Männer und schleppten mich in einen schmutzigen Schuppen am Seineufer. Ich dachte, sie wollten mich vergewaltigen. Aber es kam noch schlimmer.« Aufgewühlt fuhr sich Artois über das Gesicht.

»Was geschah an jenem Abend?«

»Nun, ich erfuhr schnell, dass es ihnen nicht um meinen Körper ging. Einer von ihnen – ein vornehmer Herr – stellte mir Fragen über Eugènes Neigungen.«

»Woran hast du bemerkt, dass der Mann ein vornehmer Herr war?«, Thierrys Blick fixierte ihn misstrauisch. »Du hast doch gerade gesagt, die drei Männer trugen Masken.«

»Dieser eine hatte ganz einfach das Auftreten eines Herrn.« Artois zuckte die Schultern. »Außerdem war das Material seines dunklen Mantels kostbar.« Er sammelte sich wieder. »Ich wusste, dass Eugène ein Priester war und zudem eine hohe Position im Templerorden innehatte, und wollte ihn nicht in Schwierigkeiten bringen. Deshalb habe ich behauptet, ihn nicht zu kennen. Aber der vornehme Herr glaubte mir kein Wort und befahl seinen Dienern, mich zu foltern.«

Artois stieß pfeifend den Atem aus. »Sie fügten mir solche Schmerzen zu ... Nach einigen Momenten wimmerte ich nur noch um Gnade und sagte ihm alles, was er wissen wollte. Trotzdem ließ er seine Diener die Tortur fortsetzen. Um mich für mein anfängliches Lügen zu bestrafen, wie er sagte.«

»Hast du Eugène von dem Vorfall erzählt?«, fragte Paul nach kurzem Schweigen.

»Nein, der Herr sagte, wenn ich dies tun würde, würde er mich töten lassen. Ich bin in den Süden gegangen und erst vor einigen Monaten wieder nach Paris zurückgekehrt.« Artois hob den Kopf und schaute die beiden Templer verzweifelt an. »Dieser Mann hat Eugène auf dem Gewissen, nicht wahr?«

»Das ist gut möglich.« Paul nickte. »Ist dir, außer dass er vornehm war und einen kostbaren dunklen Mantel trug, noch etwas an ihm aufgefallen?«

Artois runzelte die Stirn. »Ja, da war noch etwas«, sagte er langsam. »Als ich mich vor Schmerzen unter der Folter wand, fiel das Licht einer Fackel auf die rechte Hand des Mannes. Ganz deutlich konnte ich einen Siegelring erkennen. Das Siegel bestand aus einem tiefroten Stein. Ein zum Sprung geduckter Löwen war darin eingraviert.«

Mit geöffneten Augen lag Jean auf seinem Strohsack. In dem dunklen Keller der Burg konnte er die Atemzüge der anderen Sklaven hören. Ein bitterer Geschmack stieg seine Kehle hoch. Seit Lorenzo ihn aus der Gemeinschaft der Krieger ausgestoßen und zum Sklaven degradiert hatte, empfand er meist allein Ohnmacht und Furcht. Doch an diesem Abend spürte er auch Hass ... Wieder einmal hatte er den Kriegern bei der Abendmahlzeit aufwarten müssen und Tamar in der Halle gesehen. Früher einmal hatte er geglaubt, er würde ihr etwas bedeuten. Aber seit sich das glühende Eisen in seine Wange gebrannt hatte, verachtete sie ihn ebenso wie all die anderen Krieger.

Jeans Gedanken wanderten zu seiner Kindheit, was er sonst vermied, denn die Erinnerungen waren zu schmerzlich. Mit seinen Eltern und den fünf Geschwistern hatte er auf einem kleinen Bauernhof in der Nähe von Nîmes gelebt. Sie hatten nie genug zu essen gehabt. Trotzdem erschienen ihm selbst die beiden Jahre, als die Gegend von Missernten heimgesucht wurde und sie gehungert hatten, wie eine Zeit im Paradies.

Eines Tages, Jean war acht Jahre alt gewesen, war ein vornehm gekleideter Mann auf dem Hof erschienen. Er hatte erklärt, der Diener eines Tempelherrn zu sein, und hatte Jeans Eltern eine große Geldsumme für ihn angeboten. Jean hatte seinen Vater und seine Mutter angefleht, ihn nicht an den fremden Herrn zu verkaufen. Doch sie hatten den Beteuerungen des Mannes geglaubt, Jean würde es bei seinem Herrn, einem Geistlichen, gut haben und er würde die Möglichkeit erhalten, lesen und schreiben zu lernen, und in den Handel eingewilligt.

Jeans Ängste waren nur zu berechtigt gewesen. Nicht nur, dass er und die anderen Kinder wie Gefangene gehalten und zu Kämpfern abgerichtet wurden. Noch schlimmer war, dass ihm sein Körper einfach nicht mehr gehorchen wollte. Zu Hause war er sehr flink gewesen und einer der Besten beim Klettern und Schwimmen – weshalb sich Lorenzos Späher für ihn entschieden hatten. Aber seit er auf der Burg lebte, versagten ihm seine Glieder ständig den Dienst. Die Furcht vor den grausamen Strafen lähmte ihn.

Und Furcht bestimmte sein Handeln bis heute. So hatte er irgendwann in den Jahren, nachdem er das Brandmal erhalten hatte, in einem Keller zu tun. In diesem Keller befand sich eine zweite Tür, die normalerweise immer abgeschlossen war. An diesem Tag jedoch nicht, wie Jean zufällig bemerkte. Dahinter verbarg sich ein Gang, dem Jean gefolgt war. Offenbar handelte es sich um einen geheimen Fluchtweg und er endete hinter Weißdorn- und Ginsterbüschen am Fuße des Burgbergs.

Hinter den Büschen führte ein Pfad durch Felder und Wiesen. Jean hatte sich vorgestellt, wie es wäre, dem Pfad weiter zu folgen. Weg von der Burg. Weg von Gefangenschaft, Demütigungen und Strafen. Doch die Furcht hatte ihn fest im Griff – er war wieder umgekehrt.

Selbsthass machte Jeans Brust eng, während er weiter in die Dunkelheit starrte. Denn er wusste, wenn sich ihm diese Möglichkeit noch einmal böte, würde er sie wieder nicht nutzen.

Michal drehte sich auf die Seite. Der Schlaf wollte wieder nach ihr greifen, als es sie durchfuhr: Sie hatte sich bewegen können. Vorsichtig streckte sie ihre Glieder. Nein, keine Fesseln banden sie und sie lag auch nicht in einer Kiste. Sie lag auf etwas, was weicher war als Holz, und durch die geschlossenen Lider konnte sie eine Ahnung von Helligkeit erkennen.

Sie schlug die Augen auf und fand bestätigt, was sie vermutet hatte: Sie befand sich in Lorenzos Burg. Sie begann zu zittern. Als sie sich wieder so weit in der Gewalt hatte, dass sie sich aufsetzen konnte, registrierte sie, dass sie sauber war und den dunklen Kittel und die Hose der Gemeinschaft trug. Jemand musste sie gebadet und ihr die frischen Sachen angezogen haben. Was wahrscheinlich bedeutete, dass sie bald vor Lorenzo geführt würde.

Die Nachwirkungen des Betäubungsmittels machten sich bemerkbar. Der Raum drehte sich, erschöpft ließ Michal ihren Kopf zwischen die Knie sinken. Sie schreckte auf, als die Tür ihres Gefängnisses geöffnet wurde.

Ehe sie reagieren konnte, hatten Achmed und Berenice sie auf die Füße gezogen und ihr die Hände hinter dem Rücken gefesselt. Achmeds Miene war ausdruckslos wie immer. Aber Berenices Antlitz spiegelte tiefe Verachtung.

»Der Meister will dich sehen«, sagte sie kalt. »Ich hoffe, du bist dir im Klaren darüber, dass du jede nur erdenkliche Strafe verdient hast.«

Nun ist es also so weit, dachte Michal dumpf. Während die beiden sie an den Armen packten und durch einen langen, hellen Gang und eine breite Treppe hinunterführten, wirbelten Gedanken durch ihren Kopf. Sie würde sich Lorenzo widersetzen, sich nicht mehr von ihm beherrschen lassen.

Sie traten auf den Innenhof hinaus und Michal nahm wahr, dass sich einige Blätter der Linde vor der Halle bunt verfärbt hatten. Als sie den Baum das letzte Mal gesehen hatte, war das Laub zartgrün gewesen und noch nicht alle Knospen hatten sich voll entfaltet. Einige Krieger begegneten ihnen – alle vermieden es, Michal anzusehen.

Noch ein letzter Hof, dann hatten sie Lorenzos Wohnturm erreicht. Ihre Bewacher zerrten sie die gewundenen Stufen hinauf. Michal versuchte, sich die goldenen Engel und den Gesang der Mönche des Klosters in Monreale zu vergegenwärtigen. Es half nichts, ihr Geist war wie leer. Nun zog Berenice eine Tür auf und Achmed schob sie über die Schwelle.

Einen Moment war Michal vom Sonnenlicht, das durch die Fenster fiel, geblendet. Aber sie musste nicht sehen können, um Lorenzos machtvolle Gegenwart zu bemerken. Willenlos ließ sie sich vor ihn bringen.

»Macht ihre Fesseln los!«

Michal hörte, wie die Frau neben ihr scharf die Luft einsog, doch der Strick um ihre Handgelenke löste sich. Während Berenice und Achmed den Raum verließen, kniete Michal, wie sie es immer getan hatte, vor Lorenzo nieder.

Lange sagte er nichts und Michal empfand die Stille als immer lastender. Was würde er mit ihr tun?

Als er schließlich zu reden begann, klang seine Stimme nicht zornig, wie sie erwartet hatte, sondern bekümmert. »Ich hatte so hohe Hoffnungen in dich gesetzt. Und du hast mich, gerade als ich dich dringender denn je brauchte, bitter enttäuscht. Nicht nur, dass es dir nicht gelungen ist, den Staufer zu töten. Du hast ihn auch noch vor einem anderen Mörder gerettet. Er, der er der Antichrist ist. Der Gott und den Papst frech verhöhnt und der von der Erde getilgt werden muss.«

Was redete Lorenzo da? War das die Wahrheit? War der Kaiser tatsächlich der Feind Gottes? Was war nur richtig und was falsch?

»Was hast du mir darauf zu sagen? Komm, sieh mich an.«

Voller Angst hob Michal den Kopf. »Ich ... Ich wollte Euren Auftrag ausführen«, flüsterte sie. »Aber an der Festungsmauer von Enna traf mich ein Pfeilschuss. Ich war unachtsam. Bilder aus meiner Vergangenheit haben mich heimgesucht. Und danach ... Ich bin Friedrich nach Palermo gefolgt, um ihn dort zu töten. Aber ich wurde krank und geriet in einen Überfall. Als ich in dem Kloster von Monreale wieder zu mir kam, hatte ich vergessen, wer ich war.«

Lorenzo musterte sie schweigend.

War er bereit, ihr zu vergeben? Lorenzos nächste Worte zerstörten ihre Hoffnung. »Dies erklärt jedoch nicht, warum du dich gegen deine Gefährten zur Wehr gesetzt hast.«

Lorenzos Blick drang in sie, um ihre Gedanken zu erforschen. Verzweifelt versuchte Michal, ihr Inneres vor ihm abzuschirmen. »Ich wusste ja nicht, was ich tat«, stammelte sie. »Ja, es stimmt. Ich habe mich gegen Mauro und Ludovico gewehrt. Nachdem sie mich ergriffen hatten – als ich in der Kiste lag –, kehrte mein Gedächtnis zurück. Ich begriff, wie furchtbar ich versagt hatte, und hatte Angst vor Eurer Strafe. Auch wenn ich sie mehr als verdient habe.«

Er musterte sie noch immer. »Nun, ich habe Ehrlichkeit immer geschätzt«, sagte er nach einer Weile.

Erneut keimte Hoffnung in ihr auf. »Meister, tut mit mir, was Ihr wollt«, flüsterte Michal, während sie in einer geheuchelten Geste der Demut und Unterwerfung seine Füße berührte.

»Ich habe schon öfter in meinem Leben erfahren, dass gerade dann, wenn meine Pläne zu scheitern drohen, sich letztlich alles zum Guten wendet.« Er lächelte. »Ich will dir die Möglichkeit geben, deinen Fehler wiedergutzumachen. Der Kaiser hat dir seine Gunst geschenkt. Wem, wenn nicht der

Frau, die ihm das Leben gerettet hat, wird er Zugang zu sich gewähren? Also wirst du ihn aufsuchen und deine Tat zu Ende führen.«

Nein! Nur mit Mühe behielt Michal ihr Mienenspiel unter Kontrolle.

»Komm!« Lorenzo wies zu einem der offen stehenden Fenster.

Verwundert folgte Michal ihm. Der Burghof erstreckte sich leer unter ihr. Einige helle Wolken trieben über den Himmel und der frische Wind war gesättigt von dem Geruch der Pinien, die auf den nahen Hügeln wuchsen. Was wollte Lorenzo ihr zeigen?

Eine Tür auf der entgegengesetzten Hofseite wurde aufgestoßen. Eine Schar von Kindern lief in einer geordneten Reihe heraus und stellte sich dann nebeneinander auf. Zu ihnen gehörte auch ein drahtiger dunkelhaariger Junge. Michal hatte das Gefühl, dass ihr Herzschlag aussetzte.

»Dein Sohn.« Lorenzos Stimme war sehr sanft und zugleich sehr kalt. »Wenn du dich meinem Befehl widersetzt, werde ich keinen Augenblick zögern, ihn zu töten.«

»Er ist doch auch Euer Sohn!«, brachte Michal hervor.

Sie blickte auf und sah Lorenzos Gesichtsausdruck. Mit einem Mal begriff sie, dass er all die Jahre die Wahrheit gekannt hatte. Er hatte mit ihr gespielt, um sie sich gefügig zu halten. Wie er auch jetzt sein Spiel mit ihr trieb. Das Entsetzen darüber, in einer Falle zu sitzen, aus der es kein Entrinnen gab, ließ alles in ihr stumpf werden.

Lorenzo packte sie und zog sie auf sein Bett.

Während er sich an ihr verging, war es Michal, als geschähe dies nicht ihr.

Der Auftrag, den Staufer zu töten, war fast ein Auftrag wie jeder andere gewesen. Von höherer Wichtigkeit natürlich, einschüchternder und wegen der Bewaffneten, die den Kaiser schützten, mit mehr Schwierigkeiten verbunden. Aber sie hatte keine Bedenken gehabt, ihre Mission erfüllen zu können.

Als Mann verkleidet hatte sie sich auf den Weg nach Sizilien gemacht. Dass der Staufer ausgerechnet in der Festung von Enna Quartier bezogen hatte, berührte sie dann doch. Das monumentale Bauwerk auf dem Berggipfel beherrschte den ganzen Landstrich und sein Anblick war ihr aus der Kindheit nur zu vertraut. Auch die Stadt und die Umgebung erkannte sie wieder.

Aber das sollte sie nicht von ihrer Aufgabe ablenken. Sie hatte die Zahl von Friedrichs Soldaten ausgekundschaftet und das Innere der Burg ausgespäht. Mehrmals war sie bei Dunkelheit die steile Bergflanke sowie die Festungsmauer hinaufgeklettert und hatte sich genau eingeprägt, wo Vorsprünge und Risse zu finden waren, die ihr Halt gaben.

Michal beschloss, den Mord in der Nacht am Ende des Markas-Tages auszuführen. Am Morgen war sie noch einmal nach Enna hineingeritten, um Brot und Fleisch als Proviant für ihren Weg zurück ins Languedoc zu erstehen. Den Rest des Tages hatte sie fastend an einer einsamen Stelle unterhalb der Burg verbringen wollen, um sich ganz auf ihre Aufgabe einzustimmen.

Es war ein schöner sonniger Morgen gewesen und der Wind hatte mit den bunten Kleidern und Stoffen gespielt, die in den Läden an dem Platz vor der Festung feilgeboten wurden. Michal hatte getrocknetes Fleisch und in einem benachbarten Laden einen Laib Brot gekauft, als ihr Blick auf die süßen Kringel gefallen war. Sie waren handtellergroß, wie eine Acht geformt, mit einer glänzenden Ei-Mischung bestrichen und glichen genau den Kringeln, die sie oft von ihrer Großmutter zu essen bekommen hatte.

Im nächsten Augenblick hatte sie eine brüchige Männerstimme sagen hören: »Leah, mein Gott, Leah ...«

Leah war der Name ihrer Mutter gewesen. Langsam drehte sich Michal um. Ein alter Mann saß neben dem Durchgang zu einem Lagerraum. Eine Krücke lehnte an seinem Stuhl und trotz des warmen Wetters war eine Wolldecke über seine Knie gebreitet. Sein Gesicht war von Falten durchfurcht und sein Haar schlohweiß. Aber er war unverkennbar jener Mann, der sie vor vierzehn Jahren aus seinem Haus vertrieben hatte.

»Herr«, der schwarzhaarige Gehilfe, der Michal das Brot verkauft hatte, wandte sich freundlich an den Alten. »Ihr seht doch, dass Ihr es mit einem Mann und nicht mit einer Frau zu tun habt. Ganz abgesehen davon, dass Eure Tochter schon lange tot ist.« Leise flüsterte er Michal zu: »Verzeiht, aber seit seine Gattin vor zwei Jahren gestorben ist, hat mein Herr immer wieder Phasen, in denen sich sein Geist verwirrt.«

Michal nahm die Worte nicht wahr. Sie und der alte Mann sahen sich unverwandt an.

»Lange tot ...«, murmelte er. »Lange tot und verstoßen. Auch ihr Kind verstoßen ...« Sein Blick wurde starr. »Michal«, brachte er schließlich hervor.

»Herr ...«, die Stimme des Gehilfen war voller Güte.

Die Augen des Alten wurden feucht. Er fasste nach der Krücke und machte Anstalten, sich aus dem Stuhl zu stemmen. Das war mehr, als Michal ertragen konnte. Sie ließ den Brotlaib fallen und stürzte aus dem Laden.

Sie kam erst wieder zu sich, als sie ihr Pferd auf den Hof des kleinen Gutes, das ihr Vater bewirtschaftet hatte, lenkte. Das Anwesen war von hohem Gras und Unkraut überwuchert. Das Dach des Wohnhauses und ein Teil der Mauern waren eingestürzt. Strauchwerk wuchs aus den Fensterhöhlen. Nur der Stall sah aus, als ob er noch benutzt würde, und die Felder waren bebaut. Getreide spross auf den Feldern.

Michal lehnte sich an den Stamm des Maulbeerbaums, auf den sie als Kind oft hinaufgeklettert war. Einige vertrocknete Früchte hingen zwischen den jungen, fächerförmigen Blättern. Ein heftiges Weinen schüttelte Michal.

Als sie gegen Abend den Abhang unterhalb der Festung erreichte, war sie wieder ruhig und konzentriert. Etwa zwei Stunden nach Anbruch der Dunkelheit begann sie, die Felswand zu erklimmen. Sie bewältigte sie zügig, ebenso das erste Drittel der Mauer. Aber dann, wie aus dem Nichts, brachen Bilder und Sinneseindrücke über sie herein.

Der Flur im Haus ihrer Großeltern, den der Duft nach frischem Gebäck füllte. Das von Zorn verzerrte Antlitz ihres Großvaters. Kettfäden, die im Licht der Wintersonne schimmerten und sich im Takt der Webstuhltritte hoben und senkten. Ihr Vater, der sich über sie beugte und mit einem Stichel gelbe Buchstaben in eine dunkelbraune Wachstafel ritzte. Getrocknete Kräuterbüschel, die von den Dachsparren des Bauernhauses hingen. Und ihre Mutter, die sie hochhob und an den Pflanzen riechen ließ.

Michal kämpfte darum, sich auf die Mauer zu konzentrieren. Aber es war, als ob sich die Bilder zwischen sie und die Steine schöben, und schließlich verloren ihre Finger an einer Kante den Halt. Sie rutschte einige Fußbreit ab, ehe sie sich wieder an einem Quader festklammern konnte. Entsetzt verfolgte sie, wie einige kleinere Steine den Hang hinunterpolterten. Fast gleichzeitig ertönte auf dem Wehrgang eine laute, alarmierte Stimme. Fackelschein huschte über die Mauer und über sie hinweg. Dem folgte das Sirren eines Pfeils. Sie versuchte, ihm auszuweichen, doch ein heftiger Schmerz durchfuhr ihre rechte Schulter und sie verlor jedes Gefühl in ihrer Hand. Ihre Finger lösten sich und sie fiel in die Tiefe.

Jeder andere Mensch hätte diesen Sturz nicht überlebt. Doch Michal hatte gelernt zu fallen und machte ihren Körper weich. Der Aufprall raubte ihr die Besinnung. Als sie kurz vor Morgengrauen zu sich kam, schmerzte ihr Leib, als sei sie gerädert worden, aber zumindest hatte sie sich nichts gebrochen. Trotzdem war nicht daran zu denken, dass sie in diesem Zustand in die Festung würde eindringen können.

Michal wusste, dass Friedrich plante, nach Palermo zu ziehen. Es erschien ihr am klügsten, dort einen neuen Versuch zu wagen. Bis dahin würden ihre Wunden vielleicht weitgehend geheilt sein.

Das Gegenteil war der Fall. Obwohl sie die Verletzung durch den Pfeil mit Kräutern behandelte, entzündete sich die Wunde und Michal begann zu fiebern.

Schließlich war sie so geschwächt, dass sie sich, als ihr Pferd scheute, nicht mehr im Sattel halten konnte und abgeworfen wurde. Ihr Versuch, das Tier wieder einzufangen, scheiterte. Zu Fuß schleppte Michal sich weiter.

Tag um Tag verging so, bis sie, als sie aus einem Bach Wasser schöpfte, um ihren brennenden Durst zu stillen, Waffen klirren und Menschen voller Angst schreien hörte. Ohne recht zu wissen, was sie tat, war sie in Richtung des Lärms gestolpert.

Räuber hatten eine Gruppe von Kaufleuten überfallen.

Michal war nur noch ihrem Instinkt gefolgt, hatte ihren Dolch gezogen und sich in den Kampf gestürzt. Einen der Räuber hatte sie getötet, einen anderen verwundete sie zumindest so schlimm, dass er zu Boden stürzte. An mehr erinnerte sich Michal nicht.

Endlich ließ Lorenzo von ihr ab. Er streifte sein Gewand über und befahl ihr, sich ebenfalls anzukleiden. Dann brachten Berenice und Achmed Michal in ihr Gefängnis zurück, wo sie sich auf den Boden kauerte. Ihr war übel. Ja, Lorenzo hatte sie wieder vollständig in Besitz genommen. In einer Ecke sah sie ihren ledernen Brustbeutel liegen. Sie schleppte sich zu ihm und schob ihre Hand hinein. Doch der Beutel war leer. Jemand hatte den Stein mit dem Abdruck des Fisches herausgenommen. Einige Male hatte sie sich über Lorenzos Verbot hinweggesetzt und ihren Sohn – ohne sich ihm als seine Mutter zu erkennen zu geben – besucht. Bei einer dieser Gelegenheiten hatte Merlito ihr den Stein geschenkt. Ein trockenes Schluchzen schüttelte Michal.

Tamar hielt ihren Kopf gesenkt. Während sie sich der Gegenwart ihres Gefährten in der Waffenkammer nur zu bewusst war, versah sie die Pfeile mit neuen Eisenspitzen. Am Vorabend waren Mauro und Ludovico wieder bei der Abendmahlzeit in der Halle erschienen. Mehr als einen Monat waren sie weg gewesen und unter den Kriegern hatte sich nun die Nachricht verbreitet, dass sie Michal als Gefangene zurückgebracht hatten.

Und vor anderthalb Monaten war Lorenzo mit diesem Jungen zur Burg gekommen, der Michal wie aus dem Gesicht geschnitten war. Dies musste der Sohn sein, den der Meister mit ihr gezeugt hatte. Es konnte kein Zufall sein, dass Lorenzo ihn ausgerechnet jetzt hergebracht hatte. Sicher würde er das Kind dazu benutzen, um Michal zu quälen. Gott, hilf mir, betete Tamar. Es musste ihr gelingen, unbemerkt mit Michal zu reden. Vielleicht konnte sie ihr auf irgendeine Weise beistehen.

Nachdem ihr Gefährte seine Arbeit beendet hatte, verließ er die Waffenkammer. Tamar wartete einige Momente, dann schlüpfte sie nach draußen und sah sich vorsichtig um. Nein, niemand hielt sich in dem von einigen Fackeln erhellten Geviert auf. Sie eilte durch zwei weitere stille Höfe bis zu dem, an den das Gefängnis grenzte.

Dort konzentrierte sich Tamar mit allen ihren Sinnen auf ihre Umgebung und vergewisserte sich, dass keiner der Krieger in der Nähe war. Behände kletterte sie die Wand hinauf. In den Räumen der unteren beiden Stockwerke befand sich niemand. Doch nun spürte Tamar die Präsenz eines Menschen. Vorsichtig schob sie ihr Gesicht an das mit dicken Gittern verschlossene Fenster. Tatsächlich, in einer Ecke der Zelle kauerte ihre Gefährtin.

»Michal!« Leise rief Tamar den Namen.

Michal hob den Kopf, stand schwerfällig auf und kam mit den müden Bewegungen einer alten Frau zu ihr.

»Michal«, flüsterte Tamar drängend. »Was ist nur geschehen? Weißt du, dass sich ein Junge auf der Burg befindet, der dir sehr ähnlich ist und Merlito genannt wird?«

»Ja, das ist mein Sohn«, bestätigte Michal dumpf.

»Was hat Lorenzo vor?«

»In den nächsten Tagen wird er mich wieder fortschicken. Wenn es mir nicht gelingt, den Kaiser zu töten, wird Lorenzo den Jungen umbringen.«

»Aber … er ist doch auch sein Sohn?«

»Nein. Und Lorenzo weiß, dass nicht er, sondern Luca der Vater ist.«

Tamar keuchte auf. »Oh Gott …«

Michal fasste durch die Gitterstäbe und packte Tamars Hand. »Ich bitte dich, beschütze den Jungen!«

Tamar zögerte. Jeder, der sich Lorenzo widersetzte, musste mit grausamen Strafen rechnen. Aber er hatte sie und die anderen Krieger immer belogen. Der Gott, von dem der Franziskaner gepredigt hatte, stand auf der Seite der Schwachen. Ihr Herz befahl ihr, sich gegen den Meister zu stellen.

»Ja, ich werde deinen Sohn beschützen«, sagte sie endlich.

»Schwöre es!« Michals Stimme klang hart.

»Bei meinem Leben und meiner Seligkeit«, antwortete Tamar fest. »Aber was soll ich tun, wenn mir der Junge nicht vertraut? Lorenzo hat ihn auf seinem Pferd reiten lassen. Das Kind bewundert den Meister.«

»Sag dem Jungen, dass er mir, seiner Mutter, einmal einen Stein mit dem Abdruck eines Fisches geschenkt hat.«

Aus dem Hof war ein leises Geräusch zu hören. Auch Michal hatte es wahrgenommen. »Geh!«, drängte sie und strich über Tamars Wange. »Gott behüte dich und segne dich.«

»Er möge auch dich beschützen.«

Tamar presste ihr Gesicht gegen Michals Hand, ehe sie wieder lautlos an der Wand hinabglitt. Sie war nur wenige Schritte weit gekommen, als sich aus dem Schatten eines Mauerwinkels ein Mensch löste und ihr den Weg versperrte.

»Den Meister wird es sicher interessieren zu erfahren,

dass einer seiner Krieger mit einer in Ungnade gefallenen Gefangenen geredet hat.«

Nun erkannte Tamar die Stimme Jeans.

»Woher weißt du …?«, stammelte sie.

»Wir Abschaum – eure Sklaven – erfahren viel mehr, als ihr Krieger und euer Meister euch vorstellen könnt.«

»Jean, bitte verrate mich nicht.« Tamar versuchte, ihn zu berühren, doch er wich vor ihr zurück.

»Ach ja, und warum sollte ich das nicht tun?« Der Tonfall seiner Stimme war bitter. »Schließlich verachtest du mich genauso wie all die anderen.«

»Ich weiß, dass ich dich oft schlecht behandelt habe. Aber ich war nicht ich selbst. Ebenso wenig wie die anderen Gefährten, denen Lorenzo die Seele geraubt hat. Ich habe mich geändert. Ich will von der Burg fliehen. Und auch Michal, mit der ich eben gesprochen habe, hasst den Meister.«

»Du lügst!« Er wandte sich zum Gehen. »Ich wünsche dir jede nur erdenkliche Strafe.«

»Jean!« Verzweifelt packte sie ihn an den Schultern und hielt ihn fest.

»Töte mich doch!« Zu ihrer Überraschung wehrte er sich nicht gegen ihren Griff. »Ein Sklave, der es sich erlaubt hat, eine Kriegerin anzugreifen. Den du bei der Flucht ertappt hast oder welche Lügen dir sonst noch einfallen.«

Sie blickten sich nur an.

»Los, tu es schon.« Trotz des schattigen Lichts konnte Tamar sehen, dass Jeans Miene Angst, aber auch Verachtung ausdrückte. »Wahrscheinlich wird dich Lorenzo sogar belohnen.«

»Nein«, flüsterte sie, »nein …« Sie zog ihre Hände zurück.

Jean spuckte vor ihr aus, dann rannte er davon.

Rasch schritt Alessio die Wehrmauer ab. Weit unter ihm schlugen Wellen an die Landspitze, auf der die Festung von Siracusa erbaut war. Am Horizont verschwamm das Blau des Meeres mit dem des klaren Himmels. Vor einer guten Stunde war der Tross des Kaisers in der Stadt eingetroffen. Nachdem sie Monreale verlassen hatten, hatten sie Messina und Catania aufgesucht und dort jeweils für vier Wochen Quartier bezogen.

Bisher hatte es keine weiteren Zwischenfälle gegeben. Sollte das Wetter schön bleiben und nicht kalte Nebel vom Meer her das Wohnen in der Festung unbequem machen, beabsichtigte der Kaiser, zwei Monate in Siracusa zu verbringen. Wofür Alessio dankbar war, denn durch ihre Lage war die Festung für Feinde schwer zugänglich.

Als er sich dem nächsten der kleinen, kuppelförmigen Türme näherte, die in regelmäßigen Abständen auf der Mauer errichtet waren, hörte er eine vertraute Stimme seinen Namen rufen.

»Gaetano!«

Erfreut drehte sich Alessio um. Seit Friedrichs Aufenthalt in der Zisa hatten sie sich nicht mehr gesehen. Der väterliche Freund hatte ihm oft gefehlt.

Lächelnd kam ihm Gaetano entgegen und umarmte ihn. »Endlich kann ich dir sagen, wie stolz ich auf dich bin.«

»Ich bin in Monreale nur meinem Instinkt gefolgt.«

»Nicht auszudenken, was geschehen wäre, wenn du Bernardo gehorcht hättest.« Gaetanos Miene verdüsterte sich.

»Ich weiß, du glaubst nicht, dass er mit dem Mörder unter einer Decke steckte. Aber es gibt neue Spuren …«

»Tatsächlich?«

»Ja, sie weisen zu Orlando di Rossi, dem Schwager des Papstes. So wie es aussieht, ist er die ausführende Hand Innozenz' und steckt hinter dem Anschlag. Bernardo soll sich mit seinen Leuten getroffen haben.«

»Aber wie konnte Bernardo so dumm sein?« Alessio schüttelte verständnislos den Kopf. »Er musste doch wissen, dass sich der Verdacht, an einem Attentat beteiligt zu sein, sofort auf ihn richten würde, als er sich weigerte, den Gang auf dem Kirchendach bewachen zu lassen.«

»Ich schätze, die Gegner des Kaisers mussten schon zu viele Gelegenheiten ungenutzt verstreichen lassen.« Gaetano zuckte die Schultern. »Vielleicht hat Bernardo deshalb beschlossen, alles auf eine Karte zu setzen. Wahrscheinlich glaubte er, in dem Durcheinander nach dem Attentat unbemerkt fliehen zu können. Dann kam alles ganz anders und so hat er den Tod als einzigen Ausweg gesehen. Oder, was ich ebenfalls für eine Möglichkeit halte: Er nahm sich gar nicht selbst das Leben, sondern wurde von seinen eigenen Leuten getötet.«

Alessio versuchte, sich das Bild des Leichnams zu vergegenwärtigen. Den von dem Schwert durchbohrten, blutverkrusteten Unterleib. »Das wäre möglich«, sagte er zögernd.

»Wie auch immer. Wir müssen weiterhin wachsam sein.« Gaetano seufzte. »Die Frau namens Teresa ist nicht wieder aufgetaucht, oder? Friedrich hat eben nach ihr gefragt.«

»Leider nein«, der Gedanke an Teresa schmerzte Alessio immer noch und er wich Gaetanos Blick aus, »ich habe sowohl in Messina als auch in Catania nach ihr suchen lassen. Niemand konnte einen Hinweis auf sie geben.«

»Wir alle hoffen, dass sie ihr Gedächtnis wiedererlangen und an Friedrichs Hof zurückkehren wird.«

»Das hoffe ich auch«, murmelte Alessio.

»Ich muss weiter.« Gaetano berührte ihn an der Schulter und lächelte ihn an. »Jedenfalls ist es gut, dich wieder in der Nähe zu wissen.«

»Und ich kann dir gar nicht sagen, wie froh ich bin, dir wieder unterstellt zu sein.« Alessio erwiderte das Lächeln. Während er Gaetano zusah, wie dieser die schmale Steintreppe hinunterging, die von dem Wehrgang in einen der vorderen Höfe führte, war ihm tatsächlich etwas leichter ums Herz.

Tamar blickte auf, als einer der Sklaven neben sie trat. Mit unbewegter Miene schöpfte Jean eine Gemüsesuppe, in der auch ein paar Fleischstücke schwammen, in ihre Holzschale. Drei Tage waren vergangen, seit er sie dabei ertappt hatte, wie sie mit Michal gesprochen hatte. Drei Tage, während derer Tamar jeden Moment damit gerechnet hatte, zu Lorenzo gerufen zu werden.

Sie wagte es nicht, zu der Stirnseite der Halle zu blicken, wo der Meister an seinem Tisch saß und von versilbertem und vergoldetem Geschirr speiste. Dass sie bislang noch nicht bestraft worden war, hatte nichts zu bedeuten. Möglicherweise gefiel es Lorenzo, mit ihrer Angst zu spielen und sie zappeln zu lassen. Tamar würgte ein Fleischstück hinunter. Nein, sie hielt es nicht länger aus, im Ungewissen zu sein. Sie musste mit Jean reden.

Die Gelegenheit bot sich ihr früher, als sie erwartet hatte. Als Tamar am nächsten Morgen zu den Stallungen lief, um die Pferde zu versorgen, sah sie, dass Jean einen der Keller betrat. Nachdem sie sich rasch davon überzeugt hatte, dass sich niemand sonst auf dem Hof befand und sie beobachtete, folgte sie ihm.

Jean nahm Rüben von einem Haufen in einem nur schwach beleuchteten Raum und legte sie in einen Korb. Als er Tamar bemerkte, schaute er kurz auf, fuhr dann jedoch mit seiner Arbeit fort.

»Hast du«, es fiel ihr schwer, die Frage so deutlich auszusprechen, »mit Lorenzo über mich geredet?«

Jean nahm eine weitere Rübe in die Hand und betrachtete sie. Tamar war versucht, ihn an den Schultern zu packen und zu schütteln, doch sie bezwang sich.

Schließlich warf er die Frucht in den Korb und wandte sich ihr zu. In dem spärlichen Licht wirkte sein Gesicht alt und müde. »Nein, das habe ich nicht.«

Tamar atmete auf. Doch konnte sie ihm wirklich trauen? »Warum nicht? Wie du in jener Nacht sagtest, Lorenzo hätte dich sicher dafür belohnt«, erwiderte sie hart.

Jeans Lippen kräuselten sich spöttisch. Wieder ließ er sich Zeit mit der Antwort. »Bestimmt nicht deinetwegen. Vielleicht habe ich darauf verzichtet, dich zu melden, weil mir die Freiheit, eine Belohnung von Lorenzo auszuschlagen, mehr wert ist als alles, was er mir geben könnte.«

Tamar spürte, dass er die Wahrheit sagte. »Danke«, flüsterte sie, »Gott möge dich für deine Güte segnen.«

Jean stieß ein raues Lachen aus und hielt seinen Kopf so, dass sie das Brandzeichen auf seiner Wange sehen konnte. »Segnungen deines Gottes wurden mir schon überreich zuteil. Ich kann gut auf weitere verzichten.«

Als er die Hand hob, dachte Tamar, er wollte sie schlagen. Doch zu ihrer Überraschung berührte er behutsam ihr Gesicht und ließ seine Finger über ihre Haut wandern. Sie stand ganz still und ließ es geschehen. Als sich die Tür am oberen Ende der Steintreppe öffnete, zuckten sie gleichzeitig zurück.

»Geh«, stieß Jean hervor. Tamar huschte in den angrenzenden Keller, wo sie sich hinter an der Wand gestapelten Körben verbarg. Durch die Ritzen in dem Flechtwerk erkannte sie zwei andere Sklaven, einen Mann und eine Frau, die den Raum in Richtung der Weinkeller durchquerten. Sie wartete, bis ihre Schritte verklungen waren, ehe sie sich aus ihrem Versteck wagte.

Als sie in den Keller zurückkehrte, wo die Rüben gelagert waren, hatte Jean ihn schon verlassen.

»Lasst uns zusammenfassen, was wir bisher herausgefunden haben.« Olivier hob die Hand und blickte Paul, Thierry und Baptiste an, die mit ihm in einem Winkel des sonnigen Hofes saßen. Sie hatten es vorgezogen, die Gaststube des Klosters bei Cluny zu verlassen, da sie draußen keine unliebsamen Zuhörer hatten.

»Wir können davon ausgehen, dass dieser geheimnisvolle Mann, dem das Siegel mit dem zum Sprung geduckten Löwen gehört, Eugène de Blois mit dessen sodomitischer Neigung erpresste. Vermutlich informierte Eugène ihn über Testamente, die lohnende Vermächtnisse an den Orden enthielten. Dann schickte unser Mann seine Mörder los. Im Fall von Raoul de Charnys Vater und dem alten Harcourt können wir annehmen, dass sie nicht zufällig bei den Überfällen irgendwelcher Räuberbanden ums Leben kamen, sondern gezielt umgebracht wurden. Was den alten Laval anbelangt ...«, Olivier zuckte die Schultern, »... da weiß ich, ehrlich gesagt, nicht, was ich von dessen Fiebertod halten soll.«

»Ich glaube, die Magd hat sich da etwas eingeredet.« Paul wiegte skeptisch den Kopf, während Thierry ihm mit einem Nicken zustimmte. »Das denke ich ebenfalls.«

»Das sei erst einmal dahingestellt. Aber ich bin davon überzeugt, dass mindestens zwei Morde wegen eines Vermächtnisses verübt wurden.«

»Ganz sicher wurden noch viel mehr begangen, von denen wir nur nichts wissen«, stöhnte Baptiste. »Es ist einfach nicht auszudenken ... Jemand bedenkt den Orden mit Land oder Geld und, indem er das Testament im Tempel hinterlegt, besiegelt er sozusagen seinen gewaltsamen Tod.«

»Was du sagst, klingst alles sehr schlüssig«, Paul wandte sich Olivier zu, »aber mir will einfach nicht einleuchten, dass solche Machenschaften nie jemandem aufgefallen sind.«

»Ach, mit jemandem wie Henry d'Esne als Ordensleiter ist das leicht möglich.« Thierry lachte.

»Dieser Ansicht bin ich ebenfalls«, sagte Olivier trocken. »Henry fiel als Kontrollinstanz aus und mit Eugène hatte unser Unbekannter jenen Mann als Unterstützung gewonnen, bei dem alle Fäden im Schatzamt zusammenliefen.

Außerdem glaube ich, dass diese Leute sehr geschickt vorgehen. Wenn jemand dem Tempel eine größere Geldsumme vermachte, dann erhielt der Orden sicher einen Teil davon – und nur der Löwenanteil ging an die Betrüger. Den genauen Betrag, der in dem Testament angeführt war, kannten schließlich nur unser Unbekannter und Eugène. Güter, die vererbt wurden, können sie entweder verkauft oder mit ihren Mitwissern besetzt haben – wie im Fall Antoine de Roye. Wenn Raoul de Charny nicht nach Paris gekommen wäre, um wegen des Tauschs zu verhandeln, und dort nicht auf den ehrlichen, wachsamen Gaston gestoßen wäre, hätten diese Betrügereien noch jahrelang unentdeckt weitergehen können.«

Olivier schwieg und ließ seinen Blick über den Hof wandern. Einige bäuerlich gekleidete Menschen hatten sich in der Mittagssonne vor dem Kirchenportal versammelt und schwatzten. Drei Benediktiner standen auf einem Gerüst und versahen das Gästehaus neben der Kirche mit einem frischen Kalkanstrich. Hoch oben am wolkenlosen Spätsommerhimmel zog ein Schwarm Vögel seine Kreise. Ein friedlicher Tag und doch war dieser Frieden nur zu zerbrechlich. Leute wie der Unbekannte mit dem Siegel bedrohten ihn. Zorn erfüllte Olivier.

»Wir wissen inzwischen eine ganze Menge, nur leider immer noch nicht, wer der Mann ist, der hinter all diesen Verbrechen steckt«, fuhr er fort. »Und, so sehr ich dies auch bedaure, ich habe im Moment keine Ahnung, wie wir ihn finden könnten.«

»Nun, wir könnten das Schatzamt des Tempels auseinandernehmen, uns jedes einzelne Testament aus den letzten Jahren vorknöpfen und die jeweiligen Familien aufsuchen«, sagte Thierry nach kurzem Nachdenken. »So würden wir wenigstens herausfinden, wo es eine Diskrepanz zwischen den Geldsummen gibt, die dem Orden vermacht wurden, und denen, die tatsächlich eingezahlt wurden. Auf diese Weise müssten sich Güter aufspüren lassen, die mit Verbündeten des Mannes mit dem Siegel besetzt sind.«

Entsetzt blickte Baptiste ihn an. »Ihr wollt doch wohl hoffentlich nicht den Tempel mit Waffengewalt stürmen?«

»Ich hätte damit keine Probleme«, Olivier grinste. »Aber ich fürchte, eine solche Suche wird uns sehr viel Zeit kosten, und wer weiß, ob Leute wie Antoine de Roye dem Mann mit dem Siegel je begegnet sind. Ich schätze ihn als sehr vorsichtig ein.«

Er bemerkte plötzlich, dass das Schwatzen und Lachen der Leute auf dem Hof verstummt war. Die Benediktiner auf dem Gerüst hatten ihre Arbeit unterbrochen und blickten zu einer Gruppe von vier Dominikanermönchen, die durch das Tor ritt. Ihr Anführer hatte ein ausgezehrtes Gesicht. Eine sternförmige Narbe – sie rührte von einem Steinwurf her, vermutete Olivier – kontrastierte mit der auffallenden Blässe seiner Haut. Die Augen des Dominikaners waren hart und er musterte die Leute, als wollte er die tiefsten Winkel ihrer Seelen erforschen.

»Inquisitoren …«, murmelte Baptiste.

»Ich hasse dieses Gesindel«, knurrte Olivier. »Lasst uns weiterreiten und woanders einen Schlafplatz suchen. Mit diesem verbohrten, hirnlosen Abschaum will ich keine einzige Nacht unter einem Dach verbringen müssen.«

Langsam ging Michal durch eine der verwinkelten Gassen im Herzen von Siracusa. Am Vorabend hatte sie die Stadt erreicht. Das Kleid, das sie inzwischen gegen ihre Hose und den Kittel getauscht hatte, fühlte sich ebenso fremd an wie die Existenz, in die sie nun wieder schlüpfen musste: Teresa, die heilkundige Frau, die ihr Gedächtnis verloren und sich fast in einen Soldaten des Kaisers namens Alessio verliebt hatte.

Als Michal um eine weitere Ecke gebogen war, erstreckte sich ein kleiner Platz vor ihr, dessen Schmalseite an die Vorderfront der Festung grenzte. Die aus hellem, gelblichem Stein erbaute Anlage und die Stadtmauern versperrten ihr die Sicht auf das Meer, aber sie konnte das Salz in der Luft riechen. Während des langen Ritts und der Überfahrt vom Languedoc nach Sizilien hatte Michal das eigentliche Ziel ihres Auftrags meist aus ihren Gedanken verbannt und sich nur auf die Gegenwart konzentriert.

Aber nun, im Angesicht der Festung, stand das, was sie tun musste, wieder in aller Klarheit vor ihr. Alles in Michal begehrte dagegen auf. Doch sie dachte auch an ihren Sohn und zwang sich, auf das Tor zuzugehen. Sie hoffte, dass die Wächter ihr den Zutritt verwehren würden – dass ihr, und sei es eine noch so kurze, Frist bliebe. Doch einer, ein vierschrötiger Mann mit einem gutmütigen Gesicht, erkannte sie sofort.

»Dem Himmel sei Dank, dass Ihr hierher gefunden habt«, sagte er eifrig. »Alessio hat schon überall nach Euch suchen lassen.« Er wandte sich an die anderen drei Bewaffneten. »Ich bringe die Frau schnell zu ihm.«

Alessio, der ihr vertraute ... der ihr das Leben gerettet hatte ... Wie sollte sie ihm nur gegenübertreten?

Stumm folgte Michal dem Soldaten auf dem gepflasterten Torweg.

Auf dem großen Hof vor der Halle herrschte das übliche Getriebe: Bedienstete eilten hin und her. Neben einem Karren voller Holzkäfige, in denen schnatternde Gänse gefangen waren, stand ein korpulenter Mann aus dem kaiserlichen Haushalt und feilschte mit einem Händler.

Im nächsten Moment entdeckte Michal Alessio, der sich inmitten einer Gruppe von Bewaffneten befand. Als hätte er ihren Blick gespürt, drehte er sich zu ihr um. Sein Gesicht spiegelte zuerst Überraschung, dann Freude. Nein, es war noch schlimmer, ihm wiederzubegegnen, als sie gefürchtet hatte.

Rasch kam er auf sie zu und schickte den Wachposten mit einer Handbewegung weg. »Wo seid Ihr nur gewesen? Alle haben sich große Sorgen um Euch gemacht«, sprudelte es aus ihm heraus, während er sie am Arm fasste und zu einer Nische in der Festungsmauer führte. Durch eine schmale, vergitterte Öffnung war das Meer zu sehen. Der salzige Geruch in der Luft war noch prägnanter geworden und verursachte Michal plötzlich Übelkeit.

»Ich ... Nachdem der Kaiser uns beide empfing, konnte ich nicht mehr bleiben. Etwas in mir sagte, ich müsste das Kloster verlassen.« Michal starrte zu Boden. Zwischen den Pflastersteinen wuchs ein winziger Grashalm. Wieder und wieder hatte sie sich in den letzten Stunden die Sätze vorgesagt, mit denen sie Alessio ihr Verschwinden erklären wollte. Trotzdem brachte sie die einzelnen Worte nur mühsam hervor. »Danach … danach kann ich mich an nichts mehr erinnern. Außer, dass ich umhergeirrt bin. Irgendwann fand ich mich vor einer kleinen Kapelle wieder, die am Rand eines Getreidefeldes stand. In der Gegend von Ragusa, wie ich später erfahren habe. Das Bild der Gottesmutter über dem Altar muss bewirkt haben, dass ich zu mir kam.«

»Hat Euch die Gottesmutter denn auch die Erinnerung an Euer altes Leben zurückgegeben? Das Leben, das Ihr hattet, bevor Ihr nach Monreale kamt?« Alessio sprach mit sanfter Stimme.

»Nein.« Michal starrte wieder auf den Grashalm, während sie sich wünschte, all die Jahre, die sie auf Lorenzos Burg zugebracht, und all das Schreckliche, das sie getan hatte, wären für immer aus ihrem Gedächtnis gelöscht. »Weil ich immer noch nicht weiß, wer ich bin und wohin ich gehöre, wollte ich den Kaiser nun bitten, mich in seinen Haushalt aufzunehmen. Meint Ihr, er wird mir die Gunst erweisen, mich zu empfangen?« Sie durfte nicht länger Alessios Blick ausweichen. Michal rief sich all die Künste zur Selbstbeherrschung und zur Verstellung in Erinnerung, die sie je gelernt hatte, und sah ihm in die Augen.

Zu ihrer Erleichterung lächelte Alessio. »Friedrich hat in den vergangenen Wochen häufig nach Euch gefragt. Euer Wohl liegt ihm sehr am Herzen und er wird Euch sicher gern empfangen, sobald er von der Jagd zurückgekehrt ist.«

»Er hält sich nicht in der Festung auf?«

»Nein, er wird erst morgen oder übermorgen zurückerwartet.«

Ihr blieb also tatsächlich noch eine Frist. Michal unterdrückte ein Aufatmen.

»Was ich Euch noch fragen wollte«, Alessios Miene war ernst geworden, »als Ihr dem Mann zu dem Gang auf dem Dach gefolgt seid, habt Ihr da sonst noch jemanden bemerkt?«

»Nein, wie ich schon dem Kaiser gegenüber erklärte ... Ich bin auf den Mann nur aufmerksam geworden, weil er nicht wie ein Mönch wirkte und ich etwas Böses in ihm spürte.« Sie erinnerte sich, wie sie dessen unbedingten Willen zu töten gefühlt hatte. Einen Willen, den sie selbst nur zu oft besessen hatte. »Ich ... Wenn Ihr mir nicht zu Hilfe gekommen wäret ...«, begann sie stockend. »Ich habe Euch noch gar nicht dafür gedankt, dass Ihr mir das Leben gerettet habt.« Was sie sagte, entsprach der Wahrheit und doch kam ihr ihre Rede wie eine einzige hässliche Lüge vor.

Michal konnte Alessio nicht länger in die Augen sehen und wandte den Blick ab. »Bitte«, brachte sie hervor, »ich bin müde und hungrig. Könntet Ihr mir vielleicht einen Schlafplatz zeigen?«

»Verzeiht, dass ich nicht daran gedacht habe«, sein reuevoller Ton bereitete ihr eine neue Pein. »Ich werde mich sofort darum kümmern, dass Euch eine Kammer zugewiesen wird und Ihr versorgt werdet.«

Oliviers schlechte Laune besserte sich auch während der nächsten Stunden nicht. Während der Planwagen Feldwege entlangrumpelte, verspürte er Niedergeschlagenheit. Seit er begonnen hatte, nach dem Mörder von Gaston zu suchen, hatte ihn das Gefühl nicht verlassen, immer wieder auf eine unsichtbare Wand zu stoßen. Auch seine Gefährten – Baptiste saß erneut neben ihm auf dem Kutschbock, Paul und Thierry ritten hinter ihnen her – waren bedrückt und schweigsam. Passend zu ihrer Stimmung zogen im Lauf des Nachmittags Wolken auf. Es war schwül und ein Gewitter lag in der Luft.

Als sie am Waldrand an einem kleinen Gehöft vorbeikamen, beschloss Olivier, dass es für diesen Tag genug sei. Das Anwesen wirkte zwar alles andere als anziehend – das Strohdach von Wohnhaus und Stall war an manchen Stellen faulig und hätte dringend erneuert werden müssen und der Gartenzaun größtenteils eingestürzt –, aber die Gebäude würden ihnen Schutz vor schlechtem Wetter bieten.

Er erklärte den drei Templern, dass er um eine Unterkunft bitten wolle, und machte sich auf die Suche nach den Bewohnern. Das Haus war menschenleer und im Stall traf er nur einen dürren Esel an. Deshalb lenkte er seine Schritte in den Garten. Zu seinem Missfallen war er von Unkraut überwuchert. Die wenigen Kohlköpfe und Rüben wiesen Bissspuren von Wildtieren auf und auch die unteren Zweige des Apfelbaums waren abgeäst.

Olivier dachte schon, das Anwesen sei verlassen, als er hinter einigen Zweigen eine Frau entdeckte, die am Boden hockte und versuchte, aus Weidenzweigen einen Zaun zu flechten. Erschrocken schrie sie auf, als sie den alten Templer sah.

»Ich will Euch nichts Böses«, beruhigte er sie. »Ich wollte nur fragen, ob ich und meine drei Gefährten die Nacht hier verbringen können. Wir zahlen natürlich für die Unterkunft.«

»Von mir aus könnt Ihr gern bleiben.« Die Frau hatte ein schmales, verhärmtes Gesicht. »Aber Ihr müsst wissen, dass Ihr das Dach mit einer verurteilten Ketzerin teilt.«

Als sie aufstand, bemerkte Olivier das lange Holzkreuz, das der Frau über dem Rücken hing – das Zeichen, das die Inquisition Ketzern aufzwang, das sie brandmarkte und in ihren Bewegungen behinderte. Mitleid stieg in Olivier auf.

»Macht Euch deswegen keine Sorgen. Daran stören weder ich mich noch meine Freunde.« Er wies auf den verwilderten Garten. »Ihr lebt allein?«

»Mein Mann ist seit ein paar Jahren tot«, sie blickte auf die Weidenzweige, »ich schaffe es einfach nicht, die Felder und den Garten zu bestellen. Und nun ist auch noch der Zaun zusammengebrochen und die Tiere fressen das Gemüse.«

»Wenn es Euch recht ist, werden ich und meine Gefährten uns bis zum Abend um den Garten kümmern.«

»Das kann ich nicht annehmen«, wehrte sie ab.

»Oh, Ihr tut mir damit einen Gefallen.« Olivier lachte. »Ich wollte schon länger wieder einmal in einem Garten herumwerkeln.«

Paul und Thierry nahmen sich des Zauns an und Baptiste unterstützte Olivier beim Unkrautjäten. Das Unwetter musste an einem anderen Ort niedergegangen sein, denn irgendwann setzte ein leichter, warmer Regen ein, der Wachstum und Fruchtbarkeit verhieß. Olivier empfand tiefe Befriedigung, als er unter all dem Wildwuchs frische Triebe von Gemüse und Kräutern zutage förderte.

Sie arbeiteten, bis die Dunkelheit dies unmöglich machte. Als sie das Wohnhaus betraten, hatte die Frau – ihr Name war Christine, wie sie mittlerweile erfahren hatten – Schüsseln mit Gemüse, gebratenen Zwiebeln und Getreidebrei bereitgestellt. Dies waren ihre Vorräte für die ganze nächste Woche, wie Olivier vermutete. Außerdem befanden sich vier Holzbecher und -schalen auf dem groben Tisch.

»Setzt Euch und esst mit uns«, sagte er freundlich.

»Verzeiht, aber ich möchte lieber nicht.« Schüchtern schüttelte sie den Kopf.

»Auch wenn Euch die Inquisition für eine Ketzerin hält – mir ist das gleichgültig und meinen Gefährten ebenfalls«, sagte Olivier bestimmt. »Wir würden gern das Essen mit Euch teilen.« Da Christine immer noch zögerte, dirigierte er sie sanft, aber bestimmt zum Tisch. Als er ihr das Holzkreuz abnahm, das sie beim Sitzen behinderte, durchlief sie ein ängstliches Zittern. Doch sie ließ es geschehen, und während des Essens röteten sich ihre bleichen Wangen ein wenig.

Nachdem Olivier seine Schale sorgfältig mit dem Löffel ausgekratzt hatte, stützte er seine Unterarme auf den Tisch und sah ihre Gastgeberin an. »Ich möchte Euch keine Angst machen, nur warnen, da Ihr schon einmal Ärger mit der Inquisition hattet. Drei Wegstunden von hier entfernt sind wir heute Mittag einer Gruppe von Dominikanern begegnet.«

Schlagartig wurde das Gesicht der Frau wieder bleich. »War unter ihnen ein Mönch, der eine sternförmige Narbe an der rechten Schläfe hat?«, flüsterte sie.

»Ja«, Olivier nickte. »Ihr kennt den Mann?«

Christines Augen füllten sich mit Tränen. »Er ließ meinen Mann und fünf andere aus dem nahen Dorf als Ketzer verbrennen.«

»Wann war das?«, fragte Baptiste behutsam.

»Vor drei Jahren.«

»Manchmal wünschte ich, die Leute würden die Inquisitoren mit Knüppeln aus ihren Ortschaften jagen«, brummte Paul.

»Sagt so etwas nicht.« Christine schluchzte auf. »Mein Gatte und die Dörfler haben versucht, sich gegen die Mönche zu wehren, und es endete furchtbar für sie. Die Dominikaner haben Wesen auf ihrer Seite, gegen die niemand kämpfen kann.«

»Meint Ihr damit den Beistand Gottes?«, meinte Baptiste verwundert.

Ein heftiges Weinen erstickte ihre Antwort.

Olivier legte ihr die Hand auf den Arm. »Lasst Euch Zeit ...«

Nach einer Weile hatte Christine sich wieder so weit gefasst, dass sie leise zu erzählen begann. »Wir hatten gehört, dass ein Inquisitor namens Alphonse, das ist der Name des Mönchs mit der Narbe, in der Gegend um Cluny nach Ketzern suchte. Laut dem, was die Leute sagten, fand er häufig Irrglauben, wo es überhaupt keinen gab. Denn er zwang die Menschen durch Drohungen oder auch durch Folter dazu, gegen sich selbst und andere auszusagen.«

»Wie es leider oft der Fall mit der Inquisition ist«, murmelte Thierry.

»Deshalb beschlossen mein Gatte und die Männer des benachbarten Dorfes zu handeln. Als die Inquisitoren hier eintrafen, vertrieben sie die Mönche mit Gewalt.«

»Das war sehr mutig, aber auch sehr dumm«, seufzte Baptiste.

»Wir wussten natürlich, dass die Inquisitoren zurückkehren würden und dass sie dann Bewaffnete bei sich haben würden. Deshalb verbarrikadierten sich alle Dorfbewohner. Da mein Mann und ich hier ungeschützt gewesen wären, zogen wir ebenfalls in den Ort. Die Dörfler stellten Wachen auf und waren für jede Art von Angriff gut gerüstet – nur nicht für den, der dann in einer Septembernacht stattfand.« Wieder begann Christine zu weinen.

»In jener Nacht konnte ich nicht schlafen«, fuhr sie schließlich fort. »Irgendwann gegen Mitternacht verließ ich das Bett und setzte mich ans Fenster. Da sah ich plötzlich, wie Schatten über die hohe Hecke huschten, die das Dorf umgab. Ich dachte noch, der Wind hätte mich genarrt, als einer der Schatten schon in das Haus eindrang.«

Olivier starrte sie fassungslos an. »Ein Schatten …?«

»Ja, oder ein Geist. Mein Mann und die Bauern griffen nach ihren Waffen. Doch das Wesen schleuderte sie ihnen aus den Händen. Den anderen Dorfbewohnern erging es genauso. Auch in ihre Häuser drangen die Geister ein. Nach kurzer Zeit waren alle überwältigt und gefesselt. Am nächsten Tag erschienen leibhaftige Soldaten und schleppten uns vor die Inquisitoren.«

Olivier hatte ihre letzten Worte nicht mehr richtig wahrgenommen. »Geisterkrieger … Bei Gott …« Er fuhr sich über die Stirn und sah seine Gefährten an. »Wir müssen dringend ein Wort mit diesem Inquisitor reden.«

Ein Fischerboot steuerte mit geblähten Segeln den nahen Hafen an, wo ein gutes Dutzend Kähne auf den Wellen tanzte. Der starke Wind und das Kreischen einiger Möwen, die sich von den Böen hoch in die Luft tragen ließen, verstärkten Michals Unruhe. In ihrer Kammer hatte sie sich wie eingesperrt gefühlt. Ihre Selbstbeherrschung, die ihr jahrelang Halt gegeben hatte, ließ nach. Ihr graute vor der Tat, die sie begehen musste. Gleichzeitig dachte sie voller Angst an ihren Sohn. Er war das Einzige, was ihr von Luca und ihrer Liebe zu ihm geblieben war. Von dem besseren Teil ihres Selbst.

»Teresa ...«

Michal benötigte einige Augenblicke, um zu begreifen, dass sie mit dieser Anrede gemeint war. Alessios Freund Karim war neben sie getreten.

Er nickte ihr freundlich zu. »Gut, dass ich Euch finde. Alessio lässt Euch ausrichten, dass Friedrich morgen, am frühen Abend, von der Jagd zurückkehren wird. Er wird die Mahlzeit in der Halle einnehmen und Euch am Ende des Essens empfangen.«

Morgen also ... Michal konnte nicht verhindern, dass ihr das Blut aus dem Gesicht wich.

Karim deutete ihr Erschrecken falsch. »Ihr müsst Euch keine Sorgen machen«, sagte er lächelnd. »Der Kaiser ist Euch mehr als wohlgesinnt. Außerdem, vielleicht beruhigt es Euch ja zu wissen, dass Alessio unter den Soldaten sein wird, die in der Halle Dienst tun.«

»Tatsächlich?«, hörte sich Michal flüstern. Bei all ihren Überlegungen, wie sie die Tat am besten begehen konnte, hatte sie diese Möglichkeit, so wahrscheinlich sie auch war, nie in Betracht gezogen. Alessio, das war ihr klar, würde nicht zögern, den Kaiser mit seinem eigenen Leben zu schützen. Sie musste verhindern, dass er sich am nächsten Abend in der Halle aufhielt.

»Sagt Eurem Freund ...«, sie wandte sich Karim zu, während sie fieberhaft überlegte, »... sagt ihm, dass ich ihn ungestört sprechen muss. Morgen gegen Mittag. Er soll mich in einer Bucht vor der Stadt treffen.« Rasch beschrieb sie ihm den Weg.

Angespannt sah sich Michal in der kleinen Bucht um. Sie hatte den Ort auf ihrem Weg nach Siracusa entdeckt, als sie, wie immer wenn sie einen Auftrag Lorenzos ausführte, nach möglichen Verstecken Ausschau gehalten hatte. Die Bucht befand sich nicht weit von der Festung entfernt, oberhalb einiger herbstlich verfärbter Baumwipfel konnte Michal die mächtigen Mauern sehen. Doch der Zugang war nur schwer zu finden, Gestrüpp verdeckte ihn fast vollständig.

Im seichten Wasser stand hohes Schilf, worauf sie, als sie sich das letzte Mal hier aufgehalten hatte, nicht weiter geachtet hatte. Während sie nun zu den gelblich grünen Rohren blickte, musste sie an den Abend denken, an dem die Inquisitoren ihren Vater weggeschleppt hatten und sie sich im Schilf verborgen hatte. Es erschien ihr plötzlich wie ein schlechtes Omen, dass die Pflanze auch hier wuchs.

Ein glasiger Dunst überzog den Himmel und die Luft war heiß und drückend. Was jedoch ihren Plan, Alessio außer Gefecht zu setzen, begünstigte. Michal spürte das Gewicht der kleinen Kalebasse auf ihrem Schoß. Das Wasser enthielt ein geschmackloses Mittel, das einen Menschen für einige Stunden lähmte und ihn in einen tiefen Schlaf fallen ließ. Am Vormittag hatte sie sich eine Kammer in einer heruntergekommenen Taverne gemietet und es dort zubereitet.

Nur noch wenige Stunden und sie würde einen weiteren Mord begangen haben. An einem Menschen, der sie arglos empfing, da er glaubte, ihr Dank zu schulden. Das Leben des Kaisers gegen das meines Sohnes, dachte Michal hart.

Die Sträucher raschelten, als Alessio die Zweige beiseiteschob. Ihre Hände verkrampften sich. Sie musste sich beherrschen … ihre Fähigkeiten zur Täuschung nutzen …

»Danke, dass Ihr gekommen seid«, es gelang Michal, ihre

Stimme erleichtert klingen zu lassen und ein Lächeln zu zeigen, »ich wollte ungestört mit Euch reden. Ich bin Euch eine Erklärung schuldig.«

»Ihr müsst mir nichts erklären.« Er blickte sie voller Wärme an. »Jedenfalls freue ich mich, Euch zu sehen.«

Während sich Alessio neben sie auf einen umgestürzten Baumstamm setzte, öffnete Michal die Kalebasse und gab vor, von dem Wasser zu trinken. »Verzeiht, aber ich war durstig«, sagte sie, nachdem sie die Flasche wieder abgesetzt hatte. »Bitte, bedient Euch, wenn Ihr auch trinken mögt ...«

Mit einem Nicken nahm er das Gefäß entgegen und hielt es locker in seinen Händen.

»Ich ...« Wie vor ihrer letzten Begegnung hatte sie sich ihre Worte sorgfältig zurechtgelegt und wieder wollten sie ihr nicht über die Lippen kommen. »Ich ... Es tut mir sehr leid, dass ich Euch in Placidus' Kräuterraum geschlagen habe. Und behauptet habe, dass ich Euch nicht mehr sehen wolle.« Sie verstummte.

»Es hatte mit dem zu tun, was ich Euch über den Tod meiner Frau erzählt hatte, nicht wahr?«, half er ihr.

»Ja.« Sie senkte den Kopf, verfolgte jedoch, wie Alessio sich über die verschwitzte Stirn fuhr, dann die Kalebasse an seinen Mund setzte und einige große Schlucke trank.

»Ich hatte nicht alles aus meinem früheren Leben vergessen. Ich konnte mich an einen Mann erinnern, den ich einmal geliebt habe und der ebenfalls getötet wurde.«

»Und mit meiner Geschichte habe ich das alles wieder in Euch aufgewühlt?«

»Ja.« Wieder nickte Michal. Ihr kam es vor, als ob sie Luca und alles, was zwischen ihnen gewesen war, mit ihrer Lüge beschmutzte.

»Es war mein Fehler. Ich hätte Euch, mitgenommen und verwirrt, wie Ihr wart, nicht mit meinen Erlebnissen belasten dürfen.«

»Nein, es ehrt mich, dass Ihr mir davon erzählt habt.«

Alessios Oberkörper schwankte ein wenig und er fasste an den Baumstamm, um nicht das Gleichgewicht zu verlieren. Jeden Moment würde er die Besinnung verlieren. Dies war ihr letztes Zusammensein. Danach würde sie entweder tot oder geflohen sein.

Plötzlich war ihr alles gleichgültig. »Ihr ... Ich ... Ich habe für Euch ähnlich wie für jenen Mann empfunden«, platzte es aus ihr heraus. »Das konnte ich nicht ertragen.«

Ehe Alessio reagieren konnte, beugte sie sich vor und küsste ihn. Nach einem Moment der Überraschung erwiderte er den Kuss zärtlich und leidenschaftlich, doch dann wurde sein Körper in ihren Armen schlaff und sein Kopf sank auf seine Brust.

»Was ist mit mir ...«, hörte sie ihn benommen murmeln.

Wenn es doch endlich vorbei wäre ... Lange hielt sie dies nicht mehr aus.

Alessio blickte noch einmal zu Michal hoch. Ihr Gesicht musste sie verraten haben, denn seine glasig werdenden Augen zeigten erst Unglauben, dann Entsetzen.

»Ihr ...« Mit letzter Kraft stieß er sie von sich.

»Bitte, denkt nicht zu schlecht von mir«, flüsterte sie.

Alessio versuchte, auf die Füße zu kommen und seinen Dolch zu ergreifen. Mit einem Stöhnen sackte er zusammen.

Michal kauerte sich neben ihn. Sie zog ihn auf ihren Schoß, hielt ihn fest und streichelte ihn, während sie leise schluchzte.

Erst nach einer ganzen Weile ließ sie ihn zu Boden gleiten und fesselte ihn mit den Stricken, die sie unter ihrem Kleid verborgen hatte. Nachdem sie Alessio am Ufer entlang zu einem Gebüsch gezerrt und zwischen den Sträuchern verborgen hatte, lief sie davon, ohne sich noch einmal umzusehen.

Olivier duckte sich hinter einen Baumstamm und spähte auf den Waldweg, der von dem Planwagen blockiert wurde. Zwei Tage lang hatten er und seine Gefährten die Dominikaner beschattet und sich schließlich entschlossen, den Hinterhalt in diesem Hohlweg zu legen. Die übrige Zeit hatten sie genutzt, um weiter in dem Garten und an den Zäunen ihrer Gastgeberin Christine zu arbeiten. Wenigstens war so aus all dem Unglück und Leid noch etwas Gutes erwachsen.

Hufschläge ertönten nun auf dem ausgedörrten Waldboden. Olivier gab seinen Gefährten ein Zeichen. Gleich darauf ritten die Inquisitoren um die Wegbiegung.

»Das ist ein Hinterhalt!«, schrie Alphonse alarmiert, als er das Hindernis sah. Er wendete sein Pferd und riss sein Schwert aus der Scheide. Aber Olivier und die Templer waren schon aus ihrer Deckung gesprungen und versperrten den Mönchen nun auch die Flucht in die andere Richtung. Halbherzig zogen die Begleiter des Inquisitors ihre Waffen.

»Wir wollen nur Alphonse!«, rief Olivier, während er sein Schwert kreisen ließ und einen jeden zur Seite drängte, bis er vor dem Inquisitor stand. Dieser schäumte vor Wut und machte keinerlei Anstalten sich zu ergeben.

»Gottloses Pack! Wie könnt Ihr es wagen, die Diener Gottes anzugreifen«, kreischte er. »Weg mit den Waffen und auf die Knie mit Euch!«

Mit einem raschen Blick über die Schulter überzeugte sich Olivier, dass Baptiste, Paul und Thierry die anderen Dominikaner von ihren Pferden gezogen hatten.

»Ich würde sagen, wir haben keine Veranlassung, uns zu ergeben«, grinste er Alphonse an.

»Schon ganz andere Leute haben geglaubt, sie könnten sich gegen Gott erheben. Aber die Strafe des Herrn ist über sie gekommen und Euch wird es nicht anders ergehen!«

»Die Strafe Gottes in der Gestalt von Geisterkriegern – genau darüber wollten wir mit Euch reden«, erwiderte Olivier. »Ihr könnt Euch einiges an Ärger ersparen, wenn Ihr uns einfach erzählt, was Ihr über diese Krieger wisst.«

Statt einer Antwort stieß Alphonse seinem Pferd die Fersen in die Flanken und drang mit dem Schwert auf Olivier ein. Geschickt wich der alte Templer ihm aus. Er hieb die stumpfe Seite seiner Waffe gegen das Handgelenk des Mönchs und dieser ließ das Schwert mit einem Schmerzensschrei fallen. Olivier setzte mit einem Schlag gegen den Kopf des Inquisitors nach. Alphonse sackte zusammen und stürzte aus dem Sattel.

»Verbindet seinen Begleitern die Augen, fesselt und knebelt sie und steckt sie in den Wagen«, rief Olivier seinen Gefährten zu, während er das Gleiche mit Alphonse tat.

Angespannt lief Michal in ihrer Kammer auf und ab. An ihrem rechten Oberschenkel konnte sie den Dolch spüren, der dort in einer Falte ihres Gewandes verborgen war. Schon vor geraumer Zeit war es dämmrig geworden. Das Licht einer großen Bienenwachskerze flackerte über die mit Blumenornamenten verzierten Wände, das Bett mit den Decken aus feinem Leinen und die große, eisenbeschlagene Truhe. Ein Zimmer, wie es einem Ehrengast angemessen ist, dachte sie bitter.

So hatte sich auch der Diener, der vor einer guten Stunde zu ihr gekommen war, um ihr mitzuteilen, dass sich die Ankunft des Kaisers verspäten würde, sehr respektvoll verhalten. Vorhin war dann endlich Pferdewiehern und Stimmengewirr in einem der Höfe zu hören gewesen. Die Jagdgesellschaft war zurückgekehrt. Ob Friedrich sie tatsächlich noch an diesem Abend empfangen würde oder ob er es vorgezogen hatte, sich gleich in seine Gemächer zurückzuziehen? Es musste ihr gelingen, ihn zu töten, bevor Alessio das Bewusstsein wiedererlangte und sich befreite!

Michal trat zu der Truhe und entnahm ihr ein Fläschchen. Sie träufelte einige Tropfen in einen mit Wasser gefüllten Becher und trank die Flüssigkeit. Gleich darauf spürte sie, dass sich eine konzentrierte Ruhe in ihr breitmachte. Licht und Schatten nahmen an Intensität zu. Ihr Gehör schärfte sich und neue Kraft strömte in ihre Glieder. Es würde ihr gelingen, ihren Auftrag zu erfüllen!

Am Ende des Ganges, der zu ihrer Kammer führte, vernahm Michal nun Schritte. Das Geräusch stammte von Sandalen, wie sie die Bediensteten trugen. Gleich darauf verbeugte sich ein junger Bursche vor ihr. »Der Kaiser geruht nun, Euch zu empfangen. Wenn Ihr mir bitte folgen wollt.«

Michal nickte. »Ich bin bereit.«

Kaltes Wasser klatschte in Alessios Gesicht. Während er stöhnend versuchte, sich zu bewegen, hörte er einen Hund bellen. Sein Kopf schmerzte zum Zerspringen und seine Arme und Beine wollten ihm nicht gehorchen. Was war nur mit ihm geschehen? Er spürte mehr, als dass er sah, wie sich jemand über ihn beugte. Metall berührte seine Handgelenke. Dann besaß er plötzlich wieder Gewalt über seine Gliedmaßen. Er wollte sich aufrichten, verfügte jedoch nicht über die nötige Kraft.

»Wartet, ich helfe Euch!«, sagte eine Männerstimme.

Er wurde unter den Schultern gepackt und sein Rücken gegen etwas gelehnt. Wieder traf ein Schwall Wasser Alessios Gesicht. Prustend riss er die verquollenen Augen auf.

Ein gedrungener Mann Anfang dreißig stand vor ihm und musterte ihn mitleidig. »Euch hat man aber übel mitgespielt. Räuber, vermute ich?«

Alessio registrierte, dass ihn der Fremde zu einer Esche gezogen hatte und er sich in einer Meeresbucht befand. Die Dämmerung war schon fortgeschritten. Neben ihm zupfte ein gescherktes Pferd an Grashalmen, die zwischen Sand und Steinen wuchsen. Noch immer konnte er keinen klaren Gedanken fassen.

»Tja, Ihr hattet Glück, dass Euch mein Ajax in dem Gebüsch entdeckt hat.« Der Mann tätschelte den Rücken eines großen, struppigen Mischlinghundes. »Sonst hättet Ihr hier vermutlich noch ziemlich lange liegen müssen, so gut gefesselt, wie Ihr wart.«

Endlich gelang es Alessio, seine Lippen zu bewegen. »Was meint Ihr damit?«, stammelte er.

»Nun, irgendjemand hat Euch verschnürt wie ein Bündel.« Sein Retter lachte und deutete auf einige zerschnittene Stricke, die sich neben Alessio im Gras kringelten. »Und Ihr scheint einen üblen Schlag auf den Kopf bekommen zu haben.«

Alessio fuhr sich über die Stirn. Ja, sein Kopf schmerzte. Jedoch nicht wie nach einem Hieb, sondern so, als ob er an einem schlimmen Rausch litt. Er hatte aber keinen Alkohol getrunken. Wasser, durchfuhr es ihn. Er hatte Wasser aus einer Kalebasse zu sich genommen, die ihm Teresa gereicht hatte.

Entsetzen durchströmte ihn, als seine Erinnerung zurückkehrte. Sie hatte ihn gebeten, in die Bucht zu kommen, und er hatte neben ihr auf einem Baumstamm am Ufer gesessen. Kurz nachdem er von dem Wasser getrunken hatte, hatte er gemerkt, wie ein Gift ihn zu lähmen begann. An diesem Abend – vielleicht eben gerade – würde Friedrich sie empfangen.

Alessio fasste nach einem niedrigen Zweig der Esche und zog sich daran hoch. »Ihr müsst mir Euer Pferd leihen«, brachte er hervor.

»Guter Mann, ich finde, ich habe schon mehr als genug für Euch getan.« Der Fremde hob die Augenbrauen.

Alessio lachte rau auf. »Ihr tut es nicht für mich. Die Frau, die mich betäubt und gefesselt hat, will den Kaiser ermorden.«

»Eine Frau soll das getan haben?« Der Fremde schmunzelte. »Ich fürchte, der Schlag auf den Kopf macht Euch immer noch zu schaffen. Nein, mein Pferd bekommt Ihr nicht.«

Das Bellen des Hundes, der am Ufer irgendein Tier entdeckt hatte, lenkte den Mann für einen Moment ab. Alessio griff in die Mähne des Scheckigen. Es gelang ihm, ein Bein auf den Pferderücken zu schieben.

Der Fremde fuhr zu ihm herum. »He, verdammt, was fällt Euch ein? Herunter mit Euch! Ajax, hierher!« Er rief seinen Hund, während er gleichzeitig Alessios Arm packte.

Doch erschreckt von der Bewegung scheute das Pferd und stieg hoch. Der Fremde wurde zurückgeschleudert und musste seinen Griff lösen. Alessio, der sich in der Mähne festgekrallt hatte, nahm seinen ganzen Willen zusammen und schwang sich in den Sattel. Der Scheckige tat einige wilde Sätze. Dann beruhigte er sich und gehorchte dem Druck von Alessios Schenkeln. Ohne sich weiter um das Geschrei des Mannes und das wütende Bellen des Hundes zu kümmern, galoppierte Alessio los.

Während er das Pferd unbarmherzig antrieb, verbot er sich jeden Gedanken an die Frage, wie es möglich war, dass Teresa, die Friedrich unter Einsatz ihres eigenen Lebens in Monreale gerettet hatte, ihn nun töten wollte.

Endlich tat sich das Stadttor vor ihm auf.

»Aus dem Weg!«, brüllte er, ohne aufzuhören, das Tier weiter anzutreiben. Menschen wichen im letzten Moment zur Seite. Er streifte ein Regal vor einem Laden, es stürzte zusammen. Flüche und Verwünschungen folgten ihm.

»Lasst mich passieren! Friedrich ist in großer Gefahr!«, rief er den Wachen vor dem Tor der Festung zu. Sie wichen zurück. Er sprengte weiter. Der Hof vor der Halle lag nun vor ihm. Musik tönte aus dem Inneren. Noch war er nicht zu spät!

Alessio sprang aus dem Sattel und rannte auf das Tor der Halle zu.

Michal war durch das Portal getreten. Dabei hatte sie rasch und konzentriert jedes Detail in Augenschein genommen. Das Mahl war bereits beendet. Etwa fünf Dutzend Gäste saßen an den Tafeln im unteren Teil des großen Raums. Sie befanden sich ein gutes Stück entfernt von dem Podium auf der Stirnseite, wo Friedrich auf einem thronartigen, vergoldeten Stuhl Platz genommen hatte. Seine Tafel war bereits weggeräumt worden. Nur ein kleiner Tisch mit einem Weinkelch darauf stand noch neben ihm.

Zu beiden Seiten des Kaisers wachten je zwei Soldaten. Die drei hohen Fenster in seinem Rücken waren geöffnet. Michal hatte die Halle während der vorherigen Nacht schon einmal aufgesucht und genau erforscht. Selbst wenn die Fenster geschlossen gewesen wären, wäre es ihr möglich gewesen, nach der Tat durch die Scheiben zu springen. Dass sie offen standen, würde ihr die Flucht erleichtern.

Ein grauhaariger Mann eilte auf Michal zu und forderte sie auf, ihn zu begleiten. Während sie ihm durch die Halle folgte, entging ihr nichts: die Stimmen und das Lachen der kostbar gekleideten Menschen. Der Geruch nach Wein, Spezereien und brennendem Bienenwachs, in den sich eine Brise salziger Meeresluft mischte. Die Flöten- und Harfentöne eines Liedes sowie die Spiegelungen der Kerzenflammen in den Marmorverkleidungen der Säulen.

Als Michal nun die Stufen erreichte, die zu dem Podest hinaufführten, blickte Friedrich sie an und lächelte. Auf einen Wink von ihm verstummten die Musik und die anderen Geräusche in der Halle. Freundlich sagte er: »Komm zu mir, meine Tochter.«

»Hoheit …«, flüsterte Michal und neigte den Kopf.

Die Soldaten musterten sie arglos und wohlwollend. Während sie ihr Kleid raffte, um die niedrigen Stufen hinaufzusteigen, umfassten ihre Finger den Griff des Dolchs. Langsam ging sie auf Friedrich zu. Dann beugte sie sich vor, als ob sie vor ihm niederknien wollte.

Merlito …!, dachte Michal. Sie riss die Waffe aus der Scheide und sprang geschmeidig auf den Kaiser zu. Im gleichen Moment hörte sie den Schrei: »Haltet die Frau fest, sie will Friedrich töten!« Alessio – wie hatte er es nur vermocht, sich zu befreien? Sofort blendete sie ihn ebenso aus wie das entsetzte Lärmen der Menschen unten in der Halle. Nur ihre Aufgabe zählte.

Einen Lidschlag später traf die Spitze ihres Dolchs auf die Brust des Kaisers. Michal registrierte, dass die Miene Friedrichs gefror und seine blauen Augen sich fassungslos weiteten. Dann war es an ihr, überrascht zu sein: Statt dass der Dolch sich in das Herz des Kaisers bohrte, rutschte die Waffe ab. Der Kaiser hatte sich unter seinem Seidengewand mit einem Kettenhemd aus feinem Metall geschützt.

Als ob sich die Zeit zerdehnte, nahm Michal wahr, dass Friedrich versuchte, nun seinerseits nach seiner Waffe zu greifen, und dass sich die Soldaten auf sie zubewegten. Sie fasste Friedrich um die Brust und wirbelte ihn herum. Zugleich stieß sie den kleinen Tisch in Richtung einer der Wächter und trat einem anderen in die Kniekehlen. Sein Fall riss einen weiteren Mann mit sich. Ein schneller Blick in die Halle: Einige Männer rannten auf das Podium zu. Unter ihnen auch Alessio. Sie würden den Kaiser nicht mehr retten können.

Den ersten Soldaten hatte der Tisch nicht lang behindert und schon war er bei Michal. Sie rammte ihm ihren Dolch in den Unterleib, woraufhin er stöhnend zusammenbrach.

»Verfluchte Hexe!« Ein weiterer Leibwächter drang mit erhobenem Schwert auf sie ein. Noch einmal drehte sie sich, wobei sie Friedrich loslassen musste, und durchtrennte die Sehnen im Oberarm des Soldaten mit einem raschen Schnitt. Mit einem Aufschrei ließ er seine Waffe fallen.

Blitzschnell fuhr sie wieder zu dem Kaiser herum. Der hatte inzwischen seinen Dolch gezückt und blickte ihr furchtlos entgegen. Sie riss ihr Bein hoch und trat gegen seine Finger. Die Waffe wurde in hohem Bogen in die Luft geschleudert. Michal erhob die Hand mit ihrem Dolch.

»Nein, nicht!« Wieder Alessios Stimme. Ganz nah jetzt. Für einen Moment war Michal abgelenkt, ihre Bewegung verlangsamte sich. Alessio prallte gegen ihren Rücken und riss sie um. Sie kam auf dem Bauch zu liegen. Ihren Dolch hielt sie immer noch fest in der Hand. Schnell rollte sie sich zur Seite. Aber ehe sie aufspringen konnte, hatte sich Alessio erneut auf sie geworfen. Seine Augen waren hart und dunkel vor Zorn.

Hinter Alessio konnte sie Friedrich sehen, der ihm zu Hilfe eilte.

Ihr Sohn ... Ein rascher Stich in Alessios Brust, dann aufspringen und ihren Dolch in die Kehle des Kaisers stoßen. Noch immer würde sie entkommen können ...

Doch sie war wie gelähmt. Alessio riss ihren Kopf an den Haaren hoch. Gleißende Helligkeit durchzuckte ihren Schädel, als er ihn mit aller Kraft gegen den Steinboden hieb. Dem Licht folgte Dunkelheit.

Paul und Thierry blieben als Wachen bei den drei Dominikanern im Stall. Olivier und Baptiste brachten den Inquisitor in den Keller von Christines Haus. Dort zogen sie Alphonse die Kutte aus und fesselten ihn an einen Balken. Olivier nahm eine neunschwänzige Peitsche in die Hand und ließ die Schnüre am Gesicht des Inquisitors vorbeizischen – die Augenbinde hatte er ihm nicht abgenommen, um Christine zu schützen.

»Hört Ihr die Peitsche? Ich lege keinen Wert darauf, Euch zu quälen. Auch wenn es vielleicht nicht schaden würde, wenn Ihr selbst einmal die Folter schmeckt. Vielleicht wendet Ihr sie danach ja bei anderen sparsamer an ... Also noch einmal: Wer sind diese Geisterkrieger?«

Alphonse verzog trotzig den Mund. »Ich weiß nicht, wovon Ihr redet.«

»Ich rede von den Männern, die im Dienste der Inquisition unschuldige Menschen überfallen und über ganz erstaunliche Kampfkünste verfügen.«

»Das sind keine Gespenster, sondern aufrechte Gotteskrieger. Der verderbte Geist der Ketzer hat Gespenster in ihnen gesehen.«

»Wer ist der Herr dieser Gotteskrieger?«

Weil der Inquisitor beharrlich schwieg, ließ Olivier erneut die Peitsche durch die Luft zischen. »Ich warne Euch! Meine Geduld ist begrenzt.«

»Christus hat vor seinem Tod die Geißelung durch die Römer ertragen«, erwiderte Alphonse verächtlich. »Deshalb werde auch ich in der Lage sein, Eurer Folter zu widerstehen.«

»Ich halte es für etwas vermessen, dass Ihr Euch mit Christus vergleicht. Aber, wie Ihr wollt ...« Olivier holte aus und ließ die Peitschenschnüre auf den Rücken des Mönchs klatschen. Schon beim ersten Schlag platzte die Haut und Blut spritzte auf.

»Alphonse«, brach es aus Baptiste heraus. »Der Mann, den Ihr schützt, ist ein gemeiner Verbrecher. Er hat zahlreiche Menschen ermorden lassen.«

»Lüge, nichts als Lüge!«, heulte der Inquisitor. Ein Speichelfaden rann an seinem Kinn hinab. »Der Zorn des Herrn wird über Euch kommen und Euch vernichten!«

Wieder schlug Olivier zu. Der Mönch brüllte nun vor Schmerz. Nach dem dritten Peitschenhieb wäre er zusammengebrochen, wenn ihn die Riemen nicht an dem Balken festgehalten hätten.

»Alphonse ...«, flehte Baptiste, der den Anblick des gemarterten Geistlichen kaum noch ertragen konnte. »So redet doch.«

»Wer ist der Herr der Gotteskrieger?« Oliviers Stimme war unerbittlich und ließ keinen Zweifel daran, dass er bereit war, mit der Tortur fortzufahren. Baptiste fiel ihm in den Arm. »Wartet ...«

Alphonse bewegte die Lippen.

»Sprecht lauter! Ich kann nichts hören«, schnauzte Olivier.

»Lorenzo del ... Matera ...«

»Was habt Ihr da gesagt?« Olivier starrte ihn an.

»Lorenzo del Matera«, röchelte der Inquisitor wieder.

»Durch Lügen verschlimmert Ihr doch nur Eure Lage«, seufzte Baptiste. »Bitte, sagt uns die Wahrheit!«

»Ein … zum Sprung geduckter Löwe …«, kam es mühsam über Alphonses Lippen. Dann wurde er ohnmächtig.

»Oh Gott, alles war umsonst«, stöhnte Baptiste.

Zu seiner Verblüffung wirkte Olivier überhaupt nicht enttäuscht, sondern im Gegenteil so, als begriffe er gerade etwas Wichtiges. Der alte Templer sann noch einige Momente vor sich hin, ehe er die Peitsche auf den gestampften Lehmboden fallen ließ.

»Lasst uns ihn losbinden und seine Wunden versorgen«, meinte er bedächtig.

»Aber Lorenzo ist ein hoch angesehenes Mitglied unseres Ordens«, fuhr Paul entsetzt auf, als Olivier ihm und Thierry kurz darauf im nächtlichen Garten das Ergebnis der Folter mitteilte. Auch Thierry wirkte alles andere als überzeugt. »Alphonse lügt doch nur, um seine Haut zu retten.«

»Und was ist mit dem Siegel mit dem zum Sprung geduckten Löwen, das der Inquisitor erwähnt hat?«, fragte Olivier ruhig.

»Lorenzo siegelt mit dem Zeichen eines Adlers«, widersprach Paul.

Olivier hob die Augenbrauen. »An seiner Stelle würde ich für verbrecherische Machenschaften auch nicht mein bekanntes Siegel verwenden.«

»Trotzdem …« Thierry schüttelte den Kopf. »Wie kann Lorenzo unbemerkt all diese Verbrechen begehen, ohne dass jemand im Orden aufmerksam wird?«

»Aus dem gleichen Grund, aus dem die Betrügereien so lange niemandem auffielen«, erklärte Olivier gelassen. »Und überlegt doch einmal: Lorenzos Burg ist abgelegen und er ist dort sein eigener Herr. Wie kann jemand erfahren, was er dort treibt? Bedenkt, der Unbekannte, nach dem wir suchen, ist kein dummer Mann und ihm muss ein gutes Stück Verwegenheit zu eigen sein. Außerdem weiß er gut über den Orden Bescheid. Dies alles trifft auf Lorenzo zu.« Er sah Paul und Thierry an. »Ihr beide seid ihm doch auch schon einmal begegnet?«

»Ja, wir haben gemeinsam in der Schlacht von Damaskus gefochten.« Paul nickte. »Ein bemerkenswerter Kämpfer.«

»Einer der besten, wenn nicht der beste überhaupt, den ich je erlebt habe.« Ehrliche Anerkennung schwang in Oliviers Stimme mit. Er wandte sich Baptiste zu, der ob seiner eigenen mangelhaften kriegerischen Fähigkeiten unwillkürlich Schuldbewusstsein zeigte.

Rasch lenkte er ab: »Soll Lorenzo nicht in seiner Jugend eine höchst abenteuerliche Geschichte erlebt haben?«

»Allerdings«, Olivier lehnte sich gegen den Stamm des Apfelbaums und streckte seine Beine zum Feuer hin. »Im Alter von etwa zwanzig Jahren, es muss im Jahr 1227 gewesen sein, erschien Lorenzo in der Templerburg bei Antiochia und begehrte, in den Orden aufgenommen zu werden. Die Geschichte, die er den überraschten Oberen erzählte, war höchst märchenhaft. Er sei der uneheliche Sohn eines Adeligen aus der Dordogne. Schon acht Jahre zuvor habe ihn der Wunsch beherrscht, in den Orden einzutreten. Doch das Schiff, auf dem er in das Heilige Land segelte, sei von Piraten überfallen und er als Sklave an die Araber verkauft worden. Erst vor wenigen Wochen sei es ihm gelungen, aus der Gefangenschaft zu fliehen. Nachforschungen ergaben, dass dieser Bericht stimmte. Lorenzo war der Bastard eines adeligen Vaters und jenes Schiff war tatsächlich geentert worden. Die Oberen des Ordens deuteten Lorenzos abenteuerliche

Erlebnisse natürlich nur zu gern als Beispiel einer wunderbaren Fügung«, Olivier grinste, »und sie machte in allen Templerbesitzungen die Runde. Wobei allerdings auch bald Zweifel an der Wahrheit dieser Geschichte laut wurden.«

»Du spielst darauf an, wie es sein kann, dass ein vermeintlicher Sklave derart gut kämpfen lernen konnte.« Thierry nickte.

Olivier schaute wieder Baptiste an. »Lorenzo hat diese Vorwürfe plausibel entkräftet, indem er erklärte, sein Besitzer habe ihn zum Übungspartner seines ältesten Sohnes bestimmt. Jedenfalls war ich sehr gespannt darauf, diesen sagenumwobenen jungen Mann kennenzulernen.« Für einige Momente war sein Blick nach innen gerichtet, als ob er sich in die Vergangenheit zurückzöge.

»Ich nehme an, Ihr mochtet ihn nicht?«, warf Baptiste schüchtern ein.

»Stimmt.« Wieder grinste Olivier. »Das erste Mal bin ich ihm am Vorabend der Schlacht von Atlit im Zeltlager unseres Heeres begegnet. Wir haben zusammen an einem der Feuer gesessen und gegessen. Oh, Lorenzo kann bestrickend beredt und liebenswürdig sein. Aber ich hatte den Eindruck, das war nur gespielt. Auf mich wirkte er wie einer der Menschen, die mit allen Mitteln Macht erlangen wollen. Ich bin sicher, dass er merkte, dass ich ihm verhalten gegenüberstand. Indes – sein Benehmen mir gegenüber blieb unverändert. Auch bei späteren Zusammentreffen, ehe er dem Orient den Rücken kehrte. Worüber ich mich ehrlich gesagt sehr wunderte, denn ich war davon ausgegangen, dass Lorenzo versuchen würde, Großmeister des Ordens zu werden. Zuletzt dachte ich dann sogar, ich hätte mich vielleicht in ihm getäuscht und er sei doch aus lauteren Motiven

Templerpriester geworden. Nun ja, Ihr wisst, wie sich die Situation im Heiligen Land zuspitzte. Ich hatte andere Dinge im Kopf und verlor Lorenzo aus dem Sinn.«

»Gesetzt den Fall, Lorenzo steckt wirklich hinter den Unterschlagungen und Morden«, Thierry wirkte nicht mehr gar so zweifelnd, »was hat es dann mit diesen Geisterkriegern auf sich?«

»Nun, Lorenzo hat ein paar Jahre bei den Arabern gelebt«, Olivier wiegte nachdenklich den Kopf. »Das ist unbestritten. Ob er nun Sklave war oder auch nicht. Vielleicht ist an diesen Gerüchten über Geisterkrieger, die ich im Orient gehört habe, ja doch etwas Wahres dran und Lorenzo weiß, die Kunst dieses Kampfes zu vermitteln.«

»In diesem Fall dürften wir es verflucht schwer haben, gegen ihn anzukommen, auch wenn wir noch so viele Templer auf unsere Seite bringen.« Pauls Gesicht drückte Skepsis aus.

Olivier blickte einigen Funken nach, die der Wind über die frisch umgegrabenen Beete wehte. »Ich schätze, ich werde einen alten Bekannten aufsuchen müssen. Er wohnt seit vielen Jahren im französischen Königreich, hat aber immer noch Kontakte zur arabischen Welt«, sagte er schließlich langsam. »Vielleicht kann er mir erklären, was es mit diesen Geisterkriegern auf sich hat. Und vielleicht kann er uns sogar im Kampf gegen diese Krieger unterstützen.«

»Verdammt, redet mit mir!«

Verzweifelt schrie Alessio Michal an. Doch diese hockte nur stumm und reglos in ihren schweren Fesseln da und hielt den Kopf gesenkt. Gaetano und er hatten ihr bisher keine einzige Reaktion, geschweige denn ein Wort entlocken können.

»Warum habt Ihr Friedrich töten wollen? Und in wessen Auftrag? Wer war der Mann, mit dem Ihr auf dem Kirchendach in Monreale gekämpft habt? Ich will eine Antwort!« Alessio packte Michal unter dem Kinn und riss ihren Kopf hoch. Ihre Augen waren halb geschlossen und schienen nichts wirklich wahrzunehmen, als habe sich ihre Seele an einen Ort tief in ihrem Inneren zurückgezogen, an dem niemand sie erreichen konnte.

»Oder war Eure angebliche Rettungstat nur eine heimtückische List, um Euch Zugang zu Friedrich zu erschleichen?« Alessio schüttelte sie grob. Michal setzte ihm keinerlei Widerstand entgegen. Ihr Köper blieb völlig leblos.

Außer sich vor hilfloser Wut hätte er sie geschlagen, wenn ihm nicht Gaetano in den Arm gefallen wäre. »Alessio, lass gut sein«, sagte er ruhig. »Mit ihr zu reden ist Zeitverschwendung. Wir werden zur Folter greifen müssen.« Auf seinen Wink hin packten zwei Bewaffnete Teresa unter den Achseln und schleppten sie aus dem Raum.

Erschöpft starrte Alessio in das blakende Licht der Öllampe. »Ich verstehe das alles einfach nicht«, wandte er sich an seinen Mentor. »Ich habe doch mit eigenen Augen gesehen, wie Teresa mit diesem Mann gekämpft hat. Wenn sie Friedrich in Monreale hätte töten wollen, hätte sie das ganz leicht mit einem Pfeilschuss bewerkstelligen können. Warum hat sie das nicht getan?«

»Ich vermute, du hast sie davon abgehalten.« Gaetano seufzte. »Wahrscheinlich steckte sie mit Bernardo unter einer Decke und rechnete damit, allein auf dem Dach zu sein.«

»Aber was hatte dann der falsche Mönch dort oben zu suchen?«

»Das werde ich herausfinden.«

Michal hatte jede Strafe mehr als verdient. Und doch graute Alessio bei der Vorstellung, dass ihr Schmerzen zugefügt werden würden. »Lasst mich noch einmal mit ihr reden«, bat er impulsiv und wider besseres Wissen. »Vielleicht gelingt es mir ja, zu ihr durchzudringen, wenn sie die Folterinstrumente sieht.«

»Diese Frau ... bei dem bloßen Anblick der Werkzeuge zusammenbrechen? Niemals!« Gaetano stieß ein bitteres Lachen aus. »Außerdem haben wir ohnehin schon viel zu viel Zeit vergeudet. Sie kann in Friedrichs nächster Umgebung Mitwisser haben.« Er musterte Alessio. »Warum sorgst du dich so um diese Frau?«

Alessio schwieg, obwohl er sich im Klaren war, dass auch dies eine Antwort war.

Gaetano schüttelte nachdenklich den Kopf. »Ich habe noch keinen Menschen gesehen, der so kämpfen kann wie sie. Das ist Hexerei. Und ich fürchte, du stehst unter ihrem Zauberbann. Leg dich schlafen. Ich will dich auf keinen Fall bei ihrer Folterung dabeihaben.« Seine Stimme duldete keinen Widerspruch.

Placidus hat an Teresa geglaubt, schoss es Alessio durch den Kopf. Und auch den alten Mönch hat sie in die Irre geführt. Alles, was sie mir in der Bucht erzählt hat, ist eine einzige Lüge.

Michal versuchte einmal mehr, ihre Handgelenke in den Fesseln zu drehen. Sie konnte sie ein wenig bewegen, aber das Eisen, in denen sie steckten, war eine vorzügliche Schmiedearbeit. Auch ihre Füße waren gefesselt. Zudem war ihr Leib durch eiserne Klammern um Beine, Oberkörper und Hals an die Wand des Verlieses geschmiedet. Nein, der große, vierschrötige Mann namens Gaetano hatte jede erdenkliche Vorsichtsmaßnahme ergriffen, damit die ›Zauberin‹ nicht entkommen konnte. Sie hatte zwar gelernt, Fesseln abzustreifen. Aber ihr blieb keine Zeit. Sicher würde Gaetano gleich mit der Folter beginnen.

Natürlich wusste sie, Schmerzen zu ertragen. Doch die Folterknechte des Kaisers würden ihre Kunst, davon war Michal überzeugt, ausgezeichnet beherrschen. Sie betete, dass sie die Kraft haben würde, bis zu ihrem hoffentlich baldigen Tod zu schweigen. Ihr Sohn sollte nicht dafür büßen müssen, dass sie Lorenzo verriet.

Angst überwältigte sie und ließ sie wie von Sinnen an ihren Fesseln reißen. Der Junge durfte nicht ihrer Verworfenheit und ihrem Versagen zum Opfer fallen. Tamar, dachte sie verzweifelt, du musst Merlito retten! Fliehe mit ihm!

Langsam wurde Michal wieder ruhiger. Tamar würde ihr Flehen nicht hören. Nein, die einzige Möglichkeit, ihren Sohn zu retten, bestand darin, dass sie sich selbst befreite. In dem Saum ihres linken Ärmels hatte sie wohlweislich eine Eisennadel versteckt. Sie krümmte die Finger. Es gelang ihr, die Nadel zu greifen und durch den Stoff zu schieben. Vorsichtig bog sie ihre Finger noch mehr und schob die Nadel in das Schloss der Fessel. Ganz auf das kleine Werkzeug konzentriert, bearbeitete sie damit den Schließmechanismus.

Gab das Schloss nicht schon ein wenig nach? Plötzlich hörte Michal vor der Tür des Verlieses einen Laut. Ein unterdrücktes Stöhnen, so leise, dass es ein anderer Mensch wahrscheinlich gar nicht wahrgenommen hätte. Gleich darauf folgte ein dumpfes Geräusch, als ob ein Körper zu Boden sackte. Was hatte dies zu bedeuten?

Nun wurde der Türriegel ihres Verlieses zurückgeschoben und ein Schlüssel drehte sich. Sie waren gekommen, um sie zu holen …

Gaetano betrat den Kerker. Zu ihrer Verwunderung war er allein. Er blieb vor ihr stehen und musterte sie ausgiebig, ehe er mit einem leichten Lächeln sagte: »Bei Gott, ich hätte niemals damit gerechnet, dass der Mörder eine Frau sein würde. Dein Meister hat wirklich ganz ausgezeichnete Ideen.«

Michal benötigte einige Momente, ehe sie begriff. Alessio …, durchfuhr es sie. Er vertraute diesem Mann, der zu den Verschwörern gehörte.

»Was mich aber doch interessieren würde. Warum hast du in Monreale den Mann aufgehalten, der Friedrich umbringen wollte?«

Michal schwieg.

»Du weigerst dich also immer noch, mit mir zu reden«, Gaetano hob belustigt die Augenbrauen. »Ich hätte wirklich gerne erprobt, wie lange du imstande bist, der Folter standzuhalten. Aber um zu verhindern, dass du vor den falschen Ohren redest, muss ich dich leider sofort töten. Was mir dein Meister sicher verzeihen wird. Schließlich dürfte er keinen Wert darauf legen, dass du etwas ausplauderst und ihm die Truppen des Kaisers auf den Pelz rücken.«

Michal beobachtete, wie Gaetano ein Stück Stoff aus einer Tasche seines Obergewandes zog. Ihr war klar, dass er es benutzen würde, um sie zu knebeln. Sie wehrte sich nicht, als er es ihr in den Mund schob, stattdessen konzentrierte sie sich auf die Nadel zwischen ihren Fingern und das Schloss. Vielleicht bot sich ihr doch noch eine Gelegenheit zur Flucht. Nun stülpte Gaetano ihr eine Haube aus einem festen Stoff über den Kopf, die so eng anlag, dass sie kaum atmen konnte.

Sie hörte, wie der Verräter den Kerker verließ, nur um gleich darauf etwas Schweres in den Kellerraum zu schleppen. Sie roch frisches Blut und erspürte erst einen, dann einen zweiten leblosen Körper. Gaetano musste die beiden Wachen getötet haben. Daher hatten die dumpfen Geräusche gerührt, die sie vorhin vernommen hatte.

Während Gaetano die Eisenklammern um ihren Körper löste, hörte sie ihn mit einem amüsierten Unterton sagen: »Jedenfalls ist es von Vorteil, dass dich jeder auf der Burg – einschließlich Friedrich – wegen deiner Art zu kämpfen für eine Zauberin hält. Dies wird mir die Mühe ersparen, mir eine komplizierte Erklärung für deine Flucht auszudenken.«

Er löste die letzte Wandfessel, packte Michal und warf sie sich über die Schulter. Die Nadel entglitt ihrer Hand. Ob Gaetano wohl beabsichtigte, sie ebenfalls zu erstechen? Oder hatte er sich eine andere Todesart für sie ausgedacht?

Durch den dicken Stoff nahm Michal nur gedämpft wahr, wie sich der Schall von Gaetanos Schritten veränderte und heller wurde. Kühle Luft strich über ihren Körper und sie hörte Wellen, die gegen die Festungsmauern anbrandeten.

Sie begriff: Gaetano wollte sie ins Meer werfen und ertrinken lassen. Verzweifelt zerrte sie an der Handfessel.

Gaetano ließ sie von seinen Schultern gleiten.

Als sie auf dem Steinboden zu liegen kam, zog Michal ihre Knie an, stemmte ihre gefesselten Füße fest auf den Grund und schnellte sich vor. Mit aller Kraft rammte sie ihren Kopf in den Unterleib ihres Gegners. Gaetano stieß einen erstickten Schrei aus.

Wenn es ihr nur gelang, den Kampf so lange zu führen, bis irgendjemand darauf aufmerksam wurde. Alles, selbst die Folter, war besser, als wehrlos zu ertrinken.

Michal ahnte, dass Gaetano sich auf sie werfen wollte. Erneut zog sie die Beine an, um ihn mit einem kräftigen Tritt zu Fall zu bringen. Doch nun war er schneller als sie. Er packte sie und schmetterte sie so fest gegen eine Wand, dass ihr kurz schwarz vor Augen wurde.

Als sie wieder zu sich kam, schnürte er ein Seil um ihre Beine. Er zerrte sie hoch und sie versuchte noch einmal, sich zu wehren, aber ihr Körper war wie gelähmt.

Sie kam auf einer Mauerkrone zu liegen. Ein heftiger Stoß. Dann fiel sie. Als sie gegen eine Mauer prallte, durchströmte sie erneut eine Schmerzwelle. Sie fiel weiter und ihr Körper tauchte in das Meer.

Im letzten Moment, ehe das Wasser über ihrem Kopf zusammenschlug, schnappte sie nach Luft. Dann riss ein Gewicht, das an ihren Füßen befestigt war, sie unbarmherzig in die Tiefe.

In dem dunklen Schlafsaal der Templerburg schreckte Tamar mit wild klopfendem Herzen aus dem Schlaf hoch. Sie benötigte einige Augenblicke, um einen klaren Kopf zu bekommen. Im Traum hatte sie Michal in einem Verlies gesehen. Sie war angekettet gewesen und ihr Gesicht mit getrocknetem Blut verschmiert.

Rette meinen Sohn! Michals Stimme hallte in Tamars Kopf nach. Dann hörte sie nur noch das leise Atmen der anderen Krieger und das Rascheln einiger Blätter, die der Wind über den Hof trieb.

Befand sich Michal tatsächlich in Gefahr oder hatte Tamar einfach ein Albtraum heimgesucht? Unter der Wolldecke faltete sie die Hände zum Gebet. »Gott«, flehte sie, »sag mir, was ich tun soll.« Sie erhielt keine Antwort. Stattdessen wuchs ihre Angst um Michal.

Nach einer Weile richtete sie sich vorsichtig auf, lauschte und konzentrierte ihre Aufmerksamkeit auf die beiden Bettenreihen. Ja, alle schliefen. Sie konnte es wagen, den Raum zu verlassen. Geräuschlos schlüpfte sie von ihrem Lager und hob ihre Kleider und Waffen auf.

Vor dem Gebäude blieb Tamar kurz stehen und bemühte sich, mit der Dunkelheit zu verschmelzen. Zu ihrer Erleichterung bedeckten dichte Wolken den Himmel. Sie hastete zu den Stallungen, wo sie sich rasch ankleidete und einige Lederriemen von einem Wandhaken nahm, die sie sich um den Leib schlang.

Im Schlafsaal der Kinder empfing sie Stille. Tamar war

sich sicher, dass keines ihre Anwesenheit bemerken würde. Schließlich besaß sie jahrelange Übung darin, sich unsichtbar zu machen, und die Fertigkeiten der Kinder waren noch nicht weit genug entwickelt, um sie wahrnehmen zu können.

Ihre an das Dunkel gewöhnten Augen entdeckten Merlito am Ende des Raums. Seine zerzausten Locken hoben sich von dem helleren Untergrund des Lakens ab. Er lag auf dem Rücken, die Arme entspannt über der Decke. Sein Atem ging tief und gleichmäßig. Tamar beugte sich über ihn und drückte ihren Zeigefinger schnell und fest in eine bestimmte Stelle unter seinem rechten Ohr. Der Junge stieß ein kaum hörbares Seufzen aus, dann wurde sein Atem flach und sein Kopf rollte zur Seite. Sie hob ihn hoch und eilte mit ihm auf den Armen nach draußen.

An einer vor Blicken geschützten Stelle auf dem Hof band sie ihn sich rasch mit den Lederriemen auf dem Rücken fest. Dann lief sie zu einer Mauer, die von den Wachtürmen her nur schwer einzusehen war, und horchte. Nein, keine Schritte von Wachen waren auf dem Wehrgang zu hören.

Ein leichter Regen hatte eingesetzt. Die Steine der Mauer waren glitschig und zusätzlich behinderte das Gewicht des Kindes Tamar. Trotzdem gelang es ihr, sicher den Boden auf der anderen Seite zu erreichen. Ohne einen Blick zurück auf die Festung zu werfen, rannte sie los.

Giulias Peiniger fielen über sie her. Ihre Hilfeschreie gellten in seinen Ohren. Und wie immer konnte er sich nicht von der Stelle rühren. Nun wandte sie ihm das Gesicht zu. Doch es war nicht Giulia, in deren blutig geschlagenes, entstelltes Antlitz er blickte, sondern Teresa.

Schweißgebadet und nach Atem ringend erwachte Alessio. Die letzten Wochen waren frei von Albträumen gewesen. Wie war es nur möglich, dass Teresa an Giulias Stelle getreten war? Giulia war ein unschuldiges Opfer gewesen, Teresa dagegen war eine abgefeimte Lügnerin, die Friedrich hatte ermorden wollen.

Und doch …

Auf der Grenze zwischen Wachen und Schlafen war Alessios Geist plötzlich sehr klar. Teresa mochte ihn getäuscht haben, als er sich mit ihr in der Bucht getroffen hatte. Aber in jener Gewitternacht im Klostergarten, als er sie aufgehalten hatte, waren ihre Erschütterung und ihr Entsetzen nicht gespielt gewesen. Und auch nach dem vereitelten Anschlag auf Friedrich in Monreale, in dem Gang auf dem Kirchendach, als er sie in den Armen gehalten hatte, hatte sie ihm nichts vorgemacht.

Was, wenn tatsächlich ein Dämon von ihr Besitz ergriffen und sie dazu verleitet hatte, den Mord zu begehen? In jener heißen, stickigen Nacht war sie ihm für Momente wie besessen erschienen.

Er würde auf der Stelle noch einmal mit ihr sprechen. Mochte dies Gaetano noch so sehr missbilligen.

Die Festung erschien Alessio sehr still. Der Himmel war sternenklar. Ein halber Mond stand dicht über dem Horizont. In zwei, drei Stunden würde die Morgendämmerung anbrechen. Während er zu dem Folterkeller hastete, hoffte er inständig, dass Gaetano einigermaßen gnädig mit Teresa verfahren war.

In dem Kellerraum befand sich niemand. Hatte Teresa geredet und Gaetano sie deshalb in ihren Kerker bringen lassen? Oder war sie gar unter der Folter gestorben?

Alessio rannte zu dem Verlies. Als er dort keine Wachen antraf, fürchtete er, zu spät gekommen zu sein. Er musste mit Gaetano sprechen.

In dessen Kammer fand Alessio den väterlichen Freund nicht. Da er wusste, dass Gaetano nachts häufig den Wehrgang abzuschreiten pflegte, machte er sich auf den Weg dorthin. Im westlichen und nördlichen Teil des Wehrgangs hielten sich Soldaten auf. Aber zu seiner Überraschung traf er im südlichen Teil keine Wachen an.

Alarmiert wollte er in den Hof stürzen und Soldaten zusammenrufen. Doch leise Geräusche, die er hinter der nahen Biegung der Festungsmauer wahrnahm, ließen ihn innehalten. Als er die Ecke passierte, sah er, wie ein kräftiger, ihm nur zu vertrauter Mann einen gefesselten Körper auf die Mauer wuchtete.

Alessio schrie auf. Er erreichte Gaetano in dem Moment, als dieser sein Opfer ins Meer stieß.

Gaetano fuhr zu ihm herum. »Alessio …« Gaetanos Stimme klang erschrocken und schuldbewusst.

Alessio zögerte keinen Lidschlag. Er schwang sich auf die Mauer und sprang Teresa nach.

Halb besinnungslos schlug Michal auf dem Meeresboden auf. Sofort versuchte sie, nach oben zu schwimmen. Doch das Gewicht hinderte sie daran. Sie zappelte, wand sich. Plötzlich spürte sie, wie die Handfesseln von ihren Gelenken glitten. Das Schloss musste sich geöffnet haben, als sie gegen die Festungswand geprallt war.

Sie krümmte sich, tastete den Strick ab, mit dem das Gewicht an ihren Knöcheln festgebunden war. Die Knoten waren entmutigend fest geschnürt und ihre Finger außerdem durch die Fesselung halb taub. Trotzdem zog sie an den Knoten. Nein, sie würde es nicht schaffen, sie zu lösen.

Ein scharf kantiger Stein würde vielleicht helfen ... Sie tastete um sich. Sand, ein tangartiges Gewächs, das sich glitschig um ihre Hand legte und von dem sie sich hastig wieder befreite. Steine. Alle jedoch vom Wasser rund geschliffen. Nicht in Panik verfallen. Da – eine große, zerbrochene Muschel.

Mit der Kante hackte Michal auf den Strick ein. Lange würde sie die Luft nicht mehr anhalten können. Ein paar Schnüre lösten sich. Mit der letzten Kraft, die ihr noch zur Verfügung stand, zerrte und schnitt sie an den übrigen. Aber sie wollten einfach nicht nachgeben.

Ihre Lungen begannen unerträglich zu schmerzen. Ihr Sohn war nicht wieder aus dem Wasser aufgetaucht. Sie musste ihn finden und vor dem Ertrinken retten ...

Während sich eine neue Ohnmacht über sie senkte, glaubte Michal plötzlich, frei im Wasser zu schweben.

Wo mochte Teresa versunken sein? Alessio schaute sich hastig um. Ob sie noch am Leben war? Oder hatte Gaetano sie getötet, bevor er sie ins Wasser stieß? Alessio tauchte, bis ihn der Luftmangel wieder nach oben zwang.

Suchte er vielleicht an der falschen Stelle nach ihr? Es durfte nicht sein, dass sie ertrank, weil er versagte.

Alessio schwamm ein Stück weiter, tauchte wieder tief hinab und ignorierte seine zunehmende Atemnot. Etwas Weiches streifte seine Hand. Ein Stück Stoff. Er griff danach, aber es entglitt seinen Fingern. Er zwang sich noch weiter hinunter. Als er glaubte, seine Lungen würden platzen, berührten seine Hände Teresas Arm. Es gelang ihm, ihn zu fassen und sich über die Schulter zu legen. Mit kräftigen Stößen brachte Alessio sie beide an die Wasseroberfläche. Prustend schnappte er nach Luft und riss die Haube von Michals Kopf. Dann drehte er sich auf den Rücken.

Während er Michals Oberkörper umfasste und mit ihr in Richtung des Hafens schwamm, wurde in der Festung ein Warnsignal geblasen. Rufe tönten an sein Ohr. Ein schneller Blick zurück überzeugte ihn, dass er sich außerhalb des Lichtscheins befand, den die auf dem Wehrgang hin und her huschenden Fackeln auf das Wasser warfen.

Eilig näherte sich Gaetano Friedrichs Gemächern. Noch immer fühlte er Erleichterung darüber, dass Alessio dieser Kriegerin nur nachgesprungen war und nicht stattdessen die Wachen alarmiert hatte. Das Bild der beiden armen Teufel, denen er untergeschoben hatte, an dem Mord an Constanzius beteiligt gewesen zu sein, und die mit herausgerissener Zunge und abgeschnittener Nase und Ohren am Galgen gebaumelt hatten, stand Gaetano nur zu deutlich vor Augen.

Im Schlafgemach des Kaisers mischte sich der Schein von

brennenden Kerzen mit dem Dämmerlicht, das durch die Fenster fiel. Die seidenen Laken des Bettes waren zurückgeschlagen. Friedrich saß, ein Fell um seine Schultern gerafft, in einem mit goldenen Einlegearbeiten verzierten Stuhl. Sein Haar war zerzaust. Seinem blassen Gesicht und seinen geröteten Augen nach zu schließen, hatte er nur wenig Schlaf gefunden.

»Warum wurde das Alarmsignal geblasen?« Friedrich winkte ungeduldig ab, als Gaetano vor ihm die Knie beugen wollte.

»Hoheit, leider muss ich Euch eine schlimme Nachricht überbringen …«

»Rede schon, was ist?«

»Die Frau konnte fliehen. Mithilfe von Alessio.« Langsam und gepresst ließ Gaetano die Sätze in die Stille fallen.

»Aber …« Friedrichs Gesicht schien zu zerfallen. Wieder hatte ein Mensch, dem er vertraut hatte, ihn tief enttäuscht.

»Bevor ich die Frau der Folter unterziehen konnte, hat Alessio die Wachen vor dem Kerker der Frau ermordet. Einige Soldaten bemerkten die beiden, als sie von der Festungsmauer ins Meer sprangen. Aber sie konnten sie nicht mehr aufhalten.«

»Es gibt keinen Zweifel, dass es sich bei dem Mann um Alessio handelt?«

»Leider nein. Ich kann es selbst kaum glauben. Wie Ihr wisst, war er wie ein Sohn für mich.« Gaetano tat, als ob er nur mit Mühe seine Fassung bewahren könnte. »Alles, was in Monreale geschehen ist, ergibt nun einen schrecklichen Sinn. Die beiden haben den Anschlag allein aus dem Grunde vorgetäuscht, um Euer unbedingtes Vertrauen zu erringen. Wahrscheinlich haben sie den armen Mann ermordet und dann zu dem Gang auf dem Dach hinaufgeschafft. Und auch Bernardo hat sich vermutlich nicht selbst das Leben genommen, sondern sie haben ihn auf dem Gewissen.«

Benommen strich sich Friedrich mit der Hand über die Stirn. »Aber wenn das alles zutrifft – warum hat Alessio sich dann zwischen mich und die Frau geworfen?«

»Ich habe noch einmal mit den Soldaten Eurer Leibwache geredet und mit einigen der Gäste, die in Eurer Nähe saßen.« Gaetano seufzte. »Gestern Abend glaubten wir natürlich alle, dass Alessio Euch schützen wollte. In Wahrheit ist es ihm aber wohl um die Frau gegangen. Er hat erkannt, dass sie gegen Euch und Eure Wache scheitern musste, und wollte verhindern, dass sie getötet würde.«

Friedrich starrte einige Momente in das blasse Licht der Kerzenflammen. Als er sich wieder Gaetano zuwandte, brannte kalter Zorn in seinen Augen. Hass und Schmerz mischten sich in seine Stimme: »Sorge dafür, dass die beiden gefangen werden. Ich will sie lebend vor mir haben.«

Gaetano verneigte sich. »Ich habe bereits mehrere Dutzend Soldaten losgeschickt, die nach ihnen suchen.«

Sie trieb wieder im Wasser. Über ihr erstreckte sich ein weiter Nachthimmel. Der Anblick der Sterne erschien ihr sehr friedvoll. Dann erst begriff sie: Sie konnte sehen. Die Stoffhaube war von ihrem Kopf entfernt worden. Und sie trieb nicht einfach im Meer. Jemand hielt ihren Oberkörper umschlungen und zog sie Wasser tretend hinter sich her. Hatten etwa ihre Feinde sie gerettet? Sie war zu müde, um sich zu wehren. Außerdem sagte ihr ein Gefühl, dass sie die Person, die mit ihr durch die Wellen schwamm, nicht fürchten musste.

Später glaubte Michal, auf ein Boot gehoben zu werden. Ein heller Streifen säumte nun den Himmel. Gleich darauf lag sie bäuchlings auf den Planken. Jemand presste seine Hände wieder und wieder in ihren Rücken. Sie hustete, spuckte Wasser. Für einen Moment vermeinte sie, Alessio zu sehen. Aber dies war unmöglich. Er war Zeuge geworden, wie sie versucht hatte, Friedrich zu ermorden. Er hasste und verachtete sie.

Als Michal das nächste Mal zu sich kam, war es Tag geworden. Die Sonne war nur als eine blässliche Scheibe hinter einer Dunstschicht zu erahnen und auch die Berge am fernen Ufer verdeckte ein silbriger Schleier. Eine leichte, aber stetige Brise blähte ein mehrfach geflicktes Segel. Stöhnend und noch immer benommen richtete Michal sich auf und lehnte ihren Rücken gegen die Bootswand. Neben ihrem Fuß bemerkte sie eine aufgesprengte Fessel auf den ausgebleichten Planken.

Ein Stück von ihr entfernt stand ein Mann am Steuerruder des Kahns – Alessio. Als er ihren Blick bemerkte, band er das Ruder fest und kam zu ihr.

»Hier, wenn Ihr trinken wollt.« Er reichte ihr eine Kalebasse, die er aus einem viereckigen Korb genommen hatte.

Erst jetzt registrierte Michal, wie durstig sie war. Sie schluckte gierig, während sie sich voller Scham an ihr Treffen in der Bucht erinnerte.

»Wie kommt es, dass Ihr mir nachgeschwommen seid? Und warum habt Ihr mich nicht zur Festung zurückgebracht?«, fragte sie schließlich leise.

»Ich habe beobachtet, wie Gaetano Euch ins Meer stieß. Was mich annehmen lässt, dass er zu den Verschwörern zählt.« Alessios Stimme klang hart. »Was hat Euch dazu veranlasst, Friedrich töten zu wollen? Hat Euch tatsächlich ein Dämon dazu getrieben oder habt Ihr es aus freiem Willen getan?«

Michal senkte den Kopf. »Der Soldat, dem ich meinen Dolch in den Leib stach – hat er überlebt?«

»Gestern Nacht zumindest, ja.«

Wenigstens das ... Sie schuldete Alessio die Wahrheit. Doch es fiel ihr sehr schwer, sie zu erzählen.

»Kein Dämon hat mich zu der Tat gezwungen«, sagte sie nach einer Weile. »Ich wollte den Kaiser umbringen.«

»Also war es eine Lüge, dass Ihr Euer Erinnerungsvermögen verloren hattet?«

»Nein, das entsprach der Wahrheit. Und ich schwöre Euch, ich wollte den Mann, der den Bogen gegen Friedrich spannte, wirklich aufhalten.«

»Ihr habt ihn nicht gekannt?«

Michal schüttelte den Kopf. »Ich bin ihm nur auf dem Klostergelände begegnet, niemals zuvor, und ich weiß nicht, was ihn zu seiner Tat antrieb. Als ich ihn an jenem Abend in der Kirche sah, spürte ich, dass er töten wollte. Deshalb bin ich ihm gefolgt. Ich ... ich konnte seine Absicht fühlen, da ich selbst schon oft genug getötet habe. Seit ich zwölf Jahre alt bin, habe ich Menschen Schmerzen zugefügt und ihnen ihr Leben genommen.«

Alessio entgegnete nichts, blickte sie nur an.

»Ich diene einem Mann namens Lorenzo. Er ist ein Templer, aber ich bin sicher, der Orden weiß nichts von seinem Tun. Er lebt auf einer Burg im Languedoc.«

»Wie seid Ihr zu ihm gekommen?« Alessios Miene blieb ausdruckslos.

»Er entführte mich.« Michal berichtete knapp, wie die Inquisition ihren Vater gefangen genommen hatte, sie selbst danach eine Taschendiebin in Palermo geworden und dort Lorenzo begegnet war. Kurz, aber präzise schilderte sie ihre folgenden Jahre auf der Burg.

Michal wünschte sich, Alessio würde sie mit zornigen oder ungläubigen Fragen unterbrechen. Dass er sich ihren Bericht schweigend anhörte, war schlimmer als jede Beschimpfung.

»Warum hat dieser Lorenzo ausgerechnet Euch ausgewählt, den Anschlag auf Friedrich zu begehen?«, fragte er endlich.

»Weil ich seine beste Kriegerin bin …«

»Und Ihr habt versagt?« Alessio hob die Augenbrauen. »Ich nehme doch an, in Siracusa habt Ihr nicht zum ersten Mal versucht, den Kaiser zu töten?«

»Nein, ich wollte den Mord bereits in der Festung von Enna begehen. Aber ich scheiterte. Ein Soldat wurde auf mich aufmerksam, als ich die Mauer hinaufkletterte. Sein Pfeil traf mich, ich stürzte ab. Danach wurde ich krank, und als ich versuchte, einer Gruppe von Händlern gegen Räuber beizustehen, kam ich fast zu Tode. Den Rest meiner Geschichte kennt Ihr … Ich erlangte in Monreale zwar mein Bewusstsein wieder, aber nicht mein Gedächtnis.«

»Wer steht hinter Lorenzo? Und warum beteiligt er sich an der Verschwörung?« Alessios Stimme klang kalt.

»Die anderen Krieger und ich wissen nie, in wessen Auftrag Lorenzo uns einsetzt. Und was Eure zweite Frage betrifft … Auch habe ich keine Ahnung, was er genau bezweckt. Ich weiß nur, dass er ein Mensch ist, den der unbedingte Wille zur Macht antreibt.«

»Wo genau befindet sich die Festung dieses Lorenzo?«

»Wie ich schon sagte, im Languedoc. Etwa dreißig Meilen entfernt von Montségur.«

»Solltet Ihr den Anschlag allein ausführen oder hattet Ihr Helfer?« Alessios Fragen erfolgten rasch aufeinander wie Schläge.

»Nein, er schickte mich allein los.«

»Warum seid Ihr in Monreale plötzlich verschwunden? Die Geschichte, dass Euch eine innere Stimme wegrief und Ihr wochenlang umhergeirrt seid, war ja wohl frei erfunden.« Alessios Tonfall troff vor Sarkasmus.

»Ja, das ist richtig«, entgegnete Michal müde. »Zwei meiner Gefährten lauerten mir auf und schlugen mich nieder. Auf dem Weg zu Lorenzos Burg kehrte meine Erinnerung zurück.«

»Und nun werdet Ihr mir sicher erzählen, dass dieser Lorenzo Euch dazu zwang, Euren Auftrag zu Ende zu führen, und dass Ihr keine andere Wahl hattet, als ihm zu gehorchen.«

»Ja, ich hatte keine Wahl ...«

»Bei Gott, Ihr hättet Friedrich warnen können. Er hätte alles getan, um Euch zu helfen.« Verächtlich schüttelte Alessio den Kopf. »Und Placidus war davon überzeugt, dass Ihr einen guten Kern besäßet.«

Michal zuckte zusammen, als hätte Alessio sie angespuckt. Sie hatte beabsichtigt, alles hinzunehmen, wessen er sie beschuldigte, ohne sich zu verteidigen. Doch die Erinnerung an den gütigen Mönch und die Angst um ihren Sohn ließen sie die Fassung verlieren. »Ihr habt mir einmal von Eurer verstorbenen Gattin erzählt. Hättet Ihr etwa nicht alles getan, um sie zu retten?«

»Lasst Giulia aus dem Spiel.«

»Nein, das werde ich nicht!«, schrie sie. »Wenn Ihr Eure Gattin tatsächlich so sehr liebtet, wie Ihr behauptet habt, hättet Ihr sogar den Kaiser für sie geopfert. Lorenzo hat meinen Sohn in seiner Gewalt. Er hat angedroht, ihn zu töten, wenn ich mich seinem Befehl verweigere oder versage. Und ich kenne ihn gut genug, um zu wissen, dass er dies, ohne zu zögern, tun wird.« Sie beruhigte sich etwas. »Ich habe Euch einmal erzählt, dass mir ein Mann sehr viel bedeutet hat. Er hieß Luca. Wie ich war er einer von Lorenzos Kriegern. Wir wollten zusammen fliehen. Doch er wurde bei einem Auftrag getötet. Der Junge ist unser gemeinsamer Sohn. Er ist alles, was mir von Luca geblieben ist. Ich habe begriffen, dass ich viel Böses getan habe, und ich bin bereit, dafür zu büßen. Aber zuvor werde ich meinen Sohn retten. Und falls Ihr versuchen solltet, mich daran zu hindern, werde ich gegen Euch kämpfen.«

Alessio schwieg. Michal nahm wahr, dass der Wind stärker geworden war und den Dunstschleier vertrieben hatte. Sehr klar und stechend stand die Sonne am Himmel.

»Bringt mich an Land und lasst mich gehen!«, stieß sie rau hervor.

Als Alessio nicht reagierte, sprang sie auf und trat an die Reling. Mit einem Sprung hatte er sie eingeholt. »Nein, ich werde Euch nicht an Land bringen.«

Michal spannte ihre Muskeln und machte sich bereit, ihn wegzustoßen. »Ich habe Euch gesagt ...«

Er schnitt ihr das Wort ab. »Als ich Euch in der Halle zu Boden geworfen habe, habt Ihr Euch nicht gegen mich verteidigt, obwohl Ihr es hättet tun können.«

Sie zögerte. Worauf wollte er hinaus?

»Warum habt Ihr Euch nicht gegen mich gewehrt?« Er drehte sie zu sich herum.

Sie senkte den Kopf. »Ihr habt mir einmal das Leben gerettet.«

Er erwiderte nichts. Das Boot bewegte sich im Rhythmus der Wellen. Sie waren mittlerweile näher an das Ufer herangekommen. Steil und felsig erhob es sich aus dem Wasser.

»Was ich Euch in der Bucht erzählt habe, ist wahr«, noch immer wich sie seinem Blick aus, »ich kann Euch nicht verletzen.«

Michal spürte, dass sich Alessio zu ihr herabbeugte. Wieder machte sie sich bereit, ihn abzuwehren. Doch seine Berührung war sanft. Seine Hände strichen über ihr Haar und ihre Wangen. Auf einem der Felsen erhob sich ein Kranich in die Luft. Sein heiserer Schrei erschien Michal wild und schön. Sie klammerte sich an Alessio und ließ sich mit ihm auf die Planken sinken.

Erst gegen Mittag gestattete Tamar sich eine Rast. Auf einem Hügel, neben einem kleinen Bach, legte sie Merlito in das hohe Gras. Der Junge war noch nicht aus der Betäubung erwacht. Ihr selbst machte es nichts aus, einige Tage lang nichts zu essen, aber das Kind konnte nicht auf Nahrung verzichten. Auf dem Hang wuchsen Brombeerbüsche und einige Haselnusssträucher. Während Tamar die Früchte pflückte, blickte sie immer wieder nach Westen.

Dort, auf einem hohen Berg und vor dem dunstigen Himmel nur als ein grauer Schatten auszumachen, thronte

Lorenzos Festung. Tamar erschien sie wie ein zum Sprung geducktes Tier, bereit, sie jeden Moment anzugreifen. Es musste ihr so bald wie möglich gelingen, ein Pferd zu stehlen. Und sie musste eine nahrhafte Speise für das Kind besorgen. Gott, betete sie, gib mir Kraft und hilf mir.

Als sich der Junge bewegte, lief Tamar zu ihm. Während sie sich neben ihn ins Gras kniete, legte sie die Brombeeren und Nüsse auf einen flachen Stein. »Merlito«, sagte sie sanft, »bitte, hab keine Angst.«

Er blinzelte, setzte sich dann rasch auf und musterte sie mit gerunzelter Stirn. »Wo bin ich und wo sind all die anderen Kinder?«

»Ich habe dich von der Burg weggebracht und ...«

»Was?« Er sprang auf die Füße. »Weiß der Meister Bescheid?«

»Ich musste mit dir fliehen. Der Meister ist ein böser Mensch.«

»Du lügst!« Merlito funkelte sie wütend an. »Ich will wieder zurück zu ihm.«

»Das darfst du nicht. Wahrscheinlich wird er dich töten. Deine Mutter hat mich gebeten, dich zu retten. Lass mich dir erklären ...«, redete Tamar auf ihn ein.

Doch der Junge schrie sie an: »Meine Mutter ist tot!«, ehe er sich umdrehte und die Wiese hinunterrannte.

Tamar gelang es mühelos, ihn einzuholen und festzuhalten, während er sich unter ihrem Griff wand wie ein Aal und nach ihr trat. Natürlich würde sie ihn ohne Schwierigkeiten überwältigen und fesseln können. Aber dies würde ihr der Junge nie verzeihen. Lorenzo zu entkommen würde ohnehin schon schwierig genug werden. Die Flucht war unmöglich zu bewältigen, wenn ihr das Kind misstraute und sich gegen sie wehrte. Sie musste einen Weg finden, Merlito zu überzeugen.

»Deine Mutter lebt«, sagte sie verzweifelt. »Sie ist eine Kriegerin wie ich. Bitte, hör mich an. Ich verspreche dir, wenn du mir dann noch immer nicht glaubst, lasse ich dich gehen.« Vorsichtig nahm sie ihre Hände von seinen Schultern.

Merlito warf den Kopf in den Nacken, aber er hörte auf, nach Tamar zu stoßen. »Ach ja? Und warum hat mir diese Frau dann nie gesagt, dass sie meine Mutter ist? Und warum rettet« – er spuckte das Wort verächtlich aus – »sie mich nicht selbst?«

»Sie befindet sich nicht auf der Burg. Lorenzo hat ihr eine sehr gefährliche Mission übertragen. Wenn sie scheitert, wirst du es büßen müssen. Du bist seine Geisel.«

»Das glaube ich nicht!«, schrie Merlito erneut. »Lorenzo mag mich. Er hat mich auf die Burg geholt und mich auf seinem Pferd reiten lassen.«

»Er hat deine Seele geraubt. So wie allen Menschen, die er benutzt.«

Merlito starrte sie abweisend an.

»Der Meister hat Macht über die Menschen. Er kann sie glauben lassen, was immer er will.«

»Nein!«

»Lorenzo ist wirklich böse und er bringt die Menschen dazu, Böses zu tun.«

»Beweise es!«

»Das kann ich nicht«, erwiderte Tamar müde. »Bitte, vertrau mir.« Sie dachte an all die Toten, die sie zu verantworten hatte, aber sie konnte sich nicht überwinden, dem Kind davon zu erzählen.

Merlitos Lippen verzogen sich höhnisch. »Wenn du es

nicht beweisen kannst, dann lügst du.« Jeden Augenblick würde er davonlaufen.

»Deine Mutter hat mir gesagt, du hättest ihr einmal einen Stein geschenkt, auf dem der Abdruck eines Fisches zu sehen war.«

Merlitos Augen weiteten sich. Nur zu gut erinnerte er sich an jenen Sommertag vor mehr als drei Jahren, als er beim Planschen in dem kleinen Fluss, der durch die Klosterfelder führte, in einen Strudel geraten war und sich daraus nicht mehr hatte befreien können. Von allen Seiten war Wasser auf ihn eingestürzt. Schlingpflanzen hatten nach seinem zappelnden Körper gegriffen, während er glaubte, zu ersticken.

Als er schon beinahe die Besinnung verloren hatte, war jemand neben ihm in die Fluten getaucht. Arme hatten ihn gepackt und ans Ufer gezogen. Undeutlich hatte er wahrgenommen, dass eine Frauengestalt ihm das Wasser aus dem Körper drückte. Dann hatte er auf dem Schoß der Frau gelegen. Sie war sehr schön gewesen. Ihre Augen hatten voller Tränen gestanden und sie hatte ihn gestreichelt.

Sie hatte nichts gesagt, bis die Stimmen von anderen Kindern ertönten. Daraufhin hatte die Frau ihn geküsst, um sich zu verabschieden, und er hatte ihr wortlos den Stein gereicht, den er zuvor im Wasser gefunden hatte. Mit einem Mal war sie in den Sträuchern am Ufer verschwunden.

Schon am Abend jenes Tages war sich Merlito nicht sicher gewesen, ob er von der fremden Frau nur geträumt hatte. Zu unwirklich war die Begegnung gewesen.

Langsam und nachdenklich setzte er sich neben die Stelle, auf die Tamar die Nüsse und Beeren gelegt hatte. Er warf ihr einen unsicheren Blick zu. »Sind die für mich?«

»Ja.« Sie nickte.

Merlito schob sich einige Brombeeren in den Mund. Schließlich fragte er: »Meine Mutter, wie heißt sie?«

Tamar ging zu ihm und hockte sich neben ihm in das Gras. »Ihr Name ist Michal.«

Als Michal die Augen aufschlug, stand Alessio wieder am Ruder des Boots. Der Mast warf einen langen Schatten. Sie spürte immer noch Alessios Berührungen auf ihrer Haut und die Hitze ihrer sich liebenden Körper. Gleichzeitig packte sie eine plötzliche Befangenheit. Hastig griff sie nach ihrem Kittel und streifte ihn über. Dabei bemerkte sie, dass sie sich weit vom felsigen Sockel der Insel entfernt hatten und aufs offene Meer zusteuerten. Ein starker Wind blähte das Segel und trieb das Boot schnell über die Wellen. Wollte Alessio sie etwa hintergehen?

Sie trat zu ihm und fuhr ihn an. »Was soll das? Ich habe dich gebeten, mich ans Ufer zu bringen. Ich muss Lorenzos Festung erreichen, ehe er erfährt, dass ich erneut versagt habe.«

»Ich habe nachgedacht.« Alessio drehte sich um. Sein Blick war warm und voller Zuneigung. »Der Wind steht günstig und auf dem Land müssen wir mit Verfolgern rechnen. Deshalb dachte ich, wir segeln um Sizilien herum und nehmen Kurs auf das Languedoc.«

»Aber …« Sie konnte nicht glauben, was sie gehört hatte.

Alessio wies mit dem Kopf in Richtung der Körbe, die auf den Bootsplanken standen. »Wenn wir mit Wasser und Nahrung sparsam umgehen, müsste uns das da bis zur Insel Korsika reichen.«

Ein kurzes Glücksgefühl stieg in Michal auf und die Ahnung eines Lebens, wie sie es einmal mit Luca erträumt hatte. Doch sie schüttelte den Kopf. »Du kannst mich nicht begleiten. Damit bringst du dich in Gefahr.«

»Ich schätze, darin befinde ich mich schon längst.« Ein schiefes Lächeln huschte über sein Gesicht. »Gestern Nacht, als ich mit dir zu dem Hafen geschwommen bin, wurde in der Festung das Alarmsignal geblasen. Gaetano hatte sicher leichtes Spiel, Friedrich davon zu überzeugen, dass ich zu den Verschwörern gehöre und dir geholfen habe, aus dem Kerker zu entkommen.«

»Aber wie kann er das von dir glauben …«

»Nun, auch dir hat er vertraut und du wolltest ihn töten.« Alessios Miene war ernst geworden.

»Ja, ich weiß.« Wieder drohten Scham und Reue Michal zu überwältigen. »Warum tust du das?«, fragte sie mit erstickter Stimme. »Einer Mörderin helfen?«

»Ich habe mich entschlossen, auf das Urteil eines alten Mönches zu vertrauen, der weiser ist als ich.« Wieder lächelte Alessio. »Ich glaube, dass nicht wirklich du diese Taten begangen hast. Du warst zwar von keinem Dämon besessen, aber von Lorenzo.« Er nahm seine Hände vom Ruder und strich über ihre Wange. »Er wird einen neuen Mörder ausschicken, nicht wahr?«

»Lorenzo gibt nie auf«, erwiderte sie tonlos.

»Damit gibt es für mich einen weiteren Grund, dich zu begleiten.«

»Du kannst nicht gegen ihn kämpfen.«

»Du willst deinen Sohn retten«, entgegnete er.

»Das ist etwas anderes ...«

»Nein, schließlich habe ich Friedrich einen Eid geschworen.«

Das Segel begann heftig zu flattern. Während Alessio rasch nach dem Ruder griff und den Kurs korrigierte, glaubte Michal, Lorenzos Stimme in ihrem Inneren zu hören. Er lachte sie aus, sagte, dass sie sein Geschöpft sei und niemals imstande sein würde, sich gegen ihn zu stellen. Allein das Wissen, dass Alessio ihr beistehen würde, half ihr, die Stimme zum Schweigen zu bringen.

Tamar schob einen weiteren dünnen Zweig in die Glut, über der ein Hase brutzelte. Mittlerweile waren vier Tage vergangen, seit sie mit dem Jungen von Lorenzos Burg geflohen war. In ihr wuchs die Zuversicht, dass die Flucht gelingen könnte. Deshalb hatte sie sich vor einigen Stunden die Zeit genommen, das Wild zu erlegen. Sorgfältig achtete sie darauf, dass kein Rauch in den Abendhimmel stieg, der das Kind und sie hätte verraten können.

Rasch sah sie auf, als von dem nahen Bach her ein leises Platschen ertönte. Doch das Geräusch stammte nur von den beiden Pferden, die Merlito dort am Ufer tränkte. Tamar hatte die beiden kräftigen Tiere noch am Tag der Flucht gestohlen und der Junge liebte sie innig. Ihr selbst war Merlito immer mehr ans Herz gewachsen. Immer wieder stellte er ihr Fragen über seine Mutter. Tamar hatte sich bemüht, sie zu beantworten. Sie hatte ihm auch wahrheitsgemäß von Lorenzo und dem harten, grausamen Leben auf der Burg erzählt – das meiste hatte er schweigend zur Kenntnis genommen. Aber sie spürte, dass er ihr glaubte.

Noch ein, zwei Wochen, dachte Tamar, während sie vorsichtig den Hasen wendete, dann müssten wir das Herzogtum Flandern erreicht haben. Soviel sie wusste, besaß Lorenzo dorthin kaum Verbindungen, denn sie und die anderen Krieger hatten nie einen seiner Befehle in dem Herzogtum ausführen müssen. Sie würde es wagen können, den Jungen irgendwo in dieser Gegend zu verstecken. Ein Franziskanerkloster wäre ein guter Ort für ihn. Der Orden stand auf der Seite der Armen und hatte daher wenig mit den Machtgelüsten des Meisters gemein. Ja, Michals Sohn sollte sicher und behütet aufwachsen können.

Der Junge hatte die Pferde an einer Weide am Ufer festgebunden und ließ sich nun neben ihr nieder. Tamar schnitt einen der Hinterläufe des Hasen ab und reichte ihm das Bein.

Während Merlito seine Zähne in den Schlegel grub, schaute er sie fragend an: »Reiten wir heute noch weiter?«

Tamar schüttelte den Kopf. »Wegen der Wolken können wir die Sterne nicht sehen und uns deshalb nicht orientieren.« Was nur zum Teil der Wahrheit entsprach. Seit der Flucht hatte sie kaum ein Auge zugetan und allmählich setzte ihr der Schlafmangel zu. Sie musste endlich ein paar Stunden ruhen.

Merlito nagte weiter an dem Bein. Irgendetwas beschäftigte ihn. Schließlich schaute er sie an. »Weißt du, wer mein Vater ist?«

Michal hatte ihr die Wahrheit anvertraut. Aber Tamar wollte den Jungen nicht mit Lucas Tod belasten. Während der letzten Tage hatte er schon genug schreckliche Dinge erfahren. Deshalb sagte sie ausweichend: »Deine Mutter wird dir von ihm erzählen.«

Merlito nahm dies still hin. Nachdem er sich an dem Hasen satt gegessen hatte, wies Tamar ihn an, sich neben sie in den Schutz einiger dichter Büsche zu legen, und gab ihm ihren Umhang, damit er sich hineinwickeln konnte. Die Dämmerung wich rasch der Dunkelheit.

Während Tamar auf die Geräusche ringsum lauschte, sprach sie ein stummes Gebet.

Doch Gott erhörte sie nicht: Im nächsten Moment brachen vier Gestalten aus den Büschen und waren über ihr. Tamar wehrte sich mit der Kraft der Verzweiflung. Aber gegen die Überzahl an Gegnern kam sie nicht an. Rasch hatten ihre früheren Gefährten sie überwältigt und gefesselt. Dann wurde sie auf die Füße gezerrt. Eine Kriegerin warf trockene Zweige in die Glut und fachte das Feuer an. In den hochlodernden Flammen verfolgte Tamar, wie Merlito sich auf der anderen Seite der Lichtung unter dem Griff eines jungen Kriegers wand.

Eine Bewegung bei den Büschen ließ Tamar den Kopf wenden. Unwillkürlich schrie sie auf. Lorenzo trat zwischen den Sträuchern hervor. Grob packte er sie und zwang sie, ihn anzublicken. »Du kleines Stück Dreck! Du hast also tatsächlich geglaubt, du könntest mich überlisten und mit dem Jungen entkommen.« Seine leise Stimme klang beinahe freundlich, zugleich war der Ausdruck in seinen vom Feuer beschienenen Augen unerbittlich. »Hat Michal dich dazu veranlasst?«

»Sie ... sie bat mich, ihren Sohn zu beschützen«, stammelte Tamar. »Sie vertraute mir an, dass Ihr den Jungen töten würdet, falls sie versagen sollte. Vor einigen Nächten träumte ich, dass sie in großer Gefahr sei. Deshalb bin ich mit Merlito geflohen.«

»Wie kannst du es wagen, meine Entscheidungen infrage zu stellen?«

Tamar wollte ihm ins Gesicht schleudern, dass sie seinen Worten schon lange nicht mehr glaubte. Aber die Angst schnürte ihr die Kehle zu.

Lorenzo betrachtete sie abwartend. »Du bist dir sicher darüber im Klaren, dass du wegen deines Ungehorsam den Tod verdient hast?«

»Ja, das weiß ich …«

»Aber vielleicht könnte ich mich dazu durchringen, dich am Leben zu lassen, wenn du jetzt gefügig bist. Wirst du dich dem Jungen gegenüber genau so verhalten, wie ich es von dir verlange?«

»Ja, Meister«, flüsterte Tamar, »ich werde alles tun, was Ihr wollt.«

Auf einen Wink Lorenzos hin zwangen ihre früheren Gefährten sie in die Knie und der junge Krieger führte Merlito zum Feuer. Was würde Lorenzo mit dem Jungen tun?, schoss es Tamar durch den Kopf. Michal, bat sie stumm. Verzeih mir! Aber ich bin zu schwach …

Merlito war deutlich anzumerken, dass auch er große Angst vor Lorenzo hatte, doch er starrte ihn trotzig an.

»Ich nehme an, Tamar hat dir erzählt, ich sei ein böser Mensch und sie habe dich entführt, um dich vor mir zu beschützen.« Lorenzos Stimme klang einschmeichelnd und tief bekümmert.

»Sie … Sie hat gesagt, Ihr würdet Menschen quälen und töten lassen«, presste Merlito hervor.

»Tamar hat sich mit meinen Feinden verbündet. Deshalb

hat sie dich angelogen.« Er wandte sich ihr zu. »War es nicht so?«

»Ja, Herr, genauso war es«, antwortete sie dumpf. »Ich habe Euch an Eure Feinde verraten.«

Merlitos kleines Gesicht spiegelte tiefen Unglauben. »Aber Tamar, du hast doch gesagt, meine Mutter habe dich gebeten, mich zu retten!«, rief er.

Lorenzo seufzte. »Auch deine Mutter steht auf der Seite meiner Feinde. Was Tamar, die nicht länger lügen will, dir bestätigen wird.«

»Ja, auch Michal hat sich mit Euren Gegnern verbündet«, kam es mühsam über ihre Lippen.

»Das ist nicht wahr! Meine Mutter hat mich vor dem Ertrinken gerettet.« Merlitos Stimme zitterte.

Lorenzo beugte sich tröstend zu ihm. »Ich bezweifle keineswegs, dass deine Mutter dich liebt. Aber das bedeutet nicht, dass sie gegenüber den Einflüsterungen des Bösen nicht schwach geworden ist.«

»Meine Mutter ist gut!«

»Merlito, warum glaubst du wohl, haben sich meine Feinde dafür entschieden, dich entführen zu lassen?«

Der Junge blickte Lorenzo stumm, mit zusammengepressten Lippen an.

»Weil sie wussten, dass sie mich damit am meisten treffen können.« Lorenzos Miene strahlte Güte aus. »Zu deinem Schutz wollte ich es geheim halten. Sonst hätte ich es dir schon längst mitgeteilt. Du bist mein Sohn Cesare und mein Erbe. Eines Tages werde ich dir die Führung über meine Krieger anvertrauen.«

»Meister …«, stammelte Merlito. Seine Augen waren groß und rund vor Staunen.

»Nenn mich Vater«, erwiderte Lorenzo mit einem Lächeln, das Tamar körperliche Pein bereitete. Welche Teufelei hatte er nur mit dem Jungen vor? Für einen Moment war ihre Abscheu vor Lorenzo stärker als ihre Furcht.

»Merlito, du darfst ihm nicht glauben!«, schrie sie. »Luca, einer der Krieger, war dein Vater.«

Lorenzo fuhr zu ihr herum und schlug ihr mit der flachen Hand ins Gesicht. Der Hieb war so stark, dass ihr Unterkiefer brach. Während sie sich noch einmal vergebens gegen die Krieger zur Wehr setzte, die sie wegschleppten, hörte sie Lorenzo zu Merlito sagen, dass er ihn bald allen Burgbewohnern als seinen Sohn vorstellen werde.

Kapitel 5

Olivier ritt auf das massive Holztor zu. Über der hohen, sich bunt verfärbenden Hecke, konnte er ein niedriges Strohdach erkennen, von dem Rauch aufstieg. Wütendes Gebell erscholl aus dem Anwesen und ein Hund warf sich knurrend gegen das Tor. Olivier sprang von seinem Pferd und wartete.

Kurz darauf ertönte die ihm vertraute, ein wenig heisere Stimme eines Mannes: »Wer ist da?«

Nachdem Olivier seinen Namen genannt hatte, schwang das Holztor auf. Ein in ein schwarzes Gewand gekleideter, schmächtiger Mann stand vor ihm. Unter seiner ebenfalls schwarzen Kopfbedeckung ringelten graue Haare hervor. Seine zwischen Blau und Meergrün changierenden Augen wirkten leuchtend und jung und standen im Widerspruch zu dem faltigen Gesicht und dem vom Alter gebeugten Rücken.

»Sieh an, Olivier de Berry …« Der Alte musterte den Besucher forschend und – wie es Olivier erschien – auch ein wenig amüsiert. »Wie lange ist es her, dass wir uns das letzte Mal gesehen haben?«

»Zwölf Jahre bestimmt, Bardas. Und zwar in Jerusalem, wenn ich mich nicht irre.« Olivier lächelte und wies auf den riesigen Molosser, der neben dem Alten stand und den Fremden wachsam beäugte. »Ein guter Wachhund, den Ihr da habt.«

»Ich will für Angriffe gerüstet sein.«

»Ich habe im Dorf nach dem Weg zu Eurem Anwesen gefragt. Die Leute haben erstaunlich freundlich von dem jüdischen Gelehrten in ihrer Nachbarschaft geredet«, bemerkte Olivier, während er mit Bardas zu dem lang gestreckten Wohnhaus ging.

»Ja, die Leute mögen mich. Was auch damit zusammenhängt, dass ich dem einen oder anderen Kranken helfen konnte. Allerdings wissen wir beide, wie schnell Stimmungen umschlagen können. Eine schlechte Ernte ... Eine Seuche ...«

»Ja, das ist wahr.« Olivier warf Bardas einen raschen Blick zu. Er schätzte den Alten, doch Bardas verunsicherte ihn zugleich immer wieder – daran hatte sich seit ihrer ersten Begegnung nichts geändert. »Doch ich bin überzeugt, dass Ihr, um Euch zu verteidigen, keinen Hund braucht.«

»Oh, ich ziehe es vor, erst einmal eine alltägliche Methode zu benutzen«, erwiderte Bardas leichthin.

Er führte seinen Besucher in eine schattige Stube, in der zwei wuchtige, mit bunten Emaillearbeiten verzierte Truhen standen, die der in Oliviers Heim sehr ähnlich waren. Deckenhohe Regale waren mit Büchern und Papyrusrollen angefüllt. Auf einem Stehpult lag ein Pergament voller Zahlen und mathematischer Figuren. Ja, das war das Zimmer eines Gelehrten und irgendwo in diesem Haus befand sich sicher auch eine Alchemistenwerkstatt.

Bardas bot seinem Gast einen Lehnstuhl an. Nachdem er ihm Wasser in einen Tonbecher gegossen und sich selbst einen Stuhl herangezogen hatte, sagte er: »Also, Olivier de Berry ... Was hat Euch hergeführt? Denn ich nehme nicht an, dass Ihr mit mir über alte Zeiten plaudern wollt.«

»Da habt Ihr recht.« Olivier beugte sich vor. »Was wisst Ihr über ›Geisterkrieger‹?«

»Ihr meint Krieger, die mit scheinbar übernatürlichen Kräften kämpfen?« Bardas lachte leise.

»Ja, um genau die geht es mir. Aber warum benutzt Ihr das Wort ›scheinbar‹?«

»Nun, das meiste, das die Menschen für übernatürlich halten, hat eine völlig natürliche, mit den Gesetzen der Welt vereinbare Ursache.«

»Solche Krieger gibt es also wirklich?«

Bardas nickte. »Sie verfügen über eine bis ins Extremste gesteigerte Körperbeherrschung, die mit höchster geistiger Konzentration gepaart ist. Darum gelingt es ihnen, über Hindernisse zu klettern, die für normale Menschen ohne Hilfsmittel unüberwindbar sind. Und sie können kämpfen, als seien ihre Körper schwerelos wie Schatten.«

»Woher stammen diese Krieger? Wer bildet sie aus?«

»Oh, es gibt einen arabischen Scheich, der seinen Stützpunkt in der Nähe von Damaskus hat. Ihr kennt ihn wahrscheinlich unter dem Namen ›Der Alte vom Berge‹.«

»Der Alte vom Berge ...«, wiederholte Olivier nachdenklich. »Ich weiß, dass er über eine Schar von Assassinen gebietet, die er für Mordaufträge einsetzt. Aber das habe ich nicht mit den Geisterkriegern in Verbindung gebracht.«

»Sie sind seine geheime Kampftruppe für ganz besondere Fälle. Selbst der Alte vom Berge will nicht in den Verdacht der Hexerei geraten.«

»Hat er selbst diese Kampfweise entwickelt?«

»Nein, sie muss viel älter sein als er; sogar älter als der Islam. Angeblich stammt sie aus einem jener fernen Reiche jenseits der Handelswege ganz im Osten des Erdkreises.

Fromme Männer – ähnlich Euren Mönchen – sollen diese Kampfeskunst von Generation zu Generation weitergegeben haben. Wie dieses Wissen auf die Burg des Alten vom Berge geriet, darüber kann ich nur Mutmaßungen anstellen. Vielleicht brachte es einer jener frommen Männer, die auf Wanderschaft gingen, aus dem Osten in die arabischen Länder. Oder ein Mitglied einer Handelskarawane erlernte diese Fähigkeiten und gab sie weiter.« Bardas bedachte Olivier mit einem scharfen Blick aus seinen seltsamen, leuchtenden Augen. »Und wisst Ihr das nicht? Auch ein Mitglied aus Eurem früheren Orden beherrscht die Kunst, schwerelos wie Schatten zu kämpfen.«

»Redet Ihr etwa von Lorenzo del Matera?« Olivier spannte sich an.

»Ganz recht.«

»Dann besteht also tatsächlich eine direkte Verbindung zwischen Lorenzo und diesen Geisterkriegern.« Olivier knirschte mit den Zähnen.

»Er lässt Krieger auf seiner Burg im Languedoc ausbilden und benutzt sie für alle möglichen finsteren Zwecke«, fuhr Bardas ungerührt fort.

»Wo hat Lorenzo das gelernt? Hängt das mit der Zeit zusammen, die er angeblich als Sklave im Orient verbracht hat?«

»Ja, allerdings«, Bardas trank einen Schluck Wasser. »Lorenzo kam im Alter von elf oder zwölf Jahren als Sklave auf die Burg des Alten vom Berge. Nachdem er einige Monate dort verbracht hatte, vereitelte er zufällig einen Anschlag auf das Leben des Alten. Daraufhin bot der dem Jungen an, ihn entweder mit reichen Geschenken in die Freiheit zu entlassen oder ihn in die geheimen Kampfkünste einzuweihen –

allerdings unter der Bedingung, dass Lorenzo dann für immer bei ihm bleiben müsse. Lorenzo entschied sich für Letzteres. Doch später floh er dann doch in Begleitung eines Dieners namens Achmed von der Burg. Die Kundschafter des Alten vom Berge spürten die beiden schnell wieder auf. Aber sei es aus Dankbarkeit oder weil Lorenzo dem Alten nicht in die Quere kam – oder aus beiden Gründen –, ließ ihn der Scheich unbehelligt.«

»Woher wisst Ihr das alles?«

»Ich korrespondiere gelegentlich mit dem Medicus des Alten. Der Scheich leidet an Lepra. Ich konnte seinem Medicus einmal einen Hinweis geben, wie der Krankheitsverlauf verlangsamt werden kann.« Bardas lächelte.

»Bei Gott ... Es hat Monate gedauert, bis ich Lorenzo auf die Spur gekommen bin. Er steckt hinter einer Serie von Morden, die sich im Umfeld des Templerordens ereigneten!«, fuhr Olivier Bardas zornig an.

»Wollt Ihr mir etwa vorwerfen, dass ich Euch keinen Hinweis auf Lorenzos Vergangenheit und seine gegenwärtigen Machenschaften gegeben habe?« Bardas lachte trocken auf. »Warum hätte ich das tun sollen? Mir sind die Belange des Ordens völlig gleichgültig. Die Welt geht ihren Gang und ich betreibe meine Forschungen und Studien. Und damit hat es sich.«

»Wenn Ihr Euch da nur nicht täuscht.« Olivier fixierte den Alten. »Ich habe vor, Lorenzo unschädlich zu machen. Da er über diese speziell geschulten Krieger verfügt, werde ich mit herkömmlichen Mitteln nicht viel gegen ihn ausrichten können. Ich brauche Eure Hilfe.«

Bardas schüttelte den Kopf. »Tut, was Ihr tun müsst – aber ohne mich. Ich habe genug an Leid und Tod auf mich geladen, als ich im Dienst der Könige von Byzanz stand und die Technik des Griechischen Feuers für ihr Heer bewahrte und weiterentwickelte.«

Bevor Olivier etwas erwidern konnte, erhob Bardas seine heisere Stimme: »Sagt jetzt bloß nicht, dass ich Euch etwas schuldig sei, da Ihr mich damals, nach meiner Flucht aus Byzanz, aus dem Meer gefischt habt, als mein Schiff kenterte. Wir sind quitt. Schließlich habe ich Euch später das Leben gerettet, als Ihr durch einen Pfeilschuss dicht neben dem Herzen schwer verwundet wurdet.«

»Ja, das sind wir.« Olivier hatte sich wieder etwas beruhigt. »Es war auch überhaupt nicht meine Absicht, eine Schuld von Euch einzufordern. Ich bitte Euch einfach ganz nachdrücklich um Hilfe.«

»Meine Antwort lautet wieder: Nein.«

»Ich selbst dachte lange, ich könnte durch eine zurückgezogene Lebensweise meine früheren Taten sühnen«, Oliviers Stimme wurde eindringlich. »Aber ein junger, linkischer und manchmal erstaunlich gescheiter Templer hat mir klargemacht, dass Weltflucht keine Lösung ist.«

Bardas erhob sich. »Geht und lasst mich in Frieden!«

Olivier lehnte sich in seinem Stuhl zurück. »Vor einigen Wochen trafen meine Gefährten und ich auf eine Frau, deren Ehemann und Nachbarn von Lorenzos Kriegern überwältigt und der Inquisition übergeben worden sind. Was für sechs von ihnen den Feuertod bedeutete. Wenn die Inquisitoren nur einen Bruchteil von den Dingen wüssten, mit denen Ihr Euch befasst, würden sie auch Euch zum Scheiterhaufen verurteilen.«

»Wollt Ihr mir etwa mit den Dominikanern drohen – diesen Hunden Gottes, wie sie selbst von Euch Christen genannt werden?«, entgegnete Bardas kalt. »Ich würde dieses Haus und meine Werkstatt ungern aufgeben. Aber glaubt mir, mit ein paar Inquisitoren werde ich spielend fertig.«

»Das weiß ich und ich wollte Euch auch nicht drohen.« Olivier winkte ab. »Ich möchte Euch nur daran erinnern, dass andere nicht über Eure speziellen Fähigkeiten verfügen und sich nicht zur Wehr setzen können.«

Bardas Miene blieb ablehnend.

»Sagt mir doch ...«, Olivier beugte sich vor und sah ihm fest in die Augen. »All Eure Tränke und Elixiere ... Eure Studien und Wundermittel ... Euer Wissen um das Griechische Feuer ... Was hat all das für einen Wert, wenn Ihr nicht bereit seid, es für eine gerechte Sache einzusetzen?«

»Zu erforschen, wie Stoffe miteinander reagieren, ist ein ausreichender Grund, sich mit ihnen zu befassen. Und was die gerechte Sache angeht ...« Bardas wirkte plötzlich müde. »... auch die byzantinischen Herrscher hielten ihre Schlachten, für die ich das Griechische Feuer bereitstellte, für gerecht. Und die Christen im Westen halten es für gerecht, uns Juden zu vertreiben und zu töten ...«

»Ihr würdet nicht für einen christlichen Herrscher in den Kampf ziehen, sondern für mich.« Olivier grinste.

»Ach, und das soll mich umstimmen?«

»Ja, denn ich bin genauso alt und skeptisch und der Welt in vielem müde wie Ihr.«

»Ihr ... Der Welt müde ... Dass ich nicht lache.« Bardas schüttelte ungläubig den Kopf.

»Ja, stellt Euch vor, ich habe sogar auf eine schöne Hure verzichtet, die mich in Versuchung führte, wie schon lange keine Frau. Denn ich habe mit Gott einen Pakt geschlossen. Ich bleibe keusch, wenn Er mich dafür den Drahtzieher der

Morde zur Strecke bringen lässt. Wollt Ihr etwa, dass mein Opfer völlig umsonst war?«

Bardas starrte ihn eine Weile mit zornig gerunzelten Brauen an. Olivier machte sich darauf gefasst, dass der Alte ihn womöglich mithilfe einer seiner Zauberkünste zum Haus hinausbefördern würde. Doch schließlich brach Bardas in lautes Gelächter aus. »Ihr habt Euch kein bisschen verändert. Ihr seid noch genauso durchtrieben wie früher. Gut, ich werde eine Ausnahme machen und Euch unterstützen.«

»Auch Ihr habt Euch nicht verändert.« Olivier seufzte erleichtert.

»Herr, Ihr habt mich rufen lassen.« Achmed verbeugte sich vor Lorenzo. Dieser deutete auf den Brief, der vor ihm auf dem Tisch lag. »Ja, denn es gibt Neuigkeiten über Michal.«

»Keine guten Nachrichten?«

»Nein, Gaetano, mein Verbindungsmann am Hof Friedrichs, schreibt, dass Michal erneut gescheitert ist. Beim Versuch, den Staufer zu erstechen, wurde sie von einem seiner Soldaten überwältigt. Sein Name ist Alessio. Das ist jener Mann, der ihr dabei half, das Attentat auf Friedrich in Monreale zu vereiteln.«

»Was ist mit Michal geschehen?«

Lorenzo ließ sich Zeit mit der Antwort. Gaetano äußerte in seiner Nachricht die Vermutung, dass Michal diesen Alessio nicht habe töten wollen, und deshalb scheiterte. Lorenzo empfand brennende Eifersucht. Nein, sie würde ihm nicht noch einmal einen anderen Mann vorziehen.

»Gaetano warf sie gefesselt ins Meer«, sagte er schließlich. »Er fürchtete, sie könnte unter der Folter zu viel ausplaudern. Was er, nebenbei, noch bereuen wird. Michal ist mein Geschöpf und über ihren Tod bestimme ich allein. Wenn der Staufer endlich tot ist, werde ich mit diesem Feigling abrechnen.«

Achmed neigte zustimmend den Kopf.

»Gaetano ist sich nicht sicher, ob Michal wirklich ertrunken ist«, fuhr Lorenzo fort. »Denn dieser Alessio ertappte ihn und sprang ihr nach. Jedenfalls wurde Michals Leiche nirgends angetrieben und auch Alessio ist seitdem verschwunden. Außerdem wurde am nächsten Tag ein Boot aus dem nahen Hafen als gestohlen gemeldet.«

»Ich traue es Michal zu, sich sogar unter Wasser von einer Fessel zu befreien.« Achmed nickte. »Ihr glaubt doch auch nicht, dass sie tot ist, oder?«

»Nein.« Lorenzo lächelte. »Ich würde es spüren, wenn dies der Fall wäre. Ich bin überzeugt, sie lebt und wird hierher zurückkehren, um ihren Sohn zu retten.«

»Soll ich unsere Späher ausschicken?«

»Ja, sie sollen die Häfen bewachen und bei den Bewohnern in Küstennähe ausstreuen, dass nach zwei Ketzern gesucht wird – einer Frau und einem Mann. Denn ich glaube, dieser Alessio wird Michal begleiten. Die Späher sollen außerdem verkünden, dass auf die beiden eine hohe Belohnung ausgesetzt ist.«

»Ich werde das gleich veranlassen.« Achmed verneigte sich.

»Da ist noch eine Sache«, Lorenzo bedeutete ihm zu warten. »Olivier de Berry ist mir auf die Spur gekommen. Er hat einen Inquisitor, der hin und wieder meine Dienste in Anspruch nimmt, entführt und ihm meinen Namen abgepresst.

Es ist sehr bedauerlich, dass mich Antoine de Roye vor Monaten nicht gleich über Oliviers Besuch informierte, sondern versucht hat, das Problem selbst zu lösen. Schickt einem Mann wie Olivier solche Tölpel hinterher!«

»Sollen unsere Krieger die Sache jetzt bereinigen?«

»Nein«, Lorenzo winkte ab. »Ich habe mir eine andere Taktik überlegt. Wie ich Olivier kenne, wird er mich unbedingt zur Strecke bringen wollen. Unterstützung von Henry d'Esne kann er dabei nicht erwarten. Deshalb wird er hierherkommen und mich angreifen. So bin ich der Beleidigte und Herausgeforderte und habe jedes Recht, mich meiner Haut zu wehren. Wenn Olivier und seine Leute in einem offenen Kampf unterliegen, wird es mir gelingen, jedes Gerücht über mich als üble Verleumdung abzutun. Zumal Oliviers eigener Ruf nicht der beste ist. Und sobald Friedrich ebenfalls tot ist und ich Herrscher über das Königreich Jerusalem bin, wird sich um diese alten Geschichten ohnehin niemand mehr kümmern.«

»So sei es, Herr«, erwiderte Achmed. »Dann werden wir diesen Olivier also hier erwarten.«

Olivier de Berry ... Nachdem Achmed gegangen war, vergegenwärtigte sich Lorenzo den hageren alten Kämpfer mit den klugen, spöttischen Augen.

Nein, Olivier würde ihn nicht daran hindern, Herrscher über das Königreich Jerusalem zu werden. Alle seine Krieger und all die Reichtümer, die er angehäuft hatte, waren Mittel gewesen, um dieses Ziel zu erreichen. Aber ohne die Unterstützung des Papstes würde er, der Bastard eines Adeligen, diese Krone nicht erringen und vor allem nicht halten können. Zu angespannt war die Situation im Heiligen Land, da die Araber die christlichen Eindringlinge vehement bekämpften. Selbst der große und mächtige Templerorden konnte sich dort nur noch mit Mühe halten und war dringend auf die Spenden aus den christlichen Ländern angewiesen.

Ein Sonnenstrahl fing sich in dem Siegelring, den Lorenzo für seine geheimen Ziele benutzte. Der rote Stein mit dem zum Sprung geduckten Löwen glühte von innen auf.

Was hatte dieses unziemliche Geschrei zu bedeuten?, fragte sich Prior Augustinus empört. Eigentlich hatte er sich nach der Mittagsmahlzeit bei einem Spaziergang im Garten sammeln wollen. Doch er änderte seine Absicht und eilte zu dem Hof vor der Kirche, wo er die Lärmquelle vermutete.

Tatsächlich, der Pförtner und einige Mönche stritten mit einer Gruppe von Soldaten.

»Macht Platz und lasst uns endlich unsere Arbeit tun!« Ein vierschrötiger, rotgesichtiger Mann – allem Anschein der Anführer der Bewaffneten – schob nun kurzerhand den Pförtner aus dem Weg.

»Pater Prior, gut, dass Ihr kommt!«, Hilfe suchend wandte sich der Mönch an seinen Oberen. »Stellt Euch vor, die Soldaten wollen unser Kloster durchsuchen.«

»Was erlaubt Ihr Euch!«, herrschte Augustinus den Anführer der Bewaffneten entrüstet an.

»Leider haben wir dazu einen guten Grund.« Der Vierschrötige neigte höflich den Kopf, was Augustinus etwas besänftigte. »Mein Name ist Gaetano und wir sind im Auftrag Friedrichs hier. Wir vermuten, dass sich diese Frau, die sich Teresa nennt, in Eurem Kloster versteckt hält.«

»Ihr sucht nach der Frau, die dem Kaiser das Leben gerettet hat?« Augustinus glaubte, sich verhört zu haben. »Das heißt doch wohl nicht, dass Ihr sie gefangen nehmen wollt?«

»Doch, genau das haben wir vor.« Gaetano seufzte. »Denn diese Frau hat versucht, den Kaiser zu töten.«

»Das ist nicht möglich …«, stammelte Augustinus.

»Ich habe mit meinen eigenen Augen gesehen, wie sie mit dem Dolch in der Hand auf Friedrich losgegangen ist und einen Soldaten seiner Leibwache schwer verletzt hat. Diese Frau verfügt über Zauberkräfte.«

Einige Momente kam es Augustinus vor, als würden die Mauern des Klosters in ihren Grundfesten erbeben. Also hatte er immer recht gehabt. Dieses Weib war tatsächlich mit dem Bösen im Bunde!

Er packte Gaetano am Arm. »Kommt mit! Falls sich die Frau im Kloster aufhält, dann weiß Bruder Placidus darüber Bescheid!«

Zu seiner Erleichterung mussten sie den alten Mönch nicht lange suchen. Sie trafen ihn in seinem Garten, wo er den warmen Herbsttag nutzte, um Kräuterstöcke zu beschneiden.

»Wo habt Ihr Teresa versteckt?«, fuhr Gaetano ihn an.

»Ich weiß nicht, wovon Ihr redet«, erwiderte Placidus anscheinend aufrichtig verblüfft. »Ich habe sie zum letzten Mal in jener Nacht gesehen, als sie den Kaiser rettete.«

Augustinus war sehr zufrieden, als Gaetano seinen Soldaten befahl, die Wahrheit aus Placidus herauszuprügeln.

Während Lorenzo einen Schluck Wein trank, beobachtete er Merlito, der ganz vorn an einem der Tische unten in der Halle saß. Der Junge sah seiner Mutter auffallend ähnlich.

Als Lorenzo erfahren hatte, dass Michal ihn mit Luca betrog, hatte er kurzzeitig daran gedacht, sie zu töten. Dann aber doch Abstand davon genommen. Es war weitaus befriedigender gewesen, sie durch ihr vermeintliches gemeinsames Kind an ihn zu ketten. Außerdem hatten ihm ihre Fähigkeiten als Kriegerin gute Dienste geleistet. Ganz zu schweigen davon, dass er ungern darauf verzichtet hätte, sie in seinem Bett zu haben. Zu wissen, dass sie ihn insgeheim hasste und ihm doch zu Willen sein musste, hatte ihm tiefe Lust verschafft.

Und was den Jungen betraf … Merlito war genau der Sohn und Erbe, den Lorenzo sich immer gewünscht hatte. Mutig, klug und obendrein hübsch. Zudem verfügte er wie seine Mutter über eine ganz außerordentliche Körperbeherrschung. Schon jetzt zeichnete sich ab, dass er einmal alle Krieger überflügeln würde.

Vor vielen Jahren hatte ein arabischer Arzt Lorenzo eröffnet, dass er zeugungsunfähig war. Niemand außer diesem Medicus wusste davon. Selbst vor Berenice hatte er diesen Makel geheim gehalten. Stattdessen hatte er behauptet, außer Merlito würden noch einige andere Bastarde von ihm in Klöstern erzogen.

Lorenzo registrierte, dass Merlito zu ihm hinsah, und schenkte ihm ein warmes Lächeln. Die Augen des Jungen leuchteten auf. Ja, das Kind liebte ihn und vertraute ihm bedingungslos. Welch eine bessere Rache an Michal und Luca konnte es geben, als ihr Kind ganz zu seinem Geschöpf zu formen und es zu seinem Nachfolger zu machen?

Bald würde Michal zu der Burg zurückkehren und dann würde er sie wieder in seine Gewalt bringen und irgendwann töten. Aber er würde es sich nicht entgehen lassen, sie vorher mit dem Wissen, dass sie ihren Sohn auf immer an ihn verloren hatte, zu quälen.

Bruder Placidus' Körper schmerzte überall. Als er auf dem Strohsack in seiner Zelle lag, konstatierte er, dass eine seiner Schultern und die Hüfte geprellt waren. Sein linker Knöchel war verrenkt und sein rechtes Auge von einem Fausthieb angeschwollen. Vielleicht sollte er doch einen der Mitbrüder bitten, ihm eine seiner Salben zu holen.

Vorausgesetzt, die Soldaten des Kaisers hatten seine Kräuterstube nicht völlig zerstört. Während er hilflos zwischen den Beeten lag und die Prügel auf ihn niederfuhren, hatte er mitanhören müssen, wie in dem Raum Regale zu Boden krachten und Tongefäße klirrend zu Bruch gingen – was ihn weit mehr geschmerzt hatte als die Hiebe. Prior Augustinus hatte dies alles ungerührt verfolgt. Endlich war, von den anderen Mönchen alarmiert, Abt Hilarius in dem Kräutergarten erschienen. Er hatte sich für Placidus verbürgt und den Soldaten energisch befohlen, von ihm abzulassen.

Placidus erinnerte sich an jene Gewitternacht, in der Teresa ihm erzählt hatte, dass eine innere Macht sie peinige. Ihre

Qual war echt gewesen. Nein, dachte Placidus, was auch immer sie dazu gebracht hat, Friedrich töten zu wollen, sie hat die Tat nicht freiwillig begangen. Jemand muss sie dazu gezwungen haben. Sie ist kein böser Mensch.

Lorenzo hatte seinen Übungskampf mit Achmed beendet. Er wusch sich eben an dem Brunnen vor der Halle, als ein Sklave auf ihn zueilte und ihm mitteilte, dass Kardinal Rainer von Viterbo eingetroffen sei und darauf bestehe, ihn unverzüglich zu sprechen.

»Bring den Kardinal in den Wohnturm«, befahl Lorenzo.

Wie beim letzten Mal, als Rainer ihn aufgesucht hatte, stürmte er auch jetzt wütend auf den Burgherrn zu. Doch Lorenzo hatte beschlossen, dass es an der Zeit war, dem Kardinal eindringlich klarzumachen, mit wem er es zu tun hatte.

»Wollt Ihr etwa wieder Ausreden erfinden«, Rainers Stimme überschlug sich, »und behaupten, dass die Frau, die den Anschlag auf den Staufer in Siracusa verübte, nicht zu Euren Leuten gehört? So wie auch das missglückte Attentat in Monreale angeblich nichts mit Euch zu tun hatte? Eine Frau …! Was für ein Wahnsinn, eine Frau mit einem derartigen Auftrag zu betrauen!«

»Ja, diese Frau gehört zu meinen Kriegern. Und ja, bedauerlicherweise scheiterte der Anschlag«, erwiderte Lorenzo kühl.

Rainer, der damit gerechnet hatte, dass Lorenzo sich herausreden würde, starrte ihn einen Moment verblüfft an.

Dann fuhr er aufgebracht fort: »Ihr seid ein Stümper und ein Blender. Alle Vereinbarungen, die ich jemals mit Euch getroffen habe, sind nichtig. Und Ihr könnt noch froh sein, wenn ich Eurer Ordensleitung in Paris keinen Wink gebe, dass Ihr hier auf Eurer Burg ganz andere Dinge treibt, als den Templern zu dienen.«

»Ich bin mir sicher, dass Ihr das nicht tun werdet.« Lorenzo hob gelangweilt die Augenbrauen. »Und auch unsere Vereinbarungen sind keinesfalls nichtig.«

»Was fällt Euch ein …«

»Ach, haltet einfach den Mund oder lasst uns vernünftig miteinander reden.«

»Zwischen uns gibt es nichts mehr zu besprechen.«

»Auch da irrt Ihr Euch.«

»Durch das Versagen Eures ›Kriegers‹, eines Weibes …«, Rainer spuckte die Worte voller Verachtung aus, »… ist Friedrich nun in höchstem Maße alarmiert. Bei Gott, wenn ich mir vorstelle, wie viel Zeit wir mit Euch verloren haben …«

»Ach, hört endlich auf!« Ein scharfer Unterton schwang in Lorenzos immer noch gleichmütiger Stimme mit. »Wenn Eure Mittelsmänner vorsichtiger gewesen wären, hätten Friedrichs Späher niemals von der Verschwörung erfahren und Constanzius wäre nicht entdeckt worden. Darf ich Euch daran erinnern, dass Ihr es mir zu verdanken habt, dass der Abt nichts unter der Folter ausplaudern konnte? Andernfalls würdet Ihr vermutlich schon längst in einem kaiserlichen Verlies schmoren. Ohne Nase und Ohren würdet Ihr wahrscheinlich recht gut aussehen. Ach, ich vergaß … Die Folterknechte des Staufers hätten Euch sicher auch die Augen ausgestochen, sodass Ihr um das Vergnügen Eures neuen Anblicks gebracht worden wäret.«

»Ihr verdammter Bastard ...« Rainer wollte sich auf ihn stürzen, aber gegen Lorenzo kam er natürlich nicht an. Jener packte den Kardinal an den Schultern und führte ihn, trotz seiner heftigen Gegenwehr, zu einem Stuhl und drückte ihn darauf nieder.

»Ich sagte, wir haben miteinander zu reden. Ich werde meinen Teil der Vereinbarung einhalten. Friedrich wird sterben. Und zwar durch meine eigene Hand.«

Der Kardinal öffnete seinen Mund, doch Lorenzo ließ ihn nicht zu Wort kommen. »Und Ihr und Innozenz werdet Euren Teil der Vereinbarung einhalten und mir zur Krone des Königreichs Jerusalem verhelfen. Und falls Ihr Euch weigert oder mir irgendwelche Schwierigkeiten bereitet, werde ich Friedrich einen Hinweis zukommen lassen, wer ihm alles den Tod wünscht. Bedenkt wohl: Ihr seid nicht der Stellvertreter Christi auf Erden, sondern, anders als der Papst, sehr verletzlich.« Lorenzo ließ ein amüsiertes Lächeln sehen. »Oh, ich weiß sehr wohl, dass sich in Eurem feisten, roten Kopf die Gedanken überschlagen. Und wenn Ihr glaubt, dass Ihr mir zuvorkommen könnt, dann möchte ich Euch versichern, meine Krieger und ich haben diese Burg schneller verlassen, als Ihr reden könnt. Wir werden uns in Ländern verstecken, in denen uns der Arm des Staufers niemals erreicht. Euch aber werden wir finden. Egal, wo Ihr Euch verkriechen werdet, und das wird nicht sehr angenehm für Euch werden.«

Ehe Rainer wusste, wie ihm geschah, hatte Lorenzo sein Genick wie das einer Katze gepackt und presste ihm zwei Finger unter die Schulterblätter. Der Kardinal schrie auf, verstummte dann bis auf ein Röcheln, während seine Augen aus den Höhlen quollen und Speichel aus seinem Mund rann.

Endlich ließ Lorenzo von ihm ab. »Nun, haben wir uns verstanden?«

»Ja, ich habe Euch verstanden ...«, wimmerte der Kardinal. »Ich schwöre, Innozenz wird Euch die Herrschaft über das Königreich Jerusalem verschaffen.«

Seinen Wollumhang eng um sich gezogen, saß Baptiste an einem Feuer. Vor Kurzem war das Wetter umgeschlagen und die Nacht schon sehr kühl. Er, Paul und Thierry hatten die Zeit, während Olivier seine eigenen Wege gegangen war, genutzt, um bei ihren Ordensbrüdern um Unterstützung gegen Lorenzo zu werben. Sie waren selbst überrascht von ihrem Erfolg: Fast sechzig Templer hatten sich gegen ihren Ordensmeister und für Olivier de Berry entschieden.

Paul, der Baptiste gegenübersaß, blickte auf und horchte. Dann grinste er. »Ich höre Oliviers Stimme.«

Baptiste wandte den Kopf. Tatsächlich schritt eine große, hagere Gestalt über die Lichtung. Ob er jenen geheimnisvollen Mann mitgebracht hatte, der ihnen möglicherweise zum Sieg über Lorenzo verhelfen konnte? Ja, Olivier war nicht allein.

Als nun der Feuerschein auf seinen Begleiter fiel, ging ein enttäuschtes Raunen durch die Runde. Es hätte kaum einen Menschen geben können, der weniger einschüchternd wirkte als dieser kleine, dürre Mann. Ein heftiger Stoß und der Alte fällt hilflos zu Boden, schoss es Baptiste durch den Kopf.

»Darf ich euch Bardas vorstellen?« Olivier legte die Hand auf die Schulter seines Gefährten und blickte in die Runde.

»Er hat sich freundlicherweise bereit erklärt, uns gegen Lorenzo beizustehen.«

»Der soll deine Geheimwaffe sein, Olivier?« Thierry begann laut zu lachen. »Du hast vielleicht Nerven.« Andere stimmten in das Gelächter ein.

»Wenn wir Glück haben, erschrickt Lorenzo ja, wenn er den Alten sieht, und beschließt, sich zu ergeben«, johlte jemand.

»Vorausgesetzt, der Mann stirbt uns nicht vor Schwäche auf dem Weg ins Languedoc«, murmelte Paul.

Baptiste glaubte, ein rasches Aufblitzen in den Augen des Alten wahrzunehmen. Ein gläsernes Behältnis leuchtete im Feuerschein. Eine rasche Bewegung seiner Hand und einige Tropfen fielen in die Flammen.

»Oh, er führt uns ein Zauberkunststück vor«, prustete Thierry wieder los.

Kleine Blitze züngelten durch das Feuer. Ein scharfer und doch süßlicher Geruch mischte sich in den Rauch. Plötzlich kam es Baptiste vor, als ob sich ein Strick um seinen Hals legte. Schattenhafte Gestalten stiegen aus dem Feuer und stürzten sich auf ihn. Er bekam keine Luft mehr. Keuchend taumelte er von der Feuerstelle weg und versuchte, die Schatten beiseitezustoßen. Aber sie packten ihn und umklammerten seine Arme.

»Baptiste, Junge, es ist ja gut. Ich bin es.«

Wie aus weiter Ferne drang Oliviers gedämpfte Stimme in sein Bewusstsein. Hustend blinzelte er. Als sein Blick wieder klar wurde, sah er, dass auch die anderen Templer verwirrt umhertaumelten. Nur der Alte stand immer noch reglos neben dem Feuer.

»Nun, habe ich zu viel versprochen?« Olivier grinste breit.

Merlito vollführte einen Salto hoch in die Luft und landete sicher auf beiden Füßen. Doch er war – anders als sonst – nicht ganz bei der Sache. Nur die Geräusche der anderen Kinder, die wie er in einem der vorderen Höfe Sprünge übten, waren zu hören. Eine ungewöhnliche Stille herrschte in der Burg. Das Klirren der Waffen, das sonst meist jeden Winkel des Gebäudes erfüllte, war verstummt. Die Kriegergemeinschaft hatte sich im hinteren Teil der Anlage versammelt, um der Verurteilung Tamars beizuwohnen.

Das war nur richtig so, dachte Merlito. Schließlich hatte Tamar ihn von seinem Vater trennen und an dessen Feinde ausliefern wollen. Ob der Meister sie wohl auspeitschen lassen würde?

Merlito nagte an seiner Unterlippe. Nein, er konnte nicht weiter üben. Er musste wissen, was mit Tamar geschah! Schnell verließ er den Platz und rannte durch zwei weitere Höfe, bis er das Fachwerkgebäude erreicht hatte, in dem die Schmiede der Festung untergebracht war.

Dort kletterte er hinter der abgedeckten Feuerstelle eine Leiter hinauf. Oben lief er zu einer Luke, schlüpfte hindurch, balancierte über ein flaches Dach und sprang über einen gut zwanzig Fuß tiefen Spalt auf ein weiteres, steileres Dach. Er kletterte die Holzschindeln hinauf bis zu einem Fenster. Als er hindurchgestiegen war, befand er sich auf einem geräumigen Boden, der zum Trocknen der Wäsche benutzt wurde. Auch jetzt hingen Kittel, Hosen und große Tücher auf den Leinen. Von draußen konnte er Lorenzo sprechen hören. Die Worte verstand Merlito nicht, doch die Stimme des Meisters klang sehr ernst und getragen.

Rasch schlängelte sich Merlito zwischen zwei Wäschereihen voller Gewänder hindurch. Am Rand des Dachbodens verbarg er sich hinter einer immer noch feuchten und nach Pottasche riechenden Decke und spähte durch die Ritzen zwischen den Ziegeln.

Lorenzo stand in der Mitte des Hofes neben einem großen Holzpfahl. Alle Krieger der Gemeinschaft waren um ihn versammelt. Der Meister trug ein schwarzes, schmuckloses Samtgewand, in dem er Merlito sehr fremd erschien. Lorenzos Miene drückte Trauer und gleichzeitig Härte aus. Eine große Anspannung lag in der Luft, die Merlito dazu veranlasste, sich tiefer zu ducken.

»Gott hat sein Volk Israel geliebt«, redete Lorenzo weiter. »Doch obwohl er es liebte, musste er es – so sehr es ihn auch schmerzte – strafen. Denn wie eine faule Frucht die anderen eines Baumes anstecken kann, so kann auch ein Sünder eine ganze Gemeinschaft infizieren. Tamar hat das Gift der Sünde in sich getragen. Sie war aufsässig, verstockt und hat sich mit den Feinden Gottes verbündet. Damit hat sie jede Gnade verwirkt. Wir wollen dafür beten, dass Gott, indem Tamar ihrer Strafe zugeführt wird, dieses Gift aus unseren Herzen tilgen möge.«

Alle Krieger, bis auf die vier, die Trommeln in den Händen hielten, knieten nieder.

»Gott ist ein gerechter Richter, ein Gott, der täglich strafen kann«, stimmte Lorenzo einen Sprechgesang an, während dumpfe Trommelschläge ertönten.

»Wenn der Frevler sein Schwert wieder schärft, seinen Bogen spannt und zielt, dann rüstet er glühende Pfeile gegen sich selbst«, stimmten die Krieger in die Litanei ein. »Der Frevler hat Böses im Sinn, er geht schwanger mit Unheil, und Tücke gebiert er. Seine Untat kommt auf sein eigenes Haupt, seine Gewalttat fällt auf seinen eigenen Scheitel zurück.«

Die Trommelschläge mischten sich mit den Worten auf eine beklemmende Weise. Langsam fragte sich Merlito, ob die Strafe, die Tamar erwartete, nicht doch zu hart sein würde?

Schließlich verstummten die Klänge. Auf eine Geste Lorenzos gingen zwei Krieger zu einem steinernen Gebäude, in dessen Keller sich, wie Merlito wusste, einer der Kerker der Festung befand. Die Stille, die nun herrschte, war bedrückend. Das Geschrei eines Gänseschwarms, der über den grauen Himmel zog, hallte sehr laut darin wider.

Als die Tür des Gebäudes aufschwang, setzte erneut das Trommeln ein. Die zwei Krieger hatten sich die Arme einer Gestalt über die Schultern gelegt, um deren ausgemergelten Körper ein zerrissener, schmutziger Kittel hing. Tamars Gesicht war von Hieben entstellt. Merlitos Magen gefror zu einem Klumpen aus Angst und Entsetzen. Während die beiden Männer Tamar über den Hof zerrten, sackten ihr immer wieder die Beine weg. Sie fesselten sie an den Pfahl. Andere Krieger brachten große Strohbündel und Holz herbei, die sie um Tamar schichteten.

Nein, dachte Merlito. Nein. Schließlich wandte sich Lorenzo Tamar zu und hob den Arm. »So wird denn der Spross der Sünde abgehackt und ins Feuer geworfen!«, rief er mit kraftvoller Stimme. Einige Krieger hielten brennende Fackeln an das Stroh. Flammen loderten auf.

Nein!, dachte Merlito wieder. Als Tamar den Kopf hob, erschien es ihm einen Moment, als könnte sie durch die Schindeln blicken und ihn sehen. Sie öffnete die Lippen, wie um etwas zu rufen, doch das Trommeln und das Zischen des Feuers übertönten jeden Schrei.

Tamars Gestalt verschwand in einer Rauchwolke. Der entsetzliche Gestank brennenden Fleisches wehte auf den Dachboden. Merlito legte die Arme um seine Knie und begann, sich hin- und herzuwiegen. Er befand sich wieder auf der Weide des Klosters. Der Hengst des Abtes vollführte übermütige Sprünge.

Ein würgendes Geräusch ließ Merlito aufschrecken. Noch jemand hielt sich auf dem Boden auf. Zitternd lugte Merlito um einige Tücher und erblickte einen der Sklaven, der auf den Brettern kniete und sich übergab.

Er musste ihn gehört haben, denn nun schaute der Gebrandmarkte in die Richtung des Jungen. Kurz kreuzten sich ihre Blicke, dann sprang Merlito auf und rannte davon.

Im Schlafsaal der Kinder verkroch sich Merlito auf seinen Strohsack und zog die Decke über seinen Kopf. Doch die grauenhaften Bilder peinigten ihn. Meine Mutter, durchfuhr es ihn. Meine Mutter hat sich auch mit Lorenzos Feinden verbündet. Was, wenn er sie genauso bestraft?

Sicher, Tamar hatte eine Züchtigung verdient. Aber den Feuertod? Niemals hätte er gedacht, dass Lorenzo so grausam handeln könnte. Wenn Tamar nun doch die Wahrheit gesagt hatte und Lorenzo böse war? Und wenn möglicherweise gar nicht er, sondern tatsächlich dieser Krieger namens Luca sein Vater war?

Nein, es konnte einfach nicht sein, dass Lorenzo ihn die ganze Zeit belogen hatte. Er ist mein Vater. Er liebt mich, redete Merlito sich zu.

Wieder sah Michal zu der Luke in der Wand des Heubodens. Ein grauer Herbsthimmel breitete sich davor aus. In dieser Richtung befand sich die Festung. Gut vierzig Meilen trennten sie noch davon. Die Überfahrt von Sizilien ins Languedoc war von schwierigen Winden und einem Sturm begleitet worden. Einige Tage hatten sie und Alessio auf der Insel Korsika verbringen müssen. Michal hoffte inständig, dass Lorenzo noch nicht von ihrem erneuten Versagen erfahren hatte.

Jetzt, da sie ihr Ziel bald erreichen würden, erschien es Michal kaum vorstellbar, sich gegen Lorenzo behaupten zu können. Vor einer Weile war Alessio von dem abgelegenen Gut, wo sie Unterkunft genommen hatten, aufgebrochen, um in dem nächstgelegenen Ort ein neues Pferd zu kaufen. Eines ihrer Reittiere lahmte und war nicht mehr zu gebrauchen. Hoffentlich blieb er nicht zu lange weg. In Alessios Gegenwart hatte Lorenzo weniger Macht über sie.

Jemand näherte sich von dem Wohnhaus aus der Scheune. Michal horchte, entspannte sich jedoch gleich wieder. Das war zwar nicht Alessio, der über den kleinen Hof ging, aber auch niemand, den sie fürchten musste. Als die Tür der Scheune aufschwang, spähte sie nach unten. Ein vielleicht sieben Jahre altes, zierliches Mädchen mit dunklen Haaren strich um die Kisten und mit Saatgut gefüllten Säcke unter dem Heuboden und lugte hinter die Feldwerkzeuge – die Tochter der Bauersleute.

»Habt Ihr vielleicht meine Katze gesehen?«, fragte das

Mädchen schüchtern, als es Michal bemerkte. »Alle sind auf dem Feld und ich langweile mich.«

»Leider nein.« Michal kletterte die Leiter hinunter und setzte sich auf eine der Kisten.

»Habt Ihr auch eine Katze?« Immer noch ein wenig scheu hockte sich das Mädchen neben Michal.

»Ich hatte eine, als ich so alt war wie du. Sie war klein und hatte ein schwarzes Fell mit einer Spur Braun darin und war eine sehr geschickte Jägerin.«

»Hatte sie auch einen Namen?«

»Sie hieß Marrone.« An dem Tag, als der Inquisitor ihren Vater gefangen genommen hatte, war auch das Tier von dem Hof verschwunden. Die Katzen auf der Burg waren nur der Mäuse und Ratten wegen geduldet gewesen. Es war den Kindern verboten, sich mit ihnen anzufreunden.

»Wo habt Ihr damals gelebt?«

»Ach, weit weg von hier«, erwiderte Michal ausweichend. Für den Fall, dass Lorenzo nach ihr suchen lassen sollte, wollte sie nicht zu viel von sich erzählen.

Dankbar registrierte sie eine Bewegung neben einem großen viereckigen Korb. Rasch erhob sie sich, packte die Katze im Nacken und legte sie in den Schoß des Kindes. Das Tier war hübsch, schwarz-braun gefleckt und noch nicht ganz ausgewachsen. Wohlig streckte es sich und öffnete das rosige Mäulchen zu einem Gähnen, als das Mädchen es zu streicheln begann.

»Wie heißt sie denn?«, fragte Michal lächelnd und strich ebenfalls über den kleinen Körper, der sich sehr weich und warm unter ihrer Hand anfühlte.

»Adèle. Komm, Adèle. In der Küche steht eine Schale Milch für dich.« Das Mädchen schenkte Michal noch einen dankbaren Blick, ehe es ein Wollknäuel aus der Tasche seines Kittels zog, es auf den Boden warf und die Katze damit hinter sich her und aus der Scheune lockte.

Immer noch lächelnd kletterte Michal wieder auf den Heuboden. Sie schichtete einige Armvoll von dem getrockneten Gras um sich, denn der Tag war recht kalt, und stellte sich vor, wie die Zunge der Katze in die Milch fahren und kleine weiße Tropfen an ihren Schnurrbarthaaren hängen bleiben würden. Ihre Gedanken wanderten zu Alessio. Ob er sich schon auf dem Rückweg zu dem Anwesen befand?

Plötzlich stellten sich ihre Nackenhaare auf. Lorenzo ...! Sie konnte seine Nähe spüren.

Mit einem Sprung war Michal bei der Luke und zwängte sich hindurch. Hinter dem nahen Stall erahnte sie die Anwesenheit von zwei Kriegern, vorn waren es mehr.

Es musste ihr gelingen, mit den beiden hinten fertigzuwerden und zu entkommen, ehe der Meister sie in seine Gewalt bringen konnte.

Michal wollte schon auf den Erdboden springen, als sie das Mädchen voller Angst aufschreien hörte. Gleich darauf ertönte Lorenzos Stimme: »Michal, ich weiß, dass du dich in der Scheune aufhältst. Wenn du dich ergibst, werde ich dem Kind nichts tun. Andernfalls werde ich es töten.« Ein klägliches Miauen erklang und brach abrupt ab. Das Mädchen stieß einen Jammerlaut aus.

»Michal, ich gebe dir nur noch ein paar Augenblicke!«, rief Lorenzo wieder. Er würde seine Drohung, ohne zu zögern, wahr machen.

Michal zog sich zu dem Dach hoch und lief auf dem First zu der anderen Seite der Scheune. Der Meister hatte das Mädchen an den Haaren gepackt und hielt ihm ein Messer an die Kehle. Es schluchzte und seine Augen waren von Angst geweitet. Drei weitere Männer und eine Frau standen neben Lorenzo. Ein Stück von ihm entfernt lag ein kleines, dunkles Fellbündel in einer Blutlache.

Er lächelte, als er sie sah.

Wie hatte sie nur jemals glauben können, dass sie Lorenzo gewachsen sein könnte? Bald würde Alessio zurückkommen. Er würde nicht zögern, ihr beizustehen, und mit Sicherheit getötet werden.

»Lasst das Mädchen los!«, verlangte Michal. »Dann ergebe ich mich Euch.«

Lorenzo lachte trocken auf. »Ich lasse sie erst gehen, wenn wir dir die Waffen abgenommen und dich gefesselt haben.« Er bog den Kopf des Kindes noch etwas weiter zurück. Ein kleiner Blutstropfen erschien auf seiner Haut.

Michal blieb keine Wahl, sie sprang von dem Dach. Kaum war sie auf dem Boden aufgekommen, als die Krieger sie packten, entwaffneten und fesselten. Einen Augenblick, ehe sie ihr den Strick um die Handgelenke schlangen, überlegte Michal, ob sie nicht doch versuchen sollte, sich loszureißen, zu Lorenzo zu schnellen und das Mädchen zu befreien, ließ es dann jedoch sein. Das Risiko, dass das Kind tot war, ehe sie es erreichte, war zu groß.

Erst als die Krieger Michal zu einem Pferd gezogen, darauf festgebunden und sie in ihre Mitte genommen hatten, stieß Lorenzo das Mädchen von sich. Es stürzte zu Boden, rappelte sich wieder auf und rannte weinend davon.

»Versuch bloß nicht zu fliehen«, Lorenzo musterte Michal abschätzig. »Tamar hat versucht, deinen Sohn von der Burg wegzubringen. Aber er ist wieder in meiner Gewalt.« In seinen Augen glitzerte Spott.

»Was ist mit Tamar?«, flüsterte Michal.

»Sie hat die Strafe bekommen, die eine Verräterin verdient.«

Jean schüttete einen Eimer Wasser über den Steinboden der Halle. Doch statt dass er den Boden wischte, wanderte sein Blick zu dem Platz an der Tafel, wo Tamar immer gesessen hatte. Seit sie von der Burg geflohen war, saß ein anderer Krieger dort – so als hätte es sie nie gegeben.

Warum nur hatte er ihr nie wirklich gesagt, wie gern er sie gehabt hatte? Manchmal, wenn ihn seine Pflichten in die hinteren Höfe der Festung geführt hatten, hatte er ihre Schreie gehört. Lorenzo hatte sie ihren Verrat lange und grausam büßen lassen.

Er hätte zum Fenster ihres Kerkers schleichen und mit Tamar reden sollen. Vielleicht wäre dies ein Trost für sie gewesen. Besser noch: Er hätte versuchen sollen, sie zu retten. Auch wenn ihn dies wahrscheinlich das Leben gekostet hätte. Aber dafür war er zu feige gewesen. Schließlich hatte es ihn schon all seinen Mut gekostet, auf dem Dachboden Tamars Hinrichtung beizuwohnen.

Erneut schmeckte er Galle in seinem Mund. Ja, Lorenzo hatte recht daran getan, ihn von der Gemeinschaft der Krieger auszuschließen. Jeder Hund besaß mehr Mut und Geschick als er. Er war feige und weniger wert als ein Nichts.

Ein anderer Sklave betrat mit einem Eimer voll frischem Wasser die Halle und warf ihm einen forschenden Blick zu. Während Jean hastig seinen Lappen in die Lache auf dem

Boden tauchte und damit über die Fliesen fuhr, hallte es immer noch »feige, feige, feige« in seinem Kopf wider.

Alessio, betete Michal, als sie den Hof verließen. Gott gib, dass Alessio sich verspätet und unseren Weg nicht kreuzt! Vielleicht wusste Lorenzo ja sogar nichts von ihm.

Nach einer guten Meile erreichten sie eine große Wiese. Mittendrin, in hohem Gras, stand eine alte Pinie. Eine weitere Gruppe von Kriegern hatte sich darum versammelt. Lorenzo hielt auf sie zu. Die Männer und Frauen wichen vor ihm zur Seite.

Michal schrie auf. Unter den fächerförmigen Zweigen lag Alessio. Er hatte eine blutige Kopfwunde und war offenkundig ohne Bewusstsein, aber er lebte – sie konnte sehen, dass er atmete.

Lorenzo lenkte sein Pferd neben Michals. »Das ist also der zweite Mann, mit dem du mich betrogen hast. Warst du mit ihm glücklich? Wolltet ihr gemeinsam deinen Sohn retten? Wie konntest du nur glauben, mich übertölpeln zu können? Du, mein Geschöpf …« Er lachte verächtlich. »Ich hatte eigentlich vor, ihn mit auf die Burg zu nehmen und ihn dort zu töten. Aber inzwischen habe ich beschlossen, ihn mir gleich vom Hals zu schaffen.«

»Nein …«, flehte Michal. »Nein, bitte, macht mit mir, was Ihr wollt, aber lasst ihn am Leben.«

Lorenzo bedachte sie mit einem kalten Blick. »Oh, du kannst sicher sein, dass ich ohnehin nicht vorhabe, dich zu schonen.«

»Nein …« Verzweifelt bäumte Michal sich auf und kämpfte gegen ihre Fesseln.

Auf einen Wink Lorenzos hin zerrten sie zwei der Krieger von ihrem Pferd und hielten sie fest. Dann sprang der Meister selbst aus dem Sattel. Er packte Michal so, dass sie bewegungsunfähig war. Hilflos musste sie verfolgen, wie die Krieger Alessios Arme fesselten und ihm eine Schlinge um den Hals legten.

»Nein, nicht! Bitte nicht!« Erneut kam ein Aufschrei über ihre Lippen, als ihre früheren Gefährten den Strick über einen starken Ast der Pinie legten und Alessio hochzogen. Ihr Schrei weckte ihn aus seiner Besinnungslosigkeit, denn er begann zu zappeln und sich gegen den Strick, der ihm die Luft abschnürte, zu wehren.

»Still!« Lorenzo hielt Michal den Mund zu. Zärtlich strich sein Daumen über ihre Wange. »Lucas Tod war übrigens kein Zufall«, flüsterte er ihr ins Ohr. »Ich habe ihn damals töten lassen. Und was deinen und Lucas Sohn betrifft … Der Junge glaubt, ich wäre sein Vater, und liebt mich innig. Ich werde ihn zu meinem Erben machen und er wird all das tun, was du hasst und verachtest.«

Alessios Zunge trat aus seinem Mund und sein Gesicht verfärbte sich blau. Ein Zucken lief durch seinen Körper. Dann hing er reglos am Seil.

Er war tot … wie Luca!

Noch am Abend ihrer Ankunft auf der Burg ließ Lorenzo Michal von Achmed und Berenice aus ihrem Gefängnis holen und in seinen Wohnturm bringen. Michal war über Furcht und Entsetzen hinaus. Nur einen dumpfen Hass konnte sie noch spüren.

»Nun, meine Schöne …« Lorenzo betrachtete sie amüsiert. »Ich weiß, du hast dich all die Jahre nach deinem Luca gesehnt, wenn du bei mir im Bett lagst. Und da du nun auch noch um Alessio trauerst, wird mein Vergnügen noch größer werden.«

Mit einem wütenden Aufschrei griff Michal ihn an. Lorenzo war so überrascht, dass er ihr zu spät auswich und sie ihren Tritt mit voller Wucht in seinem Unterleib landen konnte. Er krümmte sich. Michal wollte nachsetzen, doch ihre Armfesseln hinderten sie und sie geriet kurz aus dem Gleichgewicht.

Lorenzo nutzte den Augenblick und versetzte ihr einen so heftigen Schlag, dass sie quer durch das Zimmer geschleudert wurde und gegen einen Tisch krachte. Im nächsten Moment war Lorenzo bei ihr und hieb ihr ins Gesicht. Blut schoss aus ihrer Nase und sie glaubte, ihr Kopf würde zerspringen.

Sie versuchte, sich wegzurollen. Doch zu spät. Der Tritt, der sie nun auf der Brust traf, raubte ihr den Atem und lähmte sie. Um sie herum standen Marktbuden. Sie war wieder das Kind in Palermo, das Lorenzo ergriffen hatte und dem der eigene Körper nicht mehr gehorchte …

Sie kam erst wieder richtig zu sich, als Lorenzo sie an sein Bett gefesselt hatte und sich auf sie warf.

Olivier, Bardas und Baptiste waren den Übrigen vorausgeritten, um nach einem geeigneten Lagerplatz für die Nacht zu suchen.

»Wir sind noch ungefähr vierzig Meilen von Lorenzos Burg entfernt«, wandte sich Olivier an Bardas. »Die Anlage steht in dem Ruf, uneinnehmbar zu sein. Habt Ihr vielleicht eine Idee, wie wir trotzdem hineingelangen könnten?«

»Ich neige gewiss nicht dazu, meine Fähigkeiten zu unterschätzen.« Bardas seufzte. »Aber die Gabe zu fliegen habe ich nun einmal nicht. Eine Möglichkeit wäre, Lorenzo und seine Leute aus der Burg und in einen Hinterhalt zu locken.«

»Schön ...«, gab Olivier zurück. »Und wie stellt Ihr Euch das vor? Lorenzo ist alles andere als dumm. Außerdem wird er wahrscheinlich damit rechnen, dass wir ihn angreifen werden.«

»Ihr solltet darauf vertrauen, dass fast jede noch so schwierige Situation die Lösung in sich birgt«, antwortete Bardas gleichmütig.

»Habt Ihr das gehört?«, sagte Olivier bissig und drehte sich zu Baptiste um.

Doch dessen Aufmerksamkeit galt etwas anderem. Ein halbes Dutzend bäuerlich gekleideter Männer, die mit Dreschflegeln, Äxten und Sensen bewaffnet waren, kamen quer über ein abgeerntetes Feld auf sie zumarschiert. Die Männer wirkten ausgesprochen zornig.

Olivier legte seine Hand an den Schwertknauf, zog die Waffe jedoch noch nicht.

»Zeigen wir es diesen Schweinen!« Ein Bärtiger an der Spitze der Bauern stürmte, einen Dreschflegel schwingend, auf die Reiter los.

»Verdammt!«, fluchte Olivier. »Was hat das zu bedeuten?« Er trieb sein Pferd vorwärts und hieb dem Bärtigen den Dreschflegel aus der Hand, während Baptiste sein Schwert schwang und sich den anderen Männern in den Weg stellte.

Olivier packte den Bauern und setzte ihm den Dolch an die Kehle. »Zurück!«, brüllte er die Männer an, die sich von Baptiste nicht einschüchtern ließen. »Ich will Eurem Kumpan nichts tun, aber wenn Ihr uns angreift, wird er es büßen müssen. Warum geht Ihr überhaupt auf uns los?«

»Tut doch nicht so unschuldig!«, keuchte der Bärtige. »Ihr habt meinen Hof überfallen und meine Tochter bedroht.«

»Was redet Ihr da?«

»Ja, und die Katze meines Mädchens habt Ihr getötet. Was seid Ihr nur für Feiglinge!« Der Bauer spuckte vor Olivier aus.

Immer noch ratlos schüttelte dieser den Kopf. »Ich versichere Euch, wir haben damit nichts zu tun. Wir wissen nicht einmal, wo Euer Hof liegt.«

»Robert, vielleicht sind das ja die Falschen«, mischte sich ein braunhaariger Bursche ein. »Deine Kleine hat doch gesagt, die Männer, die sie bedroht hätten, hätten eine Frau aus der Scheune gelockt und gefangen genommen. Und diese Leute haben keine Frau bei sich.«

Olivier senkte die Hand mit dem Dolch und ließ den Bauern los. »Würdet Ihr mir bitte genau erzählen, was auf Eurem Hof geschehen ist?«

Der Bärtige rieb sich über die Kehle. Er wirkte immer noch zornig, aber auch verunsichert. »Nun, meine Tochter hat gesagt, sie habe mit ihrer Katze gespielt, als diese Männer auf den Hof ritten. Einer von ihnen – ein vornehmer Herr – tötete das Tier und befahl einer Frau, die gestern zusammen mit ihrem Begleiter bei uns um Unterkunft gebeten hatte, sich zu ergeben. Andernfalls werde er meine Tochter töten. Die Frau gehorchte und die Leute nahmen sie mit.«

»Und der Begleiter der Frau?«

Der Bauer zuckte die Schultern. »Von dem hat meine Tochter nichts gesagt.«

Olivier tauschte einen raschen Blick mit Bardas und Baptiste. »Ist Eurer Kleinen sonst noch etwas aufgefallen?«

Der Bauer runzelte die Stirn. »Sie erwähnte noch, die Frau sei auf dem First der Scheune wie eine Katze entlanggelaufen und von dort in den Hof gesprungen. Aber das hat sie sich in ihrer Angst bestimmt nur eingebildet.«

»Unter Lorenzos Kriegern sollen nicht nur Männer sein«, raunte Bardas Olivier zu.

»Ein Kind quälen, um seine Ziele zu erreichen, das passt zu ihm.« Laut sagte Olivier zu den Bauern: »Ich schwöre Euch, ich und meine Begleiter haben mit dieser Sache nichts zu tun. Im Gegenteil, wir haben mit den Männern, die Eure Tochter bedroht haben, selbst noch eine Rechnung offen. Geht nach Hause und lasst uns diese Angelegenheit zu Ende führen.«

»Ich glaube Euch«, der Bauer sah den alten Templer fest an. »Aber es ist an mir und meinen Leuten, diese Kerle zur Rechenschaft zu ziehen.«

»Ich kann Euch gut verstehen.« Olivier nickte. »Aber glaubt mir, Ihr könnt gegen sie nichts ausrichten.« Er kümmerte sich nicht länger um die Bauern, sondern wandte sich an Bardas und Baptiste: »Lorenzos Burg liegt von hier aus im Westen. Also werden sie diese Richtung eingeschlagen haben.« Er deutete in Richtung des Wäldchens.

Bardas wiegte den Kopf. »Zu dritt und ohne meine speziellen Mittel, die sich leider bei den anderen Templern auf den Wagen befinden, können wir es auf keinen Fall mit ihnen aufnehmen.«

»Ich will sie nur beobachten.« Olivier stieß seinem Pferd die Fersen in die Flanken und preschte los.

Baptiste und Bardas ließen die Bauern stehen und folgten ihm. Die drei Reiter durchquerten das Wäldchen, an dessen Ende sich eine Wiese öffnete. In deren Mitte stand eine alte Pinie.

Einen Moment blinzelte Oliver überrascht gegen das Sonnenlicht. Nein, er hatte sich nicht getäuscht. An einem Ast baumelte ein Mann. Ohne auf seine Begleiter zu achten, galoppierte Olivier voran.

Er hatte das Seil schon durchtrennt und den Erhängten in das Gras gleiten lassen, als Bardas und Baptiste ihn erreichten. Baptiste keuchte, als er das blau angelaufene Gesicht mit der aus dem Mund quellenden Zunge sah. Bardas hingegen kniete sich neben den Mann, tastete seine Brust ab und legte sein Ohr auf dessen Brust.

»Vermutlich ist das der Begleiter jener Frau«, bemerkte Olivier düster. »Er muss schon eine Weile an dem Baum gehangen haben. Wir sind zu spät.«

»Vielleicht auch nicht …«, Bardas riss den Kittel des Mannes entzwei und legte seine Hände auf dessen Herz. »Vielleicht gelingt es mir noch, ihn zurückzuholen!«

Feige, feige, feige … Die Selbstvorwürfe peinigten Jean. Manchmal waren seine Verachtung und sein Selbsthass so groß, dass er nahe daran war, sich von einer der Burgmauern in die Tiefe zu stürzen. Nur das Wissen, dass Tamar das nicht gewollt hätte, hielt ihn davon, sich das Leben zu nehmen.

An dem Tag, als Lorenzo auf die Burg zurückgekehrt war, erhielt er den Auftrag, in einem der Keller Holz zu hacken. Jean hatte seine Aufgabe erfüllt, als ihn eine unbestimmte Sehnsucht dazu trieb, tiefer in die unterirdischen Räume hinabzusteigen. Schließlich stand er vor der Tür, die den Geheimgang verschloss. Wie nicht anders zu erwarten, war sie abgesperrt.

Jean strich über die dicken Holzbohlen. Er sah die Büsche vor sich, die den Ausgang verbargen, den Weg, der sich dahinter durch die Felder schlängelte, und spürte einen Kloß in der Kehle. Ach, er machte sich doch nur etwas vor. Auch wenn die Tür offen gestanden hätte, hätte er es nicht gewagt, von der Burg zu fliehen.

Feige, feige, hallte es in seinem Kopf wider. Wie würde sich Lorenzo an seiner Angst weiden ... Plötzlich war es Jean, als risse etwas in ihm entzwei. Er stürzte in den Keller, in dem er vorhin das Holz gehackt hatte, und griff sich die Axt.

Erst als er wieder vor der Tür stand, zögerte er erneut. Was ihm eben durch den Sinn geschossen war, war Wahnsinn.

Tu es, glaubte er mit einem Mal, Tamars Stimme zu vernehmen. Oben in der Burg wird dich niemand hören.

Jean holte keuchend Atem, dann hob er die Axt und schmetterte sie wieder und wieder gegen das Schloss, bis das Blatt brach. Verzweifelt rüttelte er an dem Eisenring in der Mitte der Tür. Nein, es durfte nicht sein, dass er umsonst aufbegehrt hatte! Ein Klappern. Das Schloss hatte sich aus dem Rahmen gelöst und war zu Boden gefallen.

Die Tür ließ sich aufziehen. Dieses Mal zögerte Jean nicht, sondern rannte in den Gang hinein.

Die fünf Krieger erreichten den dämmrigen Festungshof. Im Sattel des sechsten Pferdes saß niemand. Doch über dem Rücken des Tiers hing ein lebloser Körper. Michal erblickte nicht Lucas starre Gesichtszüge, sondern Alessios.

Dann schwebte sie über einem Tal, in dem die Mittagshitze brütete. Ein Reiter preschte um eine Wegbiegung. Eine schmale, dunkelhaarige Gestalt sprang hinter einem Ginsterbusch hervor und rannte den felsigen Abhang hinunter und auf den Reiter zu. Die Person war sie selbst, während sie ihr gleichzeitig aus der Luft zuschaute, und der Reiter – das erkannte Michal jetzt – war ihr erstes Mordopfer. Nun wandelte sich die Gestalt zu ihrem Sohn. Er ergriff die Zügel und schwang sich auf den Pferderücken. Er durfte nicht werden wie sie und Lorenzos Befehl ausführen! »Nein, nicht! Zurück! Hör nicht auf ihn!«, hörte sich Michal schreien. Aber der Junge hatte schon sein Messer gezogen. Blut spritzte aus der Kehle des Mannes und auf Michal.

Nun vernahm sie von irgendwoher eine Frauenstimme, die sie anherrschte, dass sie mit dem Geschrei aufhören solle. Der Geruch von brennenden Kohlen drang in Michals Bewusstsein. Ihr ganzer Körper schmerzte. Als sie schließlich die Augen aufriss, erkannte sie, dass Berenice sich über sie beugte. Hatte Achmed sie ausgepeitscht, da sie sich über das Redeverbot, das den Kindern auferlegt war, hinweggesetzt hatte?

Berenice tauchte einen Schwamm in eine Tonschüssel und säuberte Michals Unterleib. Ein so heftiger Schmerz durchfuhr sie, dass sie wieder aufschrie. Schlagartig erinnerte sie sich wieder: Lorenzo hatte sie mehrmals vergewaltigt. Als er endlich von ihr abgelassen hatte, war sie nicht mehr bei Sinnen gewesen und man hatte sie wegtragen müssen.

»Das alles hast du allein dir selbst zuzuschreiben.« Berenice blieb ungerührt.

Dass sie mit ihrer Pflege beauftragt war, deutete darauf hin, dass Lorenzo sie einigermaßen wiederhergestellt wissen wollte. Vermutlich, um sie möglichst lange quälen zu können. Michal klammerte sich an den Gedanken, dass ein Zeitaufschub ihr die Möglichkeit eröffnen könnte, Merlito doch noch vor ihm zu retten.

»Begreift Ihr eigentlich nicht, wie böse Lorenzo ist? Ihr habt doch schon so viel gesehen …« Michals Stimme war nur ein raues Flüstern.

Berenice ließ die Hand mit dem Schwamm sinken. Einige Tropfen der Flüssigkeit rannen auf Michals Bauch. Die Miene der anderen Frau zeigte Verachtung. Aber dahinter glaubte Michal auch Eifersucht zu erkennen.

»Es ist mir völlig gleichgültig, was Lorenzo tut«, sagte Berenice schließlich. Sie griff zu einem Holzbecher, der neben ihr auf dem Boden stand, und reichte ihn Michal. »Hier, trink das.«

Michal roch den Mohnsaft in dem Wasser und schüttelte den Kopf. Sie wollte nicht wieder die Besinnung verlieren.

»Wie du willst.« Gleichmütig zuckte Berenice die Schultern.

Mit zusammengebissenen Zähnen ließ Michal die Behandlung über sich ergehen.

Als Berenice endlich den Raum verlassen hatte, lag Michal still da. Sie versuchte, die Schmerzen auszublenden und sich zu konzentrieren. Vor der verriegelten Tür ihres Gefängnisses standen zwei Krieger.

Nach einer Weile schob sie sich langsam und vorsichtig an die Kante ihres Lagers. Es gelang ihr, sich aufzusetzen. Aber als sie ihre Beine auf den Boden stellen wollte, durchzuckte sie wieder ein so heftiger Schmerz, dass sie stöhnend zurückfiel.

Ja, sie war Lorenzo einmal mehr ins Netz gegangen. Wenn kein Wunder geschah, würde sie die Festung nicht lebend verlassen und ihren Sohn würde er ganz nach seinem Willen formen.

Jean schöpfte mit der Hand Wasser aus einem Bach und trank hastig. An dem bewölkten Himmel konnte er den Sonnenstand nicht ablesen, aber die zunehmende Kühle kündigte den nahen Abend an. Ob sein Fehlen auf der Burg schon bemerkt worden war? Sicher würde Lorenzo bald Krieger ausschicken, die ihn zurückbringen sollten.

Huftritte hinter einer Reihe von Korbweiden am Ufer ließen Jean aufspringen. Er hatte die Mitte des Bachs noch nicht erreicht, da kreiste ihn eine Gruppe von Reitern ein. Jeans erste Erleichterung, als er feststellte, dass die Männer keine Krieger waren, wich gleich darauf Entsetzen, denn ihre Gewänder zierte das rote Templerkreuz. Sie mussten Verbündete Lorenzos sein.

»Sieh mal einer an, wen wir hier haben!« Ein hagerer Alter mit verwittertem Gesicht und eisgrauem Haar winkte Jean zu sich. Anders als die übrigen Männer trug er kein Gewand mit dem Templerkreuz, sondern einen abgewetzten dunklen Wollkittel. Jean stolperte ans Ufer und sank vor ihm in die Knie.

Der Alte betrachtete Jean und bemerkte das Brandmal auf dessen Wange. »Sieh an, du bist also ein Sklave ...«

»Ich ... ich gehöre zu einem Gut in der Nähe«, stammelte Jean. »Mein Herr hat mich zu einer Besorgung ins Dorf geschickt.«

»Ein Gut in der Nähe ...«, wiederholte der Alte mit unüberhörbarem Zweifel in der Stimme.

Ein kleiner, noch älterer Mann, der einen krummen Rücken hatte, lenkte sein Pferd neben den Hageren und sagte: »Lorenzo zeichnet seine Sklaven mit einem Mal im Gesicht.«

Oh Gott ... Warum war er nur von der Burg geflohen? Jean begann am ganzen Körper zu zittern.

Ein weiterer Mann drängte sich nach vorn. Auch ihn kleidete ein Gewand der Templer und er hatte ein offenes, freundliches Gesicht.

»Olivier, versteht Ihr denn nicht, dass Ihr den armen Kerl zu Tode erschreckt«, wandte er sich tadelnd an den hageren Alten, ehe er wieder Jean anschaute. »Sag, gehörst du zu Lorenzos Leuten?«

Jean konnte nur nicken.

Der Templer mit dem offenen Gesicht beugte sich vor und sagte eindringlich: »Wir sind Lorenzos Gegner. Trotzdem musst du uns nicht fürchten. Wir werden dir nichts tun.«

»Oh, seid nicht so vorschnell mit Euren Versprechungen«, knurrte der Mann namens Olivier, »wenn dieser Sklave sich weigern sollte, uns zu helfen, wird er es sehr wohl mit mir zu tun bekommen.«

»Ihr … Ihr steht nicht auf der Seite des Meisters?«, stammelte Jean, ehe sich seine Anspannung Bahn brach und ein Schluchzen seine Worte erstickte.

Lorenzo ließ das Messer, mit dem er eine Forelle zerteilt hatte, sinken. Achmed eilte auf ihn zu. Etwas Ungewöhnliches musste geschehen sein, dass der Diener ihn bei einer Mahlzeit störte.

»Herr«, Achmed beugte sich zu ihm. »Eine Gruppe von Tempelrittern ist am Berg unterhalb der Festung eingetroffen und lagert dort.«

Nun war es also so weit … Lorenzo trank einen Schluck Wein und schmeckte der Süße genießerisch nach. Olivier und er würden aufeinandertreffen. Für Momente glaubte er, die heiße, trockene Wüstenluft zu atmen. Dieses Hindernis war noch zu beseitigen, dann würde er sich aufmachen, den Staufer zu töten. Und danach stand ihm die Herrschaft über das Königreich Jerusalem offen. Papst Innozenz würde es nicht wagen, diese Abmachung zu hintertreiben.

»Herr, da ist noch etwas«, eine leichte Sorge schwang in Achmeds Stimme mit, »die Späher haben bemerkt, dass Jean sich bei den Templern aufhält. Allem Anschein nach hat er die Tür des Fluchtwegs mit einer Axt aufgebrochen und ist geflohen. Was meint Ihr – sollen wir noch während der Nacht versuchen, die Templer zu überrumpeln?«

»Du beherrschst die Empörung des Meeres; wenn seine Wogen toben – du glättest sie. Rahab hast du durchbohrt und zertreten, deine Feinde zerstreut mit starkem Arm«, tönte die Stimme des Vorlesers durch die Halle, nachdem sein Meister ihm bedeutet hatte, mit der Lesung fortzufahren.

Lorenzo lauschte den Worten. Eine dieser Sklaven-Kreaturen hatte es also tatsächlich gewagt, aufzubegehren und zu fliehen. Sicher würden die Templer Jean dazu bringen, sie zu unterstützen.

Ein Lächeln spielte um Lorenzos Mund. »Jean ist also durch den Geheimgang geflohen. Wie gut, dass ich den Fluchtweg anlegen ließ, nachdem ich die Burg in Besitz genommen hatte.«

Achmeds Miene drückte Verblüffung aus. »Verzeiht, Herr, aber ich kann Euch nicht folgen.«

»Die Templer werden nun sicher diesen Weg nehmen, um in die Burg zu gelangen. Wir müssen sie nur im Keller erwarten und abfangen.«

Stöhnend streckte Alessio seine Glieder. Sein Hals schmerzte, als würde ein Feuer darin brennen, und sein Kopf schien irgendwie nicht richtig mit seinem Körper verbunden zu sein. Mühsam schlug er die Augen auf. Er befand sich in einem Zelt, das von einer Fackel erleuchtet wurde. Ein schmächtiger alter Mann, der in ein dunkles Gewand gekleidet war, beugte sich über ihn und hielt eine Tonschale an seine Lippen.

Alessio erinnerte sich. Lorenzos Krieger hatten ihn überwältigt. Während sie ihn an einem Baum aufknüpften, hatte er Michal schreien hören. Hatten sie ihn ins Leben zurückgeholt, um ihn weiter zu quälen? Michal … Hastig richtete er sich auf und stieß den Alten weg. Im nächsten Moment stand ein hagerer Mann neben ihm und drückte ihn zurück auf das Lager.

»Da Lorenzo Euch umbringen wollte, gehe ich davon aus, dass Ihr zu seinen Feinden zählt«, sagte der Hagere. »Womit Ihr Euch in guter Gesellschaft befindet, denn meine Gefährten haben eine Rechnung mit ihm offen.«

Etwas an dem verwitterten Gesicht und den dunklen funkelnden Augen flößte Alessio Vertrauen ein. »Habt Ihr …?« Er wollte fragen, ob er seine Rettung ihm zu verdanken habe, doch nur ein heiseres Stammeln kam über seine Lippen.

»Ja.« Der Fremde erriet seine Gedanken und nickte. Er wandte sich an den schmächtigen Alten, der in den Hintergrund des Zeltes gehuscht war. »Bardas, meint Ihr, Ihr könnt etwas für seine Stimme tun? Dann schlage ich vor, bis Ihr wieder in der Lage seid, einigermaßen zu reden, erzähle ich Euch, was wir über Lorenzo wissen und was uns dazu veranlasst, gegen ihn zu kämpfen.«

Tatsächlich hatte der Alte einen Trank zuzubereiten gewusst, der Alessio das Reden erleichterte. Nun saß er zusammen mit Olivier und einer Gruppe von Templern in einem anderen, größeren Zelt. In einem Winkel hockte ein Sklave, der laut Olivier von Lorenzos Burg geflohen war. Ein schmächtiger, unscheinbarer Mann, der die geduckte Körperhaltung eines Menschen besaß, der in ständiger Furcht lebte.

Mühsam und mit Pausen berichtete Alessio, was ihm und vor allem Michal widerfahren war.

»Bei Gott, Lorenzo wollte den Kaiser töten lassen!«, brach Olivier die anschließende Stille. »Er wagt wahrhaftig ein großes Spiel.«

»Was, glaubt Ihr, ist sein Ziel?«, krächzte Alessio.

»Bei einem derartigen Einsatz muss der Gewinn entsprechend hoch sein.« Olivier zuckte mit den Schultern. »Ihr habt gesagt, dass Papst Innozenz hinter der Verschwörung steckt. Vermutlich hat Lorenzo eine Krone von ihm gefordert. Lorenzo hat lange im Orient gelebt und das Königreich Jerusalem besitzt keine alte Herrscherdynastie. Es würde mich nicht wundern, wenn er es auf dieses Reich abgesehen haben sollte.«

»Ja, das ist gut möglich«, flüsterte Alessio. »Wie wollt Ihr gegen Lorenzo vorgehen? Ich habe Michal kämpfen sehen und ich musste die Erfahrung machen, dass mich einige seiner Krieger mühelos überwältigten. Es wird nicht leicht werden, ihn zu besiegen.«

»Oh, über die Kampfkunst seiner Leute haben wir mittlerweile schon viel gehört.« Olivier lächelte freudlos, ehe er auf den Sklaven deutete. »Jean kennt einen Geheimgang. Er wird uns in die Burg führen. Und Bardas ist dabei, einige Überraschungen vorzubereiten, mit denen Lorenzo und seine Leute nicht rechnen.«

»Fürchtet Ihr eigentlich nicht, dass Lorenzo das Lager ausspähen könnte?«

»Seine Leute haben das gesehen, was sie sehen sollten. Um das Übrige kümmert sich Bardas«, entgegnete Olivier gelassen.

»Wenn Ihr morgen die Burg stürmt, werde ich dabei sein«, sagte Alessio entschieden.

»Meint Ihr nicht, Ihr solltet Euch besser noch schonen?« Ein Templer namens Baptiste wirkte besorgt.

Olivier legte beschwichtigend eine Hand auf Baptistes Arm. »Mein Lieber, lasst gut sein. Ihm geht es um eine Frau ...«

Ja, vor allem zählte Michal, dachte Alessio, während ihn wieder eine tiefe Angst um sie erfasste. Er drängte die Furcht zurück. »Wie wollt Ihr bei dem Angriff vorgehen?«

»Einige von uns werden eine Apparatur transportieren, die Griechisches Feuer speit«, erklärte Olivier. »Sie werden als Erste in den Keller eindringen, wo uns – davon gehe ich aus – Lorenzos Krieger erwarten werden, und das Feuer gegen sie richten.«

»Griechisches Feuer?« Alessio glaubte, sich verhört zu haben. »Aber dieses Feuer ist doch das am strengsten gehütete Geheimnis des byzantinischen Reichs.«

»Bardas stand im Dienst dieser Herrscher und floh, als er nicht länger für sie tätig sein wollte«, erklärte Olivier. »Mit dem Feuer dürften wir unter den Kriegern für einige Verwirrung sorgen. Eine zweite Gruppe unserer Leute wird gallertartige Bälle zwischen Lorenzos Leute werfen. Denen wird Hören und Sehen vergehen ...!«

»Aber ... das ist Zauberei«, stotterte Alessio. Beipflichtendes Gemurmel wurde unter den Templern laut.

»So sehe ich das auch. Bardas allerdings nicht.« Olivier lachte. »Er legt Wert auf die Feststellung, dass alle seine Wundermittel eine ganz natürliche Ursache haben.«

»Aber wenn diese Bälle Lorenzos Leuten zusetzen«, Alessio erschien das Gespräch zunehmend unwirklich, »dann doch auch uns.«

»Bardas hat ein Gegenmittel für uns vorbereitet, das diese Wirkung aufhebt.« Olivier wurde ernst. »Nachdem wir die Krieger in dem Keller überwältigt haben, wiederholen wir die Vorstellung im Hof.«

»Wobei Ihr bedenken müsst«, Bardas hatte unbemerkt das Zelt betreten, »dass die Wirkung meiner Kugeln im Freien nicht so intensiv ist wie im Keller. Die Krieger werden vermutlich benommen sein, aber trotzdem noch kämpfen können.«

»Darüber bin ich mir im Klaren.« Olivier blickte in die Runde. »Wir sollten jetzt genau durchsprechen, was jeder von uns morgen zu tun hat.«

Mit der Morgendämmerung brachen sie auf. Vier Templer zogen einen Karren, auf dem die Apparatur für das Griechische Feuer unter Säcken versteckt war. Zwei andere trugen mit einer klaren Masse gefüllte Holzeimer. Alessio war von tiefer Unruhe erfüllt. Ob Bardas' Wundermittel tatsächlich Wirkung zeigen würden?

Bis zum Einstieg in den Geheimgang war es nicht weit. Sobald alle sich in dem Geheimgang befanden, entfernten die Männer die Säcke von dem Karren. Ein Kupferding, das Ähnlichkeiten mit einer Tonne hatte und mit eigenen Rädern versehen war, kam zum Vorschein. An der Vorderseite war ein langer, zusammengerollter Schlauch befestigt. Bardas horchte an dem Kessel. Ein ganz leises Zischen war zu hören.

»Ist alles bereit?«, erkundigte sich Olivier.

»Das ist es.« Die Andeutung eines Lächelns erschien um den Mund des Alten. Er gab jedem der Männer einen Fingerbreit von einer klaren Flüssigkeit zu trinken. Kaum dass Alessio sie hinuntergeschluckt hatte, spürte er ein Kribbeln auf seiner Zunge, und die Mattigkeit, die ihn eben noch beherrscht hatte, verschwand.

Plötzlich drängelte sich Jean vor. »Bitte, gebt mir auch von dem Trank«, stammelte er. »Auch ich möchte gegen Lorenzo kämpfen.« Seine Haltung war die eines demütigen Sklaven. Doch seine Stimme war sehr fest.

»Wahrscheinlich wäre es besser für Euch, wenn Ihr hierbleiben würdet.« Olivier musterte ihn forschend.

»Ich möchte es wirklich«, bestärkte der Sklave.

»Ich werde versuchen, in seiner Nähe zu bleiben.« Alessio legte Jean eine Hand auf die Schulter.

»Gut, meinetwegen.« Olivier nickte.

Sie setzten sich erneut in Bewegung. Der Weg im Fackelschein sollte Alessio immer als ein seltsam unwirkliches Erlebnis im Gedächtnis bleiben. Teilweise war der Gang sehr steil und so eng und niedrig, dass die Männer, die die Kupferapparatur zogen, ihn nur mit Mühe passieren konnten. An anderen Stellen wuchsen Wurzeln durch die Decke, die das Vorankommen erschwerten.

Endlich, Alessio hatte jedes Gefühl dafür verloren, wie lange sie schon unterwegs waren, gab ihnen Jean, der mit Olivier und Bardas an der Spitze ging, ein Zeichen. Noch einmal machte sich Bardas an dem Kupferding zu schaffen. Dann wies er zwei Männer an, den langen Schlauch abzurollen, während andere den Kessel behutsam vor sich herschoben.

Alessio drängte sich nach vorn, bis er sich dicht hinter Olivier und Bardas befand. Hinter der nächsten Wegkehre wurde eine Holztür sichtbar. Der Alte nahm einen Deckel von dem Gefäß und hielt eine brennende Fackel an den Inhalt. Das Zischen wurde sehr laut. Zwei Templer rissen die Tür auf und Bardas legte einen Hebel um. Die Männer, die den Schlauch hielten, sprangen vor. Gebannt verfolgte Alessio, wie ein langer Flammenstrahl dem metallenen Maul des Schlauchs entsprang. Er nahm schattenhafte Gestalten jenseits der Tür wahr. Schmerzensschreie ertönten und der Gestank von verbranntem Fleisch breitete sich aus.

Nun eilten die Templer, die die Eimer mit der gallertartigen Flüssigkeit trugen, vor und schleuderten die Masse in der Form von Kugeln durch die Türöffnung.

»Los!«, schrie Olivier und riss den Arm hoch.

Die Männer schoben das Feuer speiende Kupferding in den Keller. Alessio und die Templer stürmten hinterher.

Reglose Körper lagen auf dem Kellerboden. In den Gestank des Rauchs und des verbrannten Fleisches mischte sich ein seltsam süßlicher Geruch, der den Kugeln entströmte. Alessio wich einem Krieger aus, der mit gezücktem Schwert auf ihn zustolperte, und versetzte ihm den Todesstoß. Auch im nächsten Keller bewegten sich die Krieger merkwürdig verlangsamt. Alessio hielt sich dicht hinter den Männern, die mit der Feuerwaffe die Vorhut bildeten. Er musste Michal so schnell wie möglich finden!

Sie kämpften sich durch die Keller und eine Treppe hinauf bis in einen Burghof. Dort deckte ein Dutzend Templer die Gefährten, die den Flammenwerfer bewegten. Gleichzeitig schleuderten andere die gallertartigen Bälle zwischen Lorenzos Leute.

Alessio bemerkte, wie ein schlanker Krieger auf Jean zusprang. Im letzten Moment gelang es ihm, dem Mann seinen Dolch in die Kehle zu stoßen. Jean zitterte am ganzen Körper.

Immer mehr Krieger drängten in den Hof. Die Kugeln des Zauberers erfüllten auch hier ihre Wirkung, jedoch – wie Bardas vorhergesagt hatte – nicht so schnell und so intensiv wie in den Kellern. Feuer züngelte an einem Fachwerkgebäude empor. Unversehens befand sich Alessio mitten im Kampfgetümmel.

Als sich die Tür von Michals Gefängnis öffnete, rechnete sie damit, dass Berenice hereinkommen würde. Doch statt der heilkundigen Frau trat Lorenzo in ihren Kerker. Unwillkürlich duckte Michal sich und rollte sich schützend auf dem Lager zusammen.

Lorenzo winkte ab. »Ich will heute nichts von dir. Nein, ich dachte, du würdest dich über einen bestimmten Besucher freuen.«

Als er einen Schritt beiseite machte, schlüpfte Merlito durch den Türspalt. Michal widerstand dem Impuls, auf ihn zuzulaufen. Der ablehnende, misstrauische Blick, mit dem der Junge sie bedachte, hielt sie davon ab.

»Merlito ...«, flüsterte sie.

»Mein Name ist Cesare«, erwiderte der Junge und stellte sich neben Lorenzo, der ihm die Hand auf die Schulter legte und ihm ein Lächeln schenkte. »Ja, ein Name, der einem künftigen Herrscher angemessen ist.«

»Die Frau ist verletzt.« Wieder musterte der Junge Michal misstrauisch.

»Ich sagte dir ja bereits, dass sich deine Mutter«, Lorenzo seufzte bei diesem Wort bekümmert, »wie auch Tamar mit meinen Feinden verbündet hat und dich entführen ließ. Deshalb musste ich sie bestrafen.«

»Merlito ...« Michal streckte die Hand nach ihm aus. »Erinnerst du dich noch an den Sommertag, an dem ich dich aus dem Fluss gezogen habe? Wie könnte ich dir jemals etwas Böses antun?«

»Nicht du hast mich damals gerettet. Das war ein Engel«, stieß der Junge hervor.

»Du hast mir einen Stein mit dem Abdruck eines Fischs geschenkt. Ich habe ihn jahrelang bei mir getragen«, versuchte Michal verzweifelt, ihren Sohn zu erreichen.

»Dann zeig mir den Stein.«

»Ich habe ihn nicht mehr.«

»Du lügst! Ich habe dir den Stein nie gegeben.« Wütend funkelte Merlito sie an. »Und überhaupt brauch ich keine Mutter. Der Meister ist mein Vater. Er liebt mich.« Eng schmiegte er sich an Lorenzo.

»Ja, du bist mein Sohn und Erbe.« Lorenzo lächelte wieder und fuhr ihm durchs Haar.

»Lorenzo belügt dich«, insistierte Michal verzweifelt. »Dein Vater hieß Luca. Er war ein Krieger wie ich. Lorenzo hat ihn töten lassen.«

Der Junge bedachte sie mit einem Blick voller Verachtung, ehe er die Tür aufstieß und davonrannte.

»Tja, ich schätze, deine Versuche, mich dem Kind als Monstrum darzustellen, sind ebenso wenig erfolgreich, wie es die von Tamar waren.« Lorenzo wirkte amüsiert. »Ich bin überzeugt, es wird den Jungen nicht einmal mehr berühren, eines Tages bei deiner Hinrichtung zuzusehen.«

Michal empfand eine grenzenlose Leere. Lorenzo hatte recht. Sie hatte ihren Sohn an ihn verloren. Ihr war nur zu sehr gegenwärtig, wie sehr sie selbst Lorenzo einmal geliebt und verehrt hatte – und ihr gegenüber hatte er nie behauptet, ihr Vater zu sein. »Warum tut Ihr das – Menschen brechen und sie dann für Eure Zwecke benutzen?«, fragte sie müde.

»Weil ich es kann. Außerdem helfen mir Reichtum und Einfluss dabei, meine Ziele zu erreichen. Macht will letztlich jeder Mensch. Allerdings wagen die wenigsten, danach wirklich zu greifen.«

»Da täuscht Ihr Euch!«

»Oh, mach dir nichts vor.« Der Disput bereitete Lorenzo Freude. »Auch du hast es genossen, Macht über Leben und Tod von Menschen zu besitzen. Und es hat dir sehr viel bedeutet, Teil einer Gemeinschaft von Auserwählten zu sein.«

»Damit war es für mich schon vor Lucas Tod vorbei.«

»Ja, gewiss, Luca …«, sagte Lorenzo nachdenklich. Ehe Michal reagieren konnte, hatte er sie auf das Lager gedrückt und kniete auf ihr. Als er grob in ihre Scham packte, schrie sie vor Schmerzen auf. »Wenn ich es mir recht überlege, vielleicht habe ich ja doch Lust auf dich …«

Noch einmal würde sie das nicht überleben. Michal wollte sich aufbäumen, doch wieder zappelte sie nur hilflos unter Lorenzos Griff.

Während er mit der einen Hand seinen Griff verstärkte, zog er mit der anderen seine Hose herunter. Michal schloss die Augen und versuchte, sich den Bauernhof in Erinnerung zu rufen, auf dem sie mit ihrem Vater gelebt hatte. Die von Strauchwerk durchsetzten Felder, über die der Wind strich, den Maulbeerbaum mit seinen fächerförmigen Blättern vor dem Haus und den Webstuhl, der mit den bunten Wollfäden bespannt war, die im Licht schimmerten. Aber alles, was sie vor sich sah, war das verwüstete Gutshaus und ihre zertretene Strohpuppe, die zwischen Erdklumpen und trockenem Laub auf dem Boden lag.

Mit zusammengebissenen Zähnen wartete sie auf die Schmerzwelle, wenn Lorenzo in sie eindrang. Doch nichts dergleichen geschah. Stattdessen spürte sie, dass sein Körper sich anspannte und er lauschte. Dann hörte auch sie das Geschrei und nahm eine Ahnung von Rauch in der Luft wahr.

Mit einem Fluch war Lorenzo von ihr herunter und im nächsten Augenblick zur Tür hinaus. Der Riegel wurde vorgeschoben und Michal hörte, wie Lorenzo den Wachen befahl, ihn zu begleiten.

Merlito hatte Michal sofort wiedererkannt, obwohl ihr Gesicht von Schlägen entstellt gewesen war. Völlig durcheinander, wie er war, hatte er sich im Schlafsaal verkrochen, wie damals nach Tamars Hinrichtung. War dieser Luca wirklich sein Vater? Sagte seine Mutter die Wahrheit? Hatte Lorenzo Luca töten lassen?

Plötzlich hörte er Waffenlärm und Schreie: »Sie sind schon im Hof!«

Merlito rappelte sich auf und rannte hinaus.

Über dem vorderen Teil der Burg stieg Rauch auf. Dort war auch der Ausgangspunkt des Kampfeslärms. Ein kräftiger Windstoß blies einen Funkenregen über den Hof. Zischend erlosch er auf dem feuchten Holzdach der Scheune. Doch es würde nur eine Frage der Zeit sein, bis die Glut die hölzernen Schindeln und das Fachwerk in Brand gesetzt hatte. Zwei Krieger hasteten zu den Stallungen, in denen die Pferde bereits panisch wieherten und mit ihren Hufen donnernd gegen die Wände schlugen.

Ein weiterer Krieger scheuchte die anderen Kinder vor sich her. »Los, beeilt euch!«, schrie er.

Würde jemand seine Mutter aus ihrem Gefängnis befreien?,

fragte sich Merlito. Er folgte seinen Gefährten. Doch als eine zweite dunkle Rauchwolke über den vorderen Höfen aufquoll, drehte er sich um und rannte in die entgegengesetzte Richtung. In dem bogenförmigen Durchgang presste er sich eng an die Wand. Die rußige Luft kratzte schmerzhaft in seinen Lungen. Gleichzeitig spürte er, dass seine Glieder schwer wurden. Ob dies mit dem Rauch zusammenhing?

Er musste seinen Atem anhalten. Als er den angrenzenden Hof erreicht hatte, schlug ihm Hitze ins Gesicht. Das Dach des Fachwerkbaus, in dem die Krieger und Schüler bei schlechtem Wetter ihre Übungen auszuführen pflegten, stand schon in hellen Flammen. Undeutlich nahm Merlito zwischen den dunklen Schwaden Gruppen von kämpfenden Männern wahr. Die Bewegungen von Lorenzos Kriegern erschienen ihm merkwürdig verlangsamt. Ihre Gegner trugen das rote Kreuz der Templer auf ihren Gewändern.

Sich am Rand des Hofes haltend, schlich Merlito weiter. Plötzlich bemerkte er den Sklaven, der ihm am Tag von Tamars Hinrichtung auf dem Dachboden begegnet war. Gerade hob er sein Messer, um einen schwarzhaarigen Krieger namens Ludovico zu attackieren. Doch dieser, wenn auch weniger schnell, als Merlito erwartet hätte, trat es ihm aus der Hand. Gleichzeitig zückte er seinen eigenen Dolch und stieß ihn dem Sklaven tief in den Leib. Erschrocken verfolgte der Junge, wie der Sklave in die Knie brach und sich krümmte.

»Verdammter Verräter!«, stieß Ludovico hervor. Dann bemerkte er Merlito. Doch bevor er sich ihm nähern konnte, wurde er erneut angegriffen.

Weiterlaufen und nicht atmen … Bloß nicht atmen!, befahl Merlito sich.

Endlich hatte er den Brunnen erreicht. Er zog ein Tuch aus der Tasche seines Kittels und tauchte es in das Wasser. Erst nachdem er es gegen Mund und Nase gepresst hatte, wagte er es, nach Luft zu schnappen. Der Rauch war nun weniger beißend, aber die Müdigkeit setzte ihm immer mehr zu.

Er war ein Fisch … Ein Fisch auf der Flucht vor einem riesigen Hai, der ihn verschlingen würde. Das Haus, in dem Michal gefangen war, war eine Felsspalte, in der er sich verbergen konnte. Unbedingt musste er dorthin gelangen …

Merlito stolperte über den Leichnam einer Kriegerin. Als er sich mühsam erhob, sah er sich dem Torbogen, der in den nächsten Hof führte, direkt gegenüber. Ein Flammen speiender Drache vollführte dort einen seltsamen Tanz. Merlito blinzelte. Waren Drachen nicht nur Wesen aus den Märchen, die ihm ein Klosterbruder erzählt hatte? Er musste weiter. Die Felsspalte erreichen.

Seine Augen tränten und seine Lungen drohten zu platzen, da stieß Merlito gegen eine Wand. Erschöpft hob er den Kopf. Einige Schritte von ihm entfernt befand sich die Tür, die zu seiner Mutter führte. Er zerrte daran, fürchtete schon, dass sie verschlossen war. Doch schließlich gab sie nach und er konnte sich durch den Spalt schieben. Im Inneren des Gebäudes fiel es ihm leichter zu atmen. Er wankte auf die Treppe zu.

Nachdem Lorenzo ihr Gefängnis verlassen hatte, war Michal zur Tür gestürzt, hatte darauf eingehämmert und daran gerüttelt, obwohl sie nur zu gut wusste, dass Tür und Schloss so beschaffen waren, dass kein noch so geschickter Krieger aus dem Raum fliehen konnte.

Wer hatte es vermocht, in die Festung einzudringen? Michal kletterte an der Wand hoch, bis zu dem kleinen vergitterten Fenster, und versuchte, hinauszuspähen. In dem dichten Rauch, der die Burg umhüllte, konnte sie nur die Schemen von Kämpfern erkennen. Plötzlich hatte sie den Eindruck, dass ihre Glieder schwer wurden. Hatte Berenice etwa dem Wasser in dem Tonkrug eine Essenz beigemischt? Aber sie hätte dies schmecken müssen. Nein, in der Luft war etwas, was ihre Müdigkeit verursachte. Was ging dort draußen nur vor? Benutzte Lorenzo eine neue Art von Waffe? Michal hatte keinen Zweifel daran, dass er diesen Kampf gewinnen würde.

Sie musste ihrem Kerker entkommen und nach Merlito suchen! Sie riss ein Stück des Lakens ab und tauchte es in den Krug mit Wasser, um es sich anschließend vor das Gesicht zu binden. Sie tastete die Tür ab, rüttelte wieder daran, nur um aufs Neue festzustellen, dass sie das Schloss nicht öffnen konnte. Unvermittelt schwang die Tür auf und Michal stolperte zurück. Merlito erschien in der Öffnung. Sein Gesicht war rußgeschwärzt und seine Augen tränten. Er schwankte, konnte sich kaum noch auf den Beinen halten. Sie hielt ihn fest und drückte ihn an sich.

Es gab so vieles, was sie ihm hätte sagen wollen. Doch dafür war nicht die Zeit. Sie riss ein weiteres Stück von dem Laken ab. Nachdem sie es ebenfalls mit Wasser befeuchtet und ihm vor das Gesicht gebunden hatte, lud sie sich den Jungen auf den Rücken und schlüpfte aus ihrem Gefängnis.

In den dichten Rauchschwaden waren die Gruppen von Kämpfenden nur als Schatten zu erkennen. Tote und Verwundete lagen auf den Pflastersteinen. Die Männer in den Gewändern mit dem Templerkreuz schienen die Übermacht zu gewinnen. Wie war ihnen das gelungen? Trotz des feuchten Tuchs um ihren Mund und ihre Nase fiel Michal das Atmen schwer. Sie musste mit Merlito aus der Festung entkommen.

Die Felswand unterhalb der Burgmauern des angrenzenden Hofs war weniger steil, dort würde sie den Abstieg, geschwächt, wie sie war, und mit dem Kind auf dem Rücken, leichter bewältigen können. Sie war noch nicht weit gekommen, als sich aus einem Knäuel kämpfender Männer eine große Gestalt löste und auf sie zustrebte. Lorenzo. Auch sein Gesicht war von Ruß geschwärzt. Trotzdem war der Hass in seinen Zügen deutlich sichtbar.

Michal ließ Merlito von ihrem Rücken gleiten und schrie: »Lauf weg!«

Dicht neben ihr lag ein toter Krieger auf dem Boden. Sie entwand seiner Hand das Schwert. Mit einem raschen Blick über die Schulter vergewisserte sie sich, dass Merlito ihren Befehl befolgte. Tatsächlich hatte er schon den Durchgang zu dem nächsten Hof erreicht. Sie hob das Schwert und stellte sich Lorenzo entgegen.

Plötzlich sprang ihm ein großer Mann mit eisgrauen Haaren in den Weg. Er rief Lorenzo etwas zu, was Michal in dem Kampflärm nicht verstehen konnte. Die Waffen der beiden schlugen klirrend aufeinander.

Sie zögerte nicht, sondern rannte Merlito nach.

Die ganze Zeit hatte Olivier Ausschau nach Lorenzo gehalten. Einige Male hatte er ihn von Ferne gesehen, war jedoch zu sehr in Kämpfe verstrickt gewesen, um den Templer erreichen zu können. Nun sah er ihn über den Hof laufen und ergriff die Gelegenheit, ihn zu stellen.

»Lorenzo, ich ahnte, dass wir uns im Orient nicht das letzte Mal begegnet sind.« Olivier lachte grimmig.

»Ich freue mich gleichfalls, Euch wiederzusehen.« Lorenzo lächelte, während er den ehemaligen Templer mit gezücktem Schwert umkreiste. Ihm war – anders als seinen Kriegern – keine Müdigkeit anzumerken.

Irgendwo stürzte ein Gebäude krachend zusammen. Funken stoben auf und eine neue Rauchwolke trieb über den Hof.

Olivier nahm es kaum wahr. Er befand sich wieder in der Wüste, in jenem Land, das sein Leben gewesen war. »Sagt, was hat Euch der Papst versprochen? Ist es die Krone des Königreichs Jerusalem?«

»Ihr wisst sehr viel.« Lorenzo machte einen schnellen Schritt und stieß mit seiner Schwerthand zu.

Olivier wich ihm aus. »Der Soldat des Staufers hat seine Hinrichtung überlebt.«

»Friedrich verfügt über bemerkenswerte Leute.« Lorenzo lächelte wieder, während er Olivier nicht aus den Augen ließ und ihn weiter umkreiste. »Ich muss zugeben, ich habe Euch unterschätzt. Ich habe nicht damit gerechnet, dass Ihr Euch eines Zauberers bedienen würdet. Aber glaubt mir, noch ist mein Spiel nicht verloren. Gerade Ihr werdet doch verstehen, dass der Besitz dieses Königreiches jede Tat rechtfertigt.«

»Ich verspreche Euch, Ihr werdet es niemals bekommen!« Olivier sprang vorwärts. Er täuschte einen Hieb gegen Lorenzos linke Körperseite vor, landete jedoch einen Stich in dessen Schwertarm. Mit einem Fluch ließ Lorenzo seine Waffe fallen, um aber im nächsten Augenblick mit der Linken seinen Dolch in Oliviers Unterleib zu treiben. Stöhnend brach der alte Templer zusammen.

»Gib ihm den Rest!«, befahl Lorenzo einem Krieger, der neben ihm auftauchte.

Halb ohnmächtig verfolgte Olivier, wie Lorenzo davonrannte und der schwarzhaarige Mann sein Schwert hob. Olivier schloss die Augen und erwartete den letzten Schlag. Doch er erfolgte nicht. Als er mühsam noch einmal die Lider aufriss, lag der Krieger zu seinen Füßen. Über ihm stand Baptiste mit blutiger Waffe.

»Nun habt Ihr Euch doch noch in einen Kämpfer verwandelt.« Keuchend verzog Olivier den Mund zu einem Lächeln. »Auch wenn Ihr zu spät gekommen seid.«

»Nein, Ihr werdet überleben …« Baptiste kniete sich neben ihn und richtete vorsichtig seinen Oberkörper auf.

»Ihr redet wie immer zu viel.« Olivier umklammerte Baptistes Arm. »Dieser Soldat des Staufers wird Eure Hilfe brauchen. Versprecht mir, dass Ihr ihn unterstützen werdet.«

Baptiste nickte, während ihm Tränen in die Augen traten.

Über den Burgmauern, in der flimmernden Hitze des Feuers, glaubte Olivier, die Mauern von Akkon zu erkennen. Seine eigentliche Heimat. Noch einmal atmete er tief ein. Dann sank sein Kopf zur Seite.

Als Michal den Hof erreichte, musste sie Männern in Templergewändern, die einen Feuer spuckenden Schlauch in den Händen hielten, ausweichen. Der Rauch war noch dichter geworden. Ein Vorratsgebäude stand in Flammen und auch in der großen Halle brannte es. Während Michal hustend nach Atem rang, schaute sie sich panisch nach Merlito um. Doch sie konnte ihn nirgends zwischen den Rauchwolken und den Kämpfenden entdecken.

Hinter sich nahm Michal eine Bewegung wahr. Als sie herumwirbelte, stand ihr Berenice gegenüber. »Lasst mich, ich suche meinen Sohn!«

»Fahr zur Hölle!« Berenices Augen waren voller Hass. »Wahrscheinlich haben wir all das dir zu verdanken.«

Sie stieß mit ihrem Dolch zu. Michal sprang zur Seite, wehrte Berenices Arm ab und rammte ihre Schwertspitze in den Oberschenkel der anderen Frau. Berenice taumelte und stürzte mit einem Wutschrei zu Boden.

»Die da gehört auch zu Lorenzos Leuten!«

Nun sah Michal zwei Templer auf sich zurennen. Sie hob die Waffe, als sie eine vertraute Stimme durch das Prasseln des Feuers und den Kampflärm brüllen hörte: »Nein, nicht! Sie gehört zu uns.«

Die beiden Templer wichen zurück.

Es war nicht möglich … Aus dem Hintergrund des Hofs taumelte ein Mann auf sie zu. Von seinem schmutzigen Gesicht hoben sich die Augen sehr hell und blau ab. Alessio lebte!

Die Qualen über seinen vermeintlichen Tod und das tiefe Glücksgefühl, das jetzt in ihr aufstieg, überwältigten Michal. Sie schwankte und wäre gestürzt, wenn Alessio sie nicht aufgefangen hätte.

Sie berührte sein Gesicht, wollte ihm sagen, was in ihr vorging. Doch sie brachte kein Wort über ihre Lippen. Ihre Finger hinterließen helle Streifen in dem Ruß. Alessio zog sie an sich.

Ein Schrei aus vielen Kehlen ließ sie aufblicken. Von dem Wehrgang schnellte sich Lorenzo auf das Dach der brennenden Halle. Vor dem rauchgeschwärzten Himmel wirkte er mit seinen weit ausgebreiteten Armen wie ein riesiges Untier. Sehr schnell bewegte er sich über den First. Der Dolch in seiner Linken reflektierte den Schein des Brandes. Nein, sie würde ihm niemals entkommen ... Michal klammerte sich an Alessio, unfähig, sich von der Stelle zu rühren.

Lorenzo hatte den Giebel fast erreicht und setzte zu einem Sprung in den Hof an, als ein kräftiger Windstoß über die Burg fuhr. Hohe Flammen schossen durch die Ziegel. Das Gebälk senkte sich. Lorenzo verlor das Gleichgewicht. Er versuchte, sich nach vorn zu werfen. Doch zu spät. Die einstürzenden Dachsparren rissen ihn mit sich in die Tiefe. Sein ungläubiger, wütender Schrei gellte über den Hof. Dann verschwand er in einem Feuerwirbel.

Erst als der Funkenflug sich legte, kam Michal wieder zu sich. Auch Alessio hatte dem grausigen Schauspiel wie erstarrt zugesehen.

»Lorenzo, Euer Meister, ist tot!«, rief eine Männerstimme. Sie gehörte einem Templer, der völlig erschöpft wirkte, aber trotzdem eine grimmige Entschlossenheit ausstrahlte. »Es ist sinnlos, dass Ihr weiterkämpft. Ergebt Euch endlich.«

»Es ist vorbei«, sagte Alessio sanft. »Lorenzo wird nie wieder Macht über dich oder andere haben.«

»Ja, es ist vorbei …«, erwiderte Michal leise. Obwohl sie es mit eigenen Augen gesehen hatte, konnte sie es nicht richtig fassen, dass Lorenzo tot war.

Merlito …, durchfuhr es Michal. »Wo ist mein Sohn?«

Hastig löste sie sich von Alessio. Doch schon sah sie eine kleine, müde Gestalt auf sich zuhumpeln. Sie rannte zu Merlito und umarmte ihn lange und fest. Der Junge schmiegte sich an sie.

Schließlich fasste Michal Merlito an der Schulter und führte ihn zu Alessio, der geduldig gewartet hatte. »Das ist der Mann, der dich mit mir zusammen vor Lorenzo retten wollte«, sagte sie. »Und das ist mein Sohn.«

»Ihr beide seht euch sehr ähnlich.« Alessio lächelte Michal und den Jungen an. Merlito musterte ihn forschend, ergriff dann aber die Hand, die Alessio ihm entgegenstreckte.

Kapitel 6

Michal verkroch sich tiefer in ihren Templerumhang, denn ein kalter Wind wehte aus Richtung der Bucht von Palermo landeinwärts. Während sie auf Merlitos helle Stimme lauschte, der mit einigen Templern Ball spielte, wanderten ihre Gedanken zurück zu Lorenzos Festung.

Etwa zwanzig Krieger hatten den Kampf überlebt. Die Templer hatten sie vorerst in die Verliese der Burg gesperrt. Ein Teil der Ordensleute war nach Paris geritten, um dem Ordensmeister Henry d'Esne von Lorenzos Verbrechen zu berichten und ihm darzulegen, wie ihre Gemeinschaft darin verstrickt war. In einem Keller der Burg hatten sich zahlreiche Kopien von Testamenten gefunden sowie Listen. Aus diesen ging genau hervor, welche Einnahmen Lorenzo und ein halbes Dutzend mit ihm verbündeter Templer von den Gütern erzielt hatten, die eigentlich dem Orden zugedacht gewesen wären.

Andere Templer waren auf der Festung geblieben, um für die Gefangenen und die Kinder zu sorgen. Michal zweifelte nicht daran, dass es den Kriegern, wenn sie es darauf anlegen sollten, gelingen würde, ihren Wächtern zu entkommen. Andererseits war mit Lorenzos Tod der bisherige Mittelpunkt ihres Lebens erloschen und ihr Kampfeswille gebrochen. Berenice hatte es vorgezogen, ihrem Leben selbst ein

Ende zu bereiten. Sie hatte mitten zwischen den Toten gelegen. Ihre Hand hielt den Griff des Dolchs umklammert, der in ihrer Brust steckte. Und auch Achmed war tot, er war im Kampf gefallen.

Noch immer kam es Michal unwirklich vor, dass Lorenzo nicht mehr am Leben sein sollte, obwohl sie mit eigenen Augen gesehen hatte, wie er von den brennenden Dachbalken der Halle in die Tiefe gerissen und unter ihnen begraben worden war. Manchmal glaubte sie, die Verbindung zu ihm nach wie vor zu spüren. Wahrscheinlich bleibt dies mein ganzes Leben lang so, dachte sie müde.

Aus den Augenwinkeln nahm Michal eine Bewegung wahr. Der Ball rollte neben ihr den steilen Hang hinab. Rasch sprang sie auf und hielt ihn fest. Merlito, Baptiste und zwei andere Templer kamen ihr von dem Pinienwäldchen entgegengerannt.

»Ihr habt ein gutes Reaktionsvermögen.« Baptiste lächelte sie an.

»Ja«, erwiderte Michal knapp. Auch das würde ihr wahrscheinlich ihr ganzes Leben lang erhalten bleiben. Sie warf den Ball Merlito zu. Als er ihn lachend auffing, fragte sie sich, ob dies vielleicht einer der letzten Tage war, die sie mit ihm verbringen würde.

Tief unter ihr lagen der Ort Monreale und das aus gelblichem Stein erbaute Kloster mit seinem eckigen Kirchturm. Dort, wo ihr neues Leben vor einigen Monaten mit dem Aufwachen aus der Bewusstlosigkeit begonnen hatte, würde es nun bald, auf die eine oder andere Weise, seinen Abschluss finden.

In Begleitung einiger Ordensleute waren sie, Alessio, Merlito sowie Baptiste nach Sizilien gesegelt – die Templer waren eine gute Tarnung. Bald nach der Landung hatten sie erfahren, dass Friedrich und sein Hof sich erneut in Monreale aufhielten. Alessio hatte sich gestern verabschiedet, denn er wollte versuchen, heimlich seinen Freund Karim zu treffen, um ihn zu bitten, ihm und Baptiste Zugang zu dem Kaiser zu verschaffen.

Nach einer Weile war Baptiste des Spiels müde und ließ sich am Feuer nieder. Michal setzte sich zu ihm. Sie mochte den Templer, der wie Bruder Placidus ein freundlicher und bescheidener Mensch war.

»Hoffentlich ist dieser Karim bereit, Alessio zu helfen«, meinte er besorgt.

»Alessio vertraut ihm blind«, erwiderte Michal. »Ich bin Karim einige Male in Monreale und Siracusa begegnet und glaube, dass dieses Vertrauen gerechtfertigt ist.«

Baptiste schob einen trockenen Ast in die Glut und beobachtete, wie das Holz Feuer fing. »Ich wünschte, Olivier wäre bei uns«, sagte er schließlich.

Michal hatte den alten Templer nur einmal lebend gesehen. Aber sie würde ihm immer dafür dankbar sein, dass er dazu beigetragen hatte, Lorenzo zu vernichten. »Ich hätte ihn gerne näher kennengelernt«, entgegnete sie voller Wärme.

»Ach, es ist nicht nur seine ruppige Art, die ich vermisse«, Baptiste seufzte. »Ich wünschte auch, er würde mich und Alessio zu Friedrich begleiten.«

Sie hatten vereinbart, dass Baptiste dem Kaiser über Lorenzos Rolle bei der Verschwörung berichten und für Alessios Unschuld einstehen sollte.

»Ihr werdet Eure Sache sicher gut machen«, versuchte Michal, ihn zu ermutigen.

»Danke, dass Ihr an mich glaubt«, Baptiste lächelte schief.

Sein Blick wanderte zu einem wilden Apfelbaum, der ein Stück unterhalb am Hang wuchs. Zwischen den kahlen Zweigen hingen noch einige verschrumpelte Früchte. »Olivier hat sein kleines Anwesen und vor allem seinen Garten sehr geliebt.«

»Ein Bauernhof …«, sagte Michal wehmütig. Manchmal hatte sie sich in den vergangenen Wochen vorgestellt, wie es wäre, mit Alessio und Merlito ein Gehöft zu bewirtschaften. Aber es war nicht gut, sich zu viel auf einmal zu wünschen. Zuerst einmal musste Friedrich Alessio Glauben schenken. Und ihr den Anschlag auf ihn verzeihen.

Hufschläge in dem Steineichenwäldchen weiter unten am Hang ließen Michal aufmerken. Gleich darauf ritt Alessio, der wie auch Michal als Schutz ein Templergewand trug, zwischen den Bäumen hervor. Als er sich bei der Feuerstelle aus dem Sattel gleiten ließ, wirkte er erschöpft, aber auch erleichtert. Er schenkte Michal ein Lächeln und wandte sich dann an den Priester. »Karim war bereit, mir zu glauben. Morgen wird er mich und Euch in das Kloster schmuggeln.«

»Verzeiht«, sagte Michal rasch zu Baptiste. »Aber ich muss etwas mit Alessio besprechen.« Sie stand auf und entfernte sich ein Stück von dem Feuer. Alessio folgte ihr. »Was ist denn?«, fragte er verwundert.

»Ich begleite dich und Baptiste«, sagte sie bestimmt.

»Darüber haben wir doch schon ein paarmal gesprochen …« Alessios Stimme klang ungeduldig. »Ich bin derjenige, der eine Verpflichtung gegenüber Friedrich hat.«

»Aber ich wollte ihn umbringen«, antwortete Michal leise. »Und dafür will ich sühnen. Auch stellvertretend für die Morde, die ich im Auftrag Lorenzos begangen habe. Kannst du das denn nicht verstehen?«

»Du warst nicht du selbst, als du diese Taten begangen hast.«

»Aber ich habe sie begangen«, beharrte sie. »Und überhaupt – denkst du wirklich, Friedrich wird bereit sein, dir Glauben zu schenken, wenn du ohne mich vor ihn trittst?«

Alessio streichelte ihre Hände. »Wenn Friedrich nicht bereit ist, uns zu glauben, wird er dich töten lassen.«

»Und was ist mit dir? Gilt das nicht auch für dich?«, erwiderte Michal heftig. »Meinst du, ich lasse dich allein für eine Sache büßen, die eigentlich ich zu verantworten habe?«

»Laut Karim hält sich seit einigen Tagen ein Inquisitor in dem Kloster auf.«

Das war wirklich keine gute Nachricht. Und nicht nur wegen Michal selbst. Möglicherweise hatte der Inquisitor inzwischen erfahren, dass Olivier de Berry einen Dominikaner gefoltert hatte. Aber dennoch … Sie hatte sich dafür entschieden, öffentlich für ihre Taten einzustehen und Buße dafür zu leisten. Dies schien ihr die einzige Möglichkeit, mit ihrem alten Leben abschließen zu können.

»Und was wird aus Merlito, wenn Friedrich uns zum Tode verurteilt?«, redete Alessio eindringlich weiter. »Er liebt dich und er hat nur noch dich. Warum soll er unter deiner Vergangenheit zu leiden haben?«

Michal schaute zu dem Feuer, wo der Junge jetzt neben Baptiste saß. Der Schein der Flammen glitt über Merlitos Gesicht, hob seine dunklen Haare und Augen hervor. Sie sah seine Lebendigkeit, seine Tapferkeit, seine Fähigkeit, trotz allem, was er in den letzten Monaten hatte erleben müssen, zu vertrauen und sich an einfachen Dingen zu freuen. Das Herz wurde ihr schwer. Doch auch in Bezug auf Merlito hatte sie sich entschieden.

»Wenn ich mich nicht stelle, wird er immer mit mir auf der Flucht sein müssen. So ein Leben kann ich ihm nicht zumuten. Wenn er älter ist, wird er verstehen, dass ich mit dir vor Friedrich treten musste.« Michal sah Alessio erneut in die Augen. »Ich komme mit«, wiederholte sie fest. »Du kannst mich nicht umstimmen.«

Nach einem kurzen Schweigen nickte Alessio. »Gut, ich bin einverstanden. Lass uns alles Weitere mit Baptiste und den anderen bereden.«

Die Bewegungen des Karrens ließen Michal und Alessio immer wieder aufeinanderprallen. Vor einer Weile hatten sie und Baptiste sich an einer abgelegenen Stelle außerhalb von Monreale mit Karim getroffen und waren auf das Gefährt gestiegen. Es war mit Strohballen ausgepolstert und an den Seiten waren Amphoren aufgeschichtet. Karim hatte Decken und Felle über sie gehäuft, dann waren sie aufgebrochen.

Erneut spürte Michal Alessios Körper neben ihrem. Sie schmiegte sich enger an ihn. Ob sie ihm wohl jemals wieder so nahe sein würde? Merlito hatte es still hingenommen, als sie sich von ihm verabschiedet hatte. Sie hatte ihm erklärt, dass sie wegen der schlimmen Taten, die sie begangen hatte, vor den Kaiser treten müsse, und dass sie möglicherweise nicht mehr zu ihm zurückkehren würde.

Der Klang der Karrenräder und der Hufschläge veränderte sich. Stimmen waren zu hören. Sie hatten das Stadttor passiert und fuhren die gepflasterte Straße zu dem Kloster hinauf. Endlich kam das Gefährt zum Halten. Michal fühlte Alessios Anspannung und sie hörte, wie Baptistes leiser Atem schneller ging. Zwei Wachen, nahm sie wahr, standen vor dem Klostertor.

»Auf dem Karren befindet sich eine Ladung mit kostbarem Wein für die Tafel des Kaisers, wofür ich mich verbürge.« Karims Stimme hatte einen scharfen Unterton. »Besser, ihr durchsucht ihn nicht. Sonst zerbrecht ihr mir noch eines der Gefäße.«

»Schade, dass wir von den Tropfen nichts abbekommen werden«, antwortete ein Mann lachend.

»Ach, der Wein aus dem Klosterkeller ist auch nicht so übel«, sagte ein anderer.

Der Karren setzte sich wieder in Bewegung. Michal vergegenwärtigte sich die Höfe, durch die sie fuhren. Das Tor eines Stalles schwang quietschend auf. Das Gefährt hielt und die Decken und Felle wurden beiseite genommen. Karims Gesicht tauchte über ihnen auf. Gleich würden sie vor dem Kaiser stehen ...

Baptistes Gesicht wirkte in dem Dämmerlicht, das den Stall beherrschte, sehr bleich.

Karim nickte ihnen zu. »Wir sollten gehen.«

Schwere dunkle Wolken hingen über dem Kloster. Während die Gruppe zu dem Kapitelsaal lief, wo Friedrich mit seinem Gefolge, dem Abt und den Klosterbrüdern die Abendmahlzeit einnahm, spürte Michal, wie die Kälte unter ihren Templermantel kroch.

Die Wachen vor dem Gebäude und vor den Türen des Saals ließen sie dank Karim ungehindert passieren. Als sie den großen, mit Wandgemälden geschmückten Raum betraten, in dem der Geruch nach Speisen und Bienenwachs schwer in der Luft hing, glaubte Michal sich für einen Moment in den Saal der Festung von Siracusa versetzt. Doch sie musste nur zur Tafel auf dem Podium blicken, um sich in Monreale zu wissen. Prior Augustinus sowie ein hagerer alter Mönch, der die Kutte eines Dominikaners trug, saßen dort. Abt Hilarius hatte den Platz rechts neben Friedrich inne. Auch Gaetano entdeckte Michal unter den Anwesenden, er stand bei den sechs Soldaten, die den Kaiser bewachten.

Baptiste sammelte sich kurz. Dann schritten er und Karim zu der Stirnseite des Saals, während sich Michal und Alessio vorerst in den Schatten am hinteren Ende zu verbergen suchten. Sie hatten die Kragen ihrer Mäntel hochgeschlagen, Alessio trug einen Bart und Michal ihr Haar wie ein Mann. Aber sowieso beachtete sie niemand, die Augen aller Anwesenden waren auf das Podium und auf Karim und Baptiste gerichtet.

Erneut schien Baptiste sich sammeln zu müssen. Wahrscheinlich wünschte er sich einmal mehr Olivier an seine Seite.

»Hoheit«, Karim verbeugte sich, »der Templer Baptiste bittet darum, Euch in einer dringenden Angelegenheit sprechen zu dürfen.«

»Kann das nicht bis zum Ende des Mahls warten?« Friedrichs Stimme klang unwillig.

»Verzeiht«, auch Baptiste verneigte sich, »aber das, was ich Euch mitzuteilen habe, duldet keinen Aufschub. Es betrifft Euer Leben und den Anschlag in Siracusa, in den ein Mitglied meines Ordens verstrickt ist.«

Michal registrierte, dass Gaetano kaum merklich zusammenzuckte.

»Sprecht.« Friedrich vollführte eine ungeduldige Handbewegung.

Baptiste straffte sich. »Im vergangenen Frühjahr wurde Gaston de Beauvais, einer meiner Ordensbrüder, ermordet.

Ich bat Olivier de Berry um Hilfe, einen Mann, der früher ebenfalls meinem Orden angehörte.«

»Olivier de Berry?« Niccoló fuhr auf. »Majestät, dieser Mann besitzt einen denkbar schlechten Ruf. Ein Trunkenbold mit liederlichem Lebenswandel. Eine Schande für seinen Orden und jeden Priester, der diese Bezeichnung verdient. Zudem ein Freund der arabischen Heiden ...«

Prior Augustinus nickte bestätigend.

»Nun, ich würde mich durchaus auch als einen Freund der arabischen Kultur bezeichnen«, bemerkte Friedrich trocken und bedeutete Baptiste, weiterzureden.

Michal entspannte sich ein wenig.

»Oliviers und meine Nachforschungen ergaben, dass jener Templer, der den Anschlag auf Euch zu verantworten hat, auch hinter dem Mord an Gaston steckte. Sein Name ist Lorenzo del Matera.«

Nach Friedrichs Einwurf hatte Niccoló missbilligend geschwiegen. Nun rief er mit sich überschlagender Stimme: »Majestät, vor einigen Wochen wurde mein Ordensbruder, der Inquisitor Alphonse, in der Gegend von Cluny entführt und gefoltert. Ziel seiner Peiniger war, ihm den Namen Lorenzo del Materas abzupressen. Lorenzo ist ein gottesfürchtiger Mann, ein frommer, hochgeachteter Kämpfer für den Glauben. Gelegentlich helfen seine Krieger der Inquisition dabei, Ketzer aufzuspüren. Es würde mich nicht wundern, wenn Olivier de Berry und auch dieser Mann«, anklagend deutete Niccoló auf Baptiste, »hinter dem feigen Überfall auf Alphonse stecken.«

Michals Hände verkrampften sich. Niccoló war also tatsächlich über den Vorfall informiert. Baptistes Verteidigung hätte kaum einen schlechteren Anfang nehmen können. Ihre

Befürchtungen bewahrheiteten sich schnell, denn Friedrichs Miene verfinsterte sich und drohend fragte er: »Trifft es zu, dass Olivier de Berry einen Inquisitor gefoltert hat?«

Nach einigen Momenten der Stille sagte Baptiste scheinbar gelassen: »Ja, es stimmt. Olivier de Berry peitschte Alphonse in meiner Gegenwart aus. Doch wir hatten einen guten Grund, so zu handeln.«

»Ich kann mir keinen Anlass vorstellen, der es rechtfertigt, einen Inquisitor zu foltern«, erwiderte Friedrich kalt.

»Ich wünschte, wir hätten das nicht tun müssen«, Baptiste neigte ehrfürchtig den Kopf, »und ich betrachte es als eine Sünde, einem anderen Menschen Leid zuzufügen. Aber ich bin gern bereit, meine Schuld zu tragen. Denn anders hätten wir nicht herausfinden können, dass Lorenzo del Matera nicht nur den Mord an Gaston de Beauvais zu verantworten hatte, sondern auch noch weitere Morde und viele andere Verbrechen. So erpresste er den Schatzmeister des Ordens, Eugène de Blois, und zwang diesen, mit ihm zusammenzuarbeiten. Im Auftrag Lorenzos unterschlug Eugène Testamente, die Schenkungen an den Orden enthielten …«

»Hoheit«, fuhr Niccoló wieder auf. »Diese Unterstellungen sind einfach ungeheuerlich. Dreiste, unfassbare Lügen …«

Friedrich ingnorierte ihn und bedachte Baptiste mit einem kühlen, abwägenden Blick. »Ich nehme an, Ihr habt Eurem Ordensmeister Henry d'Esne von Eurem Verdacht berichtet?«

Baptiste nickte. »Allerdings, doch leider er war nicht bereit, Olivier de Berry und mir Glauben zu schenken.«

»Aus gutem Grund!«, rief Niccoló.

Michal spürte Alessio neben sich und sie wünschte sich, ihn umarmen zu können. Gleichzeitig nahm sie wahr, wie sich das Licht der Kerzenflammen in den hohen Fenstern über dem Podium spiegelte. Gelb und zitternd wie Blüten, über die der Wind strich. Vielleicht war es das letzte Mal, dass sie Kerzenlicht auf diese Weise sehen würde.

»Eure schweren Beschuldigungen habt Ihr bislang durch nichts bewiesen«, sagte Friedrich schließlich. »Außerdem habt Ihr immer noch nicht gesagt, was Lorenzo mit jenem Anschlag in Siracusa zu tun hatte.«

»Verzeiht, zu dem Anschlag komme ich gleich.« Baptiste griff unter seinen Mantel und zog einige Pergamentbögen hervor. »Dies sind Testamente sowie Listen, die wir in Lorenzos Burg gefunden haben. In den Listen ist genau aufgeführt, welche Geldsummen und Güter, die dem Templerorden vermacht wurden, Lorenzo unterschlug. Zum Beispiel finden sich in den Listen die Namen de Charny und de Laval. Beide Erblasser befanden sich auf Pilgerfahrten ins Heilige Land – und wurden angeblich von Räuberbanden ermordet. Doch hinter diesen Taten steckte Lorenzo.«

»Das ist kein Beweis! Schriftstücke lassen sich fälschen!«, ereiferte sich Niccoló.

Auch Friedrich wirkte alles andere als überzeugt. »Wie seid Ihr überhaupt an diese Unterlagen gekommen? Ich gehe doch davon aus, Lorenzo del Matera hat sie Euch nicht freiwillig überlassen.«

»Wir wollten Lorenzo das Handwerk legen.« Baptiste ließ sich nicht verunsichern, sondern redete mit fester Stimme weiter. »Zusammen mit einer Gruppe von Templern, die Olivier immer noch unterstützten, ritten wir zu Lorenzos Burg im Languedoc. Es gelang uns, die Festung einzunehmen. Lorenzo starb während des Kampfes. Er hatte sich eine Gruppe von Kriegern, Männer wie Frauen, herangezogen, die er durch grausame Strafen und allerlei Zauberkünste dazu gebracht hatte, ihr Gewissen auszuschalten und ihm blind zu vertrauen. Diese Krieger sind nichts anderes als abgerichtete Mörder. Mörder, die zu kämpfen verstehen, als ob sie Geister wären. Und einen dieser Krieger, eine Frau, sandte Lorenzo aus, um Euch in Siracusa zu töten.«

Schon als Baptiste zum ersten Mal das Wort ›Krieger‹ ausgesprochen hatte, war Getuschel in dem Saal laut geworden. Nun schwoll es zu einem erregten Lärm an.

Friedrichs Augen hatten sich verengt. »Still!«, rief er, nicht laut, aber schneidend. Der Lärm verstummte schlagartig. »Diese Frau soll also angeblich zu Lorenzo del Materas Leuten gehören. Woher wollt Ihr das wissen? Hat Lorenzo etwa vor seinem Tod ein Geständnis abgelegt?« Seine Stimme hatte einen spöttischen Klang.

»Nein, Hoheit.« Baptiste verneigte sich wieder. »Auf unserem Weg zu der Festung fanden wir einen Mann, den Lorenzo aufhängen ließ, der jedoch überlebte. Ihr kennt ihn …«

Michal kam die Atempause, die Baptiste machte, sehr lang vor. Wieder nahm sie das Licht und die Düfte wahr und ihre Finger schlossen sich rasch um die Alessios.

»Der Mann ist einer Eurer Soldaten. Sein Name ist Alessio«, hörte sie Baptiste sagen. Erneut brandete Geraune auf.

»Hoheit«, Gaetano riss sein Schwert aus der Schneide und trat zwischen Friedrich und Baptiste. »Wenn dieser Mann mit Alessio in Verbindung steht, ist ihm nicht zu trauen. Erlaubt, dass ich ihn festnehme.«

»Mein Kaiser, hört mich an: Gaetano zählt selbst zu den Verschwörern.« Alessios Stimme setzte sich über alle Geräusche hinweg. »Er hat mit Lorenzo paktiert.«

Michal kam es vor, als sei sie nur Zuschauerin und nicht selbst Ziel der zornigen und ungläubigen Rufe, die nun zu hören waren. Rufe, in die sich entsetzte Schreie mischten, als die ersten Alessio und sie erkannten.

»Er ist es selbst!«

»Und die Zauberin ist bei ihm!«

»Schützt den Kaiser!«

Immer noch wie aus großer Ferne sah Michal sich und Alessio durch den Saal in Richtung des Podiums laufen. Die Gäste an den Tafeln waren aufgesprungen. Einige wichen vor ihnen zurück. Manche zogen ihre Waffen. Gaetano stürzte an der Spitze eines Trupps von Soldaten mit gezücktem Schwert auf sie zu. Michal fühlte in ihm den unbedingten Willen zu töten. Würde es ihm und seinen Leuten gelingen, Alessio und sie umzubringen, ehe sie sich vor Friedrich verteidigen konnten?

Michal machte sich bereit, Gaetanos Waffe abzuwehren. Doch Baptiste und Karim waren noch schneller und stellten sich schützend vor Alessio und Michal.

»Majestät, die beiden wollen Euch nichts Böses. Sie sind unbewaffnet und gekommen, um Euch vor Euren Feinden zu warnen«, rief Baptiste. »Bitte, schenkt ihnen Gehör.«

»Ich verbürge mich für Alessio!«, erhob Karim seine Stimme.

»Hoheit, er hat die beiden in den Saal gebracht.« Zornig deutete Gaetano auf Karim. »Er steckt mit ihnen unter einer Decke. Bedenkt, die Frau verfügt über Zauberkräfte. Sie muss unverzüglich entfernt werden. Der Himmel allein weiß, was sie im Schilde führt.«

Noch jemand drängte sich vor. Als Michal den Kopf wandte, sah sie Placidus neben sich stehen.

»Und ich verbürge mich für diese Frau!«, sagte der Mönch energisch. »Sie ist keine Zauberin.«

»Placidus steht mit dem Bösen im Bunde.« An dem kaiserlichen Tisch hatte sich Prior Augustinus ruckartig erhoben, sein Weinkelch fiel um. Eine rote Lache schwappte über das Tischtuch. Rot wie Blut. Für einen Moment wurde Michal schwindelig.

»Ich vertraue Bruder Placidus.« Auch Abt Hilarius hielt es nicht mehr auf seinem Sitz.

Friedrichs Blick schweifte durch den Saal. Er blieb kurz an Michal und Alessio hängen, wanderte dann weiter zu dem Abt und Placidus und ruhte dann auf den Soldaten, die bereit waren, mit ihren Waffen zuzustoßen. »Durchsucht die beiden. Und wenn sie wirklich unbewaffnet sind, dann bringt sie vor das Podium«, entschied er schließlich.

»Hoheit ...«, fuhr Gaetano auf.

Friedrich winkte ab. »Tu, was ich dir befohlen habe. Ich pflege mich meinen Gegnern zu stellen.«

Die Soldaten tasteten Michal und Alessio ab, um sie anschließend bis vor die Stufen zu zerren. Je zwei von ihnen hielten sie gepackt, während die anderen ihre Schwerter auf Michal und Alessio richteten.

Friedrich lehnte sich in seinem Stuhl zurück. Lange musterte er Michal. »Willst du abstreiten, dass du mich, als ich dich das letzte Mal zu Gesicht bekommen habe, töten wolltest und du zudem vier meiner Soldaten schwer verletzt hast?«

»Nein, ich streite es nicht ab«, erwiderte sie fest. »Ich hätte Euch getötet, wenn Alessio mich nicht daran gehindert hätte.«

Erneut brachen die Menschen im Saal in entrüstetes Geschrei aus.

»Michal war nicht sie selbst, als sie diese Tat verübte«, verteidigte sie Alessio. Er machte eine Bewegung, als wollte er näher an sie heranrücken. Doch die Bewaffneten rissen ihn zurück.

»Schweig! Sie soll für sich sprechen«, wies Friedrich ihn barsch zurecht.

»Lorenzo hatte ihren Sohn als Geisel und drohte, ihn umzubringen, wenn sie ihm nicht gehorchte«, ließ Alessio sich nicht beirren. »Aber im Sommer, hier in Monreale, hat sie wirklich Euer Leben gerettet. Wenn sie sich nicht auf den falschen Mönch gestürzt hätte, hätte er Euch mit Sicherheit mit seinen Pfeilen getroffen.«

»Diesen Anschlag habt ihr beide doch nur vorgetäuscht, um euch die Gunst des Kaisers zu erschleichen«, mischte Gaetano sich ein. »Danach habt ihr Bernardo umgebracht. Und du warst wie ein Sohn für mich.« Er spuckte vor Alessio aus.

»Ich kann bezeugen, dass Teresa an jenem Abend selbst verwundet war. Das Messer des Mörders hatte sie in den Arm getroffen«, erklang Placidus' ruhige Stimme.

Gaetano winkte ab. »Diese Wunde hat sie sich bestimmt selbst beigebracht.«

Placidus schüttelte den Kopf. »Für einen rechtshändigen Menschen, wie es Teresa ist, dürfte es schwer sein, sich eine derartige Verletzung am rechten Arm zuzufügen.«

»Dann war es eben Alessio.« Gaetano zuckte ungeduldig mit den Schultern.

»Das ist nicht wahr!«, schrie Michal auf.

Alessio funkelte Gaetano zornig an. »Ihr habt Michal in Siracusa von der Festungsmauer gefesselt ins Meer geworfen, damit sie Eure Beteiligung an der Verschwörung nicht verraten konnte.«

»Wenn du nicht augenblicklich schweigst, lasse ich dich

aus dem Saal schaffen«, fuhr Friedrich Alessio an, ehe er sich wieder Michal zuwandte. »Ist Michal nun dein richtiger Name oder hast du ihn dir auch wieder nur zur Tarnung zugelegt?«

»Ich heiße so. Meine Eltern haben mir diesen Namen gegeben.« Sie richtete sich auf. »Teresa nannte ich mich, weil ich mich, als ich hier im Kloster zu mir kam, nicht an mein früheres Leben erinnern konnte.«

Prior Augustinus beugte sich vor. »Michal ist ein jüdischer Name«, sagte er anklagend.

»Meine Mutter war Jüdin, mein Vater aber ein Christ.«

»Die Tochter einer Ungläubigen und obendrein der Spross einer illegitimen Verbindung.« Augustinus seufzte, während der Inquisitor zustimmend nickte. »Kein Wunder, dass sich das Böse so leicht ihrer bemächtigen konnte.«

»Meine Eltern waren gute Menschen und mein Vater ein besserer Christ als mancher hier im Saal«, fuhr Michal ihn an.

»Weib, mäßige deine Zunge!« Augustinus' Stimme überschlug sich.

»Dieser Templer hat vorhin sehr beredt dargelegt, dass Lorenzo del Matera seine Krieger angeblich zu willenlosen Geschöpfen formte«, ergriff wieder Friedrich das Wort. »Wie bist du zu ihm gekommen? Vorausgesetzt, es entspricht überhaupt der Wahrheit, dass du zu seinen Leuten gehört hast.«

»Mein Vater besaß ein kleines Gut in der Nähe von Enna. Als ich acht Jahre alt war, nahm ihn die Inquisition gefangen. Er wurde nach Palermo gebracht. Deshalb ging auch ich dorthin. Doch mein Vater starb, ehe ich ihn noch einmal sehen konnte.« Wieder stieg die Erinnerung an die völlige

Hoffnungslosigkeit jener Tage in ihr hoch. »Ich bettelte und beging Taschendiebstähle. Dabei ertappte Lorenzo mich und ließ mich zu seiner Burg bringen.«

»Er nahm sich dieses gottlosen Geschöpfes an, um es zu bessern.« Niccoló war aufgesprungen und betrachtete sie voller Abscheu. »Und nun verleumdet ihn dieses Weib auf das Schändlichste.«

»Von Lorenzo hast du also gelernt, auf diese ... wie hat es der Templer eben genannt ...«, Friedrich hob die Augenbrauen, »... geisterhafte Weise zu kämpfen?«

»Ja«, Michal nickte, »er und sein Diener Achmed haben es mich und die anderen Krieger gelehrt.«

»Majestät«, Gaetano machte einen Schritt auf sie zu, »nur ein Mensch, der über Zauberkräfte verfügt, kann so kämpfen.«

»Lorenzo hat in seiner Jugend einige Jahre bei dem Alten vom Berge gelebt. Dort hat er diese Kampfweise erlernt«, mischte Baptiste sich hitzig ein.

»Nun, ich habe selbst einige Jahre im Heiligen Land verbracht«, bemerkte Friedrich, »von Geisterkriegern ist mir dort nichts zu Ohren gekommen.«

»Aber ich habe Vergleichbares einen arabischen Arzt erzählen hören«, insistierte Placidus.

Friedrich beachtete ihn nicht, sondern sah Baptiste an. Sein Tonfall war nun reiner Spott. »Nebenbei ... Ihr und dieser Olivier de Berry wollt Lorenzo doch besiegt haben. Wie wart Ihr denn dazu imstande, wenn er und seine Leute auf diese unvergleichliche Art kämpfen können?«

Baptiste schluckte. »Wir erhielten Hilfe von einem Mann, der sich auf das Griechische Feuer und andere Künste versteht ...«

»Ist es nicht offenkundig?« Niccoló hatte die Arme weit ausgebreitet, als erhoffte er sich Unterstützung vom Himmel. »Durch Teufelswerk besiegten diese Menschen Lorenzo, und um ihrer gerechten Strafe zu entkommen, begehen sie die schändliche Frechheit, sich als seine Opfer darzustellen, während sie in ihrem Herzen schon wieder auf neue Verbrechen sinnen. Der Herr gebe uns allen die Kraft, dieser Anfechtung zu widerstehen.« Die Menschen im Saal begannen, Gebete zu murmeln.

Obwohl er tot ist, besitzt Lorenzo noch immer die Macht, Menschen zu täuschen, dachte Michal dumpf.

Friedrichs Blick ruhte kalt auf ihr. »Ein Punkt ist immer noch offen«, sagte er, »nämlich wie Gaetano in diese Verschwörung verstrickt sein soll. Doch ich bin überzeugt, du wirst uns auch darüber rasch aufklären.«

»Er suchte mich in meinem Kerker auf und erklärte mir, dass er mich umbringen würde, damit ich nichts über die Hintergründe des Anschlags aussagen könnte.«

»Das ist eine ungeheuerliche Lüge!« Gaetanos Gesicht spiegelte sehr glaubhaft Entrüstung und Zorn.

»Ich wollte meinen Augen nicht trauen, als ich Euch auf dem Wehrgang der Festung sah und beobachtete, wie Ihr Michal gefesselt und mit einem Gewicht an den Füßen ins Wasser warft.« Alessios Bewacher hatten Mühe, ihn festzuhalten.

Wieder schaute Friedrich Michal an. »Gaetano wollte dich also ertränken. Noch dazu, wie Alessio geschildert hat, gefesselt und beschwert mit einem Gewicht. Und trotzdem gelang es dir zu überleben. Ich kenne wahrhaftig nicht viele Menschen, die in der Lage sind, sich aus einer solch misslichen Lage zu befreien.«

»Während meiner Ausbildung auf Lorenzos Burg lernte ich, mich der kompliziertesten Fesseln zu entledigen.« Michal wusste, wie unglaubwürdig dies klang. »Und als ich ohnmächtig wurde, rettete Alessio mich vor dem Ertrinken.«

»Ach gewiss, ja, Alessio«, Friedrich gab vor, sich erst jetzt wieder auf ihn zu besinnen, und musterte ihn. »Wenn du schon vermutet hast, dass Gaetano an der Verschwörung gegen mich beteiligt war, warum bist du dann nicht umgehend zurückgekehrt und hast mich gewarnt?«

»Mir war klar, dass Gaetano meine Abwesenheit nutzen würde, um mich als Verschwörer darzustellen«, entgegnete Alessio einfach. »Deshalb wollte ich erst Lorenzo unschädlich machen, bevor ich wieder vor Euch trat.«

Außerdem wolltest du mir beistehen, dachte Michal. Du hast es nicht über dich gebracht, mich zu verlassen.

Über der lastenden Stille, die sich im Saal ausbreitete, glaubte Michal, etwas zu spüren, was sie sich nicht erklären konnte, ihr aber Angst einflößte.

Friedrich erhob endlich das Wort. »Bring die beiden weg«, wandte er sich an Gaetano. »Ich kann ihre lügenhafte Gegenwart nicht länger ertragen. Bereite die Hinrichtung vor. Und diesen Templer sperr ebenfalls ein. Ich werde mich noch besinnen, welche Strafe er erleiden soll.«

Michal bemerkte ein erleichtertes Aufblitzen in Gaetanos Augen. Alessio sollte nicht ihretwillen sterben müssen …! Sie überlegte, ob sie ihm einen Weg freikämpfen sollte. Gleichzeitig war ihr klar, er würde auf keinen Fall ohne sie fliehen.

Als ihre Wächter ihr einen derben Stoß versetzten, um sie aus dem Saal hinauszuzerren, richteten sich ihre Sinne auf etwas anderes. Wieder fühlte sie etwas, was ihr eine Gänsehaut verursachte. Ganz nahe war es ... Unwillkürlich blieb sie stehen. Es war unmöglich ...

»Los, komm schon!« Gaetano schlug ihr ins Gesicht. Sie nahm es kaum wahr.

»Lasst sie!«, hörte sie Alessio zornig aufschreien. Er versuchte, sich von seinen Wächtern loszureißen, doch die Männer rangen ihn nieder.

Ein Schatten tauchte hinter den Fenstern auf.

»Schafft das Böse endlich hinweg!«, forderte Prior Augustinus.

Seine Stimme ging in dem Geräusch zersplitternden Glases unter. Eine breitschultrige Gestalt sprang durch das Fenster und auf die Tafel des Kaisers. Eine Maske verdeckte das Gesicht des Mannes. Doch Michal musste sein Antlitz nicht sehen, um zu wissen, dass es sich bei dem Angreifer um Lorenzo handelte.

Die Menschen im Saal verharrten wie erstarrt auf ihren Plätzen. Michal fühlte sich wie in einem schlimmen Traum gefangen. Dennoch gehorchte ihr jeder Muskel ihres Körpers. Sie entwand sich dem Griff ihrer Wächter. Dann schnellte sie auf Lorenzo zu. Sie erreichte ihn, als sein Dolch schon auf Friedrichs Kehle zufuhr. Sie packte den Arm, der die Waffe hielt.

»Du glaubst doch nicht wirklich, dass du mich aufhalten kannst?« Ein spöttisches Lachen begleitete Lorenzos Worte. »Aber es trifft sich gut, dass ich dich gleich mit erledigen kann.« Er befreite sich von ihrem Griff. Ehe Michal ausweichen konnte, hatte sich der Dolch schon bis zum Heft in ihre Seite gebohrt. Sie stürzte zu Boden. Sofort war Lorenzo bei ihr und riss den Dolch aus ihrem Körper, um noch einmal zuzustoßen.

Nein, sie würde nicht von seiner Hand sterben. Michal gelang es, sich unter ihm wegzuwälzen. Wieder war er über ihr. Etwas schimmerte metallen neben ihr auf den Steinplatten. Ein Messer, das von der Tafel gefallen war. Ihre Finger schlossen sich um den Schaft. Mit letzter Kraft stemmte sie sich vom Boden ab. Sie begriff erst, dass sie Lorenzo wirklich getroffen hatte, als er sich an die Brust fasste und schwankte. Ein Blutstrom quoll unter seinen Händen hervor. Seine Augen hinter den Schlitzen der Maske weiteten sich ungläubig und er sackte in die Knie.

Während alles um Michal in einem Wirbel aus Licht und Dunkelheit versank, verfolgte sie, wie das Leben aus Lorenzo wich. Nun hat er keine Macht mehr über mich, dachte sie schläfrig. Jemand beugte sich über sie. Zufrieden erkannte sie, dass es Alessio war, ehe sie endgültig wegdämmerte.

Michal setzte den Rosenstock in ein Beet. So zeitig im Frühjahr waren die Zweige noch kahl, aber im Laufe der nächsten Wochen würden Blattknospen daran austreiben. Nachdem sie mit einer Harke Erde über die Wurzeln gezogen hatte, griff sie nach einem Eimer und wässerte den Stock sowie den Johanniskrautstock, den sie daneben eingepflanzt hatte.

Die Narbe in ihrer Seite, wo Lorenzos Dolch sie verwundet hatte, zog ein wenig. Doch sonst war die Verletzung vollständig ausgeheilt und verursachte ihr keine Schwierigkeiten. Nach Lorenzos Angriff war Friedrich schnell bereit gewesen, Michal und Alessio Glauben zu schenken und ihr den Anschlag von Siracusa zu vergeben.

Michal richtete sich von dem Beet auf und ließ ihren Blick über das Anwesen schweifen. Erst am Vortag waren sie, Alessio und Merlito hier angekommen. Ein salzhaltiger Wind trieb Wolken über eine flache Landschaft. Er peitschte die Zweige des Rosen- und des Johanniskrautstocks, spielte mit den Ästen der Linde vor dem strohgedeckten Wohngebäude und furchte das Gras auf der Weide, wo Alessio eben Merlito auf eine braune Stute half.

In Oliviers Sachen hatte sich ein Brief gefunden. In diesem hatte er bestimmt, dass, falls er den Kampf um Lorenzos Burg nicht überleben sollte, Baptiste über sein Gut und seine anderen Besitztümer verfügen sollte, wie er es für richtig erachtete. Und der Templer hatte Michal und Alessio gefragt, ob sie das Anwesen haben wollten. Nur zu gerne hatten sie zugestimmt.

Die Taten, die ich im Auftrag Lorenzos begangen habe, werde ich niemals ungeschehen machen können, dachte Michal, und sie werden mich immer begleiten. Trotzdem war sie in diesem Moment glücklich. Oliviers Hof war ein guter Ort, um gemeinsam mit Alessio und Merlito neu anzufangen.

Michal streifte die Erdkrumen von ihren Händen und ging zu der Weide, um den beiden Gesellschaft zu leisten.

Nachwort

Ein historischer Roman ist kein Sachbuch. Deshalb habe ich mir, wie immer bei meinen historischen Romanen, gewisse Freiheiten erlaubt.

Meine Geschichte spielt im Jahr 1246. Damals hielt sich Friedrich höchstwahrscheinlich nicht in Sizilien auf – zumindest gibt es für einen solchen Aufenthalt keine Belege. Mir gefiel jedoch die Idee, Friedrich in einer von privaten und politischen Schwierigkeiten geprägten Phase seines Lebens auf die Insel seiner Kindheit zu versetzen.

So trauerte er tatsächlich sehr um seinen ältesten Sohn Heinrich, den er 1235 nach dessen gescheiterten Rebellion gefangen setzen ließ und der 1242 unter mysteriösen Umständen ums Leben kam. Vermutlich beging Heinrich Selbstmord.

Historisch belegt ist ebenfalls, dass Kardinal Rainer von Viterbo den Kaiser hasste. Er bezeichnete ihn als »Umstürzer des kirchlichen Glaubens und Kults«, »der Grausamkeit Meister« und »Verwirrer des Erdrunds und Hammer der Kirche«.

Im Juli 1245 verkündete Papst Innozenz IV. in der Kathedrale von Lyon die Absetzung des Kaisers. Im selben Jahr zettelte er eine Intrige gegen Friedrich an. Im August

1245 fielen Agenten Friedrichs in einem Kloster bei Parma Dokumente in die Hände, aus denen hervorging, dass er und sein Sohn Enzo ermordet werden sollten. Die Namen der Verschwörer fehlten auf diesen Schriftstücken. Im Jahr 1249 entging Friedrich nur knapp einem Giftmordanschlag, der auf Initiative oder zumindest mit Wissen Innozenz' auf ihn verübt werden sollte. Daran beteiligt war Petrus von Vineta, ein Mann aus Friedrichs engster Umgebung. Beide Begebenheiten haben mich zu meiner Geschichte inspiriert.

Die Schlacht von Parma, bei der Friedrichs Heer fast vollständig aufgerieben wurde, fand – anders als in meinem Roman – erst im Jahr 1248 statt.

Der ›Alte vom Berge‹ ist eine mythische Figur des Mittelalters, in dem sich verschiedene Personen vermischen. Er hat seine realen Ursprünge in dem Perser Hasan-i Sabbah sowie in dem schiitischen Scheich Sinan ibn Salman ibn Muhammad, genannt Raschid al Din. Letzterer lebte im 12. Jahrhundert auf einer Burg in Syrien. Beide Männer geboten über eine Schar von Kriegern – Assassinen genannt –, die im Auftrag ihrer Herren vor allem islamische Fürsten und hohe Geistliche, aber auch mächtige christliche Persönlichkeiten töteten. Konrad von Montferrat, der König von Jerusalem, wurde 1192 von Assassinen des Raschid al Din getötet – angeblich auf Veranlassung des englischen Königs Richard Löwenherz.

Die Assassinen waren bereit, bei diesen Mordaufträgen ihr Leben zu lassen. Manche Quellen sagen, sie hätten sich zuvor durch Drogen in einen rauschhaften Zustand versetzt.

Auch nach dem Tod Raschid al Dins existierten weiterhin Assassinengruppen. Sie erloschen erst im Ansturm der Mongolen unter den Nachfolgern Dschingis Khans in der zweiten Hälfte des 13. Jahrhunderts.

In den Quellen gibt es Hinweise, dass Papst Gregor IX. im Jahr 1229, während Friedrichs Kreuzzug, Templer in Akkon damit beauftragt hat, bei dem ägyptischen Sultan al Kamil wegen der Ermordung des Kaisers vorzufühlen.

Der Templer Lorenzo del Matera sowie seine Umtriebe sind jedoch allein meine Erfindung. Historisch belegt dagegen ist, dass Pilger und Kreuzfahrer ins Heilige Land ihre Testamente häufig im Pariser Tempel hinterlegten.

Die, um es mit heutigen Worten zu sagen, ›fernöstliche‹ Kampfweise Lorenzos und seiner Krieger sowie der Assassinen, bei denen er seine Jugend verbrachte, sind ebenfalls meine Erfindung. Es gab jedoch im Mittelalter ausgedehnte Handelsbeziehungen zwischen der westlichen und östlichen Hemisphäre. Deshalb ist es nicht auszuschließen, dass Assassinen mit buddhistischen Mönchen oder Kriegern aus jenem Kulturkreis in Berührung gekommen sein könnten, die jene spezielle Kampftechnik beherrschten.

Die Geschichte des Königreichs Jerusalem war wechselhaft. Gottfried von Boullion errichtete es 1099 während des Ersten Kreuzzugs. Knapp hundert Jahre später, mit der Eroberung Jerusalems durch Saladin 1187, war das Königreich weitgehend untergegangen. Im anschließenden Dritten Kreuzzug eroberte Richard Löwenherz wichtige Küstenstädte wie Akkon von Saladin zurück.

Durch seine zweite Gattin Isabella von Brienne – die das Königreich von ihrer Mutter erbte (nicht zu verwechseln mit Friedrichs vierter Ehefrau Isabella von England, die im Buch die Herrin Giulias ist) – wurde Friedrich II. zum Mitherrscher. Isabella starb 1228, wenige Tage nach der Geburt ihres Sohnes Konrad. Während seines Kreuzzuges handelte Friedrich dem Sultan al Kamil Jerusalem ab und krönte sich

1229 selbst zum König, obwohl die Krone eigentlich an Konrad hätte übergehen müssen. 1244 eroberten die Araber Jerusalem zurück. Das Königreich bestand faktisch nur noch aus einer Reihe von Küstenstädten, die hauptsächlich von Templern und Johannitern gehalten wurden.

Freiheiten habe ich mir auch bei den Orten und Daten der Templer-Schlachten erlaubt.

Was Michal betrifft: Im Mittelalter gab es Frauen, die mit Waffen umzugehen wussten. Von ihnen ist Jeanne d'Arc sicher die bekannteste.

Das Griechische Feuer war eine gefürchtete Waffe des Mittelalters und die byzantinischen Herrscher hüteten ihr Geheimnis. Bardas und seine anderen Zaubermittel sind jedoch meine Erfindung.

Falls Sie sich gewundert haben sollten, dass in meinem Roman von ›Sizilianischem Festland‹ die Rede ist – das Königreich Sizilien umfasste zur Zeit Friedrichs II. auch Apulien und Kalabrien.

Und zuletzt: Auch was die Lage einzelner Klöster, die Architektur der Gebäude und die Ausgestaltung der Klosteranlagen betrifft, habe ich mir Freiheiten erlaubt. Die Halle der Festung von Siracusa sowie der Kreuzgang des ehemaligen Benediktinerklosters von Monreale sind jedoch der Wirklichkeit entnommen. Das Gleiche gilt für den normannischen Dom von Monreale mit seinen wunderschönen Mosaiken, der den Benediktinern im 13. Jahrhundert als Kirche diente.

Bonn, im Juli 2010
Beate Sauer

Dank an

meinen Partner Hartmut Löschcke, der mit mir auf die Dächer des Doms von Monreale stieg und auch sonst dieses Buch geduldig begleitete

meine Kollegin Mila Lippke für viele anregende Gespräche über Plots, Bücher und Filme

meine Kollegin Gisa Klönne, die mich immer wieder an unser Projekt ›kleine Fluchten‹ erinnert

meine Kollegin Ursula Steck, die seit einigen Jahren in den USA lebt und mit der ich mich oft über *Die Buchmalerin* und *Der Geschmack der Tollkirsche* ausgetauscht habe

und vor allem auch an meine Verlegerin und Lektorin Ulrike Rodi, die wieder dazu beigetragen hat, dass aus meinem Manuskript der Roman wurde, der es werden sollte